KB036523

베타맨

베타맨

펴 낸 날 | 2018년 2월 10일 초판 1쇄

지 은 이 | 슈테판 보너, 안네 바이스
옮 긴 이 | 함미라
펴 낸 이 | 이태권

책임편집 | 양정희
책임미술 | 홍성욱

펴 낸 곳 | (주)태일소담
　　　　　 서울특별시 성북구 성북로8길 29 (우)02834
　　　　　 전화 | 745-8566~7　팩스 | 747-3238
　　　　　 e-mail | sodambooks@naver.com
　　　　　 등록번호 | 제2-42호(1979년 11월 14일)
　　　　　 홈페이지 | www.dreamsodam.co.kr

ISBN　　　979-11-6027-030-3　03850

이 도서의 국립중앙도서관 출판시도서목록(CIP)은 서지정보유통지원시스템 홈페이지
(http://seoji.nl.go.kr)와 국가자료공동목록시스템(http://www.nl.go.kr/kolisnet)에서
이용하실 수 있습니다.(CIP제어번호: CIP 2018002369)

• 책값은 뒤표지에 있습니다.
• 잘못된 책은 구입하신 곳에서 교환해드립니다.

BETAMÄNNCHEN

슈테판 보너, 안네 바이스 지음

함미라 옮김

소담출판사

베타맨

모든 베타맨과
그들을 사랑하는 여성들에게 바칩니다.

*베타맨: 확고한 역할 모델의 부재로 인해 갈피를 못 잡는 현대의 남성을 일컫는 말.
(비교 개념-알파맨, 알파걸)

차례

프롤로그

그의 이름은 보너,
제임스 보너

"많은 남자들이 여자의 본질을 이해하기 위해
평생 동안 애를 쓴다. 이와 달리 어떤 남자들은
그보다 좀 덜 어려운 것에 매진하기도 한다.
이를 테면 상대성이론 같은."

알베르트 아인슈타인

드디어 때가 왔다. 헤프트로만[1] 계통에서 실습 기간을 거쳐 수습 직원, 편집부 보조 직원으로 이어진, 영영 끝날 것 같지 않던 기다림의 시간에서 벗어나 결국 나는 쟁취하였다. 오래전부터 벼르고 벼르던 내 꿈의 직장을. 그리고 오늘은 출판사 원고 담당 편집자로서 첫 출근하는 날이다.

이제 좀 제대로 된 생활을 꾸려갈 수 있을 것 같았다. 남자 친구와 함께 더 큰 아파트를 알아보거나, 어쩌면 자연과 벗한 작은 주택까지도 가능할 것 같았다. 그리고 가족계획을 위한 첫걸음을 시작할 수도 있었을 거다. 지난달, 크게 중요하지 않은 세부사항 한

---

1 1~2주에 한 번씩 평균 A5 용지 64쪽 분량의 소설을 잡지 형식으로 편집, 2유로 미만의 저렴한 가격으로 판매하는 소설 잡지.

가지가 내 계획을 망쳐놓지만 않았어도 말이다. 그 세부사항은 내 남자 친구였다.

이 말은 올리버와 내가 헤어졌다는 말이다. 아니, 내가 올리버와 갈라섰다고 하는 편이 더 낫겠다. 안타깝긴 하지만, 그건 불가피한 일이었다. 물론 나는 지금도 올리를 사랑한다. 이런 종류의 미묘한 감정은 헤어졌든 아니든 그렇게 간단히 떨어져나갈 것이 아니다. 누가 뭐래도 우리는 5년 동안이나 연인으로 함께했으니까. 나는 그동안 그가 준 선물과 사랑의 증거물들을 상자 안에 차곡차곡 정성스레 담았다. 익살맞은 동물 그림과 함께 사랑의 메시지들을 담았던 포스트잇도 상자 속으로 들어갔다. 연애 초기에 그는 내가 아침에 욕실로 가거나, 저녁때 집에 돌아오면 찾을 수 있도록 포스트잇에 동물 그림들을 그려 집 안 여기저기에 붙여놓곤 했다. 이런 물건들을 내다버리는 일은 내 머릿속을 포맷하고, 켜켜이 쌓인 아름다운 추억들을 자발적으로 삭제하는 행동처럼 생각되었다.

올리버는 사람이 순하고 착하다. 그리고 극장에서 상영 중인 로맨스 영화를 꿰고 있는 몇 안 되는 남자 중 하나이기도 하다. 문제는 그가 임시직으로 극장 매표소에서 일을 하고 있다는 것. 막대한 생활비를 분담하기 위해 부업으로 택한 일이었다. 유감스럽게도 그는 아직 대학생이다. 무려 14년 동안이나 말이다. 이렇게 된 건 오롯이 대학 행정 탓이다. 그사이 대학 행정처에서 뜬금없이 시험 규정을 바꾼 것이다. 그 결과 나의 남자 친구는 이전보다 훨씬 더 많은 학점을 따야 했다. 단출하니 가정을 이루고자 한 나의 꿈은 점점 더 멀어지기만 했다. 무기력하게 늘어지는 올리의 학업으로 인해 우리 사랑은 혹독한 시련을 겪을 수밖에 없었다. 우리 사전에 '휴가 여행'이라는 단어는 존재하지 않았다. 설령 그것이 가능하더라도, 여행을 위해 돈을 내는 건 내 차지였다. 더 큰 집으로의 이사는 생각하는 것조차 가당찮은 일이었다. 몇 달 전부터 그는 이 45평방미터밖에 안 되는 새장 같은 집에 살면서 나눠 내던 집세마저 나한테 빚지는 처지였다. 게다가 돈을 벌지 못할 때에도 그 시간을 가사 노동 분담에 할애하는 대신, 플레이스테이션을 갖고 소파에서 보내니, 그런 점 역시 무익하기만 할 뿐이었다.

나는 매사에 근심 걱정이 없는 그의 생활 태도가 마냥 좋았다. 적어도 초창기엔 그랬다. 그러나 시간이 지나면서 나는 공동의 행복을 향해 가는 길인데, 내 자신이 올리를 등에 짊어지고 에베레스트 산을 힘겹게 오르는 셰르파가 된 것 같은 생각이 들기 시작했다. 과연 우리가 정상에 이르는 날이 오기는 할까? 어느 순간 나는 그 생각에 종지부를 찍었다. 올리 같은 남자와 함께 살면서 아이를 갖는다는 건, 아이 둘을 보살펴야 한다는 말이고, 그중 하나는 이미 성인이 된 어른 아이를 뜻했다.

나는 일부러, 절대로 그냥 보고 지나칠 수 없도록 복도 한가운데에 빨래 바구니를 세워두었다. 올리가 몇 번이나 그 바구니를 그냥 넘어 다니는 걸 본 후, 나는 그의 가슴에 총구를 겨누었다. 한마디로 그에게 압력을 넣은 것이다. 다음 학기에는 공부를 마치라고, 그래야만 아이며 집이며 그 외 부수적인 것들까지 우리가 함께 할 미래를 향해 스타트할 수 있다고, 그렇지 않으면 나와는 끝이라고. 나는 애원하다가, 욕을 퍼붓다가, 결국엔 울음을 터트리고 말았다. 올리는 한 발짝도 움직이지 않았고, 소파에 엉덩이를 들이밀 뿐이었다. 그래서 나는 결론을 내렸고, 우리 관계를 매듭지었다.

하필 그때는 우리가 함께 여행을 떠나기로 모든 계획을 짠 직후였다. 그 여행은 뉴욕에서 출발해 자동차를 타고 동부 해안선을 따라가, 키라고섬에서 다이빙을 하는, 우리 둘 다 전부터 줄곧 원해왔던 꿈의 여행이었다. 자유에 관해 우리가 꾼 궁극적인 꿈이자, 당연히 내 근검절약의 최종 목표이기도 했던 꿈의 여행 말이다.

여행은 취소할 거다. 올리가 곁에 있을 땐 든든했지만, 동행도 없이 그 광대한 땅을 돌아다니며 아무 데나 외딴 모텔 같은 곳에서 짐을 풀고 잠을 잔다? 혼자 여행하는 여자들이 그런 곳에 갔다가 연쇄살인범에게 희생되는 일이 끊임없이 벌어지고 있는데?

올리가 없으니 끔찍하게 외롭다. 남은 인생 내내 이렇게 지내게 되는 건 아닐까? 사랑하는 이가 없는 세상은 다채로움이 사라지고 창백한 납빛만이 가득하다. 내 신세가 달걀을 도둑맞은 양계장 암탉 같다. 그리고 사무실은 이제부터 영원토록 웅크리고 있어야 할 닭장 같고. 꿈에 그리던 직장을 잡았는데도, 그 꿈의 직장에서마저 나는 일단…… 혼자이니까.

내가 앉아 있는 사무용 책상은 혼자 쓰기엔 너무 크다. 맞은편 자리는 다른 사람이 쓸 수 있게 마련된 자리 같다. 하지만 지금까진 베이지색 넓은 플라스틱 상판 위에 모니터와 마우스 그리고 자판만이 덩그러니 놓여 있을 뿐이다. 창턱 한쪽 모서리엔 아마 나의 전임자가 가져다 놓았는지, 말라비틀어진 작은 벤자민 화분이 하나 있다.

갑자기 문이 열리더니, 사장인 린트너 씨가 들어온다. 그리고 뒤이어 젊은 남자가 함께 들어오는데, 어렴풋하긴 하지만 어디선가 본 듯한 얼굴이다. 어디서 봤더라?

"바이스 양, 좋은 아침이에요." 린트너 씨가 나에게 고개를 끄덕인다. "함께 일할 분을 소개해드릴까 해요. 이쪽은 슈테판 보너 씨예요. 우리와 일한 지 오래되었고, 바이스 양이 업무를 잘 익힐 수 있도록 도와줄 겁니다. 앞으로 이분과 함께 사무실을 쓰게 될 겁니다."

이제 생각난다. 두 달 전 '출판인의 밤'에서 만난 사람이다. 그때 나는 지금 이 출판사의 예비 사원 자격으로 초대되어 그곳에 갔었다. 슈테판은 쟁쟁한 몇몇 인사들과 격의 없이 연단 옆에 서 있었다. 다른 사람들은 모두 포도주를 마시는데, 혼자만 고급스러운 몰트위스키를 마셨다. 그리고 그 양복! 양복을 걸친 대부분의 남자들은 배가 불룩 나온 것이 포댓자루를 뒤집어 쓴 것처럼 보인다. 그래서인지 나는 남자들이 그냥 제복처럼 입고 다니는 양복 맵시에 대해 그다지 까다로운 편이 아니었다. 하지만 슈테판에게 양복은 맞춤한 듯 잘 어울렸고, 가슴께 호주머니엔 자연스럽게 주름이 잡힌 행커치프도 꽂혀 있었다. 그리고 양복 속에 숨겨진 그의 가슴팍은 분명 트레이닝으로 단련된 단단한 근육질일 것 같았다. 나는 그가 곧 이렇게 말할 것만 같았다. '제 이름은 보너라고

합니다. 제임스 보너.'[2]

사실 그때 슈테판의 모습은 당장이라도 무대에 오를 것 같은 인상을 주었다. 잠시 후 출판사 사장이 행사 오프닝 멘트를 함으로써 그의 멋진 등장을 대신했지만, 오래지 않아 슈테판은 그가 풍긴 인상 그대로 될 것 같다. 그렇게 되면 그도 저 연단 위에 있는 사람 중 한 사람이 되겠지. 한마디로 성공에 관한 한 그는 올리버와 완전히 정반대의 타입이다. 그런 점에서 여자로서 그의 옆자리에 있는 건 즐거운 일이 될 것 같다.

다만…… 오늘의 저 차림은 뭘까? 그것이 궁금할 뿐이다. 그는 'No. 1'이라는 빨간색 글자를 아플리케로 돌려 박은 흰색 가죽 재킷에 역시 아플리케 자수가 박힌 초록색 티셔츠 차림인데, 이건 뭐, 어릿광대가 따로 없다! 그 잘빠진 양복은 어디에 두고 이게 뭐람?

아무려면 어떠랴. 어쩌면 모든 것이 다 잘 풀려서, 내가 외로운 할망구로 생을 마감하지 않게 될지도 모르는데. 알다시피 수많은 위대한 러브스토리가 직장에서 시작되지 않던가.

내가 그와 함께 이사는 어느 구역으로 갈지, 아이들 이름은 어떻게 지을지까지 상상의 나래를 펴는 사이, 두 신사가 나에게 다가왔다. 슈테판이 가방을 내려놓는다.

"바이스 양은 원고 담당 편집자로 오늘 첫 출근을 했어요. 앞으로 바이스 양이 알아둬야 할 것들을 빠짐없이 알려준다면 고맙겠습니다. 보너 씨." 사장이 나에게 눈을 찡긋해 보이며 보너 씨에게

2 〈007 시리즈〉의 제임스 본드가 미인을 만났을 때 "My name is Bond. James Bond"라며 자신을 소개하는 대사를 패러디한 것.

이야기한다. "그리고 바이스 양도 보너 씨가 알아둬야 할 것들이 있다면 빠짐없이 차분히 알려주길 바라요."

"만나서 반가워요." 슈테판이 나에게 손을 내밀며 말했다. "우리 편하게 말할까요?"

"좋죠." 나는 고개를 끄덕였다.

"그럼 우리와 함께 일하는 첫날이니만큼 좋은 시간 보내길 바라요." 사장이 나를 보며 말한다. "뭐 물어볼 것이 있다거나, 보너 씨에 대해 불만 사항이 있으면―, 복도 끝으로 와서 나를 찾아요."

사장의 등 뒤로 문이 닫히고 나자, 드디어 슈테판이 가죽 재킷을 벗는다. 재킷 속에 있던 가슴이 모습을 드러낸다. 평범한 편이다. 그리고 똥배도 약간 나왔다. 이런, 몸이 좋으리라는 생각도 과대평가였나 보다. 아무튼 중요한 건 내면의 가치지.

나의 새 동료가 자기 쪽 책상을 정돈하기 시작한다. 노트와 필기구를 꺼내놓은 다음, 예쁜 여자 사진이 든 액자를 제멋대로 무성하게 자란 녹색 식물 곁에 세워놓는다.

"내 여자 친구 마야예요." 내 시선을 알아차렸는지 그가 말한다.

아. 나는 고개를 끄덕인다. "예쁘네요."

유감이고요.

슈테판이 자리에서 일어선다. "그럼 한 바퀴 돌아볼까요? 다른 동료들과 안면도 틀 겸?"

"좋죠." 나는 그를 따라나선다.

슈테판은 나를 데리고 다니며 곳곳마다 내 소개를 한다. 그리고 나에겐 시간을 들여 모든 걸 설명해준다. 다른 일들도 이렇게 잘한다면, 이 사람의 여자 친구에게서 이 사람을 빼앗을지도 모르겠는데? 그렇게 되면 이 사람의 패션에도 신경을 써야지.

공동 사무실로 돌아오는 길에 그가 부엌을 보여준다. 부엌은 우리 사무실 바로 옆에 있었다. 크기가 기껏해야 2평방미터쯤 될까.

"차 한잔 할래요?" 슈테판이 묻는다. "새로운 종류의 차를 샀거든요."

재밌기도 하지. '출판인의 밤'에서 슈테판을 본 뒤로, 나는 맹세할 수도 있었다. 슈테판 같은 타입의 남자에게 차 따위는 그저 색을 들인 물쯤일 거라고.

"물론, 차야 언제든 좋죠." 내가 대답한다.

우리는 부엌으로 들어간다. 슈테판이 찻잔을 건넨다. 나는 조심스럽게 차를 홀짝인다. 차에서 갓 베어낸 풀 맛이 난다.

"흐— 흥미롭네요"라는 말이 나도 모르게 절로 입에서 튀어나온다.

"마차예요." 슈테판이 말했다. "시내에 있는 차 가게 점원이 추천해주었죠. 건강에 그렇게 좋다고 하더라고요." 그는 생각에 잠긴 표정으로 손에 든 찻잔을 들여다본다. "뭐, 맛은 좀 적응해야 할 것 같지만요."

세상 다 가진 것 같은 남자가 건강 녹차를 마신다고?

갑자기 복도가 시끌시끌하다. 우리는 코딱지만 한 부엌 밖으로 머리를 내민다. 유모차를 끌고 온 젊은 여자가 다른 직원들에게 둘러싸여 있었는데, 모두들 좋아서 어쩔 줄 몰라 소리를 지르며 축하의 말을 건네고 있었다.

"여긴 미란다라고 해요. 역시 편집부원이고. 지금 막 육아휴직에 들어갔고요." 직원들 무리에 합류한 뒤 슈테판이 우리 두 사람에게 서로를 소개한다. "그리고 여긴 오늘부터 일을 시작한 안네바이스."

그가 그 여직원을 포옹하며 인사를 건넨다. "뭘 가져온 거야? 자기가 만든 신제품?"

"지금 막 만들어낸 신제품이죠." 미란다가 미소를 지으며 나에게 악수를 청한다. "한번 볼래요?"

그녀는 유모차 속에 든 아기를 잘 관찰할 수 있도록 방금 공장에서 나온 듯 반짝거리는 새 유모차의 덮개를 조심스럽게 뒤로 젖힌다.

유모차 속에 있는 아기는 양손을 꼭 그러모은 채로 연한 잇몸을 드러내며 앙증맞게 하품을 한다. 그런 다음 두 눈을 뜨고는, 아직 잠이 덜 깬 눈으로 바깥세상을 내다본다.

슈테판이 유모차 위로 몸을 숙이더니, 꺼림칙한 눈길로 유모차에 누워 있는 자그마한 생명체를 살펴본다. "이건 뭐지?"

미란다가 유모차 속 아이를 들어 올리더니 슈테판에게 아이를 내민다. "자, 한번 안아봐요."

"음, 내가 몰라서 하는 말인데……." 그는 당황스러워하며 뒤로 물러선다. "애가 좀 쪼글쪼글하네, 그치? 그리고 난 애들이 나한테 오줌을 싸는 것도 좋아하지 않아서 말이야."

미란다가 어이없다는 표정으로 그를 쳐다본다.

"하지만 귀엽잖아요." 나는 상황을 바꿔보려고 했다. 그러나 미란다는 웃음기가 싸악 가신 것이 모욕감을 느낀 것 같다.

"그래요, 그렇다면 평생 아이는 갖기 힘들 것 같네요, 슈테판." 그녀가 아이를 유모차에 다시 내려놓는다. "나머지 직원들한테 우리 쪼글이를 보여주는 게 더 나을 것 같군요." 이렇게 말하며 그녀는 유모차를 밀고 휑하니 가버린다.

나는 그녀의 뒷모습을 바라본다. 미란다는 분명 내가 원하는 그런 남자를 곁에 두었을 것이다. 책임감 강하고, 그녀가 다시 일을 시작하면 곧바로 육아휴직에 돌입할 그런 남자. 또 그녀는 인생의 각 단계에 맞춰 모든 걸 가진 여자, 그러면서 옷차림마저 세련된 그런 여자 중 한 명인 것 같다. 이건 정말이지, 절망스러우리만큼 비참하지 않은가. 어쩌자고 내 차지로 돌아오는 남자들은 하나같이 올리 같은 남자들뿐이람?

슈테판은 어깨를 으쓱한다. "그래도 정말이지 쪼글쪼글하고 볼품이 없더구만." 사무실로 돌아오는 길에 나직한 목소리로 그가 말했다. "그렇게 생각하지 않아요?"

"그렇긴 해요." 나는 아무 감정 없이 대답한다. "아기 주름이 다 펴진 다음에 엄마가 다시 한 번 아기를 데리고 오는 게 상책인 것 같네요."

우리는 씩 웃으며 서로를 바라본다.

그의 여자 친구는 안심하고 그를 쭉 데리고 있어도 될 것 같다. 우리는 친구 사이로 지내는 게 더 좋을 것 같다. 어쨌든 유머 감각은 있는 사람이니까. 그리고 그의 재킷을 생각해보면, 그에게는 아내도 필요할 것 같다. 아무튼 나는 그의 여자 친구가 서둘러 그와 가정을 꾸리려는 생각은 하지 않기를 바란다. 그건 보나마나 가정의 행복에 가미카제 폭격기를 떨어트리는 격이 되고 말 테니까.

자, 제임스 본드처럼 멋진 슈테판 보너 같은 남자도 두 번 보면 스탠 로렐[3]로서 본색을 드러내는데, 그렇다면 나 같은 사람은 대체 어느 세월에 평생을 함께 하고픈 남자를 찾을 수 있단 말인가?

---

3 20세기 초 활동한 잉글랜드 출신의 코미디언. 영국판 「뚱뚱이와 홀쭉이」에서 홀쭉이 역할을 맡았다.

1

사람 살려,
내가 '남자'가 되어야 한대!

"남자아이들은 남성성을 형성하는 데 필요한 소프트웨어를 얻지 못한다.
그들은 정서적으로 어린이 상태에 머무르게 되고,
이 정서적인 어린이는 성인 남성이 되어도
이 성인 남성의 몸속에 숨어 있게 된다. (……)
남자 어른과 친밀한 관계를 맺지 못하고 자랄 경우,
남자아이들은 본인이 어른이 되었을 때,
번번이 막막한 느낌에 사로잡히게 된다. (……)
그리고 그것은 다시금 파국적인 결과를 초래한다.
우리의 부부 생활은 엉망이 되고, 아이들은 우리를 증오한다.
우리는 스트레스에 시달려 죽을 것 같고,
아주 거리가 먼 이야기일 수도 있지만,
그로 인해 우리는 지구 또한 파괴해가고 있는 것이다!"

스티브 비덜프, 『남자, 그 잃어버린 진실』[1]

---

1 『남자, 다시 찾은 진실』의 전작으로 원제는 『The manhood』. 아들과 딸의 삶에 있어서 아버지의 역할이 갖는 중요성을 다룸.

●

3년 후.

"친구, 나한테 고추가 생겼어!" 마르코가 수화기에 대고 소리를
질러댄다.

월요일 아침이다. 그리고 오늘 나는 휴무이다. 전화벨이 울렸을
때, 나는 오믈렛을 만들어 먹으려고 팬에 달걀을 부으려던 참이었
다. 그 순간에, 비유해서 말하자면 재수 없게 거시기 한 개가 딱 끼
어든 것이다. 지금까지 마르코가 그것 없이 지냈다는 말은 금시초
문이다. 아니, 오히려 그 정반대였다. 내가 아는 한 마르코는 자기
물건에 '삼손'이라는 이름까지 지어준 인물이다. 마르코는 삼손
에 관해 이야기하는 걸 좋아한다. 그것도 아주 자세하게. 삼손과

함께 무슨 일을 했는지도 전부 다 말해준다. 그의 이야기를 듣다 보면 영락없이 매순간 삼손이 스스로 이야기를 시작하는 것 같은 느낌이 들곤 한다.

나는 마르코의 전화를 받으면 겁부터 난다. 혹시라도 다음의 두 가지 이유가 아닐까 싶어서. 이를 테면 삼손이 새로운 기술을 마스터했다거나, 아니면 그의 꼬마 친구가 지독한 병에 감염이 되었다든가.

"고추가 생겼다니까, 나한테!" 마르코가 또다시 말한다.

"좋겠네. 그럼 곧 두 개를 달고 다니겠군." 나는 오믈렛은 나중으로 미루고, 대신 커피를 빼들고 터덜터덜 거실로 가서 소파에 주저앉는다.

"아이고, 이렇게 말귀가 어두워서야." 마르코가 말한다. 기쁨과 자부심이 가득 차 있는 목소리다. "이 친구, 어디가 고장 났나? 내가 아빠가 된다고!"

나는 너무 놀라서 커피를 반이나 엎지르고 말았다. 마야한테 반쯤 죽게 생겼다. 마야는 내가 소파를 더럽히는 걸 정말 싫어한다. 게다가 이 접이식 소파는 마야 할머니가 쓰던 것이라 마야에게는 정말 소중한 것이었다. 다행히 마야가 병원 예약으로 집에 없어서, 얼룩을 지울 시간은 충분하다.

"그런데 아빠가 되면 되는 거지, 왜 너한테 고추가 생겨?" 내가 물었다. 내 상식으로 그건 생식 행위를 할 때 필요한 것이지 아빠가 된 다음에 필요한 건 아니다.

"답답한 친구 같으니, 그렇게 머리가 안 돌아가냐. 나한테 아들이 생긴다고!"

마르코가 아빠가 되다니, 사실 놀라 자빠질 일이다. 그가 타마라와 함께 살기 시작한 건 겨우 일 년 반 전이다. 둘이 그렇게 서둘러 아이를 얻게 되리라고 누가 생각했으랴. 무엇보다 둘은 마야와 나보다 몇 살이나 더 어렸기에 더더욱 그랬다. 두 사람은 이제 막 삼십 대 초반에 들어섰다. 천천히 시간을 두고 자신들의 삶을 즐겨도 되는 때 아닌가.

친구의 자식 복이 마야와 나에겐 저주가 될 것 같은 예감이 든다. 틀림없이 조만간 부모님의 압박 전화가 빗발칠 것이다. '마르코와 그 애 여자 친구에게 아이가 생겼다며? 그럼, 너희도 어떻게 될지 봐야겠구나. 심혈을 기울여서 열심히 해봐라! 우리도 이젠 할머니, 할아버지 소리 좀 들어보자.'

하지만 친구에게 아이가 생기게 된 건 당연히 축하해줄 일이다. 어쨌든 나는 마르코가 오래전부터 아이가 많은 다복한 가정을 바라온 것을 알고 있었다. 그는 말이 필요 없는—나와는 정반대로—진짜 남자 중의 남자이다. 가족은 그에게 있어 완성된 삶의 틀에 속하는 일이었다. 이제 드디어 그의 꿈이 실현될 것 같아 보인다. 몇 년 전 처음으로 진지하게 생각했던 여자와의 관계가 틀어진 후로 마르코는 평생을 함께할 새로운 여자를 계속 찾아다녔다. 그리고 발에 차일 정도로 많은 여자를 찾아냈지만, 대부분은 그저 하룻밤을 넘기지 못했다. 늘 선택할 여자들이 넘쳐났던 그를 보며 나는 은근히 질투심을 느끼기도 했다.

그러던 어느 날 밤 파티에서 마르코는 타마라를 알게 되었다.

아름다운 이 브라질 출신의 여인이 파티의 흥을 돋우기 위해 배꼽춤을 보여주었는데, 그 모습에 마르코와 삼손이 완전히 홀리고 만 것이었다. 나머지 이야기는 이제 모두가 아는 역사가 되었다. 그리고 이제 그 역사는 나아가 가족사가 될 예정이다.

마르코와 나는 학창 시절부터 알고 지낸 사이다. 당시 나는 체육협회에서 여자 농구팀을 가르치고 있었다. 그러던 어느 날 마르코가 무작정 경기장으로 와서 모퉁이에 서 있는 것이었다. 때는 90년대 초. 변혁의 바람이[1] 분 직후였다. 그는 부모님과 함께 드레스덴에서 갓 넘어온 상태였다. 그때까지만 해도 그는 작센 사투리를 제대로 구사하던 터라, 나는 그가 "내 같이 뛰어도 일 없음까?"라고 물었을 때, 그 말을 바로 알아듣지 못했다. 나는 그에게 그는 여학생이 아닐 뿐더러 팀원으로 뛰기엔 너무 나이가 많다고 알려주었다. 그러나 마침 협회에서 협동 트레이너를 구하고 있던 상황이었고, 마르코는 경험이 풍부했다. 얼마 되진 않았지만, 농구 코치로서 부수입을 올릴 기회를 그로서는 마다할 수 없었다. 그는 팀에 남았다.

그럭저럭 세월이 흘러 이제 마르코는 표준 독일어를 구사하고, 뿐만 아니라 타마라에게서 귀동냥으로 들은 포르투갈어도 조금씩 구사하게 되었다. 그는 지금까지 내가 만난 친구 중에 가장 우직하고, 믿음직하며 올곧은 친구다. 추바카[2]의 성격을 지닌 남자

---

1 베를린 장벽 붕괴로 동·서독 간 장벽이 무너지고 통독이 이뤄짐으로써 전 유럽에 자유와 변혁의 바람이 일던 시기.
2 영화 「스타워즈」에 등장하는 원숭이를 닮은 '우주설인'.

랄까. 만약 타마라가 선수를 치지 않았다면, 내가 그에게 청혼하고 말았을지도 모른다. 하지만 임신 소식 이후 두 사람은 하루라도 빨리 결혼을 원하고 있어 그럴 가능성은 없을 것 같다.

"네가 우리의 결혼 입회인이 되어준다면 최고일 거야. 너라면 총각 파티도 계획할 수 있을 테고." 그가 말했다.

"그야 당연하지." 그렇게 대답한 다음 나는 통화를 마쳤다.

마르코를 질투해야 할지 동정해야 할지 잘 모르겠다. 결혼과 아이라? 생각만으로도 나는 기분이 묘하다. 내 입장에서 그 두 가지는 시간을 갖고 기다릴 수 있는 것들이었다. 학생으로서, 나중엔 한 중견 출판사에서 견습 사원으로서 나름 오랜 목마름의 여정을 겪은 뒤 나는 마침내 편집자로 일하며, 쓰고 남을 정도는 아니지만 월급을 받게 되었다. 나는 아이를 낳기 전에, 가능한 햇빛 좋은 곳으로 휴가를 떠나 야자수 아래에서 시간을 보내고, 컨버터블[3]도 한 대 마련하고 싶다. 어쨌거나 구체적이진 않아도 대충의 계획은 그렇다.

그런저런 것들을 고려할 때, 마르코처럼 나에게도 아들이 생길 수 있다는 사실은 생각만으로도 현기증이 난다. 나에게 남자란 근본적으로 미심쩍은 존재다. 더군다나 남자아이는 어떻게 대하고 다뤄야 할지 전혀 감을 잡을 수 없을 것 같다.

마르코는 다르다. 그는 자기 자식에게 머리끝부터 발끝까지 사나이는 어떤 존재이며 어떻게 처신해야 자기 기반을 마련하는지

---

3 지붕을 여닫을 수 있는 자동차. 카브리오.

확신을 가지고 보여줄 수 있는 사람이다. 마르코는 정말로 용기 있는 남자이니까. 얼마 전 그와 함께 영화관에 갔을 때 그는 그 점을 제대로 입증했다. 우리 앞줄에 가죽점퍼 차림의 덩치 두 명이 앉아 있었는데, 간식으로 배낭에 병맥주를 챙겨온 모양이었다. 맥주병을 비우고 둘 다 거나하게 취하자, 영화 상영 중인데도 이리저리 야유를 해대고 다른 관객들에게 팝콘을 던지기 시작했다. 나는 점점 더 영화관 의자 속으로 몸을 파묻었다. 그런데 갑자기 마르코가 자리에서 일어서는 것이었다. 그러곤 몸을 날려 앞줄로 넘어가더니 두 남자에게 이제 그만 주둥이 좀 다물라며, 그렇지 않으면 본인이 직접 그 입에 접착제를 처발라주겠다고 했다. 덧붙여 그들의 생식기도 고통스럽게 처리해주겠다는 다짐까지 했다. 그 후, 두 덩치는 쥐죽은 듯 조용해졌다.

마르코는 상남자다. 마르코처럼 되었으면 좋겠다고 바란 적이 한두 번이 아니었다. 하지만 지금까지 그렇게 되지 못한 건, 지금은 정말이지 깊이 생각하고 싶지 않은 약간은 독특한 내 가정사와 관련이 있다.

나는 커피 잔을 옆에 세워놓고, 다시 부엌으로 간다. 겨우 아홉 시 반밖에 안 되었지만, 아침 시간에 너무 충격을 받은 후라 일단 맥주부터 한 캔 비우고, 그다음엔 '콜 오브 듀티(Call of Duty)' 게임을 한 판 해야 할 것 같다.

나는 내가 마르코의 입장이라면 어떻게 할지 자문해본다. 자기 가정을 꾸리는 일이 정말로 남자의 인생에 속하는 일일까? 적어도 고전적으로 요구되는 남자의 3대 요건은 집을 짓고, 나무를 심고, 아이를 생산하는 것 아닌가.

사실 나는 내가 정말로 그 요건을 감당할 만큼 어른이 되었는지 잘 모르겠다. 집을 짓자니 재정적인 부진과 '곰 손'이 훼방을 놓는다. 뿐만 아니라 이 몸은 거의 모든 나무에 알레르기 반응을 보인다. 그리고 출산에 관한 것 역시 어떻게 해야 할지 뭐 하나 확신이 서지 않는다. 과연 나는 좋은 아빠가 될까? 아기의 기저귀를 갈아주고, 목욕도 시켜주며 육아휴직을 하는 그런 아빠가? 그런 남자인가, 내가?

아이가 쓸 양말이나 모자를 손수 뜨개질하고, 아이의 소화에 관해 엄청난 열변을 토하는가 하면, 마술을 부리듯 즉석에서 3성(星)급 어린이 메뉴를 뚝딱 만들어내는 남자들을 몇몇 알고 있긴 하다. 하지만 나의 경우엔 소근육의 운동신경이 무딘 것도 있고, 아울러 뜨개질은 다칠 위험이 너무 크다. 그리고 소화에 관해서라면, 내가 먹은 음식물을 소화하는 것만으로도 바쁘다. 마지막으로 한 마디, 마야는 내가 부엌에서 연출한 작품들에 매번 감동한다. 그런데 그게 사실은 감동이라기보다, 번번이 실패로 끝나는 내 요리 실험에 대해 그냥 병적으로 매료된 것이 아닌가 싶다. 좌우간 나는 가사 노동에서 재미를 느끼지 못한다. 그래서 나는 언젠가 우리가 진짜로 아이를 낳아야 한다면, 아이의 뒤치다꺼리를 내가 잘 감당할 수 있을지 모르겠다.

내가 보기엔 마야가 성공적인 자녀 양육을 위해 보다 나은 스타팅포지션에 있는 것 같다. 여자라서가 아니라, 실제로 그 분야를 공부했기 때문이다. 마야는 유치원 교사이다. 그리고 자라나는 새싹들을 다루는 데는 전문가이다. 반대로 나는 지인 중에서 젊은 엄마들이 버둥거리는 똥싸개들을 황홀한 표정으로 나에게 건넬 때마다, 그 자체만으로 이미 버거운 사람이다. 그래서 나는 기어 다니는 아이들은 그냥 안전거리를 두고 바라만 보는 게 더 좋다.

솔직히 말해서 내가 아는 남자 중 자손 번식과, 자녀에 대한 전망, 가사 노동, 가족에 관해 생각할 때마다 그 즉시 기뻐 날뛸 남자는 아주 소수뿐이다. 마르코도 이 소수 중 한 명으로 보인다. 하지만 조만간 친구끼리 맥주잔을 기울이며 그의 진짜 속마음을 한번 알아보긴 할 계획이다. 나는 자손 번식에 대해 갖는 이 행복감이 진정 그의 속마음에서 나온 감정인지 모종의 의구심이 든다. 남성 회원으로만 구성된 모든 연맹이나 친목회에서 지지하는 불문율이 뭔가. 여자들이 해야 할 모든 잡일을 함께하고(혹은 대신하고), 또 그걸 즐기는 남자는 남자가 아니라 여자이거나 게이임에 틀림없다. 그렇지 않은가?

아빠가 되는 건 재미있는 일이에요, 약속하죠!
– 이사벨 빈클바우어, 잡지 『엘터른』[4]

"왜 이래, 당신 취했어?"

맙소사, 내가 소파에서 잠이 들었던 모양이다. 빈 맥주 캔 세 개

---

4 '부모'라는 뜻의 독일어. 임신과 출산, 육아, 자녀 교육에 관한 정보와 칼럼 등을 실은 육아 전문 잡지.

와 게임 패드가 내 옆에 놓여 있다. 머리가 지끈거린다.

"당신, 도대체 정신이 있는 거야?!" 마야가 소리친다. "아직 열 두 시도 안 됐는데 이게 뭐야!"

내가 자리에서 일어나려고 기운을 차리는 동안, 마야는 맥주 캔을 치운다. 치밀어 오르는 부아를 참고 그녀가 중단발의 검은 머리를 손으로 쓸어 올리며 말한다. "슈테판, 이제 그만 정신 좀 차리시지!"

이런, 이런. 내가 결코 좋은 모습을 보이지 않았다는 건 나도 안다. 그렇다고 해서 그게 이렇게까지 다짜고짜 나에게 비난을 퍼부어야 하는 일이란 말인가? 아무튼 최근 들어 그녀는 잦아도 너무 자주 짜증을 낸다. 강아지가 나오는 광고를 보면 울기 시작하질 않나, 별것 아닌 사소한 일들에 벌컥벌컥 화를 내질 않나. 쓰레기를 내다놓지 않으면, 다른 여자가 있구나! 청소기를 돌리지 않으면, 당신에겐 우리 관계가 아무 의미도 없나 봐! 엑스박스 게임을 좀 많이 하면, 아직도 크려면 멀었군! 이렇게 쏘아붙인다. 이건 도무지 이해가 되지 않는다. 예전에 그녀는 이렇게 빡빡하지 않았다. 어쩌면 이런 행동들은 그녀의 영양 섭취와 관련된 것일지도 모른다. 아침마다 그녀는 오이와 으깬 소시지를 바른 빵 네 쪽에 코코아차를 먹는다. 나 같으면, 그런 조합의 음식이 배 속에 들어오면 하루 종일 속이 불편할 것 같다. 여자에 관해 잘 아는 편은 아니지만, 그래도 이건 아니다 싶어 뭐가 잘못되었냐고 묻기라도 하면, 그녀는 아예 먼저 공격을 차단해버린다.

"마야, 들어봐." 나는 변명 아닌 변명을 한다. "나 지금 폭풍을 뚫고 나온 것 같아. 마르코 때문에."

"마르코한테 무슨 일이 있는데?" 마야가 이마를 찡그린다.

"그 친구가 아빠가 된대."

"정말? 좋겠다~!" 마야는 부아가 채 가시지 않은 얼굴인데도 환하게 미소를 지으며 말한다. "마르코는 분명히 멋진 아빠가 될 거야."

"글쎄, 나는 잘 모르겠는데." 나는 마야가 갑자기 그렇게 열광하는 걸 보고 어리둥절해 말했다. 마야는 원래 마르코를 그렇게 높이 평가하는 편이 아니었다. 마르코도 나와 다름없이 요리를 하면 크게 망치는 데다 청소도 잘 하지 않기 때문이다. 우리 남자들의 눈에는 더러운 것이 들어오지 않는다. 그리고 먹을 게 필요하면 배달 피자로 간단하게 해결한다. "그 친구, 아빠가 되는 것에 관해 깊이 생각해보기는 한 건지. 원래 아이들이니 가사 노동이니 하는 것에 관해선 전혀 감(感)이 없는 친구잖아."

마야의 입꼬리가 실룩거리기 시작한다. 잠시 후 눈물이 그녀의 볼을 타고 흘러내리더니, 이윽고 흐느낌으로 변한다.

대체 왜 저러는 거지?

"마야, 진정해. 그래도 다 잘된 일이잖아."

"잘되긴 뭐가 잘되었다고 그래." 마야가 퉁퉁 부은 눈으로 나를 쳐다보며 말한다. "슈테판, 당신같이 둔한 사람은 처음 봐, 양 머리를 달고 다니나!"

"그야 당연하지. 나는 당신의 귀여운 꼬마 양이니까……." 그녀는 종종 정겨운 말투로 나를 '꼬마 양'이라고 부르곤 했다.

"아니, 내 말은 그게 아니잖아! 당신, 정말 아무것도 모르겠어?"

"모르긴 뭘 몰라?"

"아침마다 헛구역질을 하고, 으깬 소시지를 발라서 한 상 가득 아침을 차려 먹는데……. 난……, 난 내가 말하지 않아도 당신이 분명히 알아차릴 거라고 생각했어. 당신은 내가 왜 병원에 다녀왔다고 생각해?"

"그야 예방 차원에서 건강 검진 받으러 간 거라며. 당신이 그랬잖아."

"당신, 정말! 그건 당신을 놀라게 해주려고 그랬던 거지!" 마야는 그 말을 한 다음 계속 흐느껴 울더니, 지갑을 뒤적여 영수증 종이에 인화한 구깃구깃한 흑백사진을 꺼낸다.

"나 임신했어."

정말? 정말 좋다~! 원래 그녀가 임신하면 나는 그렇게 말하려고 했다. 그녀에게 "사랑해"라고 말하고, 또 앞으로 우리 둘이 힘을 합쳐 그 상황을 잘 헤쳐 나갈 거라고, 확신을 심어주고 싶었다.

그런데 지금 내 머릿속을 떠도는 생각은 온통 이것뿐이다. '이런. 제기랄. 진짜로 지금 같은 때?!'

여러 조사들이 밝힌 결과에 따르면,
이제는 젊은 남성들이 가정을 꾸리고
가장으로서의 책임을 원치 않는 경우가 흔하다고 한다.
그들에게 가족을 책임지는 일은
너무 부담스럽고, 또 너무 불확실하기 때문이다. (……)

두 번째 이유는,

왜 내가 번 돈을 다른 사람을 위해 써야 하는 거지?

그럴 거면 차라리 나 혼자 살면서 내가 가진 걸 누리고 살겠어, 라는

자기본위적인 관계 이해에 있다.

– 발터 홀슈타인, 남성 연구가

마야는 내 이상형이다. 아이를 둔다면, 마야와의 사이에서 아이를 갖고 싶다. 당연히 언젠간 가정을 꾸리고 싶다는 이야기도 진즉 나누었다. 하지만 지금까지 그녀에게 고백하지 못한 것이 있는데, 내가 가정이라는 것이 어떻게 굴러가는지 전혀 알지 못한다는 것이다.

아마도 내가 홀어머니 밑에서 형제자매 없이 홀로 자라난 데 그 이유가 있는 것 같다. 우리는 외갓집에서 살았는데, 널찍한 그륀더차이트[5] 양식의 외갓집은 노르트라인-베스트팔렌 주의 산악지대인 베르기쉐스란트의 한 비탈진 언덕에 자리잡고 있었다. 그 집은 우리 모두뿐 아니라 외증조할머니도 함께 사실 수 있을 정도로 공간이 넉넉했다. 그리고 나는 원할 때면 언제든 정원에 나가 놀 수도 있었다. 외할머니와 외증조할머니는 나의 교육에 적극적으로 개입하셨다. 그에 비해 외할아버지는 그렇지 못했다. 여자들의 집안일에 관한 한 할아버지는 거의 발언권이 없었다.

나는 누릴 수 있는 모든 것을 다 누리며 자랐지만, 오늘까지도

5 19세기 중후반에서 20세기 초까지, 독일의 산업화가 절정에 달했던 시기에 유행한 건축 양식으로 넓은 평수의 빌라형 다세대 주택 정도로 이해할 수 있다.

제대로 된 가정, 그러니까 어머니와 아버지가 있는 가정이 어떻게 돌아가는지에 관해선 전혀 모른다. 이론적으로는 할아버지가 계셨지만, 실제적으로 여인네들 사이에서 남자는 나 혼자였다. 이 여인들은 남자의 위치까지 점유하려고 숱하게 애를 썼지만, 번번이 세세한 지점에서 낭패를 보곤 했다. 한 번은 증조할머니가 나에게 어떻게 볼링을 치는지 보여주시려 한 적이 있었다. 그러나 당시 우리는 둘 다 힘이 약했고, 볼링공을 드는 것은 물론이고 던지는 건 더더군다나 역부족이었다. 어머니와 외할머니, 그리고 외증조할머니에게서 내가 배운 것은 모름지기 '남자란 이러저러하면 안 된다'는 것들뿐이었다. 예를 들면 할아버지처럼 그래선 안 된다와 같은. 할아버지는 단 한 번도 이 여인들을 만족시키지 못했던 것이다.

내 어머니가 가진 또 다른 적개심의 대상은 아버지였다. 벨기에 사람인 아버지는 내가 태어난 뒤 홀연히 자취를 감추고는 한동안 주소 불명 및 연락 두절 상태였다. 나는 아버지를 모르고 지냈기 때문에, 나에게 본이 되는 남성상을 80년대 비디오 대여점에서 빌려올 수밖에 없었다. 나의 아버지는 제임스 본드, 콜트 시버스[6], 액슬 로즈[7]였다. 반면 현실 세계의 남자들은 지금까지도 내겐 낯설기만 하다.

반대로 마야는 내가 부러워하는 이상적인 가정에서 자랐다. 마

---

6 「육백만 불의 사나이」로 유명한 리 메이저스가 「스턴트맨」에서 연기한 극중 인물.
7 하드록 밴드 '건즈 앤 로지즈'의 전 메인 보컬.

야 아버지는 한 보험회사에서 실무 담당자로 일했고, 저녁이면 늘 정확한 시간에 집에 돌아왔다. 나들이도 하고 가족 여행도 하며 지냈다. 아빠는 마야와 놀아주었고, 나무를 베는 것은 물론이고 결단에 있어서도 나무쪽 자르듯 딱 부러졌다. 토요일 밤엔 「스포츠 중계」를, 일요일 밤엔 수사극 「범죄 현장」을 시청했다. 마야 어머니는 그동안 세무사 사무실에서 반나절 근무를 하였고, 그 시간 외엔 집안을 돌보았다.

마야가 나의 가족사적 배경을 이해하려고 많은 애를 쓰는 건 당연하다. 그러니 자녀와 결혼, '내 집 마련' 이야기만 나오면 다소 신경질적으로 변하는 나를 이해하지 못한다고 해서 그녀에게 섭섭해 할 수는 없는 노릇이다.

어쨌든 나는 한 가지만은 늘 다짐해왔다. 언젠가 우리에게 정말로 자녀가 생긴다면 — 이제 곧 그 '정말'이 현실이 될 것으로 보이지만 —, 아이를 위해 나는 내가 있어야 할 자리를 지키며 내 가족을 돌보겠노라고. 마야가 나를 믿고 의지할 수 있게 해야 한다. 나는 마야에게 그녀가 자라온 집과 똑같이 완벽한 집을 마련해줄 것이다. 한 명, 혹은 두 명의 아이가 자라기에 족한 부지를 갖춘, 도시 외곽에 있는 아담한 주택을. 커다란 정원도 포함해서 말이다. 모래밭과 그네를 갖춘 정원이라면 더할 나위 없이 좋겠고.

다만 걱정이 되는 건, 이것을 감행하려면 '머리끝부터 발끝까지 완전히 남자인 진짜 남자'가 필요한데, 내가 그런 남자가 못 된다는 것이다.

성 역할이 달라지고 있다.

오늘날 남자들은 전업 남편 아니면

돈 버는 기계, 슈가 대디[8] 아니면 토이보이[9],

남편 아니면 애인 등등 무엇이든 될 수 있다.

하지만 막대한 자유는 (……) 막대한 불확실성도 만들어냈다.

모두들 스스로 자신의 인생관을 정립해야 하며,

행동에 대한 확신은 남성과 여성 양쪽 모두에게서 사라지고 말았다.

– 바버라 융 외, 『포커스』

나는 점심으로 소시지를 넣은 콩죽을 쑤었다. 우리 둘 다 좋아하는 음식이다. 하지만 오늘은 둘 다 입맛이 당기지 않는다. 우리는 소형 접이식 식탁에 앉아 서로 아무 말도 하지 않는다. 나는 취기가 가시지 않았기 때문이고, 마야는 분명히 나 때문에 기분이 상해서 그러는 걸 거다.

"정말 기쁜 일이야." 마침내 내가 먼저 말을 한다.

마야가 깊은 한숨을 내쉰다. "당신이 진심으로 하는 말이길 바랄 뿐이야. 당신이 우리 사이엔 마땅히 아이가 있어야 한다, 뭐 그런 것 때문에 아이를 원해선 안 돼. 당신이 좋아서 원해야지."

"그러고 있잖아!"

"슈테판……." 마야가 내키지 않는 표정으로 죽 한 숟가락을 뜬다. "나는 당신을 사랑해. 하지만 당신이 계속 이런 식으로 어리석

---

8 보통 성관계 대가로 젊은 여자에게 돈이나 선물을 대주는 돈 많은 중년 남자.

9 연하의 애인.

게 행동하면, 그러면……."

"그러면, 뭐?"

"당신은 환한 대낮에 취하도록 술을 마시지. 청소를 하거나 빨래를 돌리기는커녕 게임기나 붙잡고 있고 말이야! 아빠가 되면 그만큼 더 책임감도 커져야 해. 당신이 그럴 생각이 없다면, 차라리 나 혼자 아이를 키우겠어."

나는 마야라면 충분히 그럴 수 있다는 걸 잘 알고 있다. 진짜로 그녀는 나에게 의존하는 사람이 아니다. 그러나 그녀가 나를 떠난다면 그 불쌍한 어린 것은 나와 똑같은 운명에 처할 것이다. 나처럼 아빠 없이 성장하게 될 것이다.

"그것도 당신이 원하는 대로 할게." 나는 가능한 설득력 있게 들리도록 애쓰며 말한다.

"슈테판, 나 지금 진지하게 말하는 거야. 이 아이를 함께 키울 생각이라면, 앞으로 어릿광대가 아니라 진짜 남자처럼 행동하기를 바라."

"잘 알았어." 나는 말한다.

말은 그랬지만, 실은 아무것도 모르겠다. 진짜 남자는 과연 어떻게 행동해야 하는 거지? 술에 취해 멍한 머릿속으로 스쳐 지나가는 생각은, 그렇다면, 이제 전력을 다해서 좋은 남편, 좋은 아빠가 되어야겠다는 것뿐이다.

하지만 그렇게 하려면 어떻게 해야 할까? 전업주부로 사는 남자들을 흉내 내어야 하나? 마야는 집에 꼬박꼬박 돈을 벌어다 주고, 걱정 근심 없이 지내게 해줄 돈 버는 기계 같은 남편을 더 좋아하지 않을까? 그것도 그렇고, 요즘 같은 시대에 과연 어떻게 해야 아버지 역할을 잘해낼 수 있을까?

제발 우리 아이가 딸이기만을 절절히 바랄 뿐이다. 그렇다면 나도 전망이 있을 것 같다. 제발 고추만 아니길!

악몽이 따로 없다.

2

사람 살려,
그렇게 해야 남자라고?

"많은 여성들이 자기 발전을 위해 투자한다.
그들은 직장에서 승진하기 위해 온 힘을 다하고,
법에서 정한 여성 채용 인력의 정원 수를 늘려야 한다고 요구한다.
남성들의 경우 많은 남성들이 축구 경기장에서의
폭죽 허용을 위해 투쟁한다.
이런 모습을 보면 때로는 남자들이 미래와는
완전히 작별을 고했구나, 싶을 때가 있다."

비프케 홀러센 외, 『슈피겔』

햇살이 콧등을 간질이자, 저절로 재채기가 나온다. 에취! 불현듯 잠에서 깬다. 밖이 환하네. 시간이 벌써 이렇게 되었나? 망할 자명종들은 왜 안 울린 거야? 두 개는 침대 바로 옆에 놓아두었는데. 나는 침대 옆 탁자를 향해 곁눈질을 한다. 그런데 탁자 위에 자명종이 없다. 발이 달렸나, 애들이 어디로 간 거지?

나는 침대에서 발만 내어놓고 발바닥이 딱딱한 바닥에 닿는 느낌이 들 때까지 이리저리 발을 휘젓는다. 그런데 바닥에 닿는 촉감이 폭신하고 부드럽다. 우리 집엔 부드러운 카펫이라곤 눈 씻고 찾아봐도 없는데 말이다.

카펫과 마찬가지로 방도 낯설다. 이거 제대로 집을 찾아온 건가? 외계인에게 납치되었나? 내가 원 나이트 스탠드를 즐기고, 그런 다음 상대의 침대에서 잠들었다가 깨어났다는 설정보다 외계인에게 납치되었다는 것이 훨씬 더 있을 법한 일이니까.

하룻밤 즐기자고 만나는 남자들? 없다.

꾸준히 만나는 남자 친구는 말할 것도 없고.

막 방 안을 둘러보려는 찰나, 누군가 휘파람으로 리처드 막스의 「라이트 히어 웨이팅(Right here waiting)」을 부르는 소리가 들린다. 음정, 박자 모두 엉망이었지만 알아듣지 못할 정도는 아니었다. 가장자리가 헤진 소냐 크라우스[1]의 베스트셀러 『남자는 공사 중(Baustelle Mann)』이 침대 곁에 있는 유일한 무기다. 나는 잽싸게 책을 낚아챈 다음, 햇살 가득한 거실을 지나 휘파람 소리가 나는 쪽으로 살금살금 간다. 곳곳이 나무 바닥에, 천장은 높고, 창문도 유행에 뒤지지 않는다. 예쁘다. 하지만 확실히 우리 집은 아니다.

부엌에 가까워지자, 곡조가 맞지 않는 휘파람 소리에 커피 향이 한데 버무려진다. 갈색을 띤 금발의 남자가 머리칼이 헝클어진 채 레인지 앞에 서 있다. 남자는 물 빠진 청바지에 흰 티셔츠를 입고 있다. 내가 소냐 크라우스와 힘을 합쳐 그에게 공격을 가하려는 순간 그가 뒤돌아선다.

직장 동료인 슈테판이다! 이 사람이 여기서 대체 뭘 하고 있는 거지?

그의 티셔츠에는 '아이언 맨'이라는 글자가 화려하게 빛나고, 글자 아래에 다리미를 높이 치켜들고, 금속 갑옷을 두른 슈퍼히어

1　독일에서 유명한 모델 출신의 MC이자 영화배우, 작가.

로 그림이 보인다.

"좋은 아침~!" 그 시간대에 들을 수 있는 인사치고는 타의 추종을 불허할 정도로 경쾌하다. 벽에 있는 시계는 이제 겨우 일곱 시를 가리키고 있는데. "자기도 깨어날 시간이 다 된 모양이네. 그 사이 나는 벌써 세상을 구하고, 동네도 몇 바퀴 조깅하고 왔지. 커피?" 이두박근을 감싼 티셔츠 소매가 팽팽하게 늘어나 있다.

평소 슈테판은 이두박근이라곤 찾아볼 수 없는, 오히려 옆자리에 앉은 친절한 짝꿍 남학생 같은 모습이었다. 그런데 지금 그는 내가 그를 보며 늘 상상해왔던 딱 그 모습, 슈퍼히어로의 모습이었다.

"여긴 어디야?"

내가 묻는 말엔 대답도 하지 않은 채 그는 김이 모락모락 나는 커피를 건넨다. 그리고 난 뒤 음식을 담은 접시 세 개를 식탁 위에 가져다 놓는다. 한 접시엔 스파게티 볼로네즈, 한 접시엔 스시 그리고 또 한 접시엔 커틀릿이 하나 가득 담겨져 있다.

나는 식탁에 고기를 올리는 걸 싫어한다. 그건 슈테판도 잘 알고 있다. 그렇다고 해서 그런 것에 신경을 쓰는 건 물론 아니다. 진짜 사나이는 고기를 먹어줘야 한다나. 남성 잡지 『비프』에 나온 내용, 즉 고기를 먹는 건 힘없이 딸기 열매나 주워 모으는 채집꾼이 아니라, 남성 안에 있는 사냥꾼을 위한 것이라는 내용의 기사가 이 말을 입증한단다.

"내가 대체 어디에 있는 거지?" 내가 묻는다.

"어디긴, 집이지." 슈테판이 말한다. "우리 집."

"그런데…… 우리는 같이 안 살잖아."

"이젠 아니지." 그가 비죽이 웃으며 말한다. "당신이 자는 사이에 내가 우리 집으로 옮겨왔거든."

당혹스러움과 분노를 표출할 틈도 주지 않고, 슈테판이 곧바로 내 앞에 무릎을 꿇는다. 그러곤 마술을 부리듯 등 뒤에서 붉은 사탕무[2] 한 다발을 꺼내어 내민다.

"이건 또 뭐야?"

"자기, 채소 좋아하잖아." 슈테판이 말한다. "그래서 나랑 결혼해줄 수 있는지 물어보려고." 내가 이 두 진술 사이의 연관성을 두고 씨름하는 사이, 나의 동료는 서류 뭉치 하나를 가져와 나에게 내민다.

나는 서류들을 넘기며 대충 내용을 훑어본다. 그것은 나에 대한 모든 사용권을 그에게 양도하여야 한다는 결혼 계약서였다, 어떤 조항에는 우리의 결혼식에 80년대, 90년대 그리고 최신 히트곡들을 틀 것과, 매주 금요일 저녁엔 「인디아나 존스」를 보기로 한다는 내용도 들어 있다. 이밖에도 나는 서명과 동시에 추가로 그의 사무실 책상 위에 있는 화분에 평생 동안 물을 줘야 하는 의무도 지게 될 판이었다. 이 실내 식물은 우리가 함께 근무하기 시작한 첫날부터 이미 목숨 줄이 간당간당했던 것이다.

나는 크게 심호흡을 한다. "우리 우선 서로에 대해 좀 더 알아보는 게 낫지 않을까?" 삼 년 동안이나 같은 사무실을 공유해온 사

2 비트레드. 다른 비트와 달리 뿌리가 지름 삼 센티미터 전후인 붉은 사탕무. 크기가 작아서 우리나라 총각무처럼 주로 단으로 묶어서 판매함.

이이긴 하지만, 결혼 계약서라니 그래도 이건 어딘가 뜬금없다.

"전부 자기를 위해서 이러는 것뿐이야." 슈테판은 기분이 좀 상했는지, 식탁 위에 붉은 사탕무 다발을 던져 놓고는 토스터기 옆에 놓아둔 노트북 쪽으로 간다. 그가 현란한 손놀림으로 위키피디아에 내 이름을 타이핑한다. '안네 바이스는 독일의 작가이다.' 나에 관해 등록된 내용이었다. '외모도 아주 괜찮고, 쉽게 남자를 찾을 수 있음에도, 무수히 많은 연애가 실패로 끝난 후 여전히 미혼 상태를 유지하고 있다. 아무라도 그녀와 결혼하지 않으면, 그녀는 노처녀로 생을 마감할 것이다.'

"자," 슈테판이 말한다. "자기도 일이 이렇게 되도록 가만히 있으면 안 되겠다는 생각이 들지?"

나는 소심하게 고개를 끄덕인다.

"그거 지금 승낙한다는 뜻이지?"

"응." 나랑 결혼하길 원하다니, 착하기도 하지.

갑자기 찢어지는 소리를 내며 현관 벨이 울린다. 나는 깜짝 놀라 어깨를 움츠린다.

"문 좀 열어줄래, 자기?" 슈테판이 묻는다.

나는 부엌을 나서서 복도를 지난다. 벨소리가 점점 커진다. 나는 현관문을 연다. 문 밖에 슈테판의 여자 친구인 마야가 서 있다. 그녀는 죽어라고 울어대는 갓난아이를 안고 있다. 어쩜, 그녀의 존재를 까맣게 잊고 있었다니!

"아, 맞다! 내가 자기한테 말하려던 게 있었는데 말이야……." 슈테판이 부엌에서 소리친다. "물론 거기 둘도 우리 집에서 살 거야!"

어느 정도 거리를 두고 관찰해보면,

어린 나이에 자기실현을 하는 데 대해 너무 후한 평가를 하는 것 같다.

무엇보다 어린 나이에 자기실현에 이르는 것은

그 상태를 끝까지 끌고 가야 하는 위험을 초래한다.

이 세상의 수많은 안나와 카트린, 산드라,

즉 오늘을 살아가는 삼십 대 여성들은

이 단계를 무한대로 연장해 나가는 남자들을 보며

절망하는 경우가 많다.

– 클라우디아 포이크트, 『슈피겔』

땀에 흠뻑 젖은 채 나는 잠에서 깬다. 자명종 시계 두 개가 스프
링처럼 펄떡거린다. 어느새 종소리가 최고음까지 올라가 있다. 나
는 재빨리 손을 놀려 녀석들의 입을 막는다. 그런 다음 침대에서
후다닥 내려오다 침대 발치에 엄지발가락을 부딪친다. 젠장! 잔뜩
짜증이 나는 와중에도 한결 마음이 놓인다. 전부 꿈이었어. 슈테
판과 결혼하지 않아도 된다! 무엇보다 나는 결혼에 대해 병적인
두려움을 갖고 있다. 단순히 버스럭거리는 흰색 드레스도 싫고,
쌀알을 던지고 재미있는 게임을 하는 것을 비롯하여 많은 일들이
두렵기만 하다. 둘째로 슈테판이 좋긴 하지만, 함께 사무실에서
근무한 뒤로 그는 좋은 직장 동료요, 내가 한 번도 가져본 적 없는
오빠 혹은 남동생 그 이상으로 느껴지지 않는다는 게 문제다. 아
마 지금까지도 내가 왕자님을 찾고 있기 때문이 아닌가 싶다. 심
지어 그는 자매처럼 굴 때도 더러 있다. 어느 날 나랑 옷을 바꿔 입
자고 하지 않기만 바랄 뿐이다.

그나저나 왜 그가 나에게 프러포즈하는 꿈을 꾸었을까? 아, 맞다. 그러고 보니 어제 슈테판이 자기가 아버지가 될 거라는 이야기를 했었다. 나는 그가 좋다. 그런데 그를 보노라면 어떻게 그의 모든 면이 사람들이 타당하다고 생각하는 범주를 벗어나지 않는지 자문하지 않을 수 없다. 그는 놀라우리만치 통계적인 수치에 따라 견적을 낼 수 있는 사람이다. 신발은 44사이즈[3]를 신고, 머리카락은 갈색을 띤 금발이며, 35세에 아버지가 된다. 정확히 평균적인 독일인의 범주 안에 있다. 반면 나는 평균적인 독일 여성들이 일반적으로 29.6세에 첫아이를 본다는 통계치의 마지노선을 훌쩍 넘긴 상태다. 나는 나의 소수성으로 인해 아마 후사를 보는 것도 서서히 포기해야 할 것 같다.

나는 한숨을 푹 쉰다. 그러곤 아무거나 서둘러 몸에 걸치고 사우나처럼 찜통이 된 옥탑 거실을 잽싸게 지나 욕실로 간다. 욕실 문이 잠겨 있다. 똑똑똑, 노크를 한다.

"조금만 기다려요. 곧 나가요." 웅웅거리는 남자의 목소리가 울려 퍼진다. 뒤이어 철없이 킥킥거리는 여자 목소리가 따라붙는다. "난 아니야!" 이건 나의 동거녀 산드라의 목소리가 분명하다. 산드라가 음성 변조를 한 것이거나, 아니, 확률이 더 높은 쪽은 산드라가 또 남자를 데려온 것일 테다. 산드라의 남성 편력이 좀 거슬리기는 한다. 하지만, 내가 그녀의 그런 점에 경탄해 마지않는다는 것 역시 인정하지 않을 수 없다. 아니라고 하면 그건 거짓말일

---

3 독일 남성의 평균 사이즈가 43~44이다.

거다. 삼 년 전 올리버와 헤어진 뒤로 내 생활은 남자와는 아주 거리가 먼 생활이었다. 그 당시에 나는 산드라와 함께 집을 얻어 이사했다. 우리 둘은 같은 출판사에서 수습 시절을 함께 보냈고, 그 이후로 줄곧 알고 지내온 사이다. 당시 우리는 창고로 쓰던 다락방 같은 곳에 앉아서 어른거리는 컴퓨터 한 대를 공유하며, 요청하지도 않았는데 보내온 원고들을 산더미처럼 쌓아놓고 일을 분담했다. 그곳은 여름만 되면 정말 뜨거웠고, 그렇게 함께 흘린 땀은 우리를 단단히 묶어주었다. 그럭저럭하는 사이 산드라는 한 출판 에이전시에서 일을 하게 되었다. 그리고 내가 출판사 편집부에서 일을 하게 된 뒤로는 간간이 업무적인 면에서도 서로 관련을 맺고 일하고 있다.

처음에 산드라와 함께한 생활은 나를 이별의 심연에서 벗어나게 해주었다. 일단 남자 없이 여자 둘이 살자니 그렇게 재미있을 수가 없었다. 나는 다시 콘서트를 보러 가거나, 파티에 갔고, 전시회를 찾는 일도 잦아졌다. 집에 늦게 들어와도 누군가에게 변명할 필요가 없었다. 그리고 몇 년 후엔 유행에 걸맞은 '완전 채식형' 요리법과 더불어 채식을 시도하게 되었고, 타악기도 연주하기 시작했다. 한마디로 나는 내 몸에 좋은 것들은 다 해봤다. 그리고 그렇게 하니 재미있었다.

하지만 그사이 여자 친구 중에 결혼을 하고, 아이를 낳는 친구들이 점점 더 늘어났다. 산드라는 좋은 친구이긴 하지만, 더 이상은 파티광인 그녀를 따라잡지 못하겠다. 그리고 갑자기 세 가지 질문, 즉 여자라면 이르든 늦든 언젠가는 당면하게 되는 세 가지 질문을 하게 되었다. 나는 종족 번식 행위에 가담해야 하는가? 해야 한다면, 누구와 할 것인가? 그리고 평생을 함께할 만한 완벽한 남자가 존재하기는 할까?

부엌으로 들어서자, 늘 그랬듯 황야와 같은 풍경이 파노라마처럼 펼쳐져 있다. 빵 부스러기가 온 사방에 떨어져 있다. 그나마 부스러기가 보이지 않는 곳엔 초콜릿을 닦아낸 갈색 흔적이 남아 있는 게 보였다. 온몸에 먹을거리를 바르고 음미하는 것에 대해 그렇게 열렬히 이야기하더니만, 보아하니 어젯밤 산드라는 새로운 포획물과 함께 그걸 해낸 모양이다.

나는 의자에 묻은 지저분한 것들을 닦아내려고 바닥에 떨어져 있는 걸레를 집어 올리려다 뭔가 잘못되었다는 걸 깨닫는다. 그것은 걸레가 아니라 남자 팬티였다. 자세히 안 봐도 벌써 며칠 동안 내리 입었다는 걸 분명히 알 수 있었다. 나는 구역질을 하며 팬티를 도로 떨어트리고는 서둘러 손을 씻는다. 그런 다음 차를 끓여 빵 부스러기는 무시하고, 그나마 가장 깨끗해 보이는 의자에 앉는다. 두 남녀가 일을 다 끝낼 때까지는 어차피 한참 더 걸릴 테니까.

"이제 욕실 비었어!" 꼬박 이십 분이 지난 뒤 산드라가 소리친다. 곧이어 둘이 속닥거리며 킥킥대는 소리가 들린다. 현관문이 닫히더니 조금 있다가 그녀가 부엌으로 들어온다. 그녀는 늘 미드 「매드 맨(Mad Men)」에 나오는 조앤을 연상시키는 새틴 재질의 붉은색 가운 외엔 아무것도 걸치지 않은 모습이다. 가운 앞섶은 거의 풀어헤쳐져 있고, 머리카락은 여전히 젖어 있다. 물결치는 흑백 바둑판무늬 리놀륨 바닥 위로 물이 뚝뚝 떨어진다.

"네 자명종 때문에 내 인내심에 종치는 줄 알았다." 그녀가 수건으로 머리카락을 문질러 말리며 말했다. "하마터면 네 방문을 부수고 들어갈 뻔했어. 흥분되는 섹스 꿈이라도 꾸었나 봐, 그래서 일어나기 싫었던 거야?"

나는 어깨를 으쓱한다. "모든 사람이 다 샤워기 아래에서 마음껏 자신의 거친 판타지를 시험해볼 수 있는 건 아니지. 방금 막스는 그걸 해냈겠지만?"

그녀는 웃으며 고개를 끄덕인다. 산드라는 육체적 합일의 열광적인 팬이다. 침대 파트너에 관한 한 까다로운 편도 아니다. 그리고 그런 남자들은 대체로 오래 머무르지도 않는다. 막스는 이미 두 번이나 우리 집에 왔다. 다음번에 그는 전력을 다해야 할 것이다.

나는 힘겹게 의자에서 몸을 일으키고, 발을 질질 끌며 욕실로 들어간다. 내 칫솔을 담아두었던 양치 컵이 넘어져, 세면대 속에 놓여 있다. 헤어브러시엔 막스의 덥수룩한 머리카락이 잔뜩 끼어 있다. 그건 그렇고, 이 사람, 대체 어디서 면도를 한 거지? 제아무리 울버린[4]이라 해도 막스의 얼굴에 난 털에 비하면 털을 모조리 밀어버린 벌거숭이 개처럼 보일 것 같다.

나는 욕지기가 올라오는 걸 참고 억지로 숨을 쉰다. "정말 토할 것 같다."

"뭐가?" 산드라가 밖에서 소리친다.

"네 남자 친구 말이야, 수염을 깎았으면 치우는 것도 해야 하는

---

4 영화 「엑스맨」의 주인공. 엄청난 구레나룻가 인상적인 돌연변이다.

것 아닐까." 나는 흐르는 물에 칫솔을 헹구며 큰 소리로 말했다. 칫솔을 삶고 싶은 마음이 굴뚝같았지만, 지금은 시간이 없다. 곧 출근해야 한다.

"남자 친구 아니거든"이라는 소리가 부엌에서 울려온다.

"그렇다면 내가 얼굴에 카펫 조각을 달고 다니는 그 곰팡내 나는 괴물을 뭐라고 불러야 하는 거지? 막스 추접이?"

막스를 처음 만났을 때부터 나는 그를 물 공포증을 지닌 거의 '숲의 신'에 가까운 인간으로 분류했다. 솔직히 말하면 그에게선 어딘가 노숙자 냄새가 풍긴다. 그에게 양치질이라는 단어는 일종의 외국어인 것 같다. 이로 인해 대화 상대는 큰 고통에 빠질 수도 있다. 그리고 머리 감기 역시 특별 행사에 속하지 싶다.

나는 발끝을 세워 욕조에 발을 들여놓는다. "아악!"

이건 또 뭐지?

나는 발바닥을 부여잡고, 볼록하게 솟은 발바닥 앞쪽 살 속에서 초승달 모양의 발톱을 빼낸다.

이대로 두고 볼 수만은 없다.

나는 수건을 내동댕이치고, 반달 모양 발톱을 들고 욕실을 뛰쳐나간다. 올리와 함께 살 때에도 이건 늘 나를 격분케 했었다.

"얼굴에 카펫 조각을 달고 다니는 그 인간이 여기서 자고 가는 건 반대하지 않겠어." 나는 산드라의 코앞에 반달 모양 발톱을 들이밀며 말한다. "하지만 솔직히 말이야. 그 남자, 위생적인 문제가 심각한 거 아냐?"

"좋아, 그 사람이 좀 구질구질하긴 하지. 하지만 남자들이 다 그렇지, 뭐. 너 샘나서 그러는구나!"

"발톱이랑 수염을 깎아서 욕조에 두는 사람을 샘을 내?"

"너 요즘 들어 너무 빡빡한 것 같아, 안네." 산드라가 차분한 말투로 말한다. "우리가 널 좀 풀어줘야 할 것 같다. 그래서 너한테 소개팅을 해주려고 하는데. 막스의 친구야."

"그 사람, 자기 발톱깎기는 들고 다니는 거지?"

"그만 좀 하셔!" 산드라가 킥킥거리며 말한다. "그게 너한테 좋을 것 같아. 그리고 그 남자는 진짜로 깔끔하대."

글쎄다, 그 사람이 청결 면에서 친구인 막스와 비슷하다면, 장난이 아닐 것 같다. 벌써부터 남자 없이 지낸 시간들이 그리워진다. 내 잠자리 상대의 몸 상태 따위는 전혀 걱정할 필요가 없던 시간들 말이다.

> 높은 능력을 갖추고 경제적으로 성공한 여성의 수에 비해,
> 높은 능력을 갖추고 경제적으로 성공한 남자의 수는
> 턱없이 부족하다.
> – 마이클 커닝햄, 관계연구가 · 작가

45분이나 늦게 사무실에 도착하고 보니, 평소와 달리 조금 긴장이 된다. 슈테판이 붉은 사탕무 꿈에 관해 조금이라도 알아차리는 날엔 죽을 때까지 두고두고 그 이야기를 웃음거리로 삼을 거다. 장담한다. 그러나 나의 걱정은 근거 없는 기우일 뿐이다. 첫째, 슈

테판은 많은 것을 읽긴 하지만, 생각은 읽지 못한다는 것, 둘째, 오늘 아침 그는 '예비 아빠'에 관한 기사들을 추려내느라 바쁘다.

헤드라인만 보아도 나와는 아주 먼 막연한 기사들이다. 「디 차이트」의 기사는 동방이 모든 면에서 월등한데, 그 이유가 여성들이 일찍 출산하기 때문이라고 밝혔다. 40세 여성 대부분이 "우리 엄마가 제일 젊어!"라고 기쁘게 떠벌리는 장성한 자녀들을 두고 있다고 한다. 내 아이들은 절대로 그렇게 소리치지 못하겠지. 언젠가 나에게 아이들이 생긴다면. 설령 그렇게 된다 해도, 나는 병원 대신 양로원에서 몸을 풀게 될 테니. 「쥐트도이체 차이퉁」[5]은 최근에 '젊은 부모들을 위한 재정 체크란'— 내가 장담하는데, 나는 합격권에 못 들었을 것이다 — 을 만들었고, 『슈피겔』지에선 '아버지들이 육아휴직을 두려워하는 이유'를 설명하는 기사를 실었다. 친절하기도 하셔라, 두 달의 휴직 기간 동안 남자들의 정서 상태를 염려해주다니. 여자인 나에게는 학업 중인 당신이 인생의 몇 년을 갓난아이와 함께 집에서 보내며 그 시간 동안 야금야금 백치가 되어갈 의향이 있는지, 아무도 묻지 않는다.

일간지들 옆에 『엘터른』과 『니도』 같은 경쾌한 색상의 패밀리 잡지들도 몇 권 쌓여 있다. 아무래도 친애하는 슈테판은 피임이라는 테마보다 자녀 문제를 더 훌륭하게 조사하는 것 같다.

"생각해봐, 쾰른에 사는 전체 아버지 중 25.6퍼센트가 육아휴직에 들어간대. 이것만 보면 우리가 독일 전체에서 상당히 상위권에

---

5 독일의 메이저 일간지 중 하나. 우리말로 옮겨보면 '남독일보'쯤 되겠다.

있는 거야."

슈테판은 진짜배기 라인 지방[6] 사람이다. 나와는 반대로 그는 이곳에서 자랐고, 이 지방 전통과 강하게 결속되어 있다고 느낀다. 근본적으로 다른 도시는 이 돔 도시[7]의 아름다움을 결코 따라잡을 수 없다. 그런 이유로 지금 그는 내 고향[8]까지 깎아내리기를 서슴지 않는다.

"브레멘과는 반대로 말이야. 거긴 20.3퍼센트밖에 안 된대."

솔직히 말해서 내 눈에는 두 도시 모두 육아휴직에 들어가는 부모 수가 별로 많지 않아 보인다.

"흠, 그리고 보니 자기네 광대코[9]들이 처음으로 우리 생선대가리[10]들을 앞지른 것 같네?" 그렇게 말하며 나는 털썩, 사무실 의자에 앉는다. "그렇다면 자기의 아이에게만은 그쪽 책상에 있는 화분보다 마실 걸 자주 주기를 바랄 뿐이야. 쟤 말이야, 당신이 처방한 강제 다이어트를 몇 년이나 하느라 고생이 말이 아니거든."

"자기 오늘 따라 왜 그렇게 짜증이야? 간덩이에 이라도 기어 다니나?" 슈테판이 묻는다.

"아, 아무것도 아니야." 그렇게 말하는데, 얼굴이 화끈거린다. 다시 꿈이 생각나버렸다.

---

6 쾰른은 노르트라인-베스트팔렌 주와 라인란트-팔츠 주의 대표적인 지역 중 하나이다.

7 쾰른은 '쾰르너 돔'으로 유명한 도시다.

8 안네 바이스는 함부르크와 더불어 유명한 북독의 한자동맹도시인 브레멘 태생이다.

9 우스꽝스러운 광대 분장에 없어서는 안 되는 가짜 코. 주로 멍청하거나, 머리에 든 것이 없는 무식한 사람을 빗대어 쓰는 말. 여기선 축제가 많은 남쪽 사람을 빗대어 한 말.

10 항구가 많은 북쪽 출신 사람들을 비하하여 부르는 말.

"이것 좀 봐, 여기." 그가 소리치며 '신(新)남성의 신화: 당신은 좋은 아버지라는 인상을 주고 있습니까?'라는 제목의 온라인『슈피겔』기사를 프린트해 들어올린다. "여기서 여섯 가지 아버지 유형을 다루고 있는데 말이야. 나는 어떤 유형의 아빠가 될까? 현대적인 아버지……일까, 아니면 플랜 B 타입의 아버지? 어쩌면 풀타임 아버지가 될까, 아니면 전통적인 그런 아버지?"

나는 책상 너머로 그가 보여주는 기사의 소제목을 읽어보려 두 눈을 깜빡인다. 이제 나도 늙나 보다.

"지금 나한테 하는 것처럼 마야를 신경질 나게 만든다면, 곧 '헤어진 아버지'가 될걸?" 이렇게 말하고 곧이어 나는 혀를 물고 입을 닫아버린다.

"자기, 샘나서 그러는 거지." 슈테판은 태연스레 말한다. "나한테 애가 생긴다니까. 그런데 자기는 그렇지 않고, 응?"

말했다시피 우리는 어딘가 자매 사이 같다.

"대체 누가 그래, 내가 아이를 갖고 싶어 환장했다고?" 나는 요란스레 반응한다. 올리랑 사귈 때부터 이 주제에 관한 한 나는 정말이지 민감했다.

"이걸 보면 아마 네 생각이 변할걸." 그러면서 슈테판이 주머니에서 주글주글한 종이 쪼가리 하나를 꺼낸다. 아무리 좋게 봐주려 해도 땅딸막한 난쟁이밖에는 보이지 않는다.

초음파 사진이다.

"이건 뭐야?"

"이건," 그가 말한다. "내 아이야."

"아빠 쏙 뺐네."

슈테판의 '아버지 되기 열병'이 계속 이런 식으로 간다면, 큰일이다. 아버지가 된 남자들은 이미 여러 번 겪어보았다. 그들은 새로 생겨난 생명체가 부인의 배 속을 무대로 하고 있는 동안은 의기양양하기 이를 데 없다. 매일 술잔을 기울이며 친구들과 함께 곧 있을 출산을 기념하며 축하주를 나눈다. 세상 속으로 미끄러져 나온 아기들은 태어난 이후 여름 감기와 같은 위상을 갖게 된다. 이를테면 그다지 심각한 건 아닌데, 그것 때문에 사실상 집에 머물러 있어야 한다는 것이 그렇고, 그러면서도 큰 소리로 기침을 하여 그 고통을 숨길 수도 없는 고약하기 이를 데 없다는 것이 그렇다. 슈테판이 지금 느끼는 저 열렬한 감정이 진짜로 끝까지 갈지, 두고 볼 일이다.

"자기는 어떤 남자에게도 틈을 보이지 않지." 그가 말한다. "나는 자기가 진짜 남성적인 모습과 맞닥트리면 왜 곧바로 기분이 나빠지는지 궁금하다. 옛날부터 그랬어?"

그럴 리가. 하지만 언제 그런 증상이 시작되었는지 나도 정확히는 잘 모르겠다. 하지만 그 증상이 나타난 건 꽤 오래전인 것 같다.

3

남자와 양

"아세요, 그건 아주 간단해요." 그녀가 말한다.
"남자가 곁에 있으면 여자는 무엇보다도
이런 느낌을 받아야 해요. 든든하다는 느낌.
이 느낌보다 중요한 건 아무것도 없어요.
그런데 당신네 남자들이 더 이상 이런 느낌을
주지 못하고 있단 말이죠."

안드레아스 레베르트, 슈테판 레베르트, 『남자 입문서』

●

　나는 조수석에 앉아 손톱을 물어뜯고 있다. 우리는 마야 부모님께 가는 중이다. 두 분이 곧 할머니, 할아버지가 되리라는 기쁜 소식이자, 마야 어머니가 생신을 맞으신 까닭에 이른바, 아주 특별한 선물이 될 소식을 전하기 위해서다.

　원래 나는 발코니에 누워 햇살을 받으며 『남자 입문서』를 읽고 싶었다. 무엇이 진짜 남자를 완성하는지, 더불어 또 어떻게 해야 그런 진짜 남자 중 하나가 되어 마야가 나에게 만족하게 할지, 한 수 배워볼까 해서였다. 지난주에 나는 평소 믿고 다니던 서점에서 내 전문 분야를 다룬 서적들을 모조리 주문했다. 디트리히 슈바니츠의 『남자들』, 비요른 쥐프케의 『남자심리지도』, 스티브 비덜프의 『남자, 그 잃어버린 진실』, 로베르트 베츠의 『그렇게 남자가 되어간다!』, 에두아르트 아우크슈타인의 『한 남자, 한 권의 책』 이외에 몇 권이었다. 이런 종류의 책은 끊임없이 공급되고 있다. 그걸로 보아 남자다운 남자가 되기 위해 지침서가 필요한 사람이 나 하나만은 아닌 것 같다. 그런데도 서점 여직원은 같은 성(性)에 대한 나의 관심에 놀라며 "원래 이런 책은 여자들이 구입한답니다. 본인의 남자를 위해서요"라고 말하고는 이마를 찡그린다. "아마도 하자가 생긴 남자들을 고치고 싶어서인가 봐요."

  그러니까 나는 일요일 오후를 남성을 연구하는 데 쓰려고 계획했던 것이다. 차를 타고 가는 동안 마야 부모님은 당신들이 할머니, 할아버지가 된다는 새로운 사실을 어떻게 받아들일지 궁금해진다. 사실 나의 예비 장인이 어떻게 반응할지가 가장 큰 걱정이다. 예비 장인의 이름은 헬무트[1]다. 현재 상황이 이어진다면, 나는 그에게 당신의 딸을 주십시오, 라며 허락을 구해야 할지도 모른다. 그래도 버젓한 사나이라면 그렇게 해야 하는 것이다, 그렇지 않은가?

  물론 예비 장인 헬무트와 나의 시작은 최상이라고 할 수 없었다. 우리의 첫 만남은 마야와 내가 사귄 지 며칠 지나지 않아서였다. 막 사랑에 빠진 모든 연인들이 그렇듯, 우리도 우리의 생식기관이 제대로 기능하는지 집중적인 기능 검사로 오후 시간을 보내고 기분 좋게 침대에 누워 있던 중이었는데, 그때 갑자기 현관문이 벌컥 열렸다.

---

1 우리나라의 '혁권'이나 '용필'처럼 아주 남성적인 이름의 대명사라 할 수 있다.

"큰일 났다, 우리 엄마 아빠가 봐." 마야가 소곤거렸다. "새까맣게 잊고 있었어!" 나는 침대에서 재빨리 뛰쳐나왔다.

마야는 몇 주 전 집에서 나온 상태였고, 그녀의 아버지가 새 숙소에 그릇장을 달아주기로 약속한 것이었다. 그는 그때까지도 모르고 있었다. 내가 그의 딸과 결혼에 골인하려는 시도의 일환으로 이미 전기 도관에 구멍을 뚫어놓았다는 것을.

헬무트와 나는 이제 서로 마주 보고 섰다. 우리 둘 중 한 사람은 벌거벗고 있었고, 그게 내 여자 친구의 아버지 쪽은 아니었다. 그는 신사였던지라, 즉석에서 나를 총살에 처하진 않았다. 놀라서 공구통을 떨어뜨렸을 뿐이다. 공구통은 덜컥거리는 소리를 내며 그의 부인인 안네그레테의 발등에 안착했다.

우리가 부풀어 오른 마야 어머니의 발등을 냉동 완두콩으로 가라앉히는 동안, 헬무트는 믿을 수 없다는 눈길로 부엌 벽에 눌러붙은 구멍을 살펴보았다. 내가 그렇게 만든 장본인이라는 건 숨기려 해봤자 소용없는 일이었다.

"대체 뭘 하는 분인데 이렇게 해놓았을까?" 그가 머리를 긁적이며 물었다. "보아하니 기술자는 아닌 것 같소만."

"저는 국문학을 전공하고 있습니다. 그리고 공상과학소설을 번역합니다."

"그렇군요. 그걸로 다 해낼 수 있으려나……, 무슨 말인지 알지요?" 헬무트가 못미더운 말투로 물었다.

"무슨 말씀이신지요?"

"거참, 그러니까…… 그걸로 가족을 먹여 살릴 수 있느냔 말 아니오."

"잘 모르겠습니다." 솔직히 그 점에 관해선 깊이 생각해본 적이 단 한 번도 없었다. "따님도 직장에 다닐 겁니다."

"그래도 나중에 아이가 생기면, '당신'이 가족을 돌봐야 하지 않소!"

"헬무트, 그렇게 구식 티 좀 내지 마요." 안네그레테 여사가 끼어들었다. "남자라고 해서 어디 돈만 벌어와야 한답디까. 가사 일을 돕고 아이를 돌볼 수도 있지요. 요즘은 남자들도 다들 그렇게들 한대요."

"그럼요, 당연하죠." 나는 엉망이 된 첫인상을 만회하고 싶어 재빨리 응수했다. "저요, 요리와 청소 다 잘할 수 있습니다. 빨래도 전혀 문제없고요."

"그렇다면 우리 마야에게 딱 맞는 사람이네!" 안네그레테가 감격하며 소리쳤다. "딸내미, 너 아주 대어를 건졌구나."

"언젠가 전동 드릴로 자기 목숨을 잃지만 않는다면야." 헬무트는 퉁명스럽게 말을 내뱉었다.

그런데 자신의 딸이 바로 그 기계치의 아이를 낳게 되리라는 걸 알면, 그는 무슨 말을 할까?

여자들은 남자들이 가족을 부양하기를 원하면서,
동시에 자신은 여자 친구처럼 행동하고 싶어 했다.
남자들은 퀴즈쇼를 녹화하고, 아이를 먹이고 기저귀를 갈고
벼룩시장에 여자들과 함께 동행해야 했다. 그리하여

남자가 말랑말랑하고 부드러운 남자로 변해가자, 그 즉시,

남자들이 다시 커브를 틀기를 원했던 것이다.

– 아르네 호프만, 『아들 구제하기』

안네그레테는 내 오른쪽 뺨에 키스 한 번, 내 왼쪽 뺨에 키스를 한 번 하며 나를 맞이한 다음 두 팔로 딸을 포옹한다. 마야의 부모님은 베르기쉐스란트의 남동쪽에 위치한 오버베르기쉐스란트의 잘 가꾼 단독주택에 살고 계신다. 두 분은 남부 티롤 지역으로 즐겨 휴가를 가는데, 그런 까닭인지 육중한 통나무 발코니와 무성하게 자란 제라늄이 있는 집은 마치 알프스의 풍광에서 튀어나온 것처럼 보인다. 주변으로 푸릇푸릇하게 물이 오른 신록의 초원이 펼쳐져 있고, 바로 옆으로 농가 한 채가 이웃하고 있어, 이 농가 덕분에 엽서에 나오는 완벽한 전원 풍경이 완성된다. 거기에 음메음메 울어대는 소들과 메에메에 염소 울음소리가 음향 효과로 분위기를 돋운다.

안네그레테가 밖에서 파티를 하기로 결정했다. 우리는 다함께 정원으로 나간다. 정원엔 정원설비회사인 가르텐츠베르크[2]의 천막이 세워져 있다. 우리는 연못 바로 옆에 있는 원목 가든테이블에 자리를 잡는다. 공기 중에 갓 베어낸 잔디의 풀냄새가 배어 있나 싶더니, 지체 없이 내 입에선 재채기가 뿜어져 나온다. 잔디 알레르기 때문이다.

---

2 정원을 장식하는 난쟁이 도자기를 뜻하는 말.

안네그레테가 직접 구운 프랑크푸르터 크란츠 케이크[3]를 큼직하게 한 조각 덜어, 내 접시에 담는다. "아빠와 토르스텐도 곧 올 거야." 그녀가 말한다. "둘이 방금 잔디 깎는 기계를 두러 지하실에 갔거든."

토르스텐! 그의 직업은 이웃집 아들이자 마야의 전 남친이다. 이 인간이 마야 어머니의 생일을 그냥 지나칠 리 없다는 걸 왜 진즉 생각하지 못했을까. 내 접시에 담긴 이 칼로리 폭탄은 나에겐 거의 치사량에 가까워 직방으로 구명튜브를 날려야 할 양이다. 그러나 토르스텐은 대충 몇 번의 아령 연습으로 이 칼로리 폭탄을 바로 제거해버릴 사람이다.

토르스텐은 진짜 멋진 남자다. 그의 각 잡힌 체격에 콧수염까지 더해져 마치 80년대 액션스타의 원본을 보는 것 같다. 본인 소유의 위생설비 회사가 있고, 조립에 천부적인 재주를 타고나서 고치지 못하는 것이 거의 없다. 무엇보다도 자신의 튜닝카인 폭스바겐 시로코를 해체했다 조립하기를 즐긴다. 또한 사격 연맹의 회원이며 지역 키커[4]클럽의 전설적인 공격수이기도 하다. 그리고 분명 지금까지 전동 드릴로 전기 도관을 뚫은 적은 단 한 번도 없었을 것이다.

마야와 내가 사귀게 되었을 때는 토르스텐이 다른 여자 때문에 막 마야를 바람맞혔을 때였다. 더군다나 그는 새 여자 친구를 위해

---

3 프랑크푸르트 지역 일대에서 즐겨 먹는 링 모양의 커다란 버터크림 케이크.

4 Kicker. 일명 테이블 축구라고도 함.

불과 몇백 미터 떨어지지 않은 곳에 장차 생길 그의 가족이 둥지를 틀 수 있도록 단독주택까지 지었었다. 유감스럽게도 그렇게 떠받들던 그 사랑하는 여인은 무슨 이유에서인지 몇 달 전 그를 떠나가 버렸다.

그 후로 새로운 여자는 없었다. 나는 그가 마야와 모래놀이를 하던 어린 시절부터 마야와 가정을 꾸리길 꿈꿔왔다는 걸 알고 있다. 그런데 그 마야가 지금 나와 함께하고 있는 것이다. 중간 단계에 만난 여자와의 막간극이 실패로 끝나자 토르스텐은 마야와 함께한 좋았던 옛 시절 때문에, 어쩌면 마야와 다시 한 번 잘해보리라는 생각을 더욱 굳혔을 수도 있다. 또 추측컨대, 그 인간이 전혀 아무 사심 없이 마야의 아버지와 계속 왕래하는 건 아니라는 생각도 든다. 토요일이면 그는 종종 헬무트와 잔디 깎기 경주를 벌이고, 평소에도 어디 나사를 박거나, 드릴을 사용할 곳이 있거나, 정비할 곳이 있으면 흔쾌히 나서서 돕는다. 그러나 토르스텐이 가장 좋아하는 취미는 — 내가 그를 진짜 존경하는 이유이기도 한데 — 바로 전기톱 수집이다. 그는 이 물건들을 모아서 전기톱 보관을 목적으로 직접 지은 창고에 고이 보관한다. 그것도 모자라 언젠가 한 번은 동틀 무렵의 부드러운 햇빛 아래에서 전기톱을 찍어보겠다고 꼭두새벽에 일어난 적도 있었다. 그리고 그 사진을 마야에게 이메일로 전송해주기도 했다. 그때 이후로 나는 그를 정말로 위험한 남자로 간주하게 되었다. 특히 오늘은 그가 아니라, 내가 마야와의 사이에서 아이를 얻게 될 거라는 말을 들으면, 그가 어떻게 나올지 겁부터 난다.

통계학적으로 보면 '전형적인 남자'가 존재하는 것 같지만,

개개의 경우에서 보면 그렇지 않다.

남자란, 영장류의 인간으로서 여자보다 덩치가 더 크고,

축구를 더 많이 보며, 더 많은 피자를 먹어 치우고,

더 많은 폭력 범죄를 저지른다. 그러나 이 또한

평균적으로 그렇다는 것일 뿐이다.

세상엔 키가 작은 남자도 존재하고,

인기 연속극을 좋아하는가 하면, 음식 투정을 하고,

여자에게 살해되는 남자도 존재한다.

— 폴커 조머, 진화생물학자

"커피 마시겠나, 슈테판?"

안네그레테가 사이코 연적들이 나오는 스릴러판타지에 빠져 있던 나를 현실 세계로 되돌려놓는다.

"음······ 좋죠. 락토프리 우유[5] 있나요?"

"젊은이, 알다시피 우리 집에선 그런 거 안 키운다네. 진짜 남자들에게 그런 게 뭐 대수라고. 자, 여기 농부의 손으로 갓 짜낸 우유는 있다네. 근육에 좋대!" 안네그레테가 인심을 쓰며 통 크게 우유를 따라준다.

"조심하세요. 그 친구한테 너무 많이 주시면 안 돼요. 안 그러시

5 젖당 성분을 최소화한 저유당 우유.

면 슈바르체네거[6]의 배 속이 또다시 가스로 부글거릴 겁니다." 등 뒤에서 듣기 좋은 목소리가 울린다. 이어서 곧바로 누군가 가냘픈 내 어깨를 세차게 두드린다. 그 바람에 나는 의자와 함께 꼬꾸라 질 뻔한다.

토르스텐이다. 그가 나의 유당분해효소 결핍증에 관한 냄새를 맡았다는 걸 나는 지금 막 알게 되었다.

마야와 토르스텐이 가벼운 볼 키스로 인사를 나눈다. 둘이 이런 식으로 인사를 나눈 건 지금까지 단 한 번도 없었다!

토르스텐이 그녀 쪽 의자에 앉는다. 그가 잔디 부스러기가 튀어 풀물이 든 민소매 티셔츠 속의 근육을 불끈거리며 뽐내듯 나를 향해 미소 짓는다. 나는 다시 재채기를 하고 만다.

"헬무트, 이제 그만 좀 오세요! 새내기 가족이 있답니다." 안네 그레테가 남편을 부른다.

나는 내가 잘못 들은 줄 알았다. 힐끗 마야 쪽을 건너다본다. 뭔 가 켕기는 게 있는 눈초리에서 나는 여인들끼리 벌써 우리가 전할 뉴스를 사전에 교환하였음을 눈치챈다. 이거야말로 깜짝 뉴스가 될 거다! 그렇게 생각했었는데.

토르스텐이 자동세척기에서 막 빠져나온 소처럼 우리 세 사람 을 한 바퀴 둘러본다.

"그래, 토르스텐! 마야가 임신했대." 안네그레테가 환한 얼굴로

---

6 보디빌더 출신 스타로 유명한 오스트리아 배우 아놀드 슈바르체네거(영어식 발음: 아놀드 슈왈제네거)의 이름을 빗대어 근육질과는 거리가 먼 슈테판의 몸매를 반어적으로 비꼰 말.

뉴스를 알린다. "헬무트는 아직 몰라. 깜짝 놀랄걸."

"축하해." 토르스텐이 굳은 표정으로 축하 인사를 한다. 그에겐 전혀 탐탁지 않은 소식인 모양이다. 나는 아기 소식을 접한 이후 처음으로 엄청난 희열을 느끼는 내 자신을 발견하고, 그런 내 자신이 왠지 부끄러워졌다.

우리가 케이크를 먹어 치우는 동안, 마야 어머니가 최근 이웃에서 일어난 급작스러운 발병과 불미스러운 사고를 중계한다. 보아하니 내가 모르는 슈미트 부인이 역시 내가 모르는 후킹하우스 부인과 내가 털끝만큼도 관심을 두지 않을 합창클럽에서 서로 싸웠던 모양이다. 오히려 지금 나에겐 헬무트가 창고에서 나를 죽이기에 적당한 연장을 찾고 있는 게 아닐까, 그게 궁금할 뿐이다. 아니면 어떻게 해야 노련하게 우리의 결혼을 밀어붙일까, 곰곰이 생각 중인 건 아닐까? 어쨌든 미래에 내 처가가 될 집안은 모두 교리를 준수하는 천주교 교인이니 말이다.

드디어 헬무트가 땀에 젖은 모습으로 가든테이블로 와, 부인 곁에 앉는다. 녹색의 정원사용 바지 차림에 백발로 변한 그의 고수머리 정수리에 녹색 풀 한 줄기가 붙어 있다.

마야가 아버지에게 가까이 다가가 그의 코앞에 초음파 사진을 들어 보인다. "아빠, 여기 좀 보세요."

헬무트가 돋보기를 끼고, 턱수염을 어루만지며 찬찬히 사진을 훑어본다. 그러곤 진단을 내린다. "음, 자궁이로군." 마야의 할아버지는 의사였다. 그래서 마야 아버지도 인체 구조에 대해 아주 잘 알고 있다.

"아이 참, 아빠." 마야가 말한다. "나한테 아이가 생겼다고요!"

헬무트가 초음파 사진을 떨어트리더니 창백한 얼굴로 나를 가리키며 묻는다. "저기 저 친구의?"

"옙."

"여보, 가서 도펠코른[7] 좀 가져오구려."

토르스텐이 비죽이 웃는다.

코른주가 세 순배쯤 돌고 나자 — 물론 여기서 마야는 빠졌다 — 이제 함께 자리한 사람들 사이에 흐르던 흥분도 가라앉았다. 헬무트는 나를 그의 곁에 끌어 앉히고, 온갖 좋은 말로 내 입에서 아버지로서의 임무를 완수하겠노라는 약조를 받아내고자 했다. 내가 그렇게 하겠노라고 확약하자, 헬무트는 몹시 기대감에 차서, 할아버지가 된다는 사실과 마주하는 것 같았다. 그는 벌써부터 손자와 보낼 시간을 위한 계획을 짠다. 그런데 이 양반, 보아하니 사내아이일 거라고 굳게 믿고 계획을 세우는 눈치다.

"녀석을 위해서 여기 정원에다 그네랑 미끄럼틀을 세워야겠어. 모래판에서 굴착기랑 덤프트럭을 갖고 놀 수도 있고 말이야. 그리고 아이가 좀 더 크면, 나무로 활과 화살도 만들어줘야지. 그다음엔 등반도 하고, 캠핑도 갈 거야. 그리고 카약 투어도 다닐 거고. 토르스텐, 자네도 같이 갈 수 있어. 그러면 좋겠군."

나는 매서운 눈초리로 토르스텐을 째려보려고 했지만, 이젠 똑바로 쳐다보는 것도 힘이 든다. 어쩌다보니 주머니쥐처럼 사시 눈

---

7 알코올 도수 38도인, 독주 브랜드 중 하나.

을 하고 그를 바라보게 된다.

헬무트의 계획을 보면 아이가 딸일 가능성은 있을 수도 없는 일이다. 그와 반대로 나는 마르코처럼 아들을 얻게 되리라는 건 상상만으로도 이상하게 속이 메스꺼워진다. 여자아이는 생각만 해도 훨씬 기분이 좋다. 여자아이면 된다. 무조건 남자아이만 아니길! 여자아이들은 훨씬 보살피기 쉽고, 여기저기 돌아다니며 말썽을 부리지도 않는 데다 학교에서도 훨씬 낫다. 이건 일반적으로 다 알고 있는 사실이다. 어쨌거나 독일의 새내기 부모 중 절반 이상이 딸을 원한다. 아무튼 나에게 장난감 덤프트럭, 카약 투어, 등반, 이런 건 버겁게만 보인다. 첫아이로 여자아이를 얻는다면 남자아이보다는 훨씬 더 많은 걸 해낼 수 있을 거라고 나는 확신한다. 이러니저러니 해도 나의 세 분 어머니들이 남자아이인 내가 여성적인 면도 발달시킬 수 있도록 도와주었으니 말이다. 나는 축구 연습 대신 발레 수업을 들었고, 활과 화살 대신 인형을 모았다. 그리고 모터 달린 자전거 대신 덜거덕거리는 낡은 여성용 자전거를 타고 다녔다. 그래서 나는 아무리 발버둥을 쳐도 사내아이에게 진짜 남자란 무엇인지 어디서부터, 어떻게 가르쳐줘야 하는지 모르겠다.

모범적인 남성상을 정립할 수 있는 관련 인물이 없이 자란 소년은
수세에 몰리면 지금껏 경험해본 적 없는
어리석은 마초로 탈바꿈한다.

– 카타리나 루치키, 교육학자

우리는 케이크 한 조각을 더 먹은 뒤에 다리도 풀 겸 겸사겸사 가까이에 있는 농가를 방문하기로 한다. 마야는 동물과 전원생활을 좋아한다. 그녀는 어렸을 때 늘 커서 농부가 되겠다는 꿈을 꾸었다고 한다.

농가 방문은 기회가 좋았다. 마침 농가의 주인 내외가 몇 주에 걸친 여행길에 오르면서 토르스텐에게 농장을 봐달라고 부탁하여서, 토르스텐이 그곳의 소들을 돌보고 있었기 때문이다. 그에게는 전혀 힘들 게 없는 일이다. 어려서부터 근처 농가에서 일손을 도와온 터라, 토르스텐은 이쪽 일을 아주 잘 안다. 소젖도 짤 줄 알고, 트랙터도 몰 줄 안다. 그리고 압착 밀짚 더미[8]들을 맨손으로 드넓은 들판에 던져놓기도 한다.

그런 그와는 반대로 나는 열세하다. 벌써 어렸을 때부터 나에게 농가란 접근 금지 구역이었다. 어머니는 내가 농부들과 어울릴까 봐 신경을 썼다. 어머니에게 농부란 시도 때도 없이 트림을 하고 방귀를 뀌며 어린 사내아이들을 물소처럼 멍청하게 키우는 무지몽매한 무리였기 때문이다. 그와 보조를 맞추어 나 또한 거대한 바퀴가 달린 트랙터를 무서워했다. 언젠가 증조할머니가 어릴 적 같은 반 친구 중 한 명이 그 흉물에 납작하게 깔려, 이유식처럼 뭉그러졌다는 이야기를 들려주었던 것이다. 결론적으로 나는 풀 종류뿐 아니라, 통상 농장에 사는 거의 모든 동물들에 대해 알레르

8 추수를 하고 알곡을 떨어트린 다음, 남는 볏단들을 두루마리 혹은 네모 모양으로 압착하고 비닐을 씌운 것. 추수한 땅에 그대로 두어 볏짚이 썩어 거름이 되게 하기도 하고, 건초로 활용하기도 한다.

기 반응을 보인다. 농장에서 내가 정말로 잘할 수 있는 유일한 것은 바로 재채기다.

내 예비 장인, 장모는 이 농가 바로 곁에 살기 때문에 농장의 단골손님이다. 토르스텐이 목초지에 있는 소들을 우리로 몰아넣어야 해서, 마야의 어머니가 우리를 이끌고 잠시 농장 안내를 한다. 안네그레테가 빠짐없이 이름을 붙여준 새 동물 식구들이 많이 있었다. 그녀는 우리에 있는 조그만 고양이들과 정원 연못에 새로 들인 오리와 더불어, 증식 중인 돼지를 보여준다. 우라지게 많은 이름을 들었지만, 단 하나, 내가 기억할 수 있는 건 그녀가 하인츠라는 이름을 붙여준 살찐 수오리뿐이다.

헬무트도 나와 마찬가지로 이 작은 동물원에서 별로 흥미로운 점을 찾을 수 없었는지 입을 꾹 다문 채 우리 곁에서 터벅터벅 걷고 있다. 우리는 꽃들이 만발한 드넓은 초원을 지나 양 떼 우리로 간다.

마야는 엄청난 규모의 농지에 열광하며 흥분해서 말한다. "전원에서 어린 시절을 보내는 것만큼 아름다운 건 없는 것 같아. 슈테판, 상상해봐, 우리 아이가 동물들과 어울려 놀며, 마음껏 초원을 뛰어다니는 모습을 말이야."

그녀가 내 팔을 붙잡고 몸을 밀착시킨다. 나는 간신히 미소를 지어 보인다.

"우리도 저런 농가를 사서 리모델링을 하면 되지." 나는 만성적인 재채기의 공격에서 헤어 나오지 못할 게 두렵긴 하지만 그래도 말은 그렇게 한다.

마야의 두 눈에 눈물이 어린다. "당신 정말로 그렇게 할 거야? 오, 슈테판……."

헬무트가 시골 공기에 취한 우리의 로맨스를 확 깨는 멘트를 날린다. "하지만 그러려면 자네가 다른 직업을 알아봐야 할 걸세. 그래서 제대로 돈을 벌어야지. 공상과학소설 나부랭이로는 어림 반 푼어치도 없는 소릴세."

마야가 고개를 저으며 그를 바라보더니 이렇게 말한다. "세상에, 아빠. 그건 50년대에나 그랬죠. 지금은 달라요. 내가 직접 일하러 나갈 수도 있고. 또 절약하면 되잖아요."

내가 뭔가 덧붙여 말할 새도 없이 한참 앞서 양 떼 우리에 간 마야 어머니가 우리를 부르는 소리가 들린다. "헬무트, 슈테판! 다들 이리 와봐요!"

우리는 서둘러 그녀가 있는 우리 안으로 들어간다.

"이를 어째, 이를, 이를 어째!" 안네그레테가 큰 소리로 외친다.

"불쌍해서 어쩌지!" 마야도 어머니와 한목소리를 낸다.

일단 나는 두 사람이 왜 그러는지 이해하지 못한다. 나는 양을 그렇게 자주 본 적이 없었다. 지금은 우선 틀린 그림 찾기에서 틀린 곳을 찾아낼 때처럼 그 조그만 양떼 무리를 좀 더 자세히 살펴보는 수밖에 없을 것 같다.

정말이었다. 양들 중 한 마리가 빵빵하게 몸집이 불어서 금방이라도 터져버릴 것 같았다. 그 양이 밀짚 위에 누워, 숨을 헐떡이며 기를 쓰고 있는데, 녀석의 엉덩이에서 새끼 양의 머리가 비죽이 밖으로 나와 있다. 예리한 판단력으로 나는 녀석이 지금 새끼를 낳는 중이라는 결론을 내린다. 하지만 우리 앞에 펼쳐진 광경은 유감스럽게도 사랑스러운 모습과는 전혀 다르다.

"슈테판, 어떻게 좀 해봐!" 마야가 말한다. "새끼가 혼자 힘으로 못 나오는 것 같아."

나는 유일하게 논리적인 해법을 제시한다. "내가 검색해볼게." 나는 초조하게 휴대폰 화면을 이리저리 터치하며 검색 창에 '양'과 '출산'이라고 친다. 휴대폰은 자꾸 미끄러지고, 데이터 접속은 엉망이다.

그러나 내 생각만큼은 광속으로 달린다. 마야와 나는 쾰른 외곽에 있는 병원들을 알아보고 있다. 그리고 며칠 전에는 고정직 조산원과 프리랜서 조산원의 장단점을 두고 세세하게 논의하기도 했다. 프리랜서는 조산(早産)하게 될 경우, 집으로 오기도 한다. 어쩌면 양을 위해서도 이런 비슷한 시스템이 있지 않을까?

있다. 첫 번째 검색 결과는 '젖양 출산-동프리슬란트 젖양협회'이다. 그러나 결정적으로 이곳 라인란트 지방에서 구급 요청을 하기에 너무 멀리 떨어져 있다.

헬무트는 무엇을 해야 할지 알고 있는 것 같다. 그는 나직한 우리 창살을 뛰어넘어 서둘러 출산 중인 양에게로 향한다. 그런 다음 양의 머리 쪽에 무릎을 꿇고 앉아 다리로 양 머리를 단단히 조이고 나를 향해 소리친다. "이제 그 물건은 그만 내려놓고, 와서 새끼 양이나 잡아 빼게!"

갑자기 진땀이 나며 다리에 힘이 풀린다. "저요? 제가 왜요?"

헬무트는 잠시 말이 없다가, 드디어 말문을 연다. "그야, 남자가 우리밖에 없으니까!"

"어디를 잡아야 하나요? 양의 엉덩이를 잡아야 하나요?"

공 소리가 흠씬 두들겨 맞은 권투선수를 구제하듯 멀리서 소 떼의 방울 소리가 울려 퍼진다. 마야 어머니와 내가 활짝 열린 축사의 문 쪽으로 동시에 돌아서서, 토르스텐이 힘찬 발걸음으로 소 떼 행렬 곁에서 걸어오는 걸 바라본다.

"토오오오르스텐!" 헬무트가 그를 부르며 안도의 한숨을 내쉰다. "여기 좀 와보게!"

모든 본격 슈퍼히어로들이 그렇듯, 토르스텐은 곧바로 사태의 심각성을 인식하고 우리가 있는 곳까지 이백 미터나 되는 거리를 전속력으로 달려온다. 축사에 다다른 그는 숨찬 기색이 전혀 없다.

"슈테판, 소들을 축사로 몰아야 해. 자네가 저 소들을······." 토르스텐이 하던 말을 중단한다. "아, 잊어버리게. 소들은 저희들끼리도 길을 잘 찾아가니까."

그런 다음 그는 양 우리로 넘어가 즉시 양 곁에 무릎을 꿇고 앉는다. 잠시 치수를 가늠한 다음 양의 엉덩이에 곧바로 두 팔을 박아 넣는다. 놀란 양은 메에에 울부짖고, 여자들은 숨을 죽인다. 토르스텐이 당기고, 끌고, 흔들어 대는 동안, 마야 아버지는 거칠게 울부짖는 어미의 머리를 단단히 부여잡고 있다. 그러나 새끼 양은 어미의 엉덩이에 꽉 끼어 전혀 나올 기미가 보이지 않는다.

"골반이 너무 작아요." 토르스텐이 거친 숨을 몰아쉬며 말한다. 이마에 땀이 맺혀 있다.

마야와 예비 장모는 패닉 상태가 되어간다. 둘은 새끼 양이 죽을까 봐 두려워하며, 수의사를 데려오길 원한다. 나는 제왕절개를 하자고 제안한다. 그 말에 모두 더욱 패닉 상태가 된다.

그러자 토르스텐이 소리친다. "제발 이제 그만 입 좀 다무시죠, 거기 여성분들!"

보아하니 '거기'엔 나도 포함된 것 같다.

토르스텐이 한쪽 발로 양의 몸을 받치고, 온 힘을 다해 다시 한 번 새끼 양을 잡아당긴다. 쩌억 하는 소리와 함께 새끼 양이 어미에게서 미끄러져 나와, 토르스텐과 함께 짚더미에 떨어진다. 토르스텐이 기뻐하며 소리친다. "해냈다!"

그가 자리를 털고 일어선다. 우리 밖에 있던 사람들은 울타리를 넘어가 새끼 양 주위에 둘러서서 갓 태어난 아기 양을 살펴본다. 녀석은 전혀 움직임이 없었다. 확실하진 않지만, 내 생각에 이건 좋지 않은 징조인 것 같다.

"어떡해, 어떡해, 어떡해." 안네그레테가 울먹이며 말한다. "사산인가 봐."

그러나 울트라슈퍼 토르스텐에게 포기란 없다. 그는 새끼 양 곁에 무릎을 꿇고 앉는다. 그러곤 정성들여 심장을 마사지하기 시작한다. 마야는 감동한 나머지 눈물을 줄줄 흘린다.

몇 분 후 토르스텐이 심장 마사지를 멈추더니, 새끼 양의 주둥이를 향해 머리를 숙인다. 인공호흡을 하려나 보다, 조마조마해하는데 그가 우리를 올려다보며 미소 짓는다. "이제 숨을 쉬네요."

갓 태어난 작은 새끼 양은 서서히 기운을 차리고, 불안정하고 깡마른 다리를 버팀목 삼아 밀며 밀짚에 누워 있는 제 어미에게로 간다.

내가 양에게도 좀비가 있나 곰곰이 생각하는 동안, 마야는 눈물범벅이 된 채 기뻐서 환호성을 지르며 토르스텐의 품으로 달려든다. "넌 영웅이야!"

이 모습이야말로 내가 늘 바라마지 않던 모습인데.

헬무트가 울트라슈퍼 토르스텐의 어깨를 툭툭 치며 "정말 수고많았네, 자네"라고 말한다. 그러면서 호평을 아끼지 않는다. "대견하군그래."

마야와 그녀의 아버지에게 내 속에도 진짜 사나이가 숨어 있다는 걸 입증할 때가 반드시 올 것이다. 그렇지 않으면 저 콧수염 사내가 다시 진짜 사나이의 자리를 넘겨받을 것이다.

이제 나는 토르스텐이 팔뚝을 넣었다 뺀 어미 양을 건너다본다. 녀석이 완전히 탈진한 모습으로 구석에 누워서 나를 바라본다. 그래, 맞아, 양아. 오늘은 우리 둘에게 정말로 지독한 날이었어.

4

베노, 변함없는 화병 유발자

"남자아이들은 두 살에서 네 살쯤 되는 아주 어린 나이부터
여자아이들과는 확연하게 다르다.
남자아이들은 남성적인 강력한 힘으로
자신을 둘러싼 주변 환경을 체험할 수 있어야 한다.
이 과정이 차단되면, 남자아이들의 인지 발달 및
사회성 발달에 제동이 걸린다.
그리고 동시에 여성적이고 조화로운 생활환경에 휩싸이게 되는데,
이 환경은 끊임없이 그들의 신경을 거스른다.
정신적으로 건강한 남자아이들이 아직도 그렇게 많다는 것은
근본적으로 놀라운 일이다."

볼프강 베르크만, 아동심리학자

"여기라고!" 내가 소리친다. "여기를 눌러야 해. 그래야 이 빨간
차가 가." 나는 빨간 버튼을 가리킨다. 그런 다음, 파란 버튼을 가
리키며 말한다. "그리고 여길 누르면, 파란 차가 움직여."

"어떻게, 이렇게?" 롤란트가 두 버튼을 한꺼번에 누른다. 결과
는 철판을 긁는 것 같은 전자음뿐, 아무런 움직임도 없다.

이 카레라-반[1]은 얼마 전 내 여덟 살 생일에 받은 것이었다. 정
품이 아니라 중동 지방에서 생산한 짝퉁이었지만 기능에 문제는
없었다. 때는 1982년, 같은 반 친구인 롤란트가 우리 집에 놀러와
거실에 있다. 우리 엄마는 내가 우리 자매들이나 여자 친구들과

1   60~70년대 독일에서 폭발적 인기를 끌었던 원격조종 경주용 장난감 차 '카레라'를
위한 모형 도로. 대개는 장난감 차와 모형 도로를 아울러 지칭한다.

노는 것뿐 아니라 남자아이들과 어울리는 법도 배워야 한다며 늘 롤란트를 집으로 초대하곤 했다. 드러내지는 않았지만, 나는 내심 어머니가 롤란트를 좋게 보신 것은 그 아이가 절대로 몸싸움이나 심한 장난을 치지 않았을 뿐 아니라, 또 사근사근 이야기하길 좋아하는 예의 바른 성향을 지녔다는, 오직 그 이유 때문이었을 거라는 의심을 품고 있었다. 나를 정말 흥미진진하게 만드는 다른 남자아이들과 달리 말이다.

우리 집 장식장 속 음반들을 믿는다면, 나는 엄마의 조언을 진지하게 받아들여 거친 남자아이들을 조심해야 마땅하다. 써니보이 페터 크라우스는 「붉은 입술에 어찌 키스를 하지 않을 수 있겠어요」라는 히트송에서 본인의 경험, 즉 대중교통 수단에서 벌인 공공질서 침해 행동을 소재로 가사를 썼다. 그는 어떤 여자에게 허락도 받지 않고 키스를 퍼붓는다. 그러곤 거기서 그치지 않고, 그 책임을 여자에게 전가한다. 〈그리고 나중에 나는 그녀에게 말했죠. 기분 나빠하지 마요.〉 그의 행동에 희생양이 된 여자에게 남은 길은 그와 결혼하는 것밖에 없다.

「내 앞 차에는」이라는 노래의 뮤직비디오는 한 젊은 여자 가수가 아침 일찍 고속도로를 탔다가 위스키에 절은 목소리를 가진 어떤 정신 나간 늙다리 영감이 자기를 집요하게 따라오는 것 같은 느낌에 밤 늦게 집에 돌아오는 이야기를 그린다. 그런데 그녀는 확신이 서지 않는다. 〈그 늙다리, 날 따라 순찰을 돈 걸까, 아니면 나를 유혹하려던 걸까?〉

그리고 원조 요정 가수 벵케 뮈헤레는 「내 무릎 좀 그만 만져요,

조」[2]에서 포기할 줄 모르고 자신의 무릎을 더듬는 성추행범 때문에 당혹스러워 하며 〈정신 차리시고, 그만 좀 떨어지시죠〉라고 말한다. 그러면서 아무도 도와주는 이 없는 들짐승 같은 자기 신세를 한탄한다. 친절하게 말하며 사양하였건만 아무도 그 소리를 못 들은 모양이다. 파렴치한을 비난하는 사람은 아무도 없고, 반대로 모두들 그 모습이 재미있다고 생각하고, 그것도 모자라 춤까지 춘다!

나는 기초적인 음악 연구를 통해 이런 결론에 이른다. 우리 여자들은 일찌감치 그런 악질들한테서 벗어날 방도를 마련해둬야 한다고.

하지만 롤란트 같은 남자애들과 있을 때 정말로 내가 더 행복할까? 오늘따라 롤란트는 말이 없다. 기계에 홀딱 빠진 모양이다. 하지만 차를 궤도 위에 제대로 올려놓지도 못하고 거칠게 이리저리 버튼만 눌러대고 있다. 내가 도와주려고 하자, 롤란트는 고개를 가로젓는다. 알았다고. 그럼 나는 부엌에 가서 비스킷이나 가져와야겠다.

다시 돌아온 나는 너무 놀라 하마터면 쓰러질 뻔한다.

"어머." 나는 롤란트에게 비스킷 한 개를 건네며 말한다. "너 대체 무슨 짓을 한 거니?"

롤란트가 그사이에 주목할 만한 속도로 전체 레일 모형을 모두 해체해놓은 것이었다. 미니 경주차가 움직이지 않는 원인을 찾아

---

2 보니 타일러의 『It's a heatache』의 독일어 개사곡.

내려고 말이다. 롤란트는 레일 한 조각을 들고 이리저리 돌려본 다음, 어깨를 으쓱하더니 그 조각을 옆으로 밀쳐놓고, 바퀴가 달린 다른 조각들을 향해 몸을 돌린다. "빡세네." 바퀴가 달린 작은 카트를 들어 올리며 롤란트가 말한다. 아빠와 내가 지하에 있는 공작실에서 함께 조립했던 카트였다.

아빠와 나는 종종 공작실에서 뚝딱뚝딱 뭔가를 만들곤 했는데, 모름지기 여자아이는 독립적이어야 한다는 아빠의 생각 때문이 었다. 아빠는 사고를 방지하고 노련하게 망치와 대패, 드라이버 다루는 법을 정확히 가르쳐주었다. 늘 "나중에 벽에다 간단한 구멍 하나 뚫는데 남자한테 기대고 그러면 안 되지"라고 말하며 웃곤 하였다. 우리는 벌써 연도 여러 개 만들었고, 아교풀로 새집을 조립하는가 하면, 수납 박스도 만들었는데, 내가 좋아하고 값나가는 물건들은 전부 이 박스 안에 모아두었다.

지금 롤란트가 손에 들고 있는 나무 자동차는 가장 최근에 우리가 조립한 작품이다. 아빠와 함께 제도판 앞에 앉아 그것을 어떻게 만들지 설계했고, 엔진 종류는 어떤 식으로 설치하는지 나 스스로 알아내도록 두셨다. 차는 통짜 나뭇조각 한 개로 이루어져 있다. 이 나뭇조각은 우리가 실톱으로 정성스레 자르고 가공한 다음 그 끝에 바퀴와 차축을 위해 두 개의 구멍을 뚫어서 만든 것이었다. 사포질로 반질반질하게 윤을 내고 나자 장난감 가게에서 파는 자동차 못지않았다. 통으로 된 나뭇조각의 가운데를 파내는 것이 화룡정점이다. 이 공간 안에 물음표 모양의 나사못을 끼워 고무 밴드를 고정시키는데, 자동차를 반대 방향으로 돌리면, 앞바퀴가 들려 올라가면서 추진 장치가 기능하게 되는 것이다. 전문적인 지식이 필요한 고도의 정밀 작업을 거치기 때문에 이런 자동차는 원래 잘 망가지지 않는다. 그래도 나는 롤란트가 내 장난감 완성품을 다시 부품별로 해체하기 전에, 조심하는 차원에서 그 애의 손에서 나무 자동차를 거둬온다. 눈치를 보아하니, 정교한 엔진 기술이 아무리 해도 풀리지 않는 수수께끼였는지 이제 엔진마저 부러뜨릴 것 같았기 때문이다.

"베노는 이게 어떻게 가는지 알 텐데." 롤란트는 애처로운 말투로 이렇게 말하고 아랫입술을 비죽 내민다.

아, 그래. 그 애라면 알아낼 거야.

베노는 롤란트의 쌍둥이 형이다. 애석하게도 그 애는 다른 반이다. 그래서 나는 쉬는 시간에 운동장에서만 그 애를 볼 수 있다. 이 두 아이는 겉보기엔 달걀판 위의 달걀처럼 똑같이 생겼다. 하지만 성격은 영 딴판이다.

나에게 우상이 있다면, 그건 베노이다. 나는 거의 매일 '베노는 사랑스러워'라는 일기를 쓴다. 황금색 열쇠가 달린 일기장에 쓰는데, 이 일기장도 생일에 선물로 받은 것이다. 그러니까, 그래, 맞다. 나는 그 아이의 여자 친구가 되고 싶었다. 물론 키스 같은 건 하지 않고 말이다. 키스는 징그러우니까.

나는 베노도 집에 오게 해달라고 벌써 몇 번이나 엄마에게 졸랐는지 모른다. 그러면 엄마는 늘 이 말만 했다. "걔는 애가 너무 거칠어." 그래서 나는 그 애의 동생으로 만족해야 했다.

물론 엄마가 옳다. 늘 그렇듯이. 하지만 솔직히 말하면 나는 베노가 가진, 바로 그런 면이 정말 멋있는 것 같다. 베노는 진짜 저돌적인 아이다. 그 아이가 남성 호르몬인 테스토스테론을 탈탈 털어 모두 제 몫으로 챙겨 나오는 바람에 동생은 빈 몸으로 나온 게 아닌가 싶다. 베노는 운동장에 있을 때면 항상 다른 남자아이들과 드잡이를 하고, 피구, 서킷 트레이닝[3], 단거리달리기 등등 분야를 가리지 않고 운동이라면 못하는 게 없는 만능 스포츠맨이다. 이번 여름에 열렸던 전국 청소년 체육대회[4] 때, 나는 그 아이가 출전한 멀리 던지기 종목에 얼마나 정신이 팔렸던지 내가 출전한 장거리 달리기의 출발 신호를 놓치기까지 했었다.

그러니까 롤란트 말이 맞다. 베노는 정말로 못하는 것이 없다. 그리고 그 아이는 자신에게 반대하는 건 모두 제거해버린다. 다음 날 첫 쉬는 시간에 나는 직접 그 일을 경험하게 된다.

우리는 막 W·U·K 수업을 끝내고 교실을 나섰다. W·U·K는 내가 가장 좋아하는 과목 중 하나이자 환경과 관련한 세계사를 주로 다루는 '세계·환경' 과목이다. 이 과목에선 공룡, 에스키모, 비구름 외에 말 그대로 아주 흥미로운 많은 것들을 배운다. 그러나 그날의 주제는 훨씬 더 흥미진진한 것이었다. 모두 베노가 스쿨버스 좌석의 등판에 사인펜으로 'Fuck'이라는 단어를 썼다는 이야기를 하는 것이었다.

와, 대박이다!

---

3 여러 종류의 운동을 돌아가면서 조금씩 하는 순환식 훈련법.
4 전 독일에 걸쳐 같은 기간에 각 학교마다 스포츠 행정 차원에서 실시하는 일종의 체육 대회.

쉬는 시간을 알리는 종소리가 울리자, 나는 여자아이들과 함께 운동장으로 달려갔다. 아이들은 사건의 전말에 관해 토씨 하나 빠트리지 않고 이야기를 할 작정이었다. 오늘 쉬는 시간의 감독은 우리 담임인 코흐 선생님이다. 내가 막 선생님 곁을 지나려는데, 선생님이 내 팔을 살짝 붙잡는다.

"안네, 다음 주에 밀물과 썰물에 관해 발표할 차례지?" 선생님이 말한다. "발표 준비는 했니?"

"예." 나는 예의상 대답한다. "그리고 괜찮으시다면 주말여행으로 빌헬름스하펜에 다녀온 것도 이야기할까 해요. 거기서 갯벌 투어를 했거든요."

나는 운동장 모퉁이를 힐금거리며 이야기를 한다. 베노가 자기 쌍둥이 동생과 몇몇 다른 남자아이들과 함께 그곳에 서 있었다.

"아주 좋아." 코흐 선생님이 고개를 끄덕이며 말한다. "그럼 얼른 친구들한테 가봐!"

여자아이들은 운동 기구가 모여 있는 운동장 한편의 철봉 곁에 모여 있었다. 그곳에 다다르다보니, 아이들은 이미 이야기에 집중하느라 여념이 없다.

"아무리 그 애라도 그런 짓은 할 수 없어." 유치원 때부터 나와 알고 지낸 아니카가 말한다. "진짜 뻔뻔하다!"

모두들 고개를 끄덕인다. 그러나 눈동자를 빛내며 반응하는 아이들의 모습에서 다른 한편에선 이 사건을 아주 스릴 넘치게 생각하고 있다는 게 고스란히 드러난다.

"어쨌든 완전 뜬금없는 일이긴 하다." 결국 레아가 가장 먼저 입을 연다.

다른 아이들이 또다시 고개를 주억거리며, 입을 가리고 몰래 키득거린다. 그러곤 레아가 언니 몰래 가져온 『브라보』 잡지를 향해 돌아선다. 이번 주엔 셰이킹 스티븐스의 스타 앨범과 트리오의 사인이 들어간 스타 포토가 들어 있다. 표지엔 최신 영화 「코난-바바리안」[5]에 관한 영화계 소식이 대문짝만하게 실려 있다. 하지만 나는 아직 이 영화를 볼 수 있는 나이가 아니기 때문에 잡지에 관심을 갖지는 않는다.

"너 베노가 쓴 말이 무슨 뜻인지 아니?" 스베냐가 내 귀에 대고 속삭인다.

"당연하지." 나는 뭘 그런 걸 다 묻느냐는 시늉을 한다.

"그런데 그게 대체 무슨 뜻이니?" 스베냐가 묻는다.

"그걸 모른다고?!" 자연스러운 말솜씨로 대응한 덕분에 나는 곤경에 빠지지 않는다. 질문자가 리드하는 법이다.

그러자 스베냐는 당황한 듯 "아니"라고 웅얼거린다. 정말 다행이다. 솔직히 나도 그걸 정확히 설명하지 못했을 테니까.

롤란트는 계속 자기 형과 다른 남자아이들과 함께 운동장 모퉁이에 서 있다가, 나를 발견하자 손짓을 한다. 롤란트는 종종 그랬다. 그럴 때면 나는 우리 엄마가 그 애를 늘 우리 집에 오게 하는 것이 상당히 기뻤다. 그 덕분에 그 애들이 있는 곳으로 건너가서 전혀 거리낌 없이 그 아이와 베노의 주변을 서성일 수 있는 기회

---

5 1982년도에 나온 아놀드 슈왈제네거 주연의 액션 영화.

를 가질 수 있었으니까. 물론 나는 베노와는 절대 이야기하지 않는다. 하지만 오늘은 변화를 좀 줘볼까? 적어도 지금은 그 애한테 무슨 말을 해야 할지 아니까.

나는 단호하게 스베냐를 끌고 간다. 운동장을 건너가는데 이 아이가 킥킥거리며 웃기 시작하자, 나까지 웃음에 전염되고 만다.

롤란트가 남자아이들이 모여 선 틈새로 우리가 설 자리를 만들어주려다 제 발에 걸려 허우적거린다. 그 와중에 넘어지지 않으려고 제 형의 팔뚝을 잠깐 붙잡는다.

"뭐야, 이건 또?" 베노가 동생에게 야단을 친다.

"안녕." 스베냐가 인사를 건넨 다음 다시 키득거린다. 베노는 그저 고개만 까딱할 뿐이다. 나는 미소를 지어 보이곤 재빨리 시선을 돌려버린다. 언제나 그랬듯이. 나의 우상과 마주칠 때면 내 머릿속에선 언니의 카세트테이프에서 흘러나오던 노래 가사가 빽빽 울려 퍼진다. 일요일에 「라디오 브레멘 히트송 퍼레이드」에 나오는 노래를 언니가 녹음한 건데, 바로 이런 가사다. 〈너의 푸른 눈동자, 놀라워, 이 세상의 것이라곤 도무지 믿을 수 없네! 지금 내가 느끼는 이 느낌, 이건 정상이 아니야.〉 보통 때 나는 또박또박 말 잘하는 아이로 통하지만, 나의 우상인 이 아이와 마주 서면 한마디도 하지 못하는데, 이게 나에게는 정상이었다. 오늘 나는 마음을 다잡고 정신을 차리기로 결심한다.

"아, 안녕." 나는 더듬거리며 인사를 한다.

나는 가급적 긴장을 풀려고 노력한다. 그리고 용기를 쥐어 짜내 말한다.

"우리들이 방금 전에 너에 관해 이야기를 했는데 말이야, 베노."

"무슨 이야기?" 베노가 말한다.

"응, 그러니까……." 나는 다시 말을 더듬는다. "그러니까 네가 오늘 아침에 버스 안에 써놓은 것에 관한 이야기 말이야."

나는 그거 완전 쩔었어, 라고 말하려고 했다. 하지만 그 말은 더 이상 할 수 없었다. 갑자기 베노가 나에게 바싹 다가왔기 때문이다.

움켜쥔 주먹이,

날아온다.

내 윗배로.

"담탱이한테 말했냐?" 베노가 잇새로 쉭쉭 소리를 내며 말한다.

배가 끊어지는 것 같은 고통에 나는 숨도 못 쉬고, 주머니칼처럼 몸이 꺾인 채 무릎을 꿇고 쓰러지고 만다.

베노가 다시 내 주변을 어슬렁거리며 말한다. "고자질하면 이렇게 되는 거야!" 그러곤 휑하니 달려가 버린다.

누군가 나를 일으켜준다. 눈물이 앞을 가려 정확히 누군지 보이지도 않는다. 숨을 돌리고 나자, 목구멍에서 딸꾹질이 밀려나온다.

스베냐가 나를 꼭 껴안아준다. 롤란트가 내 곁에서 어깨를 토닥인다.

"미안해." 롤란트가 말한다. "우리 형은 언제나 화부터 먼저 내. 근데 너 정말로 코흐 선생님한테 우리 형이 버스에 낙서한 거 이야기했냐?"

나는 고개를 가로젓는다. 아직까지도 말이 안 나온다.

"멍청한 자식." 스베냐가 말한다.

맞아. 나도 그렇게 생각한다. 멍청한 남자들은 다 그렇게 생겼다. 이 사건은 내가 그런 멍청이한테 빠진 마지막 사건이었다. 그런 일은 베노라는 인간을 끝으로 종쳤다!

자신이 무엇을 원하는지 정확히 안다면
소위 말하는 '나쁜 남자'와 사귈 수 있다.
이런 남자는 절망적인 심정으로 기다린다거나,
눈물을 쏟는다고 해서 붙잡아둘 수 없다.
잇속 빠르게 잘 챙길 줄 아는 여자,
자신의 바람을 떳떳이 표출하는 여자,
자신이 관여하고 있는 것이 무엇이며,
또 이 관계에서 자신이 기대할 수 있는 것이 무엇인지를 아는 여자,
이런 여자들이 내가 생각하기엔 그런 타입의 남성들과
행복하게 지낼 가능성이 가장 큰 것 같다.
– 안나 홀펠트, 커플 상담 전문가

"여긴 베노라고 해." 산드라가 말한다.

나는 이해할 수가 없다. 산드라와 카펫 조각이 나를 위해 주선한 소개팅 상대가 하필이면 나에게 한 방 먹였던 그 초등학교 동창 녀석과 이름이 같다니. '베노 1' 이후로 수년간 나는 '배드 보이'라면 멀찍이 피해 다닐 정도로 트라우마에 시달렸었다.

만약 '베노 2' 역시 나를 때리려고 덤빈다면, 좋다, 덤벼라. 나는 이 부엌 어디에 프라이팬이 있는지 정확히 알고 있으니까. 하지

만 이 베노는 전혀 위협적인 구석이라곤 없는 것 같다. 머리카락은 어깨까지 내려오고, 엉성하게 뜬 헐렁한 스웨터를 입고 있다. 우리가 그와 마주 보고 서자, 그가 내 손을 덥석 잡는다. 그것도 두 손으로. 그러곤 이렇게 말한다. "제가 오는 걸 허락해주셔서 감사합니다."

어쨌든 스킨십에 관한 한 그는 겁이 없는 것 같다. 어쩌면 아름다운 밤이 될 것도 같다. 나는 손을 뺐다. 그가 식탁 맞은편에 자리를 잡는다. 산드라와 막스가 저녁 만남을 위해 식탁을 세팅해놓았다. 식탁 가운데엔 촛불까지 하나 켜두었다……. 아마 어두침침한 불빛으로 지저분한 부엌을 알아보지 못하게 하려고 그런 것 같다.

산드라가 전기레인지 앞에 서서 냄비 속을 젓고 있다. "거의 다 되었네." 산드라가 막스에게 말한다. "막스, 화이트와인 좀 따라줄래?"

산드라가 자기 남자 친구를 낚아챌 생각일랑 집어치우고, 내 자신의 데이트에만 집중하라고 장문의 문자를 또 보내왔다. 쯧, 산드라, 그렇게까지 애쓸 필요 없단다. 촛불 아래에서 보니 카펫 조각남도 그럭저럭 괜찮아 보인다만, 내가 그분의 팬티 사정을 충분히 아는지라, 그와의 밀애 따위는 눈곱만큼도 생각이 없다. 원하면 네가 마음껏 가지렴. 그뿐 아니라 그 남자, 산드라보다 열다섯 살이나 더 많다. 그리고 나는 아까 제대로 된 조명 아래에서 그를 보았다. 그때 이미 모든 매력이 다 사라졌다.

"당연하지." 그러면서 막스는 우리 집 냉장고로 가서는 자기 집 냉장고인 양 와인을 꺼내와 코르크 마개를 딴다. 코르크가 바닥에 떨어진다. 하지만 그는 떨어진 코르크를 주워 올릴 생각을 안 한다. 내버려두자. 지금은 나도 소란을 피울 생각이 없다. 무엇보다도 베노가 진짜로 아주 상냥한 사람일지도 모르고, 내 쪽에서 일을 그르치고 싶지 않았기 때문이었다.

막스는 우리 잔에 와인을 따른 다음 다시 냉장고에 와인 병을 넣어놓는다. 그러곤 산드라에게 가더니 그 손으로 그녀의 허리춤에서부터 가슴까지 죽 훑는다.

나는 괜한 헛기침을 한다. "그런데," 나는 베노를 향해 돌아앉으며 묻는다. 그는 내 나이 또래처럼 보인다. "두 분은 어떻게 알게 되셨어요?"

"저는 막스와 직장 동료입니다." 그가 말한다. "정말 멋진 사나이예요. 정말이지 그에게서 엄청나게 많은 걸 배웠습니다."

대화로 분위기를 바꿔보려 했는데 김빠지는 소리만 듣고만 것 같다. 틀림없이 농담일 거야. 카펫 쪼가리에게서 배워? 아니, 뭘?

"두 분이 같이 어울리실 일이 많겠네요?" 나는 이렇게 물으며, 성숙한 남성이 되기 위해선 아버지상이 정말 중요하죠, 라는 말을 꾹꾹 눌러 참는다.

"그럼요, 일을 마치면 함께 배드민턴을 치러가거나, 가끔은 한잔하러 가기도 한답니다. 단, 영화관만 빼고요. 맞죠, 막스?"

"그야, 우리가 영화 취향이 전혀 다르니까 그렇지." 그가 대꾸한다.

베노가 내 눈을 바라본다. 그 딴에는 사람을 무장해제시킨다고 여기는 것 같은 눈길로 말이다. 하지만 내 눈에는 이 착한 남자가 급히 화장실에 다녀와야겠다는 신호처럼 보일 뿐이다.

"나는 무조건 서정적인 영화가 좋아요. 무슨 말인지 알죠? 막스는 액션 영화를 훨씬 좋아하죠. 「단 하루를 사는 것처럼」[6]이란 영화 아세요? 제가 좋아하는 영화 중 하나죠."

이 순간 산드라가 "레몬을 곁들인 스파게티 나왔습니다!"라며 김이 모락모락 나는 접시를 테이블에 놓는다.

"음~! 맛있겠네요!" 베노가 말한다.

나는 어깨를 으쓱해 보인다. 이 사람, 말하는 게 꼭 알프레트 비올레크[7] 같잖아!

"자, 그럼 많이 드세요." 산드라가 나에게 포크를 건네주며 말한다. "그리고 말이 나온 김에 한 가지 더!" 아마도 오늘 저녁에 나에게 소개팅을 해주려고 했다는 걸 기억해낸 모양이다. "베노도 완전 독서광이래. 꼭 너처럼."

"오! 그래요?" 내가 말한다. "어떤 책을 좋아하세요?"

베노는 "시집을 가장 즐겨 읽어요"라고 대답하고는, 갑자기 숙연한 표정을 짓더니 이렇게 읊조린다. "홀로 숲속을 거닐었네. 무얼 찾으려고 길을 나선 것은 아니었지. 그게 내 마음이었지."

무슨 말을 하려고 나에게 이 말을 하는 건가, 골똘히 생각하고 있는데, 베노가 벌써 다음 구절을 읊조린다. "그늘 아래에서 나는 작은 꽃 한 송이를 보았네. 그 꽃송이, 별처럼 반짝이고, 눈동자처

---

6   미국 영화 「노트북」(2004)의 독일 개봉 제목. 노트에 담긴 두 주인공의 절절한 사랑이 눈물겹다.

7   저명한 독일의 엔터테이너. 남성인데도 여성스러운 목소리를 가졌고, 잔소리꾼 할머니처럼 까탈스러운 면모를 내세운 요리 프로그램 진행자로도 유명하다.

럼 아름다웠다네."

"괴테." 막스가 말한다.

"괴테를 알아요?" 베노가 감동한 얼굴로 그를 바라보며 묻는다.

"그럴 리가." 막스가 말한다. "좀 의심스럽다 하면, 언제나 괴테야, 라고 우리 국어 선생님께서 말씀하셨지."

산드라가 웃음을 터트린다. 막스가 어깨를 으쓱해 보이며 그녀의 머리카락 몇 올을 손가락에 감아쥐더니, 그녀를 살짝 자기 쪽으로 끌어당긴 다음 그녀의 목에 혀를 들이민다.

둘은 서로의 편도를 충분히 검사한 다음에야 겨우 떨어진다. 단, 서로 음식을 먹여주기 위해서 말이다.

"맛있어요?" 나는 잉꼬 한 쌍에게서 관심을 돌리려고 베노에게 묻는다.

"예." 그는 그렇게 말하곤 호로록거리며 스파게티를 먹는다. 그의 턱수염에 스파게티 소스 찌꺼기가 매달려 있다. "엄마가 해주신 거랑 거의 비슷하네요. 우리 엄마가 음식을 정말 잘하셔서 제가 집밥을 즐겨 먹거든요. 제 다음 여자 친구는 우리 엄마처럼 음식을 잘해야 해요. 그렇지 않으면 저는 절대로 집을 벗어나지 못할 거예요."

나는 갑자기 사레가 들고 만다. "아직 부모님 댁에서 살아요?"

"예. 사스키아가 나와 갈라선 뒤에, 다시 옛날에 쓰던 제 어린이 방으로 옮겨 왔거든요."

나는 데이트를 하러 그를 데리고 나오면서, 그의 어머니에게 아들을 빌려가는 조건으로 보증금을 맡기는 장면을 상상한다. 나는 산드라가 나에게 '남자'를 끌어다줄 거라 생각했다. 유치원생이 아니라! 이 남자가 남자들의 세계에서 내놓을 수 있는 '최선'의 인물이라면, 나는 지금 당장 나의 '남자 찾기'를 끝내야 마땅하다. 그의 어린이 방에 눕는 상상만으로 아까 맛있게 먹은 스파게티 면 발이 도로 곤두서려고 한다. 내 맞은편에 앉은 사람의 턱수염에 묻은 스파게티 소스가 한데 엉겨 붙어 끈적거리며 방울져 흘러내 리는 모습 역시 이 상황을 잠재우는 데 전혀 도움이 되지 않는다. 수염에 소스가 묻은 걸 알려주고 싶은 마음이 굴뚝같다. 하지만 목구멍만 타들어가 나는 컥컥 마른기침을 해댄다. 나는 자포자기 의 심정으로 그의 팔에 손을 얹는다.

"당신은 정말로 이해심이 많으시군요." 그렇게 말하면서 베노 는 내 손을 꼭 잡는다. 그리고 방울진 소스 덩어리와 함께 수염이 위협적으로 내 얼굴을 향해 다가온다. "이별은 정말 혹독했지요. 하지만 이제는 누군가에게 내 자신을 맡길 준비가 되었다는 생각 이 듭니다. 이렇게 되기까지 막스가 자신의 일처럼 뒤에서 저를 지지해주며 어려운 시기를 잘 넘기도록 도와주었지요."

"어이—," 막스가 산드라에게 음식을 먹여주다 말고 잠깐 멈춘 다. "자네 거기 뭐 묻었어."

"어디요?" 베노가 그렇게 물으면서 오른손으로 수염을 쓱 훑자, 수염에 엉겨 붙었던 찐득찐득한 소스가 수염 결을 따라 흩어진다.

막스가 냅킨을 집어 들고 친구의 턱을 닦아주려고, 식탁 너머로 몸을 숙인다. 남은 시간 내내 나는 머릿속에서 이 그림을 지우려 고 노력하고, 그러는 동안 막스와 산드라는 서로 몸을 더듬고 맨

살을 쓰다듬으며 지각없이 시시덕거리느라 여념이 없다. 나의 동거녀는 이 소개팅이 나에게 맞지 않는다고 결론을 내리고, 더 중요한 일로 돌아선 것 같다. 한 잔, 두 잔, 연거푸 와인 잔이 채워진다. 점점 입술이 무거워져 오는 게 느껴진다.

"제 말 기분 나쁘게 듣지 말아주세요." 결국 나는 이렇게 말한다. "제가요, 죽을 것처럼 피곤해서 당장 자러 가야 할 것 같아요."

"그럼 저도 그만 집에 가는 게 좋을 것 같네요." 베노가 막 불붙은 연인들을 바라보며 벌떡 일어선다. "현관까지 바래다 주실래요?"

나는 군말 없이 고개를 끄덕인다. 우리는 둘 다 자리에서 일어난다. 그런 다음 나는 경사진 계단을 내려가 현관 출입문까지 그와 동행한다.

"친절하게 대해주어서 고마웠어요." 베노가 한 발짝 다가오며 말한다. "내가 듣기 좋은 말 한 마디만 해도 될까요?"

이 사람, 저절로 감기는 내 눈에 대해 치하하려는 걸까, 아니면 사고에 가까운 그의 대화 내용을 견뎌준 나의 친절한 매너에 대해 치하하려는 걸까?

"누군가와 이렇게 좋아하며 대화를 나눈 건 정말 오랜만이었던 것 같아요." 베노가 한 발짝 더 다가오며 말한다. "당신을 보면 누구라도 기대고 싶게 만드는 사람 같아요."

내가 꿈을 꾸는 건가? 아니면 이 사람의 머리가 내 어깨 쪽으로 다가오는 걸까?

나는 놀라서 한 발짝 뒤로 물러서다가 계단 맨 밑 칸에 발뒤꿈치를 부딪친다.

"아야, 젠장!" 나는 나직이 욕을 한다.

"제가 호~ 해드릴까요?"

"아, 아뇨." 이렇게까지 끈덕지게 나를 쇼크에 빠지게 한 사람은 정말로, 정말로 오랜만이다. "미안해요, 이젠 정말 자야 할 것 같아요."

베노 2가 나가고, 문이 닫히자, 나는 분명히 깨달았다. 딱히 007 제임스 본드나, 「본 아이덴티티」의 제이슨 본 같은 남자, 그리고 「록키 발보아」의 록키 같은 남자를 원하는 건 아니지만, 베노처럼 여성성이 강한 남자 역시 전혀 내 상대가 아니라는 것을.

"뭐 저런 눈치 없는 떠벌이가 다 있지." 두 사람에게 고맙다는 인사나 하고 자러 가야겠다 싶어 다시 부엌에 들어가자, 산드라가 말한다.

"아, 그 정도로 나쁘진 않았어." 나는 산드라의 말문을 미리 막아버린다. 어쨌든 아직 막스가 집에 있는 데다, 둘이 친구 사이이기도 하니까.

"그 친구, 진짜 착한 사람이야." 막스가 말한다. "여자 친구랑 헤어지고 어려운 시간을 견뎌내느라 그렇게 된 거지."

"그게 무슨 말도 안 되는 얘기야." 산드라가 이마를 치며 말한다. "그 사람 '남자답게 살기' 강좌 좀 들어야 할 것 같아." 그러곤 바지 뒷주머니에서 카드처럼 접힌 전단지 한 장을 꺼낸다. "슈미츠 카페에서 발견한 거야." 산드라가 전단지를 식탁 한가운데로 던져놓는다.

"남자들을 대상으로 한 강좌라고?" 막스가 이마를 찡그리더니 종이를 집어 든다. "'어린 왕자, 큰 왕자: 당신 속에 있는 진짜 남자가 되는 길'? 도대체 누구한테 이런 게 필요하대?" 그는 전단지를 도로 제자리에 놓는다.

"그러게, 어쨌든 자기한텐 필요가 없겠지." 산드라는 이렇게 말하곤 그의 코끝에 키스한다. "그 사실을 오늘 밤에 곧 증명해 보일 테지만."

나는 강좌와 관련한 광고 문구를 펼쳐본다. 내용인즉 이랬다. '요즘 세상엔 남성의 원시적인 힘과 우리를 한데 묶어줄 의식이 더 이상 존재하지 않습니다. 남자로서 마음 깊은 곳에서 당신을 감동시키고 마음을 움직이게 하는 것을 배워보십시오. 이 영적인 경험을 찾아 당신과 함께할 남성분들과 더불어.'

이 강좌는 남자들에게 이른바 남자로서의 정체성을 찾고, 다른 남자들과 결속력을 키워, 남자에게 정해진 숙명을 알아가도록 돕는 세미나였다. 이 모든 것은 말 그대로 대자연 속에서, 치료사부터 신비주의자를 거쳐 야생의 남자에 이르기까지 영웅의 여정을 밟는 것에 의거하여 이루어진다. 이외에도 모든 참가자는 자신의 남성성을 상징하는 하나의 징표로 나무에 직접 진짜 사나이를 새긴다.

자신의 남성성을 위해 알몸으로 모닥불 주위를 돌며 춤춘 이야기를 자랑스럽게 늘어놓는 남자와 한 침대에 오른다는 건, 상상만으로도 마치 미슐랭 타이어 선전에 나오는 찐빵맨과 포르노를 찍는 것만큼이나 김빠지는 일이다. 그런 남자들은 도대체 뭐가 문제여서 그러는 걸까?

한편으로 우리는 감성적인 삶을 옹호하는 남자를 원한다.

그런 남자는 우리를 이해하고, 우리에게 관심을 갖고

우리를 잘 챙길 확률이 높다.

다른 한편으로 우리는 그 남자가 자극적이어야 한다고 생각한다.

남자들은 마리아처럼 숭고한 성녀인 동시에

창녀와 같은 면모를 갖춘 여자,

순수함과 성적 매력을 한 몸에 갖춘 여자를 찾는다.

여자들도 이와 비슷한 것 같다. 그들은 한 남자에게서

연애 선수인 라틴계 애인과 여성에게 맞춤한

부드러운 남자를 모두 취하고 싶어 한다.

그런데도 막상 결정을 내려야 하는 상황이 오면,

결정적으로 현실적인 남성에게 손을 들어주는 경우가 드물지 않다.

– 루안 브리젠딘, 『남자의 뇌, 남자의 발견』

"소개팅 어땠어?" 다음 날 아침 사무실에 들어서자, 슈테판이 묻는다.

왜 나는 그에게 언제나 뭐든 다 얘기해버리는 걸까? 믿어도 너무 믿는 것 같다.

"아, 지극히 정상적이었어." 나는 즉답을 피한다. "난 기분 좋게 싱글로 남아 있으려고. 자기는? 꿀벌 마야 님의 배 속은 다 정상이고?"

"또 동물 이름 대기 시작인 거야?" 슈테판이 꿍얼거리며 말한다.

이번엔 또 뭐가 잘못된 건지 물어보려는데, 출판부의 다니엘이

문 앞에서 서서 교정쇄를 흔들어 보인다.

"저기, 여러분. 여기 단 슈티펠의 새 스릴러 『피의 잠』이 나왔다네. 나는 처음에 제목이 『피의 양』인 줄 알았다니까!"라며 그가 웃음을 터트린다.

"나한테 양[8] 얘기를 늘어놓으려면 오지 마." 슈테판이 고무 밴드로 묶은 원고 뭉치를 받으며 말한다.

슈테판은 편집고문으로서 우리끼리는 비공식적으로 '모듬 순대'라고 부르는 스릴러 시리즈물 대부분을 담당한다. 우리 편집고문들은 부장회의에서 마케팅부 직원들에게 우리 책들이 잘 나갈 만한 이유를 피력해야 한다. 회의에 앞서 슈테판은 신체 기관 추출 사진이 찍힌 포스터를 온 건물에 붙이거나, 제 시간에 안전한 곳으로 피신하지 못한 모든 직원들은 아침 여덟 시부터 일찌감치 유튜브의 뇌엽전리술 영상을 보는 행운을 누리게 해준다.

나는 슈테판이 '분만실에서 어린 양'이 어쩌고저쩌고 하며 다니엘에게 이야기하는 소리를 건성으로 듣고 흘린다. 내가 마야라면 심각하게 걱정할 소리들이다.

"단, 문제는 말이야." 슈테판은 이렇게 말하면서 결론을 내린다. "아들이면 어떡하나, 하는 거야."

"그래? 아들이면 우리한테 시원한 맥주 한 턱 쏴야지." 다니엘이 말한다. 다니엘은 슈테판보다 몇 살 더 위인데, 남자아이의 아버지가 된다는 게 그에겐 아무 문제도 없는 모양이다

---

8   양은 동물 이외에 '바보, 멍청이'라는 말로도 쓰이며 어린아이에 대한 애칭으로도 쓰인다. 아빠가 되는 것에 대한 슈테판의 스트레스 지수를 짐작할 수 있는 대목이다.

"그런데 진짜로 내가 관심이 가는 건, 아버지가 되면 남자들이 할 일이 뭔가, 하는 거야. 맥주 마시는 것 말고." 슈테판이 말한다. 어딘가 절망감이 밴 말투이다.

내가 나설 순간이 왔다. 나는 어제 넣어두었던 산드라의 전단지를 그에게 쓱 밀어놓는다.

"남성들을 위한 세미나?" 슈테판이 말한다. 어이가 없다는 말투다. "인도자가 주술사야?"

"그냥 자기 속에 있는 남성에 몰두하는 게 자기한테 도움이 될 것 같아서. 아기 양한테 신경 쓰는 대신에 말이야."

"안네 말이 완전히 틀린 건 아니라고 봐." 다니엘이 내 말에 동조하며 씩 웃는다. "그 세미나와 병행해서 남성들을 위한 고급반 세미나를 열까 하는데. 소시지랑 학브라텐[9]을 그릴로 구워줄게. 롤링스톤스 음악을 들으면서 얼마 전에 내가 사놓은 5리터들이 통 맥주를 마시는 거야. 토요일에 우리 집에서. 어때?"

"고기와 살인은 동의어입니다. 여러분." 내가 경고한다.

"무슨 소리, 맛만 좋은데." 두 남자가 합창을 한다. 둘 다 주말 행사에 의견 일치를 본 것 같다.

슈테판이 의기양양한 눈길로 나를 바라보며 전단지를 잘게 찢어 휴지통에 던져버린다. "남성들을 위한 세미나 같은 소리 하십니다." 깔보는 말투로 그가 한마디한다. "둥그렇게 돌면서 춤을 추고, 북을 친다고, 응? 내 인생에 그럴 일은 절대로 없을 거야!"

9 고기 같은 것을 반죽하여 식빵처럼 길게 뭉쳐 덩어리째 구워낸 요리. 식빵 자르듯 잘라서 접시에 담아낸다. 미트로프 요리의 일종.

5

남성들을 위한 세미나

"알렉산더 미체를리히[1]가 이미 60년대에 탄식해마지 않았던 저
'아버지 없는 사회'는 지금도 만연하여,
딸, 아들에게, 또한 남녀 관계에
파국적인 영향력을 행사하고 있다."

로베르트 베츠, 『그렇게 남자가 되어간다』

---

1   Alexander Mitscherlich(1908~1982). 정신분석학자. 여기서 언급된 것은 『아버지 없
는 사회』라는 저서다.

●

　나는 다른 남자들과 어울려 빙글빙글 춤을 추고, 북채로 샤먼드
럼[1]을 둥둥 치면서 큰 소리로 노래한다. "오예, 오예, 오예!"

　세미나 인도자인 우르스는 주술사이자 심리치료사다. 깃털과
구슬을 넣어서 땋은 긴 레게머리를 한 그를 보노라면, 「캐러비안
의 해적」에 나오는 조니 뎁이 연상되기도 한다. 물론 그는 조니 뎁
보다 배 정도 연상이긴 하지만 말이다.

　"남자들이여, 나는 그대들의 함성이 듣고 싶다!" 그가 소리친다.

　"아아아—" 어딘가 맥없이 들리는 것이 빈혈 환자들이 단체로
소리 지르는 것 같다.

1　주술사들이 의식을 치를 때 사용하는 탬버린처럼 생긴 북.

"아까보다 훨씬 나아졌다." 우르스가 우리를 격려한다. "그대들 속에 전사가 있다는 것을 보여준다!"

다들 사납고 억센 표정을 지으며 목이 터져라 소리를 지른다.

"아아아악—!"

내가 여기 있다는 걸 안네가 알면, 추측컨대 이런저런 격언을 들어 몇 마디 했을 것 같다. 그리고 나는 그녀의 말을 곡해하거나 나쁘게 생각하진 않을 거다. 결론적으로 내 스스로 이런 허섭스레기 같은 심리 치료에 관해 그렇게 많은 의미를 두는 사람이 아니다. 또 이런 어리석은 짓거리에 동참하고, 더군다나 드러내어 인정하는 행위야말로 사회적인 죽음인 것이다. 시험 삼아 마르코에게 이 강좌에 관해 얘기했을 때(물론 내가 바로 그 얼마 전 이 강좌에 참가 신청을 했다는 사실은 언급하지 않았다), 마르코는 웃느라 정신을 차리지 못했다.

그러나 소용없다. 이제 나는 이 코스를 통과하지 않으면 안 된다. 저 울트라슈퍼 토르스텐이 그 새끼 양 사건을 등판에 달고 마야의 마음을 정복했기 때문이다. 그날 밤 잠자리에 들었을 때까지도 마야는 잠꼬대처럼 중얼거렸다. "토르스텐 말야. 정말 진짜 사나이가 따로 없더라." 그리고는 옆으로 돌아눕더니 잘 자라는 키스 한 번 없이 그대로 잠이 드는 것이었다.

하지만 나는? 나는 뜬눈으로 누운 채 한숨도 잘 수 없었다. 내가 좋은 아빠, 좋은 남편이 될 수 없을 거라는 생각에서 헤어나기 힘들었다. 어쨌든 토르스텐에게 있는 행동력과 과감한 결단력이 나에겐 없다. 그런 점이 마야가 남자를 고르는 기준이라면 일이 힘들어진다. 다시 말해, 나는 세 여인네들에게서 남자란 모름지기 너무 정력적이어도 안 되고, 또 여자들의 머리를 거치지 않고선 그 어떤 것도 결정하면 안 된다고 배웠던 것이다. 우리 집에선 무슨 일이든 의견 일치를 볼 때까지 토론했고, 그래도 미진한 경우엔 어머니와 할머니, 혹은 증조할머니가 옳다고 생각하시는 쪽으로 일을 진행했다.

나는 여자들에 대해 잘 알지 못한다. 대체 여자들은 어떤 종류의 남자를 가장 좋아할까? 이리로 가자, 라고 길을 제시하는 든든한 보호자를 원할까? 아니면 여자를 존중하고 배려하는 동등한 파트너를 원할까?

본인은 몰랐겠지만 안네가 사무실에서 나에게 세미나 전단지를 밀어 놓은 것은 시기상 아주 적절했다. 사실 내가 마음이 좀 많이 급하다. 안네가 퇴근하고 난 뒤, 종이쪼가리들을 다시 붙이는 일은 정말 쉽지 않았다. 지금 내 심정은 그저 내 수고가 헛짓거리가 아니길, 그리고 진짜 남자로 가는 이 단기 속성 과정에서 정말로 누군가 나에게 진짜 남자가 되는 방법을 설명해줄 수 있기를 바랄 뿐이다.

"자, 이제 춤을 좀 추면서 긴장을 풉니다."

우르스가 북치기 트레이닝을 끝내고, 프린스의 「키스」를 튼다. 나는 프린스라는 이 작은 남자가 내는 신음과 울부짖듯 낑낑대는 소리가 정말 싫다. 다른 부분에선 80년대를 엄청 좋아하지만 말이다.

우르스가 많은 말을 담은 눈길로 나를 보며 말한다. "음악과 춤이 자네의 긴장을 푸는 데 도움이 될 걸세."

다른 남자들이 빙 둘러서서 어딘가 속수무책으로 움직이며 이리저리 꿈틀거린다. 나는 슬쩍 빠져나와 책장이 세워져 있는 구석진 곳으로 간다. 그리고 한숨 돌리며 『영혼의 천둥소리―남자의 원형을 찾아가는 북소리 여행』에 잠깐 눈길을 준다. 표지에는 벌거벗은 몸에 진흙을 덕지덕지 바른 남자가 비명인지 함성인지 소리를 지르기 위해 입을 크게 벌린 모습이 실려 있다. 나는 책장을 몇 장 넘기며 책을 훑어본다. 진짜 흥미를 느껴서라기보다는 지루함을 좀 잊어보려는 마음에서였다. 저자인 게르하르트 포펭거는 다양한 특성에 따른 남성 유형을 기술하고 있다. 전사, 마술사, 연인, 왕, 수집가, 현자, 환경보호가 등등 특징을 논할 수 있는 건 뭐든 있다.

"오, 아주 좋은 책이지." 우르스가 내 곁을 스치듯 춤을 추며 지나간다.

"자, 자네는 어떤 타입인가?"

모르죠. 그걸 제가 어찌 알겠습니까. 나는 아무렇게나 책을 펼친다. 하필 얼뜨기 광대를 다룬 부분이다.

'말만 번지르르한 남자, 몽상가, 한눈팔이 한스, 동정남. 가볍지만 화려한 새처럼 눈에 띄게, 아니면 펭귄처럼 연미복을 입고 서툴게 얼뜨기 광대가 도착한다. 그가 모습을 드러내면 그곳에 있는 사람들은 웃음을 터트리지 않을 수 없다. 그와 함께. 그를 조롱하면서.'

어이쿠, 이거 포펭거 선생이 날 잘 알고 지낸 사람처럼 썼군, 그래. 내가 바라는 건 무엇보다 우르스가 이 얼간이 바보 같은 짓을 그만두게 할 힌트 몇 가지라도 나에게 알려주었으면 하는 것이다.

새된 비명소리가 울리는가 싶더니 'I just want your extratime and your – ts – ts – ts – ts – kiss!'[2]라는 가사와 함께 노래가 잦아든다.

우르스의 지시에 따라 우리는 다함께 동그랗게 모여 앉을 준비를 한다.

"남성 여러분, 이제 우리는 대화를 나눌 겁니다." 그가 말한다.

우리는 자리를 잡고 앉는다. 오랫동안 책상다리를 하지 않았던 내 골반 뼈에서 뚜두둑 소리가 난다.

"그대들의 인생에는 중요한 인물이 있습니다." 우르스가 말한다.

"그대들의 아버지. 그대들이 어떤 타입의 남자인가는 바로 그대들의 아버지에게 달려 있지요. 그대들의 아버지에 관한 이야기를 들어보도록 하겠습니다. 토비아스, 자네부터 시작해보겠나?"

토비아스는 내 맞은편에 앉았는데, 대략 내 나이 또래쯤으로 보인다. 살짝 점잔을 빼는 것이 이 상황이 불편한 게 분명하다.

"겁먹을 필요 없다네." 우르스가 그를 안심시키며 말한다. "남자들끼리 있는데 뭐 어떤가."

"그러니까 그게…… 저는 아버지를 제대로 알 기회가 한 번도 없었습니다." 토비아스가 잠시 망설인 끝에 울 담요를 우두커니 바라보면서 고백한다. "아버지는 늘 일터에 계셨고, 밤늦게야 집에 오셨거든요."

"둘 사이는 어땠나?"

2 '내가 원하는 건 당신이 특별히 시간을 내주는 것, 그리고 당신의 쓰흡 – 쓰흡 – 쓰흡 – 쓰흡 – 쓰흡 – 키스!'

"집에서 아버지는 언제나 부재 중이셨습니다."

"왜 그랬는지는 알고?" 우르스가 묻는다. 목소리가 '섬세의류 코스에 따라 돌아가는' 세탁기 소리처럼 잔잔하게 울린다.

"처음에 저는 저 때문이라고 생각했어요. 하지만 그 후 우리는 아버지가 알코올중독이라는 걸 알게 되었습니다. 그러고 나자 이 번에는 아버지가 어머니를 때리기 시작했지요."

모여 앉은 사람들이 당황하여 다들 침묵한다. 나는 이 모임이 처음 생각했던 것과 달리 가볍게 진행되지 않을 거라는 걸 알아차 린다.

우르스가 얼굴에 내려온 레게머리 한 가닥을 쓸어 넘긴 다음, 토비아스의 어깨에 손을 얹는다. "그건 간단히 볼 일이 아니지."

"폭음 때문에 아버지는 직장도 잃었지요. 그 후 어느 날 아버지 는 그냥 사라졌습니다. 우리를 방치한 채로 말입니다."

"그 뒤로 아버지를 다시 뵌 적은 있고?"

"아뇨. 우리는 아버지가 떠나서 기뻤습니다. 그리고 일 년 전에 처음으로 아버지의 행방을 수소문해보았습니다. 아버지가 대체 왜 우리에게 그런 험한 행동을 했는지 알고 싶어서였습니다."

"그래서 아버지는 찾았나?"

토비아스가 고개를 끄덕인다. "어떤 폐쇄된 시설에서요. 그나마 마지막 남아 있던 정신까지 술로 탕진해버렸더군요. 지금은 아무 도 알아보지 못합니다."

날이 어두워졌다. 여름 뇌우가 불러일으킨 비가 지면 깊숙이 난 창문을 향해 파도처럼 밀려온다. 우르스가 조그만 스탠드를 켜자,

희미한 불빛 속에 실내 모습이 드러난다.

"난 우리 아버지가 원래 어떤 남자였는지 영영 듣지 못하게 될 것 같습니다." 토비아스가 말한다.

"쉽지 않군. 그런 일을 겪고 나니 어떻던가?" 우르스가 심리상담사로서 최상의 예의를 갖추어 묻는다.

"기분 더럽죠." 토비아스가 더 이상 버티지 못하고 눈물을 흘린다.

"내가 한 번만 안아줘도 되겠나?" 우르스가 묻는다.

토비아스가 고개를 끄덕이며 동의한다. 우르스가 그를 꼭 껴안아준다. 그러곤 둘이 돌아가며 눈물을 흘린다.

> 서구 산업산회의 남자아이들은 놀라우리만큼
> 아버지의 영향력이 낮은 상태에서 성장하고
> 남자가 되는 도상에 이르면, 본격적으로 자기 자신을 방치한다.
> 그렇다 보니 남자의 몸을 입고 살아가는 사람 누군가는
> 남자의 몸과 친해지는 법을 배워서 알아야 하고,
> 또 그것을 스스로 경험한 누군가를 선호하는 것은
> 당연한 일일 것이다.
> (……) 산업화된 세계의 아버지들 대부분은
> 자녀들에게서 멀리 떨어져 있는 낯선 존재들이다.
> – 스티브 비덜프, 『남자, 그 잃어버린 진실』

다함께 점심 식사를 하는데, 적막강산이 따로 없다. 우르스가 종을 쳐 휴식 시간을 알리기 전까지 자신의 아버지에 관해 발표한

사람은 토비아스 한 사람밖에 없었다. 그러나 그 한 사람의 이야기는 남자들을 무척이나 요동치게 하였다. 진정한 남자들의 요리인 감자튀김과 브라운소스를 얹은 돈가스가 나왔건만, 모두들 이리저리 포크만 쑤시며 별 의욕이 없다.

나는 어렴풋이 그동안 내가 아버지의 부재를 지나치게 대수롭지 않게 받아들이고 있었음을 깨달았다. 나에겐 아버지를 알 수 있는 기회가 전혀 없었다. 내가 태어나고 얼마되지 않아 아버지가 사라졌기 때문이다. 어머니에게 아버지는 자식을 세상에 내놓고는 더 이상 돌보지 않는 '머저리'에 불과했다. 내가 바랄 수 있는 유일한 것은 이런 관점으로 조명된 아버지의 존재를 내가 닮지 않는 것뿐이다.

점심 식사 후 우리는 다시 세미나룸으로 간다. 신발을 벗고, 룸 여기저기에 펼쳐놓은 담요 위에 편안한 자세로 자리를 잡는다. 우르스는 우리와 명상 훈련을 하려고 한다. 그가 기타를 들고 깊이 없는 엘리베이터용 음악을 연주한다.

"자, 이제 눈을 감아보세요. 자신의 목소리에 온 신경을 집중하고, 긴장을 풀도록 합니다."

기타 소리가 자장가처럼 나를 가라앉힌다. 나는 잠시 꾸벅꾸벅 졸음에 빠져든다. 그사이 우르스는 단조로운 모노톤으로 하염없이 읊조린다.

"당신의 아버지. 거의 안 계시다시피 했더라도 아버지를 기억해보세요. 당신의 아버지. 당신 안의 어린아이는 아버지가 당신을 알아보길 갈망합니다. 당신의 아버지. 당신의 어머니는 아마도 자주 아버지를 욕했겠지요. 당신은 어머니의 편을 들었고요. 그래서 당신은 절대로 아버지처럼 되길 원하지 않았습니다. 당신의 아버지. 아버지가 없으면 당신은 힘없이 일생을 살아가게 됩니다. 아버지의 인정이야말로 당신이 매사에 자부심을 갖고 남성적인 방식으로 일을 처리하고, 끝까지 관철하도록 해주니까요……"

우르스는 계속해서 말을 하는데, 얼마쯤 시간이 지나자 말의 의미는 더 이상 들어오지 않는다. 그저 단어의 울림과 기타 소리만 주의를 끌 뿐. 팔다리가 무거워 온다. 빗방울이 후드득후드득 보조를 맞추어 창유리를 때린다. 다른 남자들의 양말에서 쿼쿼한 냄새가 솔솔 올라온다. 아까 돈가스는 반쪽만 먹고, 감자튀김은 그대로 버릴 걸 그랬다. 내 옆에 있는 남자가 낮은 소리로 코를 골기 시작한다.

우르스 말이 맞는 걸까? 내가 진정한 사나이가 되는 데 있어 부족한 것이 아버지의 존재일까? 어쨌든 내 인생 속 세 여인은 내가 주로 나의 부드러운 면과 익숙해지도록 만들었다. 이 여인들은 나를 여느 사내아이들처럼 행동할 수 있게 가만히 내버려두질 않았다. 내 인생 속 유일한 남자인 할아버지조차도 여느 남자들처럼 활개를 치며 행동하지 못했다. 안락하고 따뜻한 기분이 들면서 지나간 옛 시절이 기억난다.

1983년. 오토 할아버지가 나무에 앉아 두꺼운 나뭇가지를 톱으로 자르고 있다. 내 친구 패티와 내가 나무 장난감을 깎아달라고 할아버지에게 졸랐던 것이다.

"야들아, 그 광선 칼이라는 것이 대체 길이가 월매나 된댜?" 할아버지가 묻는다.

"참내, 할아부지. 고것은 광선 '검'이라고 하는 거여유, 칼이 아니구유." 나는 할아버지가 한 말을 바로 잡아 말한다.

패티가 고개를 주억거리며 내 말에 동조한다. 할아버지에겐 현대적인 영웅들과 그들이 사용하는 도구를 이해하는 것이 쉬운 일이 아니다. 최근에 할아버지는 가두 판매대에서 슈퍼맨 만화 대신 수프맨 만화를 사주려고 했다. 그 만화에는 배트맨이 비트맨이 되어 등장하고, 커크 대장이 오리 한 마리를 받고 온 지역을 날아다닌다.

그 대신에 할아버지가 할 수 있는 일들도 있다. 엄마들이 하지 말라고 했기 때문에 우리가 할 수 없거나, 해서는 안 되는 일들이다. 이를 테면 나무에 올라가서 톱으로 가지를 자르는 일 같은 것 말이다.

"지는 뻘건색 검이 갖고 싶어유. 다스 베이더[3]처럼유!" 패티가 흥분해서 소리친다.

"워쩐댜, 나무로는 갈색밖에 안 나와. 색깔은 너덜이 직접 칠혀야겠다." 할아버지가 힘이 드는지 끙끙 소리를 내며 말한다.

그래도 우리는 할아버지가 우리를 도와주신 것이 마냥 기쁘다. 할아버지는 또 할아버지 입장에서 우리가 할아버지에게 이 일을 맡겨드린 것이 행복하다. 그 덕분에 할머니와 증조할머니가 할아

---

3   영화 「스타워즈」에 나오는 주인공 루크 스카이워커의 아버지이자 악과 손을 잡게 된 제다이 마스터.

버지 몰래 계획했던 봄맞이 대청소에 게으름을 좀 피울 수 있게 되었기 때문이다.

우리 세 남자는 전날 밤 「스타워즈 에피소드 6-제다이의 귀환」을 보러 갔었다. 영화가 12세 이상 관람가여서 패티와 나는 보호자 없이 들어갈 수가 없었다. 그래서 우리는 할아버지를 졸라 영화관에 함께 갔다. 그 영화는 우리 셋 모두 생전 처음 보는 〈스타워즈〉 시리즈였다. 나는 곧바로 루크 스카이워커[4]와 내 자신이 서로 결합되어 있는 느낌을 받았다. 왜냐면 그도 나처럼 아버지가 없었으니까. 아니, 아버지라는 사람이 모든 걸 할 수 있다는 환상에 사로잡힌 사람이고, 황제 콤플렉스를 지닌 투구를 쓴 작은 남자라는 걸 알아냈으니까. 아무튼 이제 우리 모두는 루크, 다스와 그 외 인물들에게 푹 빠져 왕 팬이 되었다. 적어도 패티와 나는 그랬는데, 할아버지는 잘 모르겠다. 할아버지는 영화 상영 시간 삼분의 일쯤부터 졸기 시작했으니까.

패티와 나는 가능한 빨리 루크와 다스 베이더 간의 마지막 싸움을 흉내 내기로 작정했다. 그런데 그러려면 당연히 똑똑한 광선검 두 개가 필요했다. 그때만 해도 유명한 미국 장난감 회사 '토이저러스(ToysRUs)'가 지점을 열기 몇 년 전인 데다, 「스타워즈」 캐릭터 상품에 대한 공급이 전국적으로 균등하게 이뤄지지 않은 때라, 결국 수작업에 기댈 수밖에 없었다.

어머니들은 우리가 뭘 하려는지 당연히 모른다. 최근의 몇 가지

---

4   다스 베이더의 아들이자 제다이 마스터가 되는 인물.

사건 이후로 우리의 금지 행동 목록에는 '막대기로 서로 치고 박기' 항목이 명백하게 추가되었다. 그러니까 최근 패티와 내가 서로 피로써 의형제를 맺겠다고 맹세한 사건이 있었다. 할아버지는 우리의 맹세를 위해 낡은 스위스제 주머니칼을 빌려주었다. 우리가 각자 손바닥에 낸 칼집은 아주 실금처럼 가느다랬다. 우리가 악수로 상처를 봉인하기 전까지는 그랬다. 그런데 그 가느다란 실금 같은 상처에서 피가 철철 흘러나온 것이었다. 우리는 안전을 위해 엄마들에게 달려갔다. 엄마들은 함께 자리를 잡고 앉아 커피를 마시던 중이었다. 손에서 피를 뚝뚝 흘리며 뛰어오는 우리를 보자, 엄마들은 비상 경보음을 울리며 우리를 응급실로 데리고 갔다. 의사 선생님은 부드럽게 미소 지으며 작은 토끼가 그려진 밴드를 패티와 나의 상처에 붙여주었다.

오늘은 우리의 계획이 중단될 위험이 없다. 패티네 엄마는 우리 어머니의 가장 절친한 친구이다. 그런데 지금 두 사람은 패티 아버지와 함께 친구 집에 가고 없다. 나를 감시하는 다른 두 여인은 청소기를 돌리고 걸레질을 하느라 여념이 없다.

"옛다, 가져들 가아." 할아버지는 우리에게 두툼한 막대기 두 개를 건네고, 체크무늬 손수건으로 대머리에 맺힌 땀을 닦는다.

이제 드디어 시작이다. 우리에겐 칼이 있다. 그리고 아무도 우리를 감시하지 않는다! 우리 집은 녹음에 둘러싸여 있었고, 주변으로는 온통 초원이나 숲이었다. 우리는 할아버지와 함께 정원의 후미진 모퉁이로 옮겨왔다. 이곳은 여자들의 눈길에서 멀찍이 떨어져 우리가 하려던 일에 잘 몰두할 수 있는 곳이다. 패티와 내가 결투 자세를 취하는 동안, 할아버지는 접이식 의자를 펼치고 앉아 보온병을 연다.

"자, 야들아, 어디 실력들 한번 보여주어~." 할아버지가 우리에게 용기를 북돋아준다. "나는 커피나 한 잔 마셔야겠어."

할아버지는 항상 그렇게 말씀하셨다. 그러나 언젠가 할아버지 몰래 할아버지의 커피 냄새를 맡은 후로 우리는 그 혼합 음료가 우리 어머니들과 할머니들이 마시는 커피와는 냄새가 전혀 다르다는 걸 알았다. 훨씬 더 향이 강했고, 어딘가 화주 냄새가 났다. 어쨌든 할아버지는 이 커피 몇 잔을 마신 뒤엔 늘 기분이 몹시 좋아졌기 때문에, 그걸로 인해 우리가 손해 보는 건 없었다.

패티가 선제공격을 했지만, 나는 몸을 피하며 공격을 막아낸다.

이번엔 내가 반격을 가해 패티의 팔뚝을 맞힌다.

"아야! 아파!" 패티가 큰 소리로 울음을 터트린다.

"공격 그만!" 터치라인에서 할아버지가 심판을 본다.

"우는 동안, 쟤는 방어를 못하자녀~."

나는 할아버지가 명령한 대로 공격을 멈춘다.

패티가 빽 소리를 지르며 내 정강이뼈 앞으로 뭉둥이를 휘두른다. "아야, 고만 혀!" 나는 바닥에 고꾸라져 고통에 일그러진 얼굴로 정강이를 부여잡는다.

"허어어어허어어어!" 우리가 싸우는 걸 즐겁게 보고 있던 할아버지가 큰 소리로 외친다. "인자 참말로 제대로 된 사내넘들처럼 구능구먼."

할아버지는 이 부분에 관한 한 전문가다. 그는 컴퓨터 모니터

앞이 아니라 압도적으로 자유로운 자연 속에서 성장한 세대에 속한다. 할아버지는 벌써 몇 번이나 어렸을 때 헛간 바닥에서 동생의 머리에 오줌을 눴던 이야기, 또 어떤 때는 나무 화살을 동생의 엉덩이에 쏘았던 이야기를 하곤 했다.

그러고도 한참을 더 서로 때리며 결투를 하는데, 놀라서 소리치는 여인들의 목소리가 우리를 멈추게 했다. "너희 제정신이니?" 어머니가 부랴부랴 급한 걸음으로 우리 쪽으로 다가온다. 새빨갛게 달아오른 얼굴로 말이다.

패티의 아버지는 어머니의 뒤에서 차분한 걸음걸이로 걸어온다. 친구네 집에 방문했던 일이 좀 일찍 끝난 모양이었다.

"아빠, 미쳤어요?" 어머니가 새된 소리를 지른다. "얘들은 아직 애들이잖아요. 애들이 몽둥이를 들고 서로 죽일 때까지 보고만 계실 작정이셨어요?"

결투의 성과는 가히 볼만했다. 나는 정강이에서 피가 철철 흘렀고, 이마엔 혹이 불뚝 튀어나와 있었다. 패티는 팔뚝이 긁혀 피가 나고 있었다.

"엄마, 걱정하지 말어." 나는 어머니를 진정시키려고 말은 그렇게 하면서도, 훌쩍훌쩍 울음이 나오는 건 숨길 수 없다. "포스가 우리와 함께할 거여!"[5]

"에바야, 그렇게 흥분하지 말어~." 할아버지가 내 말을 거든다. "야들은 사내놈들 아녀. 아, 사내놈들이 싸움도 좀 허고 그려야지.

5 「스타워즈」의 명대사 중 하나인 제다이 기사들의 인사말. 'May the force be with you!'

다 장난으로 그런 겨."

68혁명[6]을 대표하는 여성으로서 나의 어머니는 자신의 아버지가 그녀에게 하필이면 히틀러의 애인이었던 여인의 이름을 붙여준 것 때문에 아버지를 증오했다. 그래서 어머니는 가끔 할아버지를 아주 가차 없이 대하곤 했다.

"폭력을 써서 좋은 건 아무것도 없어요. 애들한텐 나뭇가지로 머리를 때리기 전에 먼저 서로 이야기를 하도록 가르쳐야 하는 거죠! 얼마 전에도 말씀드렸잖아요."

그건 정말이다. 그때 할아버지는 우리에게 각각 나무로 활과 화살 세트를 만들어주었다. 우리는 어머니가 우리에게서 이 활쏘기 세트를 빼앗아 쓰레기통에 넣어버리기 전까지 아주 짧게나마 기쁨을 누릴 수 있었다.

어머니가 할아버지의 커피 보온병을 낚아채더니 냄새를 맡는다.

"이거야말로 정말 최악이네요!"

할아버지가 갑자기 놀란 토끼처럼 어머니를 본다.

"이제 더 이상은 못 참겠어요!" 어머니가 할아버지를 밀친다. 그러나 패티네 아버지가 격앙되어 있는 어머니에게 제동을 건다.

"이봐요, 에바. 이제 그만 흥분을 가라앉혀요." 그가 침착하게 말한다. "응급조치 행동 수칙 1번이 지금 여기서도 필요할 것 같군요. 평정심을 유지하세요, 에바!"

"말은 쉽죠, 요한. 당신은 애들 상처 좀 봐주세요!"

---

6 1968년 5월 프랑스에서 학생과 근로자들이 정부의 실정과 부조리한 사회에 저항하여 일으킨 사회변혁 운동. 이후 독일, 미국, 일본 등지에도 영향을 줌.

"남자애들은 이렇게 노는 것도 필요해요. 애들을 포대기에 감싸서 기르면, 결국엔 떼쟁이 울보가 되고 말죠." 패티의 아버지는 무릎을 꿇고 우리의 상처를 자세히 살핀다. "머리, 팔, 다리, 모두 제자리에 붙어 있네. 애들아, 가자. 가서 얼음찜질을 좀 한 다음에 공차러 가자."

우리는 어이없는 얼굴로 서 있는 어머니를 그냥 세워둔 채, 터벅터벅 패티 아버지를 뒤따라간다. 그사이 할아버지는 남은 커피를 재빨리 입에 털어 넣는다.

패티에게 아버지가 있다는 것이 부럽다. 아버지가 함께 있으면 일들이 종종 훨씬 간단하게 끝나곤 한다. 아버지들은 남자아이들에 관해 좀 아니까. 나에게도 아버지가 있었으면 좋겠다.

말이 나온 김에 한 가지 더,
너는 베이더가 했던 대로 따라해야 한다.
그래야만 너는 제다이 기사가 될 거다.
– 요다[7]가 루크 스카이워커에게 한 말.

"……겉은 단단하지만 속은 여리디 여리지. 속은 아이인데 겉은 남자인 척 맞춰 살지. 남자는 언제 남자일까? 남자는 언제 남자일

7 「스타워즈」에 등장하는 제다이 기사들의 스승.

까아아아아아아아아아······?"[8]

헤르베르트 그뢰네마이어가 졸고 있던 나를 퍼뜩 깨운다. 명상 중에 내가 깜빡 졸았나 보다. 나는 얼른 주위를 둘러본다. 그런데 곧 그런 상태에 빠져든 게 나 한 사람만은 아니라는 것을 확인한다. 그렇지 않은 남자들은 팔다리를 앞으로 쭉 뻗은 편안한 자세로 담요 위에 앉아 있다.

"여러분!" 우르스가 큰 소리로 말한다. "명상이 끝났습니다. 이제 우리 대단원의 막을 내릴 때가 왔습니다."

나는 시계를 쳐다본다. 우르스는 한 시간 동안이나 우리를 아무것도 안 하고 자게 둔 것이었다. 이런 식으로 돈을 벌면 정말 좋겠다, 나도.

마지막 과제는 손재주를 요하는 과제다. 쿠션과 담요로 동굴을 만든 다음, 그 속에서 통나무 조각으로 우리의 감정 상태를 재현한 남자상을 조각하는 것이다. 우르스는 이것을 두고 '동굴 가장 깊은 곳으로 여행하기'라고 불렀다. 그곳에서 우리는 우리 안의 어린 남자아이가 두려워하는 것과 만나게 된다. 어쨌든 나는 그걸 그렇게 이해했다.

동굴은 순식간에 완성된다. 의자 두 개에 담요 한 장, 쿠션 두 개면 되었다. 그런 다음 나는 조각용 끌로 통나무 조각에 작업을 한다. 이건 결코 얕잡아 볼 일이 아니었다. 왜냐면 나는 나의 꿈이 나중까지 영적으로 영향을 받게 하고 싶은 데다 더 좋은 아이디어가

---

8 헤르베르트 그뢰네마이어(1956년생 독일 가수)의 노래 「남자들」의 가사 중 일부.

없었기 때문에, 광선 검을 찬 루크 스카이워커를 모델로 하기로 한다. 어쩌면 사무실 책상에 놓는 장식용으로도 적당할 것 같다. 그 순간 우르스가 동굴로 기어들어 온다.

"슈테판, 그래, 좀 어떤가?"

"최고인데요. 그러시는 본인은요?"

"흥미롭군, 자네의 남자상." 우르스가 나무 인형을 손에 집어 들고 찬찬히 살펴본다. "이 남자가 이렇게 긴 성기를 가진 특별한 이유라도 있나?"

나는 그건 광선 검이라고 우르스에게 설명하였다.

"아, 그렇군. 흥미롭군. 루크 스카이워커로구먼, 그렇지?"

"예."

"그를 좋아하나?"

"어쩌다 보니 그렇게 됐네요. 그도 사실 제대로 된 아버지는 없었죠, 저처럼요."

"그리고 그는 아버지를 만나면 뭘 할지 두려워했지. 슈테판, 자네도 두려운가?"

그럴 리가! 아니, 실은 그렇다. 그러나 남자들은 두려워하지 않는 법이다. 그렇지 않은가?

"잘 모르겠습니다." 나는 괜한 헛기침을 한다. 그건 지금의 나에겐 전부 너무 먼 일일 뿐이다.

"아버지는 반드시 만나야만 한다네." 우르스가 결론을 내린다. "그래야만 자네가 온전한 남자가 될 수 있다네."

이 사람, 말 한번 쉽게 한다. 그렇게 하기엔 사실 작은 장애물이 좀 있다. 우르스는 이 장애물에 관해 아무것도 모르지만, 지금껏 내가 단순히 수화기로 손을 뻗어 아버지에게 전화하는 걸 방해해 온 장애물이다. 아버지는 쉽게 다가갈 수 있는 그런 인물이 아니다. 나의 아버지는 모나코에 살고 있으며, 소위 말하는 대부호다.

6

냄비에 오줌 누는 남자

"벌써 한 세기 동안 마네킹 우먼[1]들은
유연성에 있어 진정한 기적을 이뤄왔다.
(……) 마네킹 우먼은 남편보다 더 많이 벌 수 있는 기회가 보이면,
그 기회를 기어이 잡고 만다.
서른이 넘을 때까지 결혼하지 않고,
스스로 결정권을 가진 삶을 관철하고자 하면, 그것을 행동에 옮긴다.
또한 시대적인 추세가 성적인 모험 정신을 요구하면,
이 점에 관해서도 개방적인 자세를 취한다."

해나 로진, 『남자의 종말』

---

1 독일에선 '플라스틱프라우'라고 말하기도 한다. 아름다운 미모로 자신이 원하는 바
를 쟁취하는, 적극적이고 진취적이며 미를 추구하는 여자.

고 녀석, 정말이지 물건 하나 기가 막히게 크네. 평소 나는 남자의 물건에 주의를 기울이는 편이 아니다. 하지만 슈테판이 그것을 내 코앞에다 직접 들어 보이는데, 어쩔 도리가 없지 않은가?

　"사무실에 이런 괴물 각목이 있는 거 방해된다고 생각하지 않아?" 내가 묻는다.

　슈테판은 거대한 성기를 가진 남자의 작은 나무 조각상을 그의 책상 위, 액자 바로 곁에 세워 놓는다. 여행 사진이 든 액자였는데, 해변에서 헝클어진 머리로 서 있는 마야를 찍은 사진이었다. 저 사진은 슈테판이 방문객들에게 자신이 여자 친구를 임신시켰다는 걸 알리는 치밀한 사인 같은 걸까?

　"자기도 자나 깨나 오직 그것만 생각하는구나." 슈테판이 막 주

물러놓은 것처럼 생긴 통나무 조각상을 다시 한 번 들어 올리며 말한다. "여보세요, 이건 광선 검이랍니다."

"삼손, 빌리, 광선 검까지, 남자들은 자기 물건에 진짜 웃긴 이름만 갖다 붙인다니까." 나는 몸을 돌려 방금 작성하려던 겉표지 문구로 눈길을 돌린다.

"궁하긴 궁했나 보네." 슈테판은 그렇게 말하며 루크 거시기워커를 모니터 옆에 다시 세워둔다. "이 작은 남자는 여기 계속 있을 거야. 지난 주말에 내가 직접 조각한 거거든."

잠깐, 뭐라······?

"혹시 그 남자들을 위한 세미나인가 뭔가 하는 데에 갔다 온 거야?"

"아니!" 슈테판이 화들짝 놀라며 아니라고 말한다.

"맞네!" 뻘겋게 달아오른 그의 두 뺨이 '그렇다'고 자백한다.

나는 참지 못하고 웃음을 터트리고 만다. 그의 표정이 정말 가관이다.

"자기도 춤을 추면서 모닥불 주변을 돌았겠네? 그렇게 하니까 자기의 원초적인 남성적 힘과 합일되고, 뭐 그랬어?"

"춤은 다른 사람들이 췄지." 슈테판이 퉁명스럽게 말한다. "그리고 말이야. 그렇게 하든 말든 자기랑 아무 상관도 없는 일이거든!"

"글쎄~ 자기가 자기의 남성성에 관한 일로 바쁘면, 결국 오피스 부부인 우리의 파트너십에도 영향을 미칠 수 있는 일 아닌가?"

세미나에 관한 정보가 그의 입 밖으로 나오기까지는 시간이 꽤 걸렸다. 도대체 슈테판이 왜 그 세미나에 참가한 건지 사실 나는 아직도 이해할 수 없다. 그래도 나는 늘 슈테판이 자신을 진짜 사나이로 여기고 있다고 생각했다. 지금은 그들이 폭신한 담요로 동굴을 만들었다는 이야기를 듣고 있어야 한다. 슈테판이 그 강좌를 이끄는 인도자와 함께 아버지와 자신의 관계에 대해 이야기 나눴다는 대목을 듣고 나서야, 처음으로 갑갑하던 어둠을 뚫고 빛이 들어왔다.

"그럼 아버지께 전화 한번 드려보는 건 어떨까." 나는 조심스럽게 권해본다. "어쩌면 아버지께서 지금까지 아들에게 전화하실 적절한 기회를 찾지 못한 건지도 모르잖아."

우리 아버지 세대의 남자들은 상호 간에 관계를 맺고 유지하는 데 어려움을 느끼는 경우가 종종 있다. 이 점은 나도 우리 아버지를 봐와서 잘 알고 있다. 아버지는 절대로 우리를 두고 떠나실 분이 아니지만, 감정을 공개적으로 드러내는 것 역시 좋아하는 분이 아니다.

슈테판이 "흐응!" 하고 툴툴거리는 소리를 내더니 창밖을 응시하며 말한다. "그냥 자기는 자기 일에나 신경을 쓰는 게 어떨까? 이를 테면 남자를 찾아본다거나, 그런."

영국인들은 그런 현상을 두고 '캐주얼 섹스'라고 이름 붙였는데,
이것은 단어 그대로만 보면 '자유분방한 섹스'로 번역할 수 있지만,
실제로는 '책임을 지지 않는 섹스'로 인식된다.
이 섹스에 동참하는 사람들은 함께 술집에 가서 즐겁게 술도 마시고,
잠자리도 함께하는, 차라리 동료 같은 사이라고 볼 수 있다.
정도 없고, 아울러 현대적인 애정관이다.

그리고 그런 애정관으로 인해

무엇보다도 여성들 쪽에서 큰 문제를 겪는다.

— 프리데만 지티히, 「디 벨트」

"내가 송년 파티 때 집에 데리고 왔던 남자 기억하지?" 산드라
가 비죽이 웃고는 진토닉 잔을 홀짝인다. "그 남자 대물이었어."

나는 내 잔에 꽂힌 빨대를 바라보며 이마를 찡그린다. 산드라와
나는 우리가 잘 가는 단골 바의 인조 모피 소파에 앉아 있다. 우리
머리 위로는 뒤집힌 우산이 옅은 한 겹 먼지를 뒤집어쓴 채로 매
달려 있고, 바 데스크 위로는 보랏빛이 감도는 붉은 조명등이 켜
져, 주점 내부가 희미한 불빛 속에 잠겨 있다. 다 지나간 산드라의
섹스 스토리가 담긴 거대한 앨범을 보여달라고 부탁한 것이 아니
었다. 산드라가 그냥 이야기를 시작한 것이었다.

"유연하더라고." 그녀는 열띤 목소리로 이어서 말한다. "그래,
자폐적인 성향이 많은 사람이기는 했지. 아침 식사를 할 땐 한 마
디도 하지 않고 신문만 읽었지. 하지만 침대에선 진짜 폭발적이었
다니까! 그 이상 뭘 더 바라겠어."

"너 꼭 해나 로진 책이라도 읽은 사람처럼 말한다." 내가 말한다.

"해나, 누구라고?"

"남자의 종말이 임박했다고 말한 미국의 여성 작가 말이야. 그
작가 왈, 사내들이 없으면 여자들이 자신의 삶을 순서에 맞춰 착
착 이루어나갈 거래. 여자들이 많은 경우 남자들보다 더 높이 교
양을 쌓고, 돈도 더 많이 벌기 때문이라면서." 나는 한숨을 쉰다.

"나도 한번 자유롭게 캐주얼 섹스를 해봐야 할까 봐. 베노처럼 찌질한 베타맨들과 씨름하는 대신에 말이야."

"당연하지." 산드라가 말한다. "그냥 단순하게 서로 즐길 수도 있어야지, 사람이. 그리고 말이지, 추측이긴 하지만 몇몇 러브스토리는 원 나이트 스탠드에서 시작된 걸로!"

산드라가 한 말은 분명 우리 친구들 중에 거친 카니발 파티 뒤에 함께 침대에 착륙한 친구들을 염두에 둔 것일 거다. 남자는 하이디로, 여자는 해적으로 변장을 했었다. 둘이 함께 밤을 보낸 뒤, 남자는 다음 데이트를 신청하는 글과 함께 그가 둘렀던 속이 꽉 찬 브래지어를 편지함에 넣어두었다. 지금 그 둘은 결혼하여 아이 둘을 낳고 살고 있다. 하지만 이 경우는 예외가 아닌가?

산드라가 내 옆구리를 쿡 찌르며 말한다. "저기 저 앞쪽에 있는 남자 어때?"

한 남자가 바 데스크에 기대어 서 있다. 멀리서 보니 얼마 전에 본 영화 「127시간」에 나온 제임스 프랑코를 살짝 연상시키는 타입이다. 영화에서 연출한 극한의 체험으로 인해 나는 지금까지도 내 오른쪽 팔에 환각지통[1]을 느끼고 있다. 하지만 프랑코는 볼만했다. 프랑코의 쾰른 복사판이 나를 보고 미소 짓는다. 그러자 대책 없이 얼굴이 달아오른다. 남자의 눈이 사뭇 아름답다. 이거 정말 대박이다!

"응, 나쁘지 않네." 내가 말한다.

---

1 손발 등 신체 일부가 절단된 후에도 아직 그곳이 아프고 불편한 것을 느끼는 현상.

"나쁘지 않아? 막 화보에서 튀어나온 것 같은데!" 산드라가 내 허벅지를 찰싹 때린다. "난 저 남자를 보니까 얼핏 잉고가 기억나는 걸, 그 아이스크림 장수 말이야."

"그 사람이 뭘 하던 사람인지 전혀 알고 싶지 않습니다……."

"잉고는 모든 체위에 늘 아이스크림 이름을 붙여서 불렀지." 산드라가 키득거리며 말한다. "플루치펑거[2]는 개중에 가장 밋밋한 것이고, 에드 폰 슐레크[3]는 그것보단 더 나았지. 그리고 브라운 베어[4], 너 이런 건 한 번도 경험해보지 못했을걸."

가끔씩 나는 진심으로 바랄 때가 있다. 산드라가 뭐든 가리지 않고 나와 공유하는 건 삼갔으면 하고.

바로 이 순간 바의 문이 열린다. 예전 남자 친구인 올리가 들어온다. 그리고 임신한 듯 보이는 금발 여자가 그와 함께 들어온다. 내 표정이 어떻게 궤도를 이탈하고 있는지 고스란히 느껴진다.

"오, 저것 좀 봐." 산드라가 일부러 좀 큰 목소리로 말한다. "저 인간이 여기엔 웬일이래?"

올리가 나를 향해 손을 흔든다. 금발 여자도 손짓을 한다. 당황한 나머지 나도 손을 흔들어 응대한다. 그들은 구석진 곳에 자리를 잡고 앉는다.

어떻게 이럴 수 있지? 고통과 분노가 내 속에서 세력 다툼을 한다. 나는 '올리가 아이를 갖지 못한다'를 두고 어떤 내기에서든 이

2 엄지, 검지, 혹은 중지를 치켜든 손 모양의 아이스 바.
3 지름 5센티미터, 길이 10센티미터 정도의 원통형 아이스크림.
4 우리나라의 '쌍쌍바'같이 생긴 초코 아이스 바.

길 자신이 있었다. 나와 단 한번도 마주 앉아 가족에 관한 이야기를 먼저 꺼낸 적이 없던 사람이었다. 그랬던 그가 어떻게 지금 나한테 이럴 수 있는 거지? 나와의 사이에선 아이를 둘 뜻이 전혀 없었다는 듯이?

"보드카!" 나는 말투가 험악해진다.

자, 기다려라. 우리가 헤어지고 난 뒤 내가 처량 맞은 싱글 신세로 지내지 않는다는 걸 확실히 보여줄 테니. 나는 다시 제임스 프랑코에게 눈길을 건넨다. 그러자 갑자기 산드라가 말했던, '하룻밤'이 은근슬쩍 '여러 날 밤'으로 넘어가게 되는 원 나이트 스탠드 이야기가 더 이상 먼 나라 이야기만은 아니라는 생각이 든다.

우리는 바 데스크로 옮겨간다. 바 데스크는 각종 주류에 더 가까이 자리 잡고 있으니까. 제임스가 나를 보고 미소 짓는다.

올리가 여자 친구의 불룩 튀어나온 배를 쓰다듬는다.

나는 제임스의 곁에 더 가까이 붙어 앉는다. 그러곤 우리 셋을 위해 보드카를 주문한다. 우리는 잔을 부딪쳐 건배를 한 다음 잔을 뒤집어 턴다.

"이걸로 한 잔 더 할까요?" 제임스가 바텐더 아가씨에게 손짓을 한다.

"나는 빼주세요." 산드라가 나에게 윙크를 하며 말한다. "전 내일 아침 일찍 나가봐야 해서요." 그녀가 가방을 집어 든다. 그러곤 몸을 숙이고 나에게 이렇게 속삭인다. "이제 확실히 해봐, 알겠지?"

"친구분이 센스가 있으시네요." 산드라가 자리를 뜨자 제임스가 말한다. 그런 다음 보드카 두 잔을 더 주문한다. "몸매도 좋으시고."

"저기요." 내가 말한다. "여기서 음악이 흘러나오네요." 나는 검
지와 중지를 들어 그의 두 눈을 가리킨 다음 가슴께까지 푹 파인
나의 앞섶을 가리킨다.

"자! 마셔요!" 제임스가 말한다.

나는 계속 우리 쪽을 건너다보고 있는 올리를 바라본다.

제임스와 나는 우리의 공통점을 두고 건배를 한다. 특히 도수가
높은 주류를 선호한다는 점, 바람에 흰 듯 자세가 비뚤다는 점을
두고 잔을 부딪친다. 빈 잔이 점점 늘어나고, 빈 잔 수만큼이나 점
점 더 머리가 오얏주 속에 담긴 불은 오얏처럼 느껴진다.

"이줴…… 무하까?" 갑자기 내 술친구가 말한다.

"에에?" 내가 대답한다. 나는 아직 말하는 데 어려움은 없다.

"맥주 마설까?" 그가 자동으로 말을 뱉는다.

아무 대꾸도 하지 않고 나는 반 정도 찬 내 잔을 느른하게 들어
올려 보이며, 아직 잔이 비지 않았다는 표시를 한다.

"그러무…… 키쑤하자." 그가 말한다.

"에헤?"

"그러 무리…… 키스하자!"

그 말이 끝나기 무섭게 우리는 또 그 말을 고스란히 행동으로
옮긴다.

그와 구강 대 구강 인공호흡을 하는 동안 나는 올리 쪽을 곁눈
질한다. 못 본 새 그는 두 배나 더 불어난 것 같다. 그사이 많이 쪘
네, 라는 생각에 쿡쿡 웃음이 터져 나온다.

"이 쌍태로는…… 도저히 나…… 혼자 집에 모, 모 갈 거 가타."
이렇게 말하고 나는 또다시 키득키득 웃는다. 진짜 웃긴다, 나! 제임스가 고개를 끄덕이더니 바 데스크에 지폐 한 장을 놓고는 재킷을 낚아챈다.

나는 가방을 뒤적여 열쇠고리를 꺼내어 올리 쪽에서도 보이도록 휘휘 돌린다. "봐쮀?"

참 간단하기도 하다. 키스 후 영원히 함께하길 원하는 남자 때문에 긴 수색전을 펼칠 필요도 없고, 가정을 꾸리는 것에 대해 서로 확인할 일도 없고, 또 가정을 돌보는 데 들어가는 비용도 없고. 누가 평생을 함께할 남자가 필요하다 그래? 보드카에 절은 내 머리가 큰 소리로 외친다. 여기 이것이 나의 웅대한 첫 원 나이트 스탠드가 될 것이다. 그리고 이후로 다른 걸 원하는 일은 절대로 없을 거다!

> 당신이 짧은 애정사로 끝날 여자인지,
> 영원히 함께할 여자인지를 결정하는 건
> 남자가 아니다. 그것을 결정할 사람은
> 당신이다.
>
> – 스티브 하비, 『내 남자 사용법』

자동조종장치를 단 것처럼 비틀거리며 집에 도착한 다음, 우리는 그대로 침대에 쓰러졌다. 제임스는 취기로 인해 느릿느릿 내 몸을 애무하며, 흐늘거리는 혀로 내 목을 눌러댄다.

"수, 숨 좀 쉬, 쉬고!" 나는 유도선수처럼 매트리스를 팡팡 두들긴다.

그가 포댓자루처럼 털썩 옆으로 떨어지나 싶더니, 몸을 굴려 그대로 등을 대고 드러눕는다. 이거 최고다, 꼭 타임아웃이 정해져 있는 스포츠 경기처럼 말이다. 이런 식으로 고분고분하게 계속 따라준다면, 이깟 속임수쯤은 기꺼이 부려드리지.

나는 깊게 심호흡을 한다. 자, 이제 됐어! 나 다시 준비됐다고.

그때였다. 침대 반대편에서 커다랗게 코 고는 소리가 울려 퍼진다.

"저기요?" 나는 그를 쿡 찔러본다. 이건 생각지 못한 일이었다.

나는 어떻게 해야 이 남자를 가장 잘 움직일 수 있을까 곰곰이 생각해본다. 하지만 갖은 수를 써보아도 소용이 없다. 1회전 시작 종도 안 울렸는데, 녹다운이라니!

제임스는 처연할 정도로 코를 골아댔다. 그의 코 고는 소리에 나는 두개골이 웅웅 울려왔다. 그의 팬티 옆구리를 보니 커다랗게 구멍이 나 있다. 그리고 가슴에 난 털은 어딘지 솜털처럼도 보인다. 그래, 이 사람이 잠들어서 어쩌면 다행이다 싶다. 지금 내 기분은 차라리 혼자 있고 싶을 정도로 엉망이다. 이 사내를 수거하려면 어쩔 수 없이 내일 아침까지 기다려야 할 것 같다. 옆으로 돌아누워 잠을 청해보지만, 온 방이 빙글빙글 쉼 없이 맴돈다.

갑자기 곁에서 꿀렁거리는 소리가 나더니, 내가 무슨 암벽이라도 되는 양 제임스가 내 몸을 타고 오른다. 나는 혹시라도 이 사람이 내 몸 어딘가에 손을 꽂은 채 그대로 잠이 들어버리지 않기만 바라는 심정이 된다.

"그만해요!" 내가 말한다. 이젠 끝이다. 지나간 건 지나간 것이다. 지금 와서 그가 아무리 궁하다 하여도, 그건 내가 알 바 아니다.

하지만 제임스는 짝짓기를 할 의도가 전혀 없다. 그는 엉금엉금 기어서 간신히 나를 타 넘어간다. 침대에서 벗어나자 이리저리 갈 지자로 출렁거리며 걷던 그는 옷장에 부딪치고 나서야 겨우 문을 찾아낸다.

나는 두 눈을 질끈 감아버린다. 하지만 곧이어 달그락거리는 소리가 들려오더니, 촤르르륵 물 흐르는 소리가 난다.

갑자기 정신이 번쩍 든 나는 침대에서 튕겨져 나온다.

제임스가 간 곳은 화장실이 아니라, 부엌이었다. 그는 싱크대 문을 열어젖힌 채로 박스 팬티 구멍에서 멋진 자신의 물건을 꺼내어 들고는 냄비에다 오줌을 누고 있었다.

"아아아안 돼—!" 나는 비명을 지르고 만다.

"너 저 남자 정말로 끌고 왔네." 갑자기 내 뒤에 나타난 산드라가 눈을 비비며 말한다. "대단하다. 네가 진짜로 일을 벌일 거라곤 기대 안 했는데."

사내가 볼일을 마친 다음 왔던 길로 다시 되돌아간다. 내 침대로 말이다. 손도 씻지 않고!

"산드라, 나 좀 도와줘, 이 남자 좀 내보내게." 나는 산드라에게 애원하다시피 간청한다.

산드라가 그의 팔을 움켜잡고는 친절하게 문까지 동행한다. "이제 그만 돌아가는 게 좋을 것 같아요." 그녀가 말한다.

"이거 누와!" 제임스 프랑코가 버럭 소리를 지르며, 그를 움켜잡고 있는 산드라의 손을 뿌리친다.

"꺼지라고!" 내가 소리친다.

우리는 힘을 합쳐 출입문 쪽으로 그를 밀친다.

"이거 놔라니꽈!"

산드라가 나에게 눈길을 보낸다.

나도 산드라에게 눈길을 보낸다. 우리는 잽싸게 내 방으로 뛰어가, 창문을 열어젖힌 다음, 프랑코의 바지와 신발을 거리에 내던진다.

"나쁜 년들!" 그가 고함을 친다. 하지만 이제는 못이기는 척 떠밀려 밖으로 나간다. 우리는 부엌으로 다시 돌아와, 냄비에 남겨 놓은 그의 불순물을 응시한다. 스파게티 냄비의 계량 눈금 상단까지 불순물의 수위가 올라와 있다. 우리는 부엌 바닥에 나란히 주저앉아 벽에 등을 기댄다.

"산드라, 앞으로 내가 원 나이트 스탠드를 할 일은 없을 것 같아." 나는 무릎에 턱을 괴고 말한다. "난 뭐가 잘못된 걸까?"

"곧 너한테 꼭 맞는 남자를 찾게 될 거야." 산드라가 내 어깨에 팔을 두르며 말한다. "소소한 충고 한 마디 하자면 화장실도 못 찾을 정도로 멍청한 인간은 다시는 거두지 마라."

"그렇다면 어떤 사람을 만났으면 좋겠니?"

"그거야 친절하고 너를 제대로 돌봐줄 사람이지." 옆에서 그녀가 나를 보며 씩 웃는다. "내가 그 마라톤-마르크 얘기했었나?"

"아, 지금 네 이야긴 못 들을 것 같다. 내가 속이 말이 아니라서……" 나는 벌떡 일어나, 욕실로 달려간다. 변기와 얼굴을 맞대고 좀 친해져보려고.

그렇게 변기와 친해지는 시간과 동시에 나는 골똘히 생각할 시간을 갖는다. 내 그물망에 들어오는 인간들은 정말로 찌질남들밖에 없는 걸까? 아니면 그동안 진짜 사나이들은 다 씨가 말라버린 걸까?

분명해진 건 내가 원래 찾고 싶은 타입은 알파맨이면서도 함께 어울려 뒹굴 수 있는 사람이라는 것이다. 나를 깍듯이 대해주고, 자신의 자동차를 이리저리 손볼 줄 아는 남자, 그리고 세상을 구한 후, 껍데기처럼 두르고 있던 청바지를 훌훌 벗어던지고 화려한 몸매를 드러내는 남자, 그것도 벽난로 앞에 있는 곰 가죽 양탄자 위에서 내가 거의 정신을 잃을 지경이 될 때까지 사랑하려고 말이다. 잠시 청소년기에 보았던 『브라보』 잡지의 센터폴드[5]가 떠오른다. 근육질의 젊은 남자가 아기를 안고 있는 흑백사진이었다. 이 장면은 내 해마 속에 깊이 각인되었다. 하지만 그렇다고 그것이 여성주의적 교육을 받은 깨인 여성이 예전의 롤 모델에 따라 남자를 찾도록 어떤 기능을 할 수 있는 걸까?

이 문제에 대한 깊은 고찰은 뒤로 미루고, 나는 우선 냄비부터 씻는다. 물론 안심하고 설거지를 하자는 차원에서 두꺼운 고무장갑을 끼고.

---

5 잡지의 중앙에 끼워 넣는 섹시한 남자 혹은 여자의 화보 사진.

7

슈테판, 세 므와(C'est moi)[1]

"아버지, 당신은 우리를 보호해주십니다.
당신은 우리 위에 군림하시지요.
그리고 우리는 평생을 바쳐
당신의 마음에 들기를 원하지요."

『슈테른』, 2013년 5월 타이틀 면

---

1 프랑스어로, 영어의 'It's me'에 해당하는 표현.

"넌 누구랑 노는 게 좋니, 슈테판?"

아우프레히트-리트마이스터[1] 선생님이 안락의자 모서리를 밀치며 작은 뿔테 안경에 구멍이라도 낼듯 흥미진진한 눈길로 나를 살펴본다. 선생님은 녹색 체크무늬 주름치마에 날개를 펼친 비둘기 형상의 순은 브로치를 달아 멋을 낸 검정색 터틀넥 스웨터를 입고 있다.

나는 당혹스러운 나머지 창밖을 응시한다. 성에 딸린 연못에선 오리 가족이 헤엄을 치고 있었다. 아니, 홀로 자식을 키우는 어미 오리와 어미 오리가 갈라놓은 물살을 외동 새끼 오리가 뒤따라가

---

[1] 꼿꼿이 선 기마 병정이라는 의미를 연상케 하는 이름. 꼬장꼬장한 상담선생님을 표현하기 위한 작가적 장치로 풀이된다.

고 있다고 말하는 편이 더 나을 것 같다. 아무리 둘러보아도 아빠 오리는 흔적조차 없다. 저 새끼 오리도 아버지가 없다는 이유로 학교 상담선생님을 찾아야 할 때가 올까?

보통 남자아이들과 내가 다르다고 판단한 담임선생님이 나를 이곳으로 보낸 것이었다. 나는 다른 애들과 어울려 놀기보다는 이리저리 혼자 떠도는 걸 더 좋아했다. 담임선생님은 그런 나를 사이코라고 간주하고, 나의 정서 상태에 관해 내가 누군가와 이야기를 해봐야 할 것 같다고 생각한 것이다. 지금 나는 꼿꼿한 기마병 같은 아우프레히트-리트마이스터 선생님이 나를 '미친 아이'로 규명하고, 그리하여 상태가 좋지 않은 아이들만 수용하는 어떤 시설에 들어가게 될까 봐 두려움에 떨고 있다.

"슈테판? 내가 묻는 말에 대답해주겠니?"

소파에 앉은 나는 긴장감 때문에 이리저리 몸을 미끄러뜨리며 얼굴로 쏟아지는 긴 금발을 연신 손으로 쓸어 넘긴다. 덥수룩하게 늘어지는 머리카락 때문에 신경이 거슬렸지만, 어머니는 아들이 미용실에 가서 머리카락을 자르는 걸 좋아하지 않으셨다. 윗머리를 솔처럼 높게 세운 짧은 상고머리는 아들을 나치 청년당원처럼 보이게 할 거라면서 말이다.

"패티랑은 아주 잘 놀아요." 내가 말한다.

"같은 반 친구인가 보지?"

"아뇨. 그 애 엄마 아빠가 우리 엄마의 친구분들이에요."

"그럼 쉬는 시간이나 오후에 같이 노는 학교 친구들은 있고?"

나는 엄지손톱 끝을 간질인다. 그뿐 아니라, 상담선생님이 왜 이 시간 내내 나를 저런 눈길로 보고 있는 건지 궁금하기만 하다.

"잘 모르겠어요. 그 애들은 좀 이상해요."

아우프레히트-리트마이스터 선생님이 무릎 위에 올려 놓은 조그마한 검은 가죽 장정 수첩에 뭔가를 메모한다. "그렇구나, 그 애들의 어떤 점이 이상하게 생각되는데?"

"음…… 그냥 저한테로 몰려와서 저를 밀치고 갈 때도 자주 있고요, 그렇지 않으면 진흙을 던질 때도 있어요. 개네들은 내가 정신 나간 사람처럼 옷을 입고 다닌대요. 그리고 여자애처럼 보인다고도 하고요."

"학교에 어떤 옷을 입고 다니는데 그러는 걸까?"

"이런 거요." 나는 내 생일날에 어머니가 선물해준 흰색 재킷을 잡아당겨 보인다. 미국 드라마 최고의 시청률을 자랑했던 수사물 「마이애미 바이스」 컬렉션 중 하나로 소니 크라켓[2]이 입은 것과 똑같은 스타일의 재킷이었다.

"아, 그렇구나, 아까부터 내 눈길을 끌긴 하더라." 꼿꼿 기마병 선생님이 눈썹을 치켜 올리며 말한다. "재킷에 어깨…… 뽕까지 들어 있네?"

나는 고개를 끄덕인다.

선생님은 이번에도 수첩에 뭔가를 적은 다음, 안경을 벗고 나에

2　이 드라마 속 두 형사 중 백인 형사. 돈 존슨이 고급 차를 몰고 고급 옷을 입는 화려한 생활을 하면서 유능한 수사관으로서의 면모를 자랑하는 소니 크라켓 역을 맡았다. 그는 당대 최고의 섹시 가이였고, 극중 크라켓이 즐겨 입고 다니는 흰색 정장을 비롯하여 그가 입는 극중 모든 옷을 통해 패션 아이콘이 되기도 했다.

게 미소를 지어 보인다. "너희 담임선생님께서 네가 수업 시간에
아주 조용하다고 말씀하시더구나. 다른 애들 앞에서 틀린 걸 말할
까 봐 겁나니?"

"아뇨. 여자애들 때문이에요. 여자애들은 뭐든지 다 알잖아요,
언제나요. 하지만 나는 남자애인 걸요."

"남자아이라도 자기가 알고 있는 걸 발표할 수는 있지, 아니면
물어볼 수도 있고. 너도 남자애잖아."

"안 하고 말죠. 제가 그렇게 하면 다른 남자애들이 저를 두고 저
능아라고 말할 걸요."

상담선생님이 탁! 수첩을 닫고는 이마를 찡그리며 묻는다. "슈
테판, 아빠가 자주 보고 싶니?"

"잘 모르겠어요. 전 아빠를 몰라요, 전혀요."

"그래도 남자아이들 사이에서 잘 지낼 수 있는 법을 알려줄 남
자 어른이 있다면 좋을 거라고 생각하지는 않니? 예를 들면, 너와
함께 축구를 하거나 캠핑을 가는 남자 어른들 말이야."

나는 그런 것들이라면 늘 아버지와 함께 하는 패티를 생각하지
않을 수 없었다. "예. 생각만 해도 멋진 일인 것 같아요."

아우프레히트-리트마이스터 선생님은 고개를 끄덕이며 이렇
게 말씀하신다. "오케이. 밖에서 기다려줄래? 너희 어머니와 잠깐
이야기를 나눠야겠구나."

나는 자리에서 일어나 고개를 숙이고 터덜터덜 문을 향해 걷는
다. 어쩌면 아버지를 찾아봐야 하는 게 아닐까? 우리 아버지도 패
티네 아빠 같은 사람일지도 몰라. 하지만 내가 그걸 어떻게 행동

에 옮기겠는가? 어머니가 싫어하실 게 분명한데. 어머니는 아버지를 바보라고 생각하는 분인데.

그로부터 이십 년이 흐르고, 남자들을 위한 세미나에 참여하고 나서 나는 알았다. 그렇게 하는 것이 더 나았다는 걸. 모든 걸 만회할 시간을 가져야겠다.

여자들은 사내아이를 잉태할 수 있다.

그러나 오직 남자들만이 사내아이를 남자로 만들 수 있다.

— 로버트 블라이, 『철의 한스』

"Société Willem van Oers Investment, Sophie Lejeune, bonjour. Que puis-je faire pour vous?(빌렘 반 외르스 투자회사의 소피 르죈입니다. 안녕하세요? 무엇을 도와드릴까요?)" 전화기 저편에서 친절한 여자 목소리가 들려온다.

나는 수화기를 꽉 움켜쥔다. 귀에 댄 수화기에서 쏴쏴 소리가 난다. 저기 아래 모나코에선 프랑스어를 쓴다기에 진즉부터 겁이 나긴 했다. 학교 다닐 때 프랑스어는 좋아하는 과목이 전혀 아니었다. 나는 씩씩거리며 숨을 몰아쉰다. 그녀가 내 전화를 변태 전화로 생각하지 않기를 바랄 뿐이다.

"Allô?(여보세요?)"

나는 수업 시간에 배웠던 프랑스어 가운데 기억에 남아 있는 몇 마디를 더듬어본 다음, 마음을 다잡고 말한다. "실외합니다. 나는 슈테판이라고 합니다. 반 외르스 싸장님과 통화할 수 있는지?"[3]

"C'est de la part de qui?(누구시라고 전할까요?)"

"음…… 슈테판이라고 합니다. 슈테판 보너요. 독일의."

"C'est à quel sujet?(무슨 일로 그러시는지요?)" 여자가 정중한 말투로 묻는다.

이런. 이 선량한 숙녀분에게 뭐라고 설명해야 한담?

그러니까, 친애하는 소피 씨, 사연인즉 이렇답니다. 제 부친과 이야기하고 싶어서요. 전화번호는 인터넷에서 아버지의 회사를 검색해서 알았답니다. 제가 왜 이러냐고요? 저도 잘 모르겠습니다. 어쩌면 아버지께서 저에게 어떻게 해야 제대로 된 어른이 될지 알려주실까 해서인지도 모르지요. 왜 이제야 전화를 한 거냐고요? 글쎄요, 우리 둘이 수녀원 동기다, 라고 생각하고 우리끼리 듣고 넘깁시다, 친애하는 소피 씨. 만약 아버지께서 나에게 관심이 있으셨다면, 지난 삼십 년 동안 한 번쯤은 저를 찾지 않으셨을까요. 아, 그렇군요. 당신이 생각하기엔 회장님께서 자신의 아들처럼 별것 아닌 일들에 신경 쓸 겨를이 없을 정도로 바쁘신 분이라서 그러셨을 거라고요? 어쨌든 그분은 투자계의 교주와 같은 분이니까 말이죠. 맞아요, 인터넷에도 그렇게 떠 있더군요. 그분이 돈에 관해 잘 알고 계시다고요. 아버지가 저를 보시고 실망하지 않으시길 바랄 뿐입니다. 저로 말할 것 같으면 이제 겨우 지로 계좌와 적금 통장의 차이점을 깨우친 수준이니까요. 그러니 제 친부

---

3 Exküse-ma, sche mapell Stefan. Eske sche vöh parleh … komm Mösjö Van Oers?
독일어 억양이 강하게 섞인 엉터리 프랑스어로 말하고 있다.

께서 저를 바보 중의 상바보라고 생각하실 가능성이 상당히 높을 것도 같군요.

하지만 투자계의 교주와 상바보를 설명할 프랑스어가 떠오르지 않아, 나는 핵심만 말하기로 한다.

"나는 그의 아들을 데리고 있어요."[4]

"Comment? Que désirez-vous?(예? 무슨 말씀을 하시려는 건지요?)"

"난 독일의 슈테판이라고, 빌렘 반 외르스 씨의 아들입니다. 에스케 쉐 뵈 빠를 콤 뤼?"

소피 씨가 헛기침을 한다. "음, 보너 씨, 우리 지금부턴 독일어로 말할까요?"

이런.

"오…… 흠, 조, 좋습니다." 나는 말을 더듬고 만다. "그러니까, 저는 그분의 아들이고요, 그분과 통화하고 싶습니다. 제 말씀은 그분이 저를 기억하신다면요."

"안타깝게도 반 외르스 씨께선 지금 댁에 안 계신답니다." 소피 씨가 성심껏 대답한다. "지금 중국에 계세요. 출장 중이시랍니다. 괜찮으시다면 사장님께 선생님께서 전화하셨다고 전해드릴게요. 틀림없이 전화주실 겁니다."

소피 씨에게 나의 연락처를 불러주자니, 마치 주민센터 호적과에서 상담하는 것 같은 기분이 든다.

"감사합니다. 저희가 연락드리겠습니다." 소피 씨가 말한다.

---

4   'J'avoir son fiss.' 영어로는 'I have his son'이라는 문장이다. 'I am his son'이라고 말하려던 것이 부족한 프랑스어 실력 때문에 잘못 구사된 것.

딸깍. 아니 이게 나오려나, 프랑스어 발음으로, 딸까끄.
어째 내가 상상했던 것과 일이 다르게 돌아간다.

요점은 누가 얼마나 세게 타격을 가하느냐가 아니야.
중요한 건 누가 얼마나 타격을 많이 가하고,
또 그렇게 하면서도 경기를 계속 이어갈 수 있느냐의 문제일 뿐이지.
– 「로키 발보아」에서 로키 발보아

나는 소파에 앉아 있다. 내 곁에는 잡지 『전원생활-홈&가든』
몇 권이 놓여 있다. 아름답군. 이렇게 목골 가옥과 그륀더차이트
양식의 주택, 그리고 목조 가옥을 고화질의 사진으로 담아 놓으
니. 분명 마야가 마음에 들어 할 풍경들이다. 이런 가옥들은 우리
베르기쉬 지역에도 있다. 도시를 피해 시골에서 살고 싶어 입맛을
다시던 나는 인터넷에 올라온 이런 집들의 가격을 보는 순간 순식
간에 입맛을 잃곤 한다. 어떻게 해야 우리가 저런 집을 살 수 있는
능력을 갖출지 전혀 모르겠다.
　멀리 떨어져 있는 아버지는 이번 일에 대해 무슨 말씀을 하실까?
　아버지의 전화번호를 눌렀을 때 나는 모든 상황을 계산하고 마
음의 준비를 하고 있었다. "여보슈, 늙다리 영감님, 드디어 이렇게
당신의 목소리를 듣게 되다니 정말 좋군요!"를 시작으로, "빌렘?
그런 사람 여기 없어요. 잘못 거셨습니다!"를 지나, "세상에, 너로
구나! 여기 진정제 더블로 가져와요!"에 이르기까지, 모든 상황

을. 또 전화교환수가 전화를 연결해줄까, 라는 생각도 했다. 아마 그처럼 부유한 남자에겐 자신이 그가 뿌린 씨앗의 결정체라고 주장하는 사기 상속자들의 전화가 하루에 적어도 한 건 이상은 걸려올 터이니 말이다.

나는 마야가 외출할 때까지 통화를 미루었다. 아버지께 전화를 걸겠다는 내 생각을 마야는 전혀 탐탁해 하지 않았기 때문이다.

"당신은 그런 사람이 어떤 부류의 사람인지, 얼마나 정직하지 않은 일들을 하고 있는지 아무것도 몰라서 그래."

한 지역에서 꾸준히 보험회사 직원으로 일한 사람의 딸로서 마야는 증권이나 금융업과 관련된 일을 하는 사람에 대해, 그 사람이 누구든지 근본적으로 회의적이다.

"그렇기 때문에 나는 그분을 알고 싶은 거야. 그분에 대해서 아는 게 아무것도 없으니까." 나는 소심하게 이의를 제기한다.

"글쎄, 나는 그 사람이 삼십 년이 넘도록 당신과 무관하게 지냈는데, 이제 와서 당신이 속없이 그런 사람한테 잘 보일 필요가 없다고 생각해."

어떤 부분에선 일리 있는 말이다.

"차라리 당신 장인어른이나 신경 쓰세요." 마야가 말한다. "아빠는 우리가 아이를 가졌고, 결혼할 거라는 사실에 아직도 충격에서 못 벗어나고 있으니까."

사실 나는 장인어른에게 어떻게 해야 나의 능력을 가장 잘 어필할 수 있을지 아직도 잘 모르겠다. 한번 장인어른과 어떤 일을 벌여볼까. 여자들은 빼고, 완전히 남자들끼리만 뭉치는 게 가장 좋을 것 같다. 남성들을 위한 세미나에서도 세미나에 참석한 남성들이 놀라울 정도로 속내를 털어놓고 친밀해지지 않았던가.

저녁에 마야가 예비 장인인 헬무트와 함께 축하 파티에 다녀오는 게 어떠냐고 나에게 제안했다. 헬무트의 절친한 친구인 카를-하인츠 씨가 두 사람이 살고 있는 베르기쉬의 한적한 마을에서 '올해의 사격왕'이 되었는데, 절친한 친구들과 함께 쾰른 일대의 선술집들을 한 바퀴 돌고 올 계획을 세웠다는 것이었다. 나는 동호회에 목숨을 거는 것과 브라스 밴드 음악을 극도로 싫어한다. 이런 맥락에서 사격 동호회 회원들과 함께하는 금요일 밤의 파티는 당연히 앞뒤 볼 것 없이 최악의 시나리오에 해당된다. 하지만 이 파티는 곧 장인이 될 헬무트에게 다가갈 수 있는 하나의 좋은 기회가 될 것이다.

나는 『GQ』[5]를 뒤적이다 방대한 자가진단 테스트 코너에서 멈춘다. 〈당신은 아직도 정상인가요?〉라며 잡지가 나에 관해 알고 싶어 한다. 이 질문들은 동시에 내가 아직 구제될 수 있을지 그 가능성을 진단하는 질문일 수도 있다.

〈현재 당신이 가장 고민 중인 문제는 무엇입니까?〉 시작 질문의 내용이다. 세 가지 가능한 답변 중에 벌써 첫 번째 항부터 완전히 나를 겨냥한 것 같다. 〈주의력 결핍 장애, 유당 불내증, 글루텐 과민성 체질, 우울증적 피로감.〉

다음 질문으로 넘어가려는데, 이 질문엔 딱 잘라 답하기 쉽지

---

5   세계적으로 유명한 남성 패션 잡지.

않다. 〈지금까지 몇 명의 섹스 파트너가 있었습니까? 교황님보다 더 적습니까?〉 엡. 적어도 나의 절친 마르코와 비교해보면 그런 것 같다. 질풍노도의 시기를 보내는 동안에도 마르코는 주말마다 새로운 여자들을 만났으니 말이다.

질문 두 개를 마쳤을 뿐인데 벌써 마지막 질문이다. 내 답변으로는 테스트 다이어그램의 삼분의 일 초입에서 벌써 막다른 곳에 다다르고 만다. 진단 내용은 〈당신에겐 도움이 필요합니다〉이다.

서서히 절망감이 엄습해오는 사이, 열쇠 돌리는 소리가 들린다. 잠시 후 마야가 여러 개의 쇼핑백을 바리바리 들고 거실로 들어와 소파에 주저 앉는다. 스웨터 아래로 이제 배가 제법 봉긋하게 솟아오른 것이 보인다.

"아이고, 힘들다!" 마야가 지쳐서 끙끙거린다. "임산부들이 쇼핑할 때 얼마나 깐깐하게 굴어야 하는지 당신은 절대 모를 거야. 세상에 있는 아기용품이란 용품은 최후의 한 개까지 죄다 모아놓은 것 같다니까. 봐봐."

마야가 자랑스럽게 전리품들을 보여준다. 베이비 올인원, 기저귀 커버, 배냇저고리, 모자, 젖병 등 아기용품이 품목별로 즐비하다. 마지막으로 소파 테이블 위에 젖병을 죽 늘어놓는다.

"당신하고 같이 볼 수 있게 여러 종류를 가져와봤어." 마야가 말한다. "우리 마음에 들지 않는 건 다시 가져다주면 돼."

나는 젖병을 차례로 잡아본다. 전부 그냥 플라스틱일 뿐이다. 전부, 위에 있는 젖꼭지까지 죄다 플라스틱이다. 젠장, 뭐가 다른 거지?

"지금 당신이 쥐고 있는 게 일반 젖병이고." 마야가 제품 설명을 해준다. "저기 또 다른 건 목 부분이 넓은 와이드-네크형 젖병이라서 더 넓적해. 그리고 여기 이건 젖꼭지 구멍이 세 개인 거야. 어때?"

"응. 음⋯⋯, 전부 다 좋은 것 같아." 나는 어찌할 바를 모르고 대답한다.

마야가 맥이 풀린 모습으로 나를 쳐다본다. 그런 다음 그녀의 눈길이 전화기와 그 옆에 놓인 메모지로 옮겨간다. 아버지의 이름과 전화번호를 적어놓은 메모지다. "아직도 전화 안 했어?" 그녀가 눈살을 찌푸리며 말한다.

나는 마야가 잘 알 수 있도록 내 노력의 결과를 짤막하게 알려준다. "그분은 지금 중국에 계세요, 라고 그녀가 말하더라고."

마야가 고개를 가로저으며 말한다. "아마도 그분, 그 여자 바로 곁에 서서 귓속말로 그렇게 말하라고 했을걸. 왜 좀 더 집요하게 나가지 않았어? 당신 아버지, 틀림없이 휴대폰 번호는 있을 텐데. 당신이 잭 바우어였다면 그 여자의 마음을 사로잡았을 텐데!"

마야는 요새 미국 드라마 「24시」를 시청 중인데, 키퍼 서덜랜드가 연기한 주인공 잭 바우어에 푹 빠져 있다. 잭 바우어는 일단 총부터 쏘고 보고, 문제 제기는 그다음에 하는 그런 타입이다. 최근 마야는 내 머리를 잭 바우어처럼 짧고 각지게 잘라달라는 메모까지 들려서 나를 미용실에 보낸 적이 있었다. 하지만 머리를 자른 내 모습은 결과적으로 잭 바우어보다는 외르크 필라바[6]를 연상케 했다.

6　노련한 달변가로 유명한 독일의 TV프로그램 진행자.

"그럼 내가 대체 어떻게 해야 했을까? 전화기를 뚫고 그녀 머리에 총이라도 들이댔어야 했나?" 내가 묻는다.

마야가 어깨를 으쓱해 보이더니, 젖병을 챙겨 다시 쇼핑백에 넣기 시작한다.

"어떤 걸로 할까?" 그녀가 묻는다.

"당신이 결정 못하겠다면, 그냥 세 가지 다 할게." 그녀가 얼굴을 찌푸리며 말한다. "그리고 한 가지 더. 우리 내일 아침 일찍 산부인과에 예약되어 있어. 남자아이인지 여자아이인지 알게 될 거야. 그러니까 당신, 오늘 저녁 파티 때 우리 아빠랑 너무 달리면 안 돼."

망할. 그게 바로 내 계획인 걸 어떻게 알았담. 술 마시기야말로 내가 알고 있는 몇 안 되는 남자다운 행동 가운데 하나인데. 어쨌거나 학창 시절에 나는 한 주도 거르지 않고 주말이면 절친한 친구들과 코가 비뚤어질 때까지 마셔댔다. 많이 쏟아 부을 수 있는 놈이 가장 빠쎈 남자라며. 우리는 아무튼 계속해서 그 사실을 서로 확인했다. 함께 술잔치를 벌이다 보면, 남자들은 서로 끈끈한 사이가 된다. 그러므로 오늘 밤 나는 예비 장인 헬무트에게 나의 주량으로 내 능력을 어필해야 한다. 그러고 나면 아마도 헬무트는 나를 당신네 가문의 일원으로 받아들이는 쪽으로 마음이 기울 것이다. 마야는 그 많은 산부인과 의사 중에 하필이면 토요일 오전에 진료를 보는 의사에게 꼭 예약을 해야만 했을까?

마야가 아기용품들을 쟁여놓으러 가면서 어깨너머로 외친다.

"참, 토르스텐도 같이 갈 거야."

"산부인과에?" 이젠 놀랍지도 않다…….

"아니. 카를-하인츠 아저씨의 축하 파티에. 제발 또 싸우지 말고."

그 말, 그놈한테도 말해두었길. 오늘 밤은 파국적 엔딩을 맞을 위험성이 짙다. 예비 장인의 기쁨조 노릇을 하면서, 동시에 토르스텐을 참아내야 하니까. 그것도 술 한 방울 마시지 않고 말이다. 그런 상황에서 어떻게 예비 사위로서 좋은 인상을 줄 수 있을지 전혀 감이 잡히지 않는다.

> 남자는 술에 취하면 자신을 전지전능한 존재로 여길 만큼
> 자연과 지구, 삼라만상, 나아가 온 우주만물과
> 융합된 것 같은 느낌에 완전히 빠져든다.
> (……) 이런 전지전능한 기분에 취하면,
> 취한 김에 친구들을 모두 용서하고
> 한데 어울려 즐기자며 친구들을 초대한다.
>
> – 디트리히 슈바니츠, 『남자들』

"얀 필레만 오체, 얀 필레만 오체 아-쉬!"[7] 예비 장인 헬무트가 목구멍 깊은 곳에서부터 목소리를 긁어모아 외치며 맥주병을 들어 올려 우리와 잔을 부딪친다.

"필레만 오체 아-쉬!" 카를-하인츠 씨가 믹키 크라우제의 히트

---

7 그룹 파파라치들의 노래. 보컬 믹키 크라우제의 곡으로 더 알려져 있다. 유명한 파티 노래. 파티광에 술을 좋아하는 얀 필레만 오체를 아-쉬(영어의 ass에 해당하는 말)라고 하며 재미있고 경쾌한 리듬에 맞춰 부른 노래. 2011년도 독일 싱글차트 100위 안에 들 정도로 인기를 누린 곡이다.

송을 따라 부른다. 꽥꽥거리는 그의 목소리에 온 주점이 진동한다. 한참이나 찾아 헤맨 끝에 우리는 결국 우리 남자들의 음악 취향에 딱 맞는 장소를 찾아냈다. 딱 한 가지 단점이라면 이곳에선 병맥주만 판다는 것. 하지만 한 사람당 여섯 병쯤 돌아가고 난 뒤로 그걸 두고 불평하는 사람은 아무도 없다.

시간이 지나면서 '칼레'[8]는 마치 잠수함처럼 묵직해져서는, 맥주 열 병에 엄청나게 많은 곡주를 마시고도 놀라우리만치 꼿꼿한 토르스텐에게 거의 매달려 있다시피 했다. 보아하니 토르스텐, 이 작자는 마시는 데 있어서도 진짜 에이스인 것 같다. 뭐 예상한 바이긴 하지만 말이다. 토르스텐이 자신의 빈 병을 가리키곤 계산대 쪽으로 사라진다. 그는 아까부터 저녁 내내 필스너 맥주와 곡주[9]를 규칙적으로 조달 중이다.

"토르센, 쉐판 꺼도 하— 하안 잔!" 헬무트가 토르스텐의 뒤에 대고 소리친다. "하— 하아안 번 더 부뉘기 띠어 보자규!"

나의 예비 장인어른께선 이제 내가 마야와 싸우는 위험을 감수하지 않으려면 맨 정신으로 버티고 있어야 한다는 것, 그걸 어길 경우 마야와 아슬아슬한 위기에 처하게 될 거라는 걸 새까맣게 잊으신 모양이다.

토르스텐이 넓적하고 커다란 양손에 노련하게 맥주 네 병과 곡

---

8 카를-하인츠를 줄여서 친구, 식구들 사이에서 부르는 애칭.

9 독일인들도 지방에 따라 우리나라의 폭탄주처럼 맥주와 독주를 섞어 마시는 걸 즐기는데, 우리는 맥주잔에 독주를 섞어 마시지만, 이들은 잔을 따로 써서 맥주 한 모금, 곡주 한 모금 순으로 마신다.

주 한 병을 움켜쥐고 돌아온다. 나는 저 물건들이 싫다. 저런 것만 들어가면 나는 언제나 상태가 나빠진다. 포트와인이나 리큐어라면 친하게 지낼 수 있을 것도 같은데, 사격 동호회 회원들 사이에서 이 두 술은 여자들이나 마시는 술로 치부되고 있으니, 결국 나는 선택권이 없는 것이다. 나는 곡주를 들이부은 다음 맥주병에 손을 뻗는다.

"비상, 비상! 맥주가 덥혀지고 있어!" 칼레가 나의 퍼포먼스에 열광하여 환호한다. "자네 쎈 술 싫어하잖여."

"영화, 배운 거야……." 헬무트가 혀 꼬인 소리로 말한다. "쉐판, 저 친구도."

토르스텐이 곡주를 한 순배 더 돌린다.

나는 곡주를 들어 건배를 한 다음 곧장 맥주병을 입에 가져다 댄다. 헬무트, 그리고 칼레와 토르스텐도 내가 하는 대로 똑같이 따라한다. 그 직후 칼레는 그대로 고꾸라졌고 뒤집어진 거북이처럼 속수무책으로 등을 대고 뻗어버린다.

"일어나세요, 제가 도와드릴게요." 토르스텐이 곧바로 현장으로 달려와 거하게 쓰러진 사격왕을 다시 들어올린다. "밖에 한 번 모시고 나갔다 오는 게 좋을 것 같네요. 찬바람 좀 쐬면 다시 정신이 들 거예요." 그는 칼레를 일으켜 세워 마치 상이군인을 대하듯 그를 부축하고 떠들썩하게 즐기는 무리를 지나 입구 쪽으로 간다.

헬무트와 나는 우리끼리 한 순배 더 돌린다. 술이 더 돌아가고 나자 헬무트가 갑자기 내 목을 끌어안는다. "난 촤네가 하— 하양상 촘 우— 우껴……. 초끔. 하— 하지만 자넨 촤칸 친구야." 내 귀에 대고 그렇게 웅얼거리더니 그가 내 어깨에 머리를 대고 비벼댄다.

예비 장인의 속내를 들은 이 순간 양심의 가책이 나를 괴롭힌다. 실은 오늘 밤 내내 나는 내가 표시해둔 맥주병으로 술을 마셨다. 독주를 넘기지 않고 입에 머금은 채 맥주병을 가져와 입에 대고 맥주를 마시는 것처럼 행동했다. 하지만 실상은 독주를 맥주병에 뱉었던 것이다. 그리고 화장실을 오갈 때마다 그 병을 들고 가서 화장실에서 비워왔다. 이 수법은 영화 「코요테 어글리」[10]에서 따온 것이다. 영화에선 자유분방한 젊은 여자 몇 명이 바를 운영하면서 이 수법으로 술에 관한 한 모든 남자들을 평정한다. 한 마디로 모든 남자들을 술로 이겨먹은 영화다. 그런데 이걸 내 술친구들을 위해 쓴 게 정말 유감이지만, 예비 장인에게 깊은 인상을 주면서도 맨 정신으로 있으려면 이것이 유일한 길이었다.

흥에 겨운 무리들이 내뿜는 땀 냄새와 숨이 막힐 듯 텁텁한 공기 때문에 나는 속이 메슥거린다. 스피커에서 둥둥거리며 울려나오는 유행가도 이 이벤트를 참을 수 없게 만드는 일등공신 중 하나다. 뿐만 아니라 누군가 내 맥주병이 줄어들기는커녕 계속 차오르고 있다는 걸 알아차릴까 봐 저녁 내내 마음을 졸이고 있었다. 어서 이곳을 벗어나고 싶은데 예비 장인이 나를 붙잡는다.

"우리 친허게 지내쟈구! 이줴 내 이름을 불러도 되네, 헬므—우—트라고."

예전에 그의 이름을 불렀던 적이 있었다. 하지만 나는 군이 그

10 '코요테 어글리'라는 바에서 벌어지는 가수 지망생 바이올렛을 비롯한 미녀 바텐더들의 에피소드를 다룬 2000년 작 미국 영화.

사실을 다시 확인하느니, 서둘러 고개를 주억거린다. 사실 그와 술자리를 함께하는 것만으로 그에게 점수를 좀 딴 것 같아 보인다.

"말씀해주세요, 헬무트, 그럼 제가 마야와 결혼하는 걸 오케이하시는 거죠?"

헬무트가 갑자기 나를 밀쳐내더니, 몸을 틀며 눈을 크게 뜨고 날 바라본다. "조오치. 여엉광 임미다." 그가 비뚤어진 얼굴로 경례를 한다. "그으른 으미에서 하— 한잔 더 하지!"

건배! 독주. 맥주.

잠시 후 토르스텐이 다시 돌아온다. 그는 손등으로 이마에 맺힌 땀을 훔친다. "젠장, 얼마나 무거운지. 칼레요. 일단 한 잔 마셔야 할 거 같아요."

그가 맥주병을 향해 손을 뻗는데…… 그게…… 그가 마시던 병이 아니다!

이미 늦었다. 나는 한순간 심장이 멎는 것 같다. 토르스텐이 병을 들고 꾸—울—꺽 한 모금 들이키는가 싶더니…….

머금었던 것을 다시 뱉는다.

"우웩! 이게 웬 구정물이래?" 그는 병 속에 석유라도 들은 듯 놀라서 병을 들여다본다. 그런 다음 테이블 위에 놓여 있는 다른 병들로 눈길을 돌린다. "이건 내 병이 아닌 걸. 슈테판이 마시던 거네! 여기도, 헬무트, 이거 맛 좀 보세요."

예비 장인이 소맥 혼합주를 살짝 마셔본다. "으으, 이건 대췌 모야?"

"저 친구가 지금까지 맥주병에 독주를 죄다 뱉어놓았답니다! 이건 완전히 맛이 갔어요!" 토르스텐이 소리친다.

헬무트는 방금 우리의 사격왕께서 쉬는 시간을 틈타 성전환을 하고 나타나셨다고 선언을 들은 사람처럼 토르스텐을 바라본다.

"당신 말이야, 계집애야?" 토르스텐이 넋이 나간 사람처럼 고개를 절레절레 흔든다.

드디어 헬무트는 내가 새로운 술친구를 사칭하며 그를 속였다는 걸 희미하게 깨닫기 시작한다. 오늘 밤은 이제 날 샜다. 그는 화가 나서 식식거리며 나는 본체도 하지 않고 바깥쪽으로 간다. 그리고 출구에 이르러 잠깐 멈추어 서더니 뒤로 돌아서서 다시 우리들이 있는 곳으로 온다. "꼬마 친구, 자네가 우리 딸이랑 결혼하는 것보다 FC쾰른이 독일 최우승팀이 되는 게 더 빠를 것 같군그래."

이 말을 들으니 장인어른에게 결혼 동의를 받아낼 수 있는 기회가 복권 당첨 급으로 급격히 떨어지는 것 같다.

발을 쾅쾅 구르며 나의 예비 장인이었던 헬무트는 그렇게 자리를 떴다. 이어진 그의 저주의 말들은 "…… 20센티는 아니지. 절대로 아니지, 땅꼬마 페터!"라며 홀 안의 무리들이 흥에 겨워 밴드 '당근들'의 히트곡을 따라 질러대는 고성 속에 묻히고 만다.

곁눈질로 보니 토르스텐의 얼굴에 옅은 미소가 스친다.

술이 없으면 해결책도 없다.

– 디 토텐 호젠[11]

11 1982년에 결성된 독일의 펑키 록 그룹.

아침 이른 시간, 여섯 시가 되기 직전 내가 침대를 빠져나올 때도 마야는 쿨쿨 잠을 자고 있었다. 숙취는 없었다. 차라리 숙취가 남아 있었으면 좋겠다. 그랬더라면 어젯밤 사건을 이렇게 또렷하게 기억하지 않아도 되었을 거다.

종교의식과 같은 남자들의 의식을 늘 기이하게 여기긴 했지만, 사소한 술 사기 때문에 나의 예비 장인이었던 사람이 그런 식으로 일을 크게 만든 건 좀 지나쳤다는 생각이다. 그래, 내가 속임수를 좀 쓰기는 했다. 하지만 왜 꼭 정신을 잃을 정도로 술에 취해야만 합격점을 받는단 말인가? 그렇게 취하는 것이 왜 나를 보다 나은 남자, 심지어 남편감으로 만드는 척도가 되어야 하는지 나는 모르겠다. 오히려 자신의 딸이 알코올중독자와 결혼하지 않게 되어서 좋아해야 하는 거 아닌가?

나는 진하게 커피를 내려서 발코니에 나가 앉는다. 카페인과 신선한 아침 공기를 마시면 좀 더 정신이 맑아지지 않을까 하는 바람을 안고 말이다. 몇 시간 후 마야와 나는 우리 아이의 성별을 듣게 될 것이다. 만약 남자아이라면, 내가 온전히 기뻐할 수 있을까? 어젯밤 한 차례 재앙을 겪고 나자, 헬무트가 나에게 도움을 줄지 의구심이 들었다. 그러나 어쨌든 아무리 둘러보아도 나를 위해 아버지를 대신해줄 만한 인물은 그밖에 없다. 할아버지는 이미 돌아가셨다. 나를 낳은 생부에 관해선 잊고 넘어가야 할 것 같다.

그럼 이제 어쩐다? 예약 시간까지는 아직 네 시간이 남아 있다. 물론 그때까지 다음 주에 시작될 북메세를 위한 원고들을 읽을 수도 있다. 하지만 피곤한 내 몸에서 분명한 거부 의사를 보내온다.

나는 커피 잔을 비우고 거실로 들어가 이메일을 체크하기 위해 노트북을 연다. 메일을 열자 평소와 다름없이 스팸 메일이 와 있다. '체커#코크'에선 거시기 연장 시술을 권하고, 그루폰[12]에선 반값에 탱크 여행 상품을 내놓았고, 아마존에선 남성 및 육아와 관련된 일련의 도서를 추천하는 메일을 보내왔다. 막 삭제 버튼을 클릭하려던 나는 편지함에 도착한 또 한 통의 새 메일에서 손길을 멈추고 만다.

보낸 시간: 오늘 아침 2시 30분.
보낸 사람: 빌렘 반 외르스.

나는 떨리는 손으로 마우스를 따닥따닥, 두 번의 클릭과 함께 메일을 연다.

---

12 미국 시카고에서 시작된 세계 최초, 최대의 소셜커머스 기업.

숫토끼

"독일 남성들은 잠재적인 섹스몬스터라는
세간의 이목 속에서
다시금 평균치로 움츠러들고 말았다."

『슈테른』, 2013년 5월 타이틀면.
미리암 홀슈타인, 「디 벨트」주제: 일 년 후 # 절규

"어이, 반가워요들." 필이 한바탕 하품을 하고 회의용 테이블 너머로 악수를 청한다. "그쪽은 지금까지 도서전 성적이 어떠신가?"

필 트레커는 런던 쪽 문학에이전시의 대리인이다. 슈테판과 나는 해마다 프랑크푸르트 도서전에서 그를 만나 미팅을 가졌다. 그는 만날 때마다 즐겨 자신의 이야기를 들려주며 가족사진을 보여주곤 했다. 그리고 매년, 전날 저녁 파티에서 마신 술 냄새를 강렬하게 풍겼는데, 오늘도 어김없이 술 냄새가 진동한다.

"덕분에." 슈테판이 말한다. "소중한 가족 분들은 잘 지내시나?"

필은 또다시 아빠가 되었다는 이야기를 한다. 그 사이 그는 여섯 아이의 아빠가 되어야 했다. 우리가 처음 알게 되었을 때 이미 그는 세 아이의 아빠였고, 그 후 해마다 한 명씩 새로 태어난 아이의 소식을 전했다.

"대단하군." 슈테판이 말한다. "내 여자 친구도 임신을 하였다네. 나도 이제 아빠가 돼."

필의 얼굴이 환해진다. '출산'이라면 혈중 알코올 농도와 함께 그가 완전 정복할 수 있는 주제였다.

"긴 밤들이 이어질 거야. 거기에 적응해야 해." 필이 말한다. "그리고 자네 부인에게서 자네의 서열이 넘버 투가 되는 것에도."

그런 식으로 계속 반복된다면, 그는 현재 서열 넘버 세븐이 된 셈이다.

"일단 출산부터 지나가야지." 슈테판이 속내를 밝힌다. "그러고 나야 진짜 마음이 놓일 것 같아."

"처음에 긴장하는 건 당연하지." 필이 고개를 끄덕인다. "하지만 둘째까지 보고 나면, 애 낳는 거 눈 감고도 할 수 있어."

그의 부인도 그렇게 생각할까? 출산 무경험자인 신참 슈테판이 한 수 배웠다는 듯 고개를 주억거린다.

"제왕절개로 아이를 낳는 건 의논해봤어?" 필이 묻는다.

"그걸 미리 계획해서 할 수 있어?" 슈테판이 궁금해하며 묻는다.

"사람들이 점점 선호하는 추세야." 필이 말한다. "정말로 고려해볼 만해. 골반에 무리가 가지 않게 해주거든. 자연분만을 한 번이라도 목격한 남자는 서둘러 말에 오르려 하지 않지. 내 말이 무슨 말인지 자네가 알 수 있을지 모르겠지만……." 그는 비죽이 웃으며 슈테판에게 눈을 찡긋거린다.

슈테판도 따라 웃긴 하는데, 어쩐지 웃음소리가 썩 명쾌하지가 않다.

이 두 사람, 이 자리에 나도 있다는 걸 잊었나? 출산 과정에 남자들이 큰 관심을 기울이는 것, 그래, 그게 나쁠 건 없다. 하지만 지금 이 상황은 느른한 오후에 수유 카페에 앉아 있는 것보다 더 불편하다.

나는 왜 갑자기 만물의 지배자인 남자들이 생산 이후의 과정에 이렇게 많은 관심을 표하는지 도무지 이해하기 힘들다. 자고로 남자들이란 전적으로 행위 그 자체에 만족하는 존재들이 아니던가? 어찌된 일인지 지난 여러 해 동안 무엇보다 미디어 생산자와 관리자들, 그리고 정치인들은 가족이라는 예전엔 부수적이고 사랑받지 못하던 주제를 직업의 경지로까지 끌어올리는 데 성공했다. 그리하여 예전 같으면 아주 특별한 날에나 자녀들의 얼굴을 보았을 무정한 톱클래스 고소득자들마저 갑자기 자신들이 사회적으로 불리한 처지에 처한 것처럼 행동하고 있다. 근무 시간에 아이의 기저귀를 갈아줄 수 없다는 이유로 말이다. 그러는 사이 평범한 남성들은 모델로 삼을 만한 아빠들 중 하나가 되었다. 분만에 흥미와 관심을 기울이는 아버지들에 대해 내가 반감을 가져서 하는 말이 아니다. 하지만 지금 이 경우는 분명 심해도 너무 심했다.

나는 흠흠 헛기침을 한다. "말 끊어서 미안한데, 나, 다음 미팅이 잡혀 있어서 곧 가봐야 해요."

필이 어깨를 으쓱하면서 원고 한 편을 꺼낸다. "자, 슈테판. 우리한테 자네가 관심 가질 만한 굉장한 스릴러물 한 편이 있어서 말이야. 차기 대박 작품이지!"

"오!" 슈테판이 말한다. "뭔지 말해봐!"

"영화 「96시간」[1]의 도서 버전이랄까. 아버지가 유괴된 딸을 위해 싸우는 내용이거든." 필은 그렇게 설명하고는 또다시 하품을 한다. "플롯 끝내주고, 막판 결투 스피디하게 전개되고."

눈꺼풀이 곧 그의 눈을 덮을 것 같다. 언제라도 테이블 상판이 그의 머리로 솟구치며 막판 결투 장면이 펼쳐질 것 같다.

나는 흘깃 시계에 눈길을 던진다. "나한테 추천할 만한 소설도 있어요?"

고작 출산 후의 성교에 따른 남자들의 딜레마를 듣자고 내가 여기에 앉아 있을 수는 없는 일이다.

"놉(Nope)." 필이 말한다.

헐, 대박.

"그럼, 만나서 반가웠어요. 나는 이만 가봐야 해서요." 내가 대꾸한다.

"잘 가요, 안네." 필이 느른하게 손을 든다.

슈테판은 이 미팅이 오늘 도서전 일정 중 마지막 약속이어서 자리에 남는다. "이따가 프랑크푸르터 호프[2] 파티에는 올 거지?" 슈테판이 나에게 묻는다.

"아직 잘 모르겠어."

책상머리를 벗어나 나오는데, 뒤에서 필이 슈테판에게 유축기

---

1 리암 니슨 주연의 영화 「테이큰 2」의 독일 개봉 제목.
2 프랑크푸르트 중심가에 위치한 150년 전통의 호텔로 독일 내 많은 체인점을 거느리고 있다.

는 구했는지 묻는 소리가 들린다. 그게 있으면 밤에도 아빠가 수
유할 수 있다며.

'여성의 생활 상태와 안전, 그리고 건강'을 다룬

대표적인 조사에 따르면 조사에 응답한

전체 여성 중 58.2%가 공개적으로건, 일과 교육과 연계해서건,

아니면 사회적 접근 차원에서건

성적인 부담 상황들을 경험한 것으로 드러났다.

- 2014년도 연방 가족 · 여성 · 노인 · 청소년부

오늘의 마지막 일정은 기자인 베르트 슈미츠와의 미팅이다. 그
는 편집자의 일에 관해 나와 인터뷰하길 원했다. 그가 도서전 근
처에서 만나자는 제안을 해왔다.

레스토랑에 들어서자 문 옆에 있는 테이블에서 검은색 스웨터
를 입은 한 노신사가 자리에서 벌떡 일어선다. 인터넷에서 본 것
보다 머리숱은 더 적고, 몸은 더 묵직해 보인다. 얼굴엔 살바도르
달리처럼 화려한 콧수염으로 한껏 멋을 부렸다.

"안녕!" 그가 큰 소리로 말한다. "이렇게 만나니 반갑군. 우리
편하게 말놓지, 어떤가?"

"아, 그래요. 문제될 거 없죠. 우선 자리에 앉아도 될지?"

"그럼." 그는 나를 위해 의자를 뒤로 빼고는 내 코트를 벗겨 여
종업원에게 건넨다.

"도서전에서 미팅이 많으신가 봐요?" 자리에 앉은 뒤 내가 먼저 묻는다.

"미안, 내가 감기가 걸려서." 그는 이렇게 말하고 난 다음 큰 소리로 코를 푼다. "솔직하게 말할까? 다른 미팅 같은 건 전혀 없네."

"아, 그러세요." 나는 난처한 나머지 괜히 메뉴를 훑어본다.

"그럼, 여기엔 우리 딸이랑 온 걸. 우리 딸도 자네 나이쯤 되었지."

여종업원이 테이블로 다가와 묻는다. "뭘 드시겠어요?"

"메를로[3] 한 잔 주세요."

"이런, 돌겠구먼." 베르트가 말한다. "그거 나도 여기서 가장 좋아하는 술인데. 얼른 그걸로 한 병 가져다주세요!"

여종업원이 자리를 뜨려는데, 그가 테이블 위로 몸을 숙이더니 그녀의 팔을 톡톡 친다. "나는 뵈프 스트로가노프로 할게요. 전채는 송로스프로." 그가 나를 보더니 다시 종업원에게 말한다. "이 여성분은 잠시 시간이 필요할 것 같군요. 먼저 수프부터 가져다주세요. 내가 시장해서."

나는 눈썹을 치켜 올린다. 이 사람, 자기 위장에도 잠시 시간을 주면 안 되었을까?

잠시 후 종업원이 그가 주문한 음식을 들고 다시 온다. 나는 샐러드를 주문한다.

베르트가 스프를 뜨기 시작하자, 그의 아랫니 앞니 사이에 누렇게 낀 치석이 눈에 들어온다. 나는 얼른 시선을 내리깐다. 이런 자

___
3 메를로 종 포도로 만든 레드와인.

리에 내가 왜 또 나온 거지?

"말이 나온 김에 말인데, 자네와 전화 연결이 되자마자 내가 딱 감을 잡았지." 그가 말한다.

이 사람 대체 무슨 말을 하려고 이러는 거지?

나는 와인을 홀짝인다. 종일토록 아무것도 먹은 게 없어서인지 빠르게 취기가 오른다. 순간 순전히 이론적이긴 하지만, 치석이란 게 마셔도 되는 건가, 생각 중인 내 자신을 발견한다.

"산양." 그가 말한다.

"무슨 말씀이신지?"

"내 별자리는 산양자리일세. 자네는?"

"제가 별자리 운세를 믿지 않아서요." 내가 말한다.

테이블에 접시 두 개가 놓인다. 하나는 크루통[4]을 곁들인 토끼 먹이가, 하나는 섬세하게 칼집을 낸 죽은 소가 담긴 접시다.

"생일이 언제인가?" 베르트가 크림소스가 뚝뚝 떨어지는 소고기 조각을 포크에 올려놓으며 묻는다. 그러곤 나이프를 입으로 쭉 핥는다.

그게 내 직업이랑 무슨 상관이 있는 거지? 자문하는 나.

내 직업에 관해서 인터뷰하려고 했던 거 아닌가?

"7월 중순요."

"게자리로군! 다행일세. 내가 사자자리와 사수자리 사람들하곤 좋지 않은 경험을 해서 말이야."

---

4 수프나 샐러드를 위해 잘게 잘라 바삭하게 튀긴 작은 빵조각.

"저런, 안타깝네요." 나는 헛기침을 하고는 이렇게 묻는다. "그런데, 저에 관해 알고 싶으신 게 뭐죠?"

"자네 싱글인가?" 베르트가 접시에 포크와 나이프를 내려놓고 천 냅킨에 대고 큰 소리로 코를 푼다.

이 질문에 내가 대답을 해, 말어?

"제 직업상 아직 그게 중요한 역할을 한 적이 없어서요." 나는 당황스러워하며 대답한다. 이 인간이 저 썩은 고기 스튜를 다 먹는 순간, 나는 그대로 튀는 거다!

에스프레소가 나오고 나서야 베르트는 편집자로서 내가 관리하고 있는 책들과 출판사에서의 일상에 관해 몇 가지 질문을 던진다.

그는 '오늘의 메뉴' 할인권에 인터뷰 내용을 메모했다.

"저는 이제 천천히 일어나봐야겠어요." 그에게서 분위기상 더이상 질문거리가 나오지 않을 것 같자, 나는 얼른 말한다.

베르트가 종업원에게 손짓한다. "이건 출판사에서 지불하는 걸로 하게." 그는 말을 마친 다음 못되게 입을 비죽이며 웃는다. 웃는 잇새로 창백하게 죽은 소의 잔여물이 끼어 있다. "대신에 그쪽 출판사에 관해 내가 좋은 말만 써주지."

식당 밖으로 나오자, 나는 악수를 청하며 말한다. "감사합니다, 당신과……."

더 이상은 이어서 말을 할 수 없었다. 베르트가 나를 끌어당기더니, 내 입술에 그의 입술을 포갠 것이다. 그런 다음엔 내 입술을 벌려 자신의 혀를 들이미는 동시에 내 가슴과 엉덩이를 움켜잡는다. 그리고 뜻하는 바가 분명하게 둔부를 움직이면서 자신의 노력을 배가시킨다. "으으음, 산양은…… 찔러야 산양이지." 그가 씩씩거리며 말한다. "베이비, 이래 봬도 내가 진짜배기 남자라네."

그러곤 꿀꿀거리는 돼지처럼 끄응끄응 소리를 낸다.

나는 마침내 온몸을 굳게 했던 충격에서 벗어나 정신을 차린다.

감기!

치석!

죽은 소의 잔여물!

그리고 무엇보다 이 남자하고는!

나는 그에게서 벗어나려고 버둥거린다. 하지만 베르트가 여전히 그의 둔부를 나에게 들이밀고 있어서 멀리서 보면 꼭 날개를 다친 두 마리의 왜가리가 짝짓기를 위해 춤을 추는 것처럼 보일 것 같다.

"괜찮아요?" 누군가 그렇게 묻고는 베르트를 움켜잡아 힘껏 건물 벽으로 밀친다. "술이 좀 과하셨던 것 같네요, 선생님."

나의 구원자는 베이지색 코르덴 재킷에 청바지 차림의 남자였다. 코르덴 재킷과 청바지 차림의 그는 정말 몸이 좋았다. 그는 베르트를 떼어낸 다음 팔을 뻗어 그를 더 이상 나에게 다가오지 못하게 하였다.

"그럼…… 난 이만 가보겠네." 베르트는 재빨리 자리를 뜬다. 육중한 체격에 그렇게 빨리 움직일 줄은 예상도 못했다.

"고마워요." 나는 그렇게 말하고는 낯선 남자를 바라본다. 그의 걱정 어린 눈길에 등줄기로 전율이 훑고 지나간다. 나는 눈을 내리깔고 만다. "저 사람이 그런 짓을 할 거라고는 생각도 못했어요.

원래 일 때문에 잡은 미팅이었거든요."

"당신도 도서전에 오셨나 봐요?"

"예. 다시 한 번 감사드려요." 돌아서서 오려는데, 묘하게 아쉬운 느낌이 든다.

갑자기 누군가가 내 팔을 건드린다. "이따가 혹시 프랑크푸르터 호프 파티에 오시나요?"

"음…… 그럼요." 그렇게 말하고 나니 바로 활기가 넘치는 것 같다.

슈테판이 나까지 생각해 입장권 두 장을 구입해두어서 다행이다. 가끔씩은 그가 진짜 보물 같을 때가 있다.

여성이 남성과 거의 대등한 수입을 올린다는
헤드라인 기사들은 현실에 부응하지 않는다.
여성들에게 노동 시장보다
결혼 시장이 더 이문이 남는다는 사실이
아직까지도 엄연히 통용되고 있으니 말이다.

– 유타 알멘딩거

쿵쿵 음악소리가 울린다. 슈테판이 박자에 맞춰 고개를 주억거린다.

"자기, 피곤하겠다, 그치?" 나는 슈테판을 향해 소리를 지른다.

"아, 참을 만해." 슈테판이 고함을 치며 대꾸한다. "이렇게 우리끼리 다시 뭉쳐서 뭘 하니까 그래도 좋네."

새로 알게 된 그 사람이 정말로 지금 이 파티 장을 배회하고 있다면 어떻게 한담? 슈테판을 뒤에 달고 다니는 건 그와의 연애에 아무런 도움이 되지 않을 거다. 나의 구원자가 우리가 부부라고 생각할지도 모른다. 많은 사람들이 그렇게들 생각하니까.

"그런데, 내일 아침 일찍 약속 잡혀 있지 않아?" 나는 또다시 그를 털어내려고 한다.

"아니, 열한 시에나 있어." 슈테판이 술을 홀짝인다. "아이가 나오기 전에 부지런히 파티를 즐기려고."

망할. 어떻게 해야 이 인간을 떨쳐낸담? 그나저나 나의 구원자는 어디에 있는 거지?

흠, 댄스 플로어에서 보면 더 잘 보이겠네.

"나 춤추러 간다!" 내가 소리친다.

"아, 좋지." 슈테판이 말한다. "같이 가!"

뭐야, 평소엔 춤이라곤 절대로 추지 않더니!

나는 출렁이는 인파의 가장자리에 서서 아무도 눈치채지 못하게 주위를 둘러본다. 저기 앞! 저 사람, 그 남자이다. 나의 영웅. 그는 잠깐 알게 된 다른 출판사 직원들과 서 있다. 이제 그도 나를 발견하고는 미소를 지으며 손을 들어 인사를 한다. 그가 숫양자리 늙은이에게서 나를 구해주던 장면이 기억나며, 심장이 방망이질 치기 시작한다. 그리고 강청색 눈으로 나를 바라보던 그 눈길도……. 솔직히 말하자면 나는 랜슬릿[5]과 같은 진정한 영웅, 이른

5 아더 왕 전설에 나오는 원탁의 기사 중 가장 훌륭한 영웅이며 왕비 기네비어의 연인.

바『브라보』잡지의 센터폴드에 나오는 것 같은 섹시한 남자의 리얼 라이프 버전을 남몰래 기다려왔었다.

슈테판이 내 옆구리를 쿡 찌른다. "저긴 또 웬 주책이래."

그 남자가 어디가 어때서?

그다음 순간 몸에 꽉 끼는 검정 풀오버를 입고 점점 플로어를 장악해가는 행위예술가가 눈에 들어온다. 젠장! 베르트이다! 그리고 그의 곁에서 한 젊은 여자가 춤을 추고 있는데, 딱 봐도 그의 딸이라는 걸 알 수 있다. 안쓰럽기도 하지.

바로 그 순간, 베르트가 나를 발견하고는 들썩들썩 몇 번이나 둔부를 들이대는 시늉을 해보인다. 나는 그에게 가운뎃손가락을 들어 보이고 싶은 걸 참으며 간신히 평정을 유지한다.

"저 사람 알아?" 슈테판이 어리둥절해하며 묻는다.

"그냥 오다 가다 잠시 만났어."

"나 뷔페에 갔다 올 건데. 뭐 좀 가져다줄까?"

나는 고개를 젓는다. 어쨌든 뭘 좀 먹긴 먹은 거니까. 그리고 내 입속으로 훅 들어오던 베르트의 혀를 생각하면 아직까지도 속이 매스껍다.

차라리 딴 생각을 하자. 그 멋진 남자는 잠시 대화를 나누느라 여념이 없다가, 내 쪽을 바라보더니 나에게 고개를 끄덕여 보인다. 이제 시작해볼까나! 드디어 저 남자가 실제로 어떤 남자인지 알 수 있을 거다.

내가 있는 데까지 오려면 플로어를 빙 둘러 올 수밖에 없었으므로, 그는 천천히, 발 디딜 틈 없이 몰려 있는 사람들 사이를 뚫고 다가왔다.

그때였다. 언제 왔는지 슈테판이 벌써 곁에 와 있다. 하나 가득 카나페를 담아 온 종이 접시를 근처에 있는 맥주 테이블 위에 놓고는 내 귀에 대고 이렇게 소리친다.

"자기 것도 좀 가져왔어. 푸성귀들만 골라서."

"고마워, 친절하기도 하셔라." 나는 그에게서 살짝 떨어지며 이렇게 말한다.

"자기는 내가 제일 좋아하는 동료야." 이 말을 하며 그가 다시 곁으로 다가온다.

"뭐라고?"

대체 이 인간은 또 왜 이런다니?

"응, 자기는 나한테 무슨 문제가 있으면 정확히 알아내잖아." 그렇게 말하는 슈테판의 모습이 마치 덜 떨어진 꼬마 애 같다. "그런 거야말로 진가를 인정받을 일이라고 생각해."

그래도 그렇지, 그게 하필 꼭 오늘일 필요는 없잖아!

"자기가 아니었더라면, 남자들을 위한 세미나 같은 곳엔 절대로 가지 않았을 거야. 그래, 맞아. 자기는 내가 거기 갔다 온 걸 놀렸지. 하지만 그곳에 다녀온 걸 계기로 나 말이야, 곧 아버지를 만날 것 같아. 그리고 비행기를 타기 전에 자기한테 고맙다는 말을 하고 싶었어."

"비행기가 추락하지 않으면, 하루면 갔다 오겠네."

나는 이제 플로어의 절반 정도까지 온 나의 구원자에게서 눈길을 떼지 못하고 대꾸한다.

170

"그런데도 마야는 그렇게 하는 건 도리가 아니래." 슈테판이 한숨을 내쉰다. "그뿐만 아니라 우리 어머니도 반대하셨지. 나는 둘이 왜 그렇게 흥분하는지 도저히 이해할 수가 없어." 슈테판이 환히 웃으며 나를 바라본다. "그런데 자기는 완전히 달라. 자기는 내가 떠나는 데 아무런 반대도 하지 않잖아."

이 말을 마치자마자 그가 내 어깨에 팔을 두르더니, 자기 쪽으로 나를 끌어당기어 머리카락을 헝클어트린다.

아─! 안─돼!

"이제 그만 좀 해, 됐어. 정말로." 나는 그를 밀쳐 내며 살짝 패닉에 빠진 말투로 말한다.

감정을 드러내지 않는 남자들은 다 뭘 하고 있는 걸까? 그리고 슈테판은 왜 그런 남자 중 한 명일 수 없는 걸까? 어쩌면 아빠 호르몬이 나와서 그를 감상적으로 만든 게 아닐까?

다시 플로어를 넘겨다보니, 비죽이 올라온 검은 정수리가 보인다. 하지만 뒷모습만 보일 뿐이다. 아빠 슈테판이 이렇게 피임제 역할을 톡톡히 해낼 줄 누가 생각이나 했으랴!

9

언제나 캐비아여야 한다

"애석한 일이지만, 친절한 남자아이들은
대부분 자신이 느끼는 거북함을
표출하지 않는다."

로이 F. 바우마이스터, 『소모되는 남자』

비가 억수같이 퍼붓는다. 거센 돌풍이 장막을 펼치듯 도로 위로 빗물을 몰고 온다. 와이퍼가 낡은 골프[1]의 앞 유리를 뽁뽁거리며 바쁘게 훑고 지나간다. 마야는 핸들을 꺾어 쾰른 공항의 출국장 앞에 있는 임시주차장으로 차를 몰고 들어간다. 아스팔트 위에 'Kiss & Fly'라는 대형 글자가 씌어 있다. 플라이, 그래 나는 날아갈 것이다, 니짜[2]로. 여기까지는 확실하다. 하지만 작별의 키스를 받게 될지는 확신이 서지 않는다.

"당신이 아버지에 대해 알고자 하는 건 이해를 하겠어." 마야가

---

1 폭스바겐 소형 자동차.
2 지중해 연안의 이탈리아와 인접한 곳에 위치한 프랑스의 도시 '니스'의 이태리어.

사이드브레이크를 올리며 말한다. "하지만 그게 왜 하필이면 지금이지? 당신, 도서전에서 돌아오자마자 곧바로 다시 집을 떠나는 거잖아. 당신이 아직 알아차리지 못했을까 봐 하는 말인데, 나 임산부야."

나는 그녀의 손을 잡으려고 하지만, 그녀는 그런 내 손을 뿌리쳐버린다.

"나도 알아." 내가 말한다. "하지만 그분은 시간 여유가 거의 없고, 나는 내일이면 다시 돌아오잖아."

그건 사실이다. 빌렘은 나에게 많은 시간이 아닌, 오후 반나절만 시간을 내주었다. 그렇다 보니 내가 다시 용기를 잃거나, 아이가 나와서 도저히 시간을 내기 힘든 상황이 오기 전에 아버지를 만날 수 있는 유일한 기회가 될 것 같아 조금 두렵기도 하다.

생부의 메일에서 불친절한 느낌은 받지 않았다. 하지만 그렇게 짧은 편지 속에서 속내를 알아차리기란 아마 힘들 것 같다. 나의 생부가 보낸 메일은 이랬다.

네 소식 들었다. 지금은 중국에 있어. 집에서 보자꾸나. 빌렘. P. S. 약속 일정은 소피와 조정하기 바란다.

여기서 집이라 함은 프랑스 남부를 말한다. 쾰른에서 보자면 딱히 근거리라고 할 수는 없지만, 만나려고만 하면 어디서든 출발할 수 있는 거리였다. 하지만 나는 다음 날이 되어서야 소피에게 전화를 걸었다. 빌렘과 약속 시간을 잡기란 거의 135유로짜리 월드컵 결승전 관람티켓 구하기만큼이나 어려웠다.[3] 그를 찾는 사람이 얼마나 많으면, 소피 씨가 나의 방문 일정을 위해 다음 달에 딱 하루 시간을 낼 수 있을 것 같다고 말했을까.

그 후 나는 값싼 항공 편을 찾아 인터넷을 샅샅이 뒤졌다. 그날 연결되는 유일한 항공 편은 무려 700유로나 되었다! 내가 그동안 절약하여 모은 돈의 총액에 — 내가 세탁기에 청바지와 함께 쑤셔 넣었던 50유로 지폐까지 포함한 금액이다 — 거의 맞먹는 가격이 었다. 나는 맥 빠진 기분으로 비행기 예약을 했다.

"그 돈이면 우리 아기 침대랑 기저귀 교환대도 살 수 있었어." 마야가 나를 다시 현실로 되돌려놓는다. 마야가 안전띠를 푼다. 그럭저럭 하는 동안 마야의 배는 이제 남산만큼 부풀어 올랐다.

"그 돈은 내가 다시 채워놓을게."

"무슨 수로? 다음 월급은 유모차랑 베이비 카시트를 사는 데 써야 하는걸. 그리고 아직도 수유용 침대와 베이비 캐리어, 그리고 아기 옷장도 필요해." 마야가 한숨을 쉰다. "걱정 마. 아빠에게 졸라 두었으니까."

"뭐라고? 그런 건 나랑 의논해볼 수 있는 일 아닌가?"

마야 아버지가 우리 아이 방을 위해 지원한다는 건 나로선 불편한 일이다. 첫째, 재정적인 건 남자들의 일이다. 적어도 내 생각은 그렇다. 둘째, 참사에 버금가는 지난 번 맥주 사기 사건 이후로 우

---

3   월드컵 결승전 관람권 중 가장 비싼 티켓은 우리 돈으로 100만 원이 넘는 895유로다. 135유로짜리 티켓은 대략 17만 원에서 20만 원 상당의 티켓으로 가장 많은 사람들이 선호하는 티켓이므로 고액의 티켓보다 이 티켓을 구하는 게 더 하늘의 별 따기다.

리 사이는 눈에 띄게 식어버렸다. 그런데 내가 당장 아기에게 필요한 돈들을 사적인 나들이에 지출한다는 이야기를 들으면 그가 어떻게 생각하겠는가?

"그럼 내가 뭘 어떻게 해야 해?" 마야가 묻는다.

나는 이맛살을 찌푸리고 어깨를 으쓱해 보인다. 만약 지금 논쟁을 시작한다면, 비행기를 놓치고 말 거다.

우리는 차에서 내린다. 내가 트렁크에서 여행 가방을 꺼내는 동안 마야가 우산을 받쳐 든다.

"잘하고 와, 슈테판." 마야가 나를 포옹하며 말한다. 다시 차에 오르기 전, 그녀가 뒤돌아선다. "근데, 오늘 저녁에 나는 농장에 가 있을 거야. 토르스텐이 생일 파티를 한다고 나를 초대했거든."

그녀는 이 말과 함께 나를 빗속에 남겨두고 떠난다.

나는 내가 이룬 것들을 아버지께서
자랑스러워하시는지 역시도 말하기 힘들다.
아버지는 비판에 관해서라면, 언제든 아주 거침없는 편이지만,
감정에 관해선 어려워하시는 분이다. 지금 나에게 아버지는
나이 든 형님과 같은 분이다.
예전의 아버지는 당신의 일만 생각하시는, 에고이스트셨다.
– 마티아스 라우다가 그의 아버지 니키에 관해 한 말 중

강한 바람에 비행기가 심하게 흔들린다. 기체가 아래쪽으로 가라앉으며 몸이 위로 붕 떠오르는 느낌에 나는 비행기 좌석을 힘껏

부여잡는다.

스튜어디스가 음료 트롤리를 밀며 지나간다. 그녀가 나를 주의 깊게 살펴보더니 내게로 몸을 숙인다. "걱정하실 필요 없어요"라며 내 팔에 손을 얹고 이렇게 말한다. "곧 악천후 지역을 벗어날 겁니다."

내 얼굴이 그렇게 창백했나? 그녀에게 내가 비참할 정도로 창백한 몰골을 한 건 단지 소용돌이 기류 때문에 그런 것만은 아니라고 말해주고 싶다. 돌풍이 한 번씩 몰아칠 때마다 새로운 질문들이 채찍질하듯 나를 후려쳤다. 나의 아버지 빌렘은 나에 관해 무엇을 알고 싶어 할까? 곧 할아버지가 될 거라는 소식을 들으면 아버지는 무슨 말씀을 하실까? 아버지와 나는 서로 좋아하게 될까?

창밖을 내다보니 비행기 날개가 바람을 맞아 거대한 새가 날갯짓을 하듯 위아래로 불안정하게 움직이는 것이 보인다. 나는 두 눈을 감고, 꿈속으로 빠진다. 이제 흔들리는 비행기는 땅을 뒤집듯 파도가 솟구치는 바다 속에 뜬 배 한 척이 된다. 나는 살면서 딱 한 번 나에게도 아버지가 있다고 느꼈던 순간을 떠올린다. 다만 그때의 아버지는 나의 친아버지가 아니었을 뿐. 내 생부와의 만남도 그때의 그 느낌과 다르지 않기를 나는 바란다⋯⋯.

세일 요트가 술에 취한 폴카 무용수처럼 이리저리 뒤뚱거리며 구르듯 바다 위를 항해한다. 나는 금방이라도 토할 것만 같다. 파도가 위아래로 일렁일 때마다 내 배 속도 덩달아 오르락내리락한다. 롤러코스터처럼 다양하게 오르락내리락 하지만, 롤러코스터

를 고스란히 드러내는 말투로 그렇게 묻고는, 나에겐 너무나도 매혹적으로 보이는 백사장 쪽을 힐끔거린다.

패티가 고개를 저으며 더는 못 참겠다는 듯 신경질적으로 말한다. "야, 슈테판! 너 정말 아무것도 모르는구나!"

"항상 그렇듯 비상시에 유효한 제1 규칙은 '평정심을 유지하라!'란다." 패티 아버지가 설명해준다. 그는 늘 그렇듯 전혀 흔들리는 기색이 없다. "게다가 배는 자동차만큼 빠르지 않아서, 저기 뒤쪽에 있는 해안까지 가려면 한 시간은 걸릴 거야. 게다가 이렇게 파랑(波浪)이 심한 날엔 해안까지 가도 배를 댈 수가 없단다. 그러니까 이제 우리는 밀고 나가는 수밖에 없어."

패티는 땅콩버터칩 몇 개를 더 입안에 밀어 넣고는 후드 티에 달린 모자를 끌어당겨 머리에 쓴다. 배가 바람의 압박을 받아 옆으로 쏠리고, 나는 벤치에서 미끄러지지 않으려고 벤치를 단단히 붙잡아야 했다.

"마도로스, 제군들의 도움이 필요할 것 같다!" 패티 아버지가 바람에 맞서며 외친다. "너희들이 조종간을 좀 잡고 있거라! 나는 돛대에 가서 메인세일[6]을 접어야겠다. 그런데, 그 전에 먼저 우리 모두 힘을 합쳐 메인시트[7]를 단단히 끌어당겨야 해!"

"뭘 끌어당겨야 한다고요?" 나는 당황스럽기만 하다.

"분부대로 하겠습니다, 선장님!" 패티가 소리친다. 그러곤 자기

---

6 mainsail. 중심이 되는 돛대 위에 달린 큰 돛으로 배의 돛들 중 가장 크고 중요한 돛.

7 아딧줄. 메인세일을 조종하는 밧줄.

아버지와 함께 어떤 밧줄을 잡아당기고는, 조종키 앞으로 가서 선다. "아빠가 돛을 접을 거야. 슈테판, 얼른 이리로 와!"

패티의 눈빛이 꽁무니를 빼는 건 안 통해, 라고 말하고 있었다. 나는 패티 옆으로 가서 양손으로 조종키를 움켜잡는다.

"오케이, 이제 바람 속에 있는 이 배는 너희 손에 달린 거야. 잘 붙잡고 있어라." 패티 아버지가 시동을 켜며 말한다. "저기 돛대 위에 있는 풍향계가 계속 앞쪽을 가리키도록 주의해라. 그렇게만 하면 제대로 항로를 지키며 가는 거야. 사나이들이여, 너희만 믿는다!" 그는 돛대를 기어올라가 돛에 다다른다.

패티와 나는 배가 항로를 이탈하지 않도록 전력을 다한다.

"좀 더…… 속력을 내 봐, 슈테판!" 패티가 끙끙거리며 소리친다.

"어떻게 하는지 모르겠어."

"어휴! 네…… 발 옆에 보면 가속레버가 있어. 그걸 그냥…… 앞으로 밀어!"

나는 친구가 시키는 대로 레버가 있는 쪽으로 몸을 숙인다.

다시 몸을 일으켜보니, 어찌된 일인지 갑자기 조종키 앞에 나 혼자만 서 있다. 패티는 녹색이 감도는 낯빛으로 난간에 매달린 채, 땅콩버터칩을 토해 내고 있었다.

나는 어쩔 줄 모른 채 패티 아버지가 있는 곳을 올려다본다. 그는 나에게 등을 보이고 돌아서서 무거운 파도를 뚫고 육중하게 수면을 가르며 뒤뚱거리는 배와 바닷물이 갑판 위로 쏟아져 들어오는 가운데, 양팔을 번쩍 들고 돛을 손에 넣으려 애쓰고 있었다. 패티 아버지가 잠시 우리 쪽으로 몸을 돌렸다. 그는 전투력을 잃은 것 같은 패티를 보자, 그대로 얼어붙고 만다. 다음 순간 우리는 눈이 마주친다. 바람 때문에 단어가 흩어져 들리긴 했지만, 그의 입술 모양은 분명 나에게 이렇게 말하고 있었다. "슈테판, 넌 할 수 있어!"

이제 나는 어떤 경우에도 실수를 용납해서는 안 되었다. 나는 양손으로 키를 움켜잡고 배가 항로를 이탈하지 않도록 한다. 오른발로는 가속레버를 잡으려고 애를 쓰며 배가 파도와 너무 세게 부딪히지 않도록 항해 속도를 살짝 늦춘다. 패티 아버지가 잘 생각했다는 의미로 엄지를 세워 보인다.

돌풍이 불어와 머리 앞까지 당겨 쓴 후드 티의 모자를 벗긴다. 몇 초도 안 되어 흠뻑 젖은 머리카락이 얼굴에 달라붙는다. 누군가 샤워 꼭지를 끝까지 틀어놓은 것처럼 비가 억수같이 쏟아져내린다.

패티의 아버지가 돛을 다 손본 다음 다시 우리가 있는 아래쪽으로 내려온다. "오케이, 슈테판. 바람에 돛이 불룩해질 때까지 왼쪽으로 조금만 더 키를 조정해봐. 그다음에 시동을 끄는 거야. 가속레버 옆에 있는 까만색 손잡이를 네 쪽으로 잡아당기면 된다."

나는 항로를 이탈하지 않고 나아간다. 모터 소리가 잦아들자 놀라우리만치 마음속에 평온함이 찾아든다. 불현듯 배와, 또 자연의 위력과 내가 하나가 된다. 귀에 들리는 것이라곤 빗소리와 휘파람을 불 듯 휘이이이 우는 바람 소리뿐. 배는 안정을 되찾고 빠른 속도로 높은 파도를 가르며 나아간다.

패티 아버지가 나에게 미소를 건넨다. "젊은 라이문트 하름슈 토르프[8] 같더구나." 그는 인정한다는 듯 내 어깨를 토닥이며 이렇게 말한다. "아저씨는 네 속에 물개처럼 노련한 선원이 숨어 있다는 걸 알고 있었지."

패티 아버지가 진입로에서 차를 세웠다. 나는 차 문을 열고 우리를 기다리던 어머니에게로 달려간다.

"진짜 멋있었어, 엄마!" 나는 큰 소리로 외친다. "괴물 같은 파도랑 엄청난 폭풍우가 몰아쳤는데, 우리가 그 사이를 뚫고 갔어! 「잭 홀보른」에서 본 것처럼 말야!"

패티가 빙퉁그러진 얼굴로 터벅터벅 내 뒤를 따라온다. "맞아요, 진짜 대단했어요, 보너 아줌마. 슈테판이 조종키 앞에 서서 악마의 귀를 끌고 항해했다니까요." 패티가 따분하다는 말투로 거든다. 항해 전문가라면서 토하고 만 제 흑역사는 슬그머니 뒤로 뺀 채로 말이다.

패티 아버지가 우리 어머니를 포옹하며 인사한다. "잘 있었어요, 에바?"

나는 패티와 차로 다시 가서 트렁크를 열고 내 짐을 꺼낸다. 그러는 사이 부모님들 사이엔 곧 태풍이라도 몰려올 것 같은 저기압권이 형성되고 있었다. 어머니가 두 팔을 허리춤에 대고 서서 패

---

8 1939년 10월 7일~1998년 5월 3일. 독일의 배우. 육상 10종 경기에서 우승한 탄탄한 근육질의 몸으로 어드벤처 시리즈물 〈Seewolf〉로 70년대에 큰 인기를 얻었다. 이후 후속타 없이 불운하게 살다 말년엔 파킨슨병에 걸려 정신병원 신세까지 지다가 자살로 생을 마감했다.

티 아버지와 말싸움을 벌이고 있었다.

"악마는 뭐고 폭풍우에 괴물 같은 파도라고요?! 요한, 당신 제 정신이에요? 그런 악천후에 아이들을 데리고 항해하다니, 하지 않을 수도 있었잖아요!"

"첫째, 달리 어쩔 수가 없었어요. 둘째, 그건 돌풍이었지 악천후가 아니었어요. 위험할 게 아무것도 없었어요. 그리고 셋째, 쟤네들이 물을 맞으면 녹아버리는 각설탕이에요? 사내애들이잖아요."

"그건 완전히 무책임한 거죠! 슈테판을 같이 보내는 게 아니었어요. 이번이 마지막이에요!"

"그게 말이 된다고 생각해요?!" 패티 아버지는 피곤한 듯 어머니에게 등을 돌리고 돌아섰다. "이리 와, 아들. 집에 가자." 집으로 가기 전 그는 나를 꼭 껴안고 내 이마에 뽀뽀를 해주었다. "슈테판, 너는 나의 영웅이다. 곧 또 만나자꾸나."

두 사람은 자동차로 가서 차에 탄다. 차가 천천히 진입로로 들어가자, 뒷좌석에 앉아 있던 나의 베스트프랜드는 다시 한 번 뒤로 돌아앉아 자동차 뒷유리 너머에서 나에게 손을 흔들어보였다. 나는 거리에 서서 친구의 작별 인사에 화답하였다.

그것이 내가 패티와 그 애의 아버지를 본 마지막이었다.

사내아이들에게 아버지의 칭찬은
어머니의 칭찬과는 전혀 다른 무게감을 지닌다.
어린 사내아이는 무엇인가를 해냈을 때,
이를테면 처음으로 탑 쌓기를 해냈을 때나,

처음으로 나무를 탔을 때, 혹은
뒤에서 잡아주지 않고 혼자 두발 자전거를 탔을 때,
즉시 남자 어른으로부터 인정받기를 갈망한다.
– 로베르트 베츠, 『그렇게 남자가 되어간다!』

　니스 공항에 내리자 세련되게 수염을 정리한 택시기사가 '미스
터 보너'라고 쓴 종이를 높이 쳐들고 나를 기다리고 있었다.
　모나코로 가는 택시 안에서 나는 생각에 몰두할 시간을 갖는다.
열린 차창으로 따뜻한 공기가 들어와 콧등을 쓰다듬는다. 나의 친
아버지인 빌렘과의 만남이 패티의 아버지 요한 아저씨와 함께했
던 시간과 같지 않다면, 그리고 빌렘이 나를 어리석다고 생각하
면, 그러면 어떻게 될까? 마야가 토르스텐과 불타오르면 어떻게
하지? 진짜 남자가 되는 법을 영영 찾아내지 못한다면, 그러면 어
떡하나?
　나는 공항에서 산 『슈피겔』지의 책장을 넘긴다. 그러다가 〈미지
의 아버지〉라는 제목의 기사와 마주친다. 독일의 한 심리학자가
다음과 같은 사실을 발견해냈다고 한다. '(육아에서) 아버지의 개
입은 아이들의 모험심에 영향을 끼치는 것에서 끝나지 않는다. 아
버지의 개입은 아이들의 지력(智力)에도 영향을 미친다.' 이 말인
즉슨, 나의 생부인 빌렘이 나를 돌보지 않았기 때문에 내가 정신
적인 면에서 에너지절약형 전구와 같은 신세라는 건가?
　나는 인터넷에서 빌렘에 관한 기사를 몇 편 찾아 읽었다. 그는
오롯이 명석한 머리와 소액의 투자금 덕분에 현재의 어마어마한

부를 일궈낸, 진정한 자수성가형 백만장자인 것 같았다. 그는 이른바 7개 국어를 유창하게 구사할 수 있는 인물이고, 경제학 학위도 우수한 성적으로 따낸 이력의 소유자였다.

겨우 그 정도만 읽었을 뿐인데도, 나는 이런 예감이 들었다. 그는 절대 나를 이해하지 못하리라고, 오히려 화만 불러일으키는 정신 나간 놈 정도로 여기리라고. 나는 두 학기 만에 법학 공부를 중단했다. 영어 이외에 내가 유창하게 구사하는 유일한 외국어는 쾰른 지방 사투리가 전부다. 그리고 '투자 자금'에 관한 나의 지식수준은 캥거루가 외발자전거에 관해 알 정도의, 딱 그 수준이다.

어쨌든 이『슈피겔』의 기사는 나 혼자만 이런 신세가 아니라는 위로받는 느낌을 주었다. 주지한 바와 같이 다른 남자들도 아버지가 자신을 홀로 두고 떠나갔거나, 주의를 기울이지 않음으로 인해 자신의 역할에 대해 문제점을 안고 있었다. 그 훨씬 전부터 나는 이 문제와 관련해 어떤 의문을 품고 있었다.『GQ』의 칼럼〈나의 아버지〉를 정기적으로 읽고 있었기 때문인데, 우리와 동시대를 살아가는, 유명 인사를 아버지로 둔 아들들이 연로한 그 노신사들과의 어려운 관계를 이야기하는 칼럼이었다.

빌렘은 모나코에 살지는 않는다. 그곳엔 그의 회사만 자리잡고 있다. 소피 씨가 나에게 준 주소지를 따라 우리는 캅 페라[9]를 향해 차를 달린다. 도로 가장자리로 키 큰 야자수와 오래된 삿갓소나무, 그리고 무슨 종인지 알 수 없는 여러 관목들이 즐비하다. 집들

9 Saint-Jean Cap-ferrat. 니스에서 모나코로 내려가는 도중에 위치한, 거의 섬이라고 할 수 있는 휴양지. 500여 개의 고급스러운 별장이 자리하고 있는 부촌으로 유명함.

은 견고한 인상을 준다. 도무지 끝나지 않을 것처럼 길게 늘어진 벽돌 담장으로 둘러싸인 한 대저택 앞에 이르러 택시가 멈춰 선다. 택시기사가 인터폰에 대고 우리의 도착을 알리자, 육중한 철제 대문이 열린다. 택시가 빌라로 올라가는 긴 진입로로 굴러 들어간다. 지금까지 내가 가본 빌라는 네덜란드의 방갈로파크에서 본 것들뿐이었다. 그곳은 임대인들이 무시무시한 임대료를 요구하려고 마지막 여인숙이라고도 부르는 곳이었다. 그와 반대로 빌렘의 저택은 빌라라는 이름을 붙이기에 손색이 없었다.

막 현관문을 노크하려는데, 문이 열린다. 깔끔하게 정장을 차려입은 젊은 여자가 내 앞에 서 있다. 갈색 머리카락에 무테안경, 남성잡지 표지에 나올 법한 몸매에, 대략 내 나이 정도 되어 보인다. 나는 감격해 마지않는다.

"므시외 보너." 그녀가 상냥하게 말을 건네며 악수를 청한다.

"소피 르쥔입니다. 므시외 반 외르스께서 기다리고 계세요. 들어오시죠."

우리는 현관을 가로질러 가죽으로 마감한 여닫이문을 향해 간다. "므시외 반 외르스께서 집무실에서 맞이해주실 겁니다. 오늘 또 미국으로 출장을 가실 예정이에요. 선생님과는 한 시간이 예정되어 있습니다."

한 시간이라고? 추측컨대 그 시간 동안 내가 쓴 700유로를 상쇄하기란 거의 힘들 것 같다.

오늘 날엔 아버지의 도움 없이 아들을 양육하는
어머니들이 수백만에 달한다. (……) 아버지가 떠나고 고독한 아들은
항상 — 복잡한 심경으로 — 자신을 '낳은 아버지'와 그와 관계된
다각적인 사연을 알게 될 날을 고대한다.
— 스티브 비덜프, 『남자, 그 잃어버린 진실』

양손이 얼음장처럼 차가워지며 축축하게 땀이 배어 나온다. 석사학위 구두시험 때 이후로 이렇게 긴장한 적이 없었던 것 같다. 그때처럼 능력을 인정받지 못할까 봐 두렵다. 두 발이 부드러운 카펫 바다 속으로 푹푹 빠지는 것 같다. 가죽과 식은 시가 연기 냄새가 난다. 집무실 바닥과 면한 긴 창문은 환한 햇살을 고스란히 실내로 쏟아 붓는가 하면, 하얀 자갈을 깐 길로 이어진 부두와 함께 개인 소유의 작은 백사장을 파노라마처럼 펼쳐 보인다. 이 방에서 가장 인상 깊은 가구는 엄청나게 큰 책상이다. 그 너머에 그 남자가 앉아 있다. 내가 지금까지 인터넷에 뜬 사진으로만 알고 있던 그 남자, 나의 아버지가.

빌렘은 감청색 양복에 색을 넣은 안경을 쓰고, 멋스러운 머플러를 두르고 있다. 사진과 달리 턱수염을 길렀고, 약간 고불거리는 백발이다. 〈아이언 맨〉의 토니 스타크가 품위 있게 나이 든 모습이 저렇지 싶다. 물 빠진 청바지에 C&A[10]표 청색 스트라이프 셔츠를 입은 나는 대책 없는 패션 테러리스트처럼 보인다.

10 벨기에의 빌보오르데와 독일의 뒤셀도르프에 본사를 둔 중저가 의류회사. 유럽 전역에 1500여 개가 넘는 지점이 있음.

나의 생부가 가죽 의자에서 벌떡 일어나 한 치의 망설임도 없이 나를 향해 걸어온다. 이제야 비로소 벽에 걸린 많은 사진들이 눈에 들어온다. 저명인사들과 함께 한 빌렘, 골동품 자동차의 핸들 앞에 앉은 빌렘, 요트 갑판 위에 있는 빌렘, 그리고 사냥총을 들고 코끼리 등 위에 올라탄 빌렘.

"드디어 왔구나." 그는 그렇게 말하며 잠시 내 손을 잡고 마른기침을 한다. "시간이 별로 없단다. 그래, 뭘 알고 싶은 게냐?"

문득 완전히 색다른 질문 하나가 머릿속에 떠오른다. '나의 아버지가 양아치 같은 인간이면, 어떡하지?'

우리는 전면에 파노라마 같은 풍경이 내다보이는 회의 탁자로 가서 앉는다. 빌렘이 하우스바에서 샴페인 한 병을 가져와 한 잔 건넨다. 나는 고맙지만 정중히 사양한다. 아무리 고가여도 샴페인에선 바짝 마른 테니스 양말처럼 곰팡이 맛이 난다. 대신에 나는 물 한 컵을 받아든다.

"자, 시작해봐라!" 빌렘이 쾌활하게 웃는다.

무슨 질문부터 해야 한다? 어쩌면 '그동안 대체 어디에 계셨습니까?'라는 질문부터?

하지만 다짜고짜 내 본심을 드러내고 싶지는 않다. 그래서 나는 일단 심각하지 않은 소소한 질문부터 하며 분위기를 예열해보려고 한다.

빌렘이 입꼬리를 일그러뜨리며 지겹다는 듯 입을 비죽이 내민다. "나는 사모펀드를 이끌고 있단다. 블루칩, 스톡옵션, 스왑, 파생상품, 벤처 자본, 브릭스 국가들과 타이거 국가들을 상대하지.

나는 거기서 거둬들이는 수익의 20퍼센트를 내 몫으로 얻고."

"아, 그렇군요." 나는 그가 무슨 말을 하는지 다 아는 것처럼 보이고자 노력한다.

"너도 아는지 모르겠다만 나는 이미 20대 중반에 주식을 통해 처음으로 백만장자가 되었단다." 그렇게 말한 다음 빌렘은 나에게 눈을 찡긋해 보인다. "네가 잭팟을 한 번 터뜨리지? 그러면 사람들은 시키지 않아도 너에게 돈을 갖고 온단다. 네가 그 돈으로 더 많은 돈을 만들어놓길 바라면서 말이다. 그들은 정말로 네가 돈에 관한 한 완벽하게 통찰력을 갖추었다고 생각해. 그러고 나면 너는 그들이 들고 온 조약돌을 부수어 자갈로 만들기 시작하는 거야. 그게 위험하게 네가 가진 현금을 거는 것보다 훨씬 낫지. 내 말 한번 믿어봐."

'돈'이라는 단어와 비슷한 말을 몇 줄 안 되는 문장 속에 얼마나 많이 사용할 수 있는지 내가 놀라는 동안, 빌렘은 시가에 불을 붙이고 창밖에 펼쳐진 바다로 눈길을 던진다. 지금이야말로 그에게 곧 할아버지가 될 거라는 이야기를 들려줄 절호의 순간인 것 같다.

"꼭 말씀드릴 게 있는데요……."

나는 더 이상 말을 잇지 못한다. 아버지가 파리 쫓는 시늉을 하듯 내 쪽을 향해 손짓을 했기 때문이었다.

"너도 알지, 살다보면 그냥 운이 좋을 때가 종종 있다는걸." 빌렘이 놓았던 이야기의 끈을 다시 이어간다. "언젠가부터 나는 그 많은 돈을 어디에 써야 할지 도무지 알 수가 없더구나. 그래서 나는 한 무명 독일화가의 그림 몇 점을 사들였지. 형편없는 졸작이었지만, 그 당시 내 아내였던 여자는 그걸 아름답다고 했지. 그런 뒤에 일이 벌어졌단다. 그 화가가 반년 뒤에 갑자기 쓰러져 죽고 말았는데, 사람들이 그의 작품이 걸작이라는 거야. 당시 나는 전 부인과 이미 이혼한 상태였지. 그래서 나는 그 흉측한 그림들을 다시 팔아버렸어. 원래 가격보다 백 배도 더 되는 가격에 말이다. 그때 이후로 사람들은 모두들 나를 굉장한 예술통으로 여긴단다. 이건 사실이니까 믿어라! 인생은 로또야."

빌렘은 만족스럽게 웃음을 터트리고는 즐기듯 시가를 빨았다. 나는 헬무트 슈미트 이외에 그 누구도 저토록 집중하여 연기를 내 뿜는 모습을 오래도록 보지 못했다.

그는 또다시 기침을 한다. 그가 말한다. "너 그거 아니, 내가 변호사 비용을 절약하려고 독학으로 법학 공부를 했었다는 걸?"

문득 나는 이만하면 충분히 이야기를 들었다는 생각이 들었다. 나는 이제 그 의미 없는 말에 종지부를 찍기로 결심한다. "저 아빠가 돼요. 아빠가."

빌렘이 놀라서 나를 쳐다본다. "아. 그래, 뭐라던?"

"아들일지 딸일지는 그냥 두고 보려고요." 이것은 최근에 산부인과에 갔을 때 마야가 즉흥적으로 내린 결정이었다. 그것도 검사가 한창 진행 중일 때 말이다. 그녀는 아이가 나올 때까지 긴장의 끈을 놓고 싶어 하지 않는다. 내가 마야였다면, 나는 미리 여자아이인지, 남자아이인지 분명하게 알아두려고 했을 것 같다.

하지만 산부인과 의사 앞에서 언쟁을 벌이고 싶지는 않았다.

빌렘이 잔을 들어 샴페인을 한 모금 삼키더니 천천히 탁자 위에 잔을 내려놓는다.

시가를 빨면서 그가 나를 찬찬히 살펴본다. 나는 그가 투자를 위해 이리저리 시험해보는 회사가 된 듯한 기분이 들었다. 그와의 사이에 신뢰감과 연대감은 결단코 생길 수 없단 말인가? 어쨌거나 우리는 똑같이 유전자에 대한 공동출자(Genpool)분을 분담하고 있는데 말이다.

빌렘이 의자를 밀치고 내게 가까이 몸을 기울이더니 내 어깨에 손을 얹는다. "분명 사내아이일 게야. 자, 그렇다면 지금 네가 가정을 꾸려야 한다는 말인데. 그래, 돈은 충분히 벌고 있는 거냐?"

나는 실제 내 순소득액을 말한다. 빌렘은 두 손을 들어 눈앞에 대고 손뼉을 친다. "그렇단 말이지! 현대판 노예가 따로 없구나. 그 정도 금액은 내가 반나절이면 버는 금액이다." 그가 헛기침을 한 다음 말한다. "너, 새 직장을 찾아봐야겠다."

나를 고용하겠다는 건가, 아니라면 왜 이런 말을 하는 걸까?

"하지만 지금 하고 있는 일이 재미있습니다. 돈이 전부는 아니니까요."

"얘야, 돈이 곧 세상이야! 그리고 책으로는 돈을 벌 수 없어. 적어도 규모에 맞춘 제대로 된 돈은 못 번다. 너는 이제 곧 한 가정의 가장이 되어 가족을 먹여 살려야 하는데."

"마야가 출산 후에 다시 일하러 나갈 거예요." 나는 그에게 이의를 제기한다. "지금은 옛날과는 달라요. 마야는 자기를 먹여 살릴 남자를 원하진 않거든요."

"그거 다 헛소리다! 어떤 여자가 달랑 카레 소시지 한 개밖에 사줄 수 없는 놈을 원한다던. 캐비아 정도는 되어야지. 물론 여자들이 그걸 공공연히 인정하는 경우는 없다. 하지만 소피를 봐. 우린 만난 지 3개월도 안 되어 결혼했어. 너, 내가 아주 친절한 사람이라서 그녀가 결혼에 응했다고 생각하니?"

나는 당황스러웠다. 그녀는 내 연배가 아닌가.

"우리 마야는 그런 사람이 아닙니다." 나는 말을 하면서도 확신이 서지 않았다. 바로 이 순간 나는 그녀가 정원 딸린 전원주택을 꿈꾸고 있다는 걸 떠올리지 않을 수 없었던 것이다.

빌렘이 나를 저지하고 나선다. "한 가지는 반드시 알고 있어야 한다. 여자들은 진짜 남자를 사랑한다는 것 말이다. 그리고 진짜 남자란 성공한 남자라는 걸. 남자는 돈이 있어야 진짜 남자지. 손아귀에 재물을 쥐고 있는 남자. 나 같은 남자 말이다." 그가 시계를 본다. "자, 이제 나는 가봐야겠구나. 샌프란시스코까지 비행기를 타고 가야 해. 내일 실리콘밸리에서 소프트웨어 기업체 한 곳을 둘러볼 예정이다. 투자를 좀 해볼까 하고. 업무상 별 볼일 없으면 투자하지 않을 수도 있고."

빌렘이 자리에서 일어나더니 나를 데리고 빌라를 지나 현관홀까지 다시 안내한다.

"만나서 반가웠다."

그렇게 말하고, 그는 나에게 악수를 청한다.

그런 다음 그는 곧장 뒤돌아서서 왔던 길로 되돌아갔다.

10

슈니트헨 슐라이허[1]

"디지털 연애는 독일의 발명품이다."

디아나 프룀리히, 스벤 프랑게 「한델스블라트」[2]

---

1 니코 하크(Nico Haak)의 디스코메들리 앨범 〈광란의 나이트댄스〉 3집에 수록된 히트
곡 『슈미트헨 슐라이허(좀팽이 슈미트)』를 패러디한 제목으로 빵조각만 한 면사포, 즉 결혼
까지 생각했으나 허망한 백일몽이 되고 만 짝찾기 에피소드를 빗대어 쓴 것이다.
2 우리나라의 「매일경제」와 같은 경제전문 일간지.

검색창에 놓인 커서가 깜빡인다. 도서전에서 만난 나의 구세주를 찾으려면 무슨 단어를 입력해야 할까?

　그 남자는 유령이다. 나는 인터넷에서 프랑크푸르터 호프 호텔의 파티 사진 몇 장을 찾아냈다. 하지만 사진 그 어디에서도 그의 모습은 보이지 않았다.

　가끔 머릿속을 스쳐지나가는 생각을 거르지 않고 그대로 입력해보면 믿기지 않는 결과물들을 발견할 때가 있다. 그리하여 나는 지푸라기라도 잡는 심정으로 이렇게 써본다. '도서전에서 본 이상형의 남자를 찾음. 큰 키, 날씬한 몸매, 섹시함, 검은 머리.'

　"그렇게 백날 해봐. 뭐가 나오나!" 산드라가 나 몰래 내 뒤에 와서는 검색창에 써넣은 내용을 소리 내어 읽는다. "그렇게 진지할 필요가 뭐 있어. 지금 영화 찍냐?"

나는 힘없이 어깨를 으쓱해 보인다. "그럼 네 생각엔 내가 어떻게 했으면 좋겠어? 전단지라도 뿌릴까?"

"여기 있는 남자 중에서 한 사람 골라서 잘 해보는 건 어때?"

산드라가 검색 결과로 떠오른 광고 사진들을 가리킨다. 데이트 사이트가 나의 호의와 나의 지갑 속 돈을 간절히 원하고 있었다. "그 남자랑 똑같은 견본은 못 찾겠지만, 비슷한 모델들은 아마 차고 넘칠걸?"

"나의 구세주는 누가 대신하고 말고 할 사람이 아니란다."

"아이고, 말도 안 되는 소리. 껍데기는 늘 달라 보여도 핵심으로 들어가보면 남자들은 전부 거기서 거기, 비슷하게 생겨 먹었어. 너는 올바른 모델을 위한 매개 변수만 알고 있으면 돼."

나는 광고 사진을 이리저리 둘러본다. '파트너 찾기' 사이트에선 나에게 '이상형의 남자를 찾고 다시 행복해지세요!'라고 외치고 있다. '씨-데이트(c-date)'는 '에로틱한 모험을 함께할 파트너'를 제공한다고 하고, 그에 반해 '파십(Parship)'에선 '품격 있는 데이트'를 약속한단다. 그리고 '이-달링(E-Darling)'은 '요구 조건이 까다로운 싱글들을 만족시켜드리고 싶다'고 하고, 그다음으로 '매치-패치(Match-patch)'도 있는데, 아이를 갖고자 원하는 싱글들에게 즉각적인 가족 합병을 이루어주겠단다.

"너 진짜로 내가 이런 것까지 해야 한다고 생각하는 거야?"

"응." 산드라가 말한다. "도서전에서 본 그 남자는 이렇게 하면서도 계속 찾아볼 수 있잖아. 다다익선이랄까."

나는 한숨을 내쉰다. 그러곤 두 손을 들어 올리고 말한다. "오케이."

"재미있겠다! 자, 얼른 하자. 가서 포도주 한 잔 따라 올 테니까, 같이 신상정보 작성하는 거다." 산드라가 큰 소리로 말하며 내 애정 생활이 토요일 밤의 새 예능프로그램이라도 되듯 환호성을 지른다. "그다음엔 이 몸이 한껏 차려 입어야 하거든. 막스랑 나, 춤추러 갈 거야."

"그 사람이 진짜로 네 마음까지 사로잡았나 보네." 나는 확인 차원에서 말해본다. 지난주에 막스는 매일 밤을 우리 집에서 보냈다. 나는 거의 이런 느낌이 들었다. 저 인간이 곧 우리 집으로 이사를 오겠구나, 하는 느낌이. 사실 감정 변화가 심한 산드라가 고정된 남자 친구를 두게 되리라 생각하는 건 결코 쉬운 일이 아니었다. 하지만 어찌어찌 시간이 흐르는 사이 우리 집 욕실엔 그의 애프터쉐이브 병이 떡하니 자리를 잡게 되었고, 어느덧 병 주위에 먼지도 쌓였다. 이것이야말로 인연이라는 걸 말해주는 게 아닐까.

산드라가 환한 얼굴로 말한다. "막시는 진짜 귀여운 구석이 있어. 내가 규칙적으로 그이를 씻겨준 이후로는 예전처럼 그렇게 심한 냄새도 풍기지 않아. 내가 강제로 매일 아침 샤워하면서 섹스를 하자고 했거든."

산드라가 깡총거리며 포도주를 가지러 부엌으로 뛰어가는 동안, 나는 인터넷이 정말로 연애 행각을 위한 좋은 장이 될까 곰곰 생각해본다.

"이런 곳엔 사이코들이 마구 떠돌 것 같지 않아?" 산드라가 다시 깡총거리며 돌아오자, 나는 산드라에게 묻는다. "인터넷 데이트를 하다 어찌어찌 됐다는 식의 기사들도 심심찮게 읽을 수 있고 말야."

"어휴, 말도 안 돼!" 그녀가 내게 잔을 내민다. "그런 천하의 멍청한 것들을 필터링해준 대가로 사이트에 돈을 지불하는 거다, 너."

"그렇담 좋아. 너 이거 아무한테도 말하면 안 돼, 절대로!"

"당근이지!" 산드라가 말한다. "걱정 붙들어 매시라고요. 요즘은 이런 거 누구나 다해. 우리 이모도 지금 같이 사는 남자를 그렇게 해서 만났어."

우리는 일단 실용적으로 인터넷 탐색 결과 가장 회원 수가 많고, 그와 더불어 희망 사항이긴 하지만, 선택의 여지가 가장 클 것으로 보이는 데이트 사이트들을 간추린다. 그리고 나에 관한 몇 가지 신상정보를 입력한 다음, 사이트에서 제공하는 남녀관계와 관련된 심리 검사를 시작한다.

"나의 파트너가 될 사람에게서 가장 원하는 점은?" 산드라가 문제를 읽어준다.

"자기주장이 뚜렷하고 남성다울 것. 베노나 올리와는 달라야 함."

"완벽한 몸매, 공통의 관심사, 사람을 끄는 강한 매력, 이 세 가지 중에서 골라야 해." 산드라가 묻지도 않고 '몸짱'에 체크를 한다.

"야! 이거 내 테스트거든! 나는 '터지는 매력'에 체크할 거란 말야."

"아—니." 그녀가 내 팔에 손을 얹더니 이렇게 말한다. "너 말야, 네 구세주가 되어준 남자에 관해 이야기하는 내내 그 사람의 멋진 몸매에 홀딱 빠져서 이야기했거든?! 그뿐 아니라 너는 늘 막스가 씻기를 원했어."

"듣고 보니 그러네." 나는 순순히 인정한다. "하지만 여기에 체크하면 완전히 허우대만 멀쩡한 허세남을 소개받지 않을까? 어떤 경우에도 나는 외모보다는 유머감각이 더 중요하거든. 그리고 철자법도 정확하게 구사하는 사람이어야 해."

산드라는 이해할 수 없다는 듯 고개를 젓고는 '육체적인 매력' 곁에 체크한다.

이어지는 충실도와 결혼, 가족에 대한 정보를 작성한 뒤에도 나는 내가 남몰래 꿈꾸고 있는 남자는 도서전에서 만난 남자처럼 생긴 남자, 그러니까 앤드루 링컨—「워킹 데드」가 아니라 「러브 액추얼리」에 나온 모습의 앤드루—과 맥드리미[1]를 섞어놓은 것 같은 남자임을 강조할 수 있는 항목이 나오길 포기하지 않고 기다렸지만, 헛수고였다. 그 대신에 그들은 내가 보기엔 딱히 의미가 있을 것 같지 않은 잡다한 취향들, 예를 들면 집 안에서 난방은 어느 정도 하며 지내는지, 기후 변화에 관해 어떻게 생각하는지, 삼각형과 마름모꼴 중 첫눈에 더 마음에 들어오는 것은 무엇인지 등에 관해 물었다.

마침내 검사가 끝났다. 어떤 결과가 나올지 궁금하다. 아니, 이렇게 말하는 게 더 나을 것 같다. 어떤 '사람'이 나올지 궁금하다고.

산드라가 막스를 위해 꽃단장을 하러 간 동안, 서두를 것 없다는 듯 첫 번째 후보자의 프로필 글이 느긋하게 메일함에 당도한다.

'하이, 매력덩어리 아가씨, 잘 지내죠? 어떻게 지내나요?' 토마

---

1 패트릭 뎀시가 열연한 미국 드라마 「그레이 아나토미」의 등장인물.

스(38세)가 쓴 글이다. 그는 엠덴에 살고 있고, 마운틴바이크 타는 걸 좋아한다. 그의 모토는 '나를 죽이거나, 아니면 나를 있는 그대로 받아들여라. 나는 결코 다른 사람이 될 수 없다!'이다. 그는 '총소리가 난무하는 영화' 그리고 '아르니[2]가 나오는 영화'를 좋아한다. 그가 제안하는 데이트는 '가짜 피를 바르고 철로변에 누워볼까요. 무슨 일이 벌어지는지 보게?'이다.

원칙적으로 나는 그의 제안이 흠잡을 데 없이 창의적이라고 생각한다. 그러나 인공호수에서 급류타기 래프팅을 하는 정도에 그친다면—얼마나 지루하겠는가—, 감사하지만 사양하겠다. 그리고 무엇보다도 그는 300킬로미터나 떨어진 곳에 산다. 우리가 나란히 눕기엔 기찻길이 너무 멀지 않은가.

팅! 메일함에서 수신음이 울린다. 팅! 팅!

두 번째 데이트 제안은 헨크에게서 온 것이다. 방년 36세의 자동차기계공이다. 그는 그릴판 앞에서 양손에 아령을 들고 있는 사진을 프로필에 올려놓고는, 뒷설거지를 처리하는 것과 고양이랑 이야기하는 걸 좋아한단다. 뿐만 아니라 자기계발에서 오는 기쁨을 추구한다나. 좌우명란에 그는 '나는 항상 절절한 그리움이 진정한 그리움이라고 생각한다. 그리움이란 누군가에게 가까이 다가가는 것이다'라고 썼다. 이건 자동차기계공 헨크의 말투가 아니다. 발 빠르게 검색해보니, 그건 그의 말이 아니라 파울로 코엘료의 말이었다.

---

2 배우 아놀드 슈왈제네거를 부르는 독일식 애칭.

세 번째 메일은 경리부장인 37세의 외르크에게서 온 메일이다. 아름다운 남부에 살고 있고, 프로필 사진 속 그는 'No house, no car, no boat'라는 글자가 그대로 드러난 티셔츠를 입고 있다. 그의 직업을 생각하면, 직업을 의식하지 않은 절제된 표현인 것 같다. 자기소개란에는 또 이렇게 자신에 관해 알리고 있었다. '빨래판 같은 복근의 소유자나 예스맨 같은 타입의 사람을 찾지 않으신다면, 제대로 찾으신 겁니다. 나의 심장을 감동시켜주세요. 나의 눈물을 닦아주세요. 나의 목숨을 지켜주세요.' 그는 자신을 감수성이 예민한 사람이라고 소개하며 즐겨본다는 여성 취향의 영화목록을 올려두었는데, 내가 그의 수준에 이르려면, 퇴직할 때까지 보아도 다 못 볼 정도로 긴 목록이다.

한숨이 저절로 나온다.

네 번째로 도착한 질의서는 42세의 와일드보이에게서 온 것인데, 그는 성인나이트클럽에서 요리사로 일하는 사람으로 기분에 따라 수염을 기를 때도 있고, 기르지 않을 때도 있단다. 온 얼굴이 수염으로 뒤덮인 고도비만의 한 남자가 차원이 남다른 어마어마한 아이스크림 잔 두 개를 앞에 두고 찍은 사진이 있는가 하면, 경기장에서 축구팀 머플러를 높이 쳐들고 있는 사진도 있었고, 마지막 사진에선 가슴팍에 두 개의 핑크색 하트 자수가 박힌 분홍토끼복장을 하고 있었다. 그는 '구속 대신 침대'를 찾고 있단다. 이유는 이미 확실한 파트너가 있기 때문이라나.

나는 계속 프로필들을 클릭해본다. 이케아에서 있었던 베개 싸움을 보자. 남자들에게 데이트 기회라며 제안했던 베개 싸움에 그토록 많은 사람들이 참여하였음에도, 이후 가구 매출에는 전혀 영향을 미치지 못했고, 결과적으로 그저 연인의 날을 개최한 격이 되고 말았다. 덧붙여 말하자면, 대다수의 사람들이 지나치게 낭만적인 경향을 띠고 있었다. '흑맥주 여행'과 남태평양 해변에서 꿈같은 시간 보내기에 이어 별똥별 보기, 꽃이 만개한 들판으로 피크닉 가기 등등. 하지만 윗도리를 벌거벗은 채 셀카를 찍어 올린 족속들은 이들과는 비교도 안 될 정도로 형편없었다. 그렇게 짧은 거리에서 사진을 찍으면 카메라가 피사체를 불쾌하게 일그러뜨린다는 걸 말해주는 사람이 없었나?

나는 이제야 산드라가 '외모'에 체크를 했다는 걸 알아차린다. 한껏 멋을 부린 헤어스타일과 식스팩이 사람들의 눈길을 끈다. 아니면 믿을 수 없을 정도로 매력적이라고 자기소개를 했지만, 실상은 허리띠 위로 불룩 솟아나온 맥주 배와 에코백보다 더 늘어진 눈물주머니의 소유자일 남자들까지, 가지가지다.

산드라가 올림머리에 거의 가슴부터 배꼽까지 파인 드레스를 입고 문께에 나타난다. "어때? 한 명쯤 건져 올리셨나?"

"어떻게 하나같이 저속한 유행가에 나오는 사람들 같은가 몰라?" 나는 한숨을 푹 내쉰다. "여기 외르크라는 사람은 자기가 제일 좋아하는 영화가 「더티 댄싱」과 「가을의 전설」이래. 게다가 라인하르트 마이[3]와 셀린 디옹을 좋아한다나."

"그 남자 동성애자 아니면 공명심 있는 인간이네. 여자한테 자

---

3 Reinhard Mey. 독일의 싱어송라이터로 사회 부조리, 자연 파괴, 인종차별에 대한 노래를 썼다.

기가 더 괜찮은 여자라는 걸 증명하고 싶은 건가."

팅! 또다시 수신음이 울린다.

나는 큰 기대감 없이 새로 도착한 편지를 연다. 다음 순간 갑자기 정신이 번쩍 깨인다.

이 남자는 다르다.

다비드, 39세. 이 남자는 정확한 구두법을 구사한다. 사진은 한 장도 올리지 않았지만, 그래도 준수한 외모에 유행에 대한 감도 뛰어난데, '허영심이 있지는 않다'는 글을 올렸다. 아주 멋진 취미가 있는데, 나와 만나면 그때 비밀을 말하겠단다. 그리고 좋아하는 음악도 롤링 스톤스, 브루스 스프링스틴, 다이어 스트레이트 등, 클래식한 남자들을 위한 음악이다. 그가 제안한 데이트는 댄스 강좌를 함께 듣는 것이란다!

여성들이 전형적으로 안고 있는 문제가 나에게도 있다. 사람들은 연애하는 사람이나 동거 중인 파트너가 없는 사람을 보면 협박하듯 연애 금단 현상을 들이대며, 이따금씩 그 사람의 의지와는 상관없이 경쾌하기 이를 데 없는 춤을 추게 만든다. 그 사람은 혼자서라도 춤을 출 수밖에 없다. 대부분의 남자들은 박자에 맞춰 몸을 움직이는 걸 극도로 싫어한다. 예전엔 이성을 만나고 또 사귀면서 시간을 보낼 수 있는 공인된 수단 중 하나였던 커플 댄스가 요즘은 많은 남자들에게 창피를 주는 고문 기구로 전락하고 말았다. 그런데도 다비드는 그걸 프로그램에 넣은 것이다!

"이 사람에게 답장하겠쓰—!" 나는 산드라에게 말한다.

하지만 산드라는 벌써 문틈 안에 불쑥 모습을 드러낸 막스의 목에 매달려 있다. 저 남자, 벌써 우리 아파트 열쇠를 받은 건가?

과학적인 계산법에 의거해보면
사람들은 자신에게 맞는 파트너의 전체 수치 중
대폭 축소된 수의 사람들만 만날 수밖에 없다.
두 사람 사이에 불꽃이 튈지 어떨지는
처음 마주했을 때 비로소 결정 나는 것이다.
오래 갈 관계로 발전할지 어떨지는
처음에 둘이 함께한 경험들에 영향을 받는다.

– 요스트 슈바너, 『유럽인』

"여보세요, 저는 다비드입니다." 인터폰 너머로 갈라진 목소리
가 들린다. "제가 올라가도 될까요?"

그는 40분이나 일찍 왔다.

나는 아직 옷은커녕 알몸인데!

"제가 내려갈게요." 내가 외친다. "10…… 15분만 더 기다려주
세요!"

원래 나는 이 토요일 오후에 조용히 데이트 준비를 마치려고 했
었다. 하지만 이제 정신없이 서두르게 생겼다. 나는 욕실로 되돌
아가 재빨리 옷을 입는다. 너무 급하게 옷을 입다가 바지 다리를
잘못 끼워 변기 받침대에 엄지발가락을 부딪쳐 멍이 들고 만다.
나는 드라이기를 갖다 대고 롤 빗으로 머리를 만다. 아야! 엉킨 머

리카락을 펴려다가 하마터면 머리 가죽을 벗길 뻔했다. 이젠 제대로 메이크업을 할 시간도 없다. 나는 재빨리 마스카라만 하고 뛰쳐나간다. 신기록을 내며 계단을 내려가 현관문을 연다.

구름 사이로 막 햇님이 얼굴을 내민다. 뒤통수까지 둥글게 이어진 다비드의 넓은 이마 위로 햇살이 반짝이며 빛난다.

겉모습에 연연하지 마, 안네. 나는 내 자신을 질책한다. 그 누구라도 외모로 판단해서는 안 되는 거야. 무엇보다, 오늘 너도 머리카락 때문에 어려움을 겪었다면 말이지.

"당신이 안네 씨로군요." 다비드가 악수를 건네며 말한다. 나는 그의 악수에 답하기 전에 다시 한 번 뒤통수에 불룩하게 솟아오른 머리카락을 만진다.

현관문 앞에는 낡은 피아트 자동차 한 대가 서 있었다. 그 모습에 나는 가슴이 따뜻해져온다. 내 첫 번째 남자 친구도 똑같은 모델의 자동차를 갖고 있었다. 다비드가 차에 올라탄 다음, 안쪽에서 조수석의 문을 열어준다.

"하이케와의 이별은 정말 힘들었어요."

그가 말한다. 내가 조수석에 엉덩이를 대기도 전이다.

무, 무슨 말씀이신지?

"제 전 부인입니다. 제 인생에서 가장 사랑한 여인이죠. 멋진 사람이자, 지금까지 내가 만나 본 여자 중에 가장 훌륭한 친구였어요."

"아하…… 안됐네요."

"방금 생각이 났는데요. 하이케에게 오늘 퍼피를 맡겨놨거든요. 그녀에게 해줄 말이 있어서요." 그는 야상점퍼 주머니에서 휴대폰을 꺼내 자판을 누른다. "헤이." 그가 말한다. 저편 끝에서 들려오는 단어들이 군데군데 부서져 들린다. 보아하니 오늘 그의 전부인이 두 사람이 함께 기르던 개를 돌보는 중인 것 같다. "그냥 당신한테 말해두려고 전화했어. 어제 퍼피가 설사를 했거든. 오늘 개한테 샐러드 주지 말라고." 이건 뭐지……. 채식주의 개도 있나? 또다시 그녀가 뭔가 말하는 소리가 들린다. "응, 여긴 괜찮아. 사진에서 본 것만은 못하지만, 그래도 오케이야. 그럼 이따 봐." 그가 휴대폰을 다시 집어넣고는 나를 보며 비죽이 웃는다.

"두 분, 개가 있나 봐요?" 내가 묻는다.

"아뇨, 거북이예요. 녀석이 진짜 민감하거든요. 말하자면 이혼 가정의 자녀인 셈이죠."

"아하."

자동차 모터에서 하염없이 따따따따 소리가 난다. "하시는 일이 뭐예요?"

"저는 금융업 종사자입니다." 그가 말한다. "돈벌이가 엄청나지요. 현재 제 연금 청구액이 얼마나 되는지 상상도 못하실 겁니다."

내 내면의 눈앞에 먼지가 풀풀 날리는 주식의 황야가 보이면서 둥글게 구긴 연금보험증서들이 가을날 초원을 굴러 다니는 텀블위드[4]처럼 주식의 황야를 굴러 다니는 풍경이 펼쳐진다.

"그런데 만나고 나서야 말해주고 싶다던 그 흥미진진한 취미는 뭐예요?" 바라건대 재정이나 주식과는 아무 관계없는 것이길.

---

4 가을이 되면 줄기 밑동에서 떨어져 공 모양으로 바람에 날리는 잡초.

"제가 진짜 좀 철 지난 걸 하고 있거든요." 다비드는 로커처럼 눈을 치켜뜨고 말한다. "절대 짐작도 못 하실걸요!"

윙슈트 플라잉![5] 로봇 조립! 인라인스케이트를 신고 라인강의 다리 난간을 뒤로 달리기!, 는 제발 아니길!

"저는 자동차 카탈로그를 수집한답니다." 다비드가 내 반응을 기다리며 기대감에 차서 나를 바라본다.

"아하." 나도 모르게 신음 소리가 새어나온다.

이어진 10분 동안 다비드는 너무나도 열정적으로 지난 30년간 나온 자동차 카탈로그에 대해 이야기한다. 마치 흘러간 연애사라도 되듯이. 나는 그의 이야기를 듣고 그가 어떤 메이커를 수집하는지, 그리고 그가 수집한 희귀본들에 눈독을 들이는 수집가들이 아주 많다는 걸 알게 된다.

생각이 옆길로 샌다. 마지막으로 이렇게 지루했던 적이 언제였더라? 소득세 신고 때문에 서류 정리를 할 때? 최근에 방영된 TV쇼 「베텐 다스」[6]를 보았을 때? 아니면 라디오가 고장 났는데 교통 정체에 걸렸을 때?

마침내 우리는 댄스 스튜디오 앞에 멈춰 선다. RTL 방송국의 댄스쇼 지원자들도 연습했던 스튜디오다. 그리고, 그다음은? 레

---

5 프랑스의 스카이다이버 출신 파트리크 드 가야르돈이 날다람쥐에게서 아이디어를 얻어 1990년대 중반 고안한 특수 비행 슈트를 윙슈트라고 하며, 이 슈트를 입고 낙하하며 나는 익스트림스포츠를 윙슈트 플라잉이라고 한다.

6 1981년 방영 이후 34년간 이어진 독일어권 최대 TV 토크쇼이자 유럽 최대의 TV 토크쇼. 1994~2011년까지 진행하였던 토마스 고찰크 때 전성기를 누리고 마르쿠스 렌츠로 진행자가 교체된 후 하락세를 이어오다 2014년 12월 폐지되었다.

츠 댄스! 사실 다비드가 좋은 대화 상대는 아니지만, 어쩌면 플로어에선 좀 더 가까워질 수도 있지 않을까. 그가 나에게 장담한 대로라면, 탱고 부분에서 그는 나와 똑같이 완전 초짜이니까.

"다비드, 이 사기꾼!" 우리가 여러 개의 거울로 장식한 댄스홀에 들어서자, 댄스 선생이 절도 있게 엉덩이를 흔들며 인사한다. 그리고 나를 보더니 짝패 같은 눈길로 이렇게 덧붙여 말한다. "이런, 또 한 명 물어온 거야?"

스튜디오 안이 할머니의 전기담요를 덮고 있을 때보다도 더 후끈한데도, 나는 갑자기 온몸에 한기가 느껴진다. 다비드가 정기적으로 나 같은 초보자들을 즐겁게 해준 모양이다.

"자, 연인 여러분, 그럼 한번 해볼까요!" 댄스 선생은 그렇게 외치며 스테레오 기기를 만진다. 우리 이외에 다섯 쌍이 더 있는데, 다들 쌍방이 즐기는 것 같아 보인다.

"음악 좋네요." 나는 다비드에게 말한다.

"막귀들이나 들으라고 튼 거죠." 그가 말한다. "보스(Boss) 기기만이 제대로 된 음악을 만들어 내죠."

"디페쉬 모드[7]도 좋아하세요?"

그가 코를 찡긋 거린다. "여자아이들이나 좋아할 음악이죠."

나는 움직임에 집중한다. 절대 만만히 볼 동작들이 아니다. 여하튼 나는 나의 댄스 파트너와 반대로 내가 초보 단계에 있다는 걸 고스란히 드러내고 만다.

---

7 1981년 1집 앨범을 낸 후 꾸준히 활동 중인 영국의 인기 남성 3인조 밴드.

다비드는 예전 강좌에서 모든 춤사위를 다 배운 것 같았다. 그 때문인지 얼마 지나지 않아 나를 질책하기 시작한다.

"오른발." 그가 나직이 말한다. "아이고, 아니. 다른 오른쪽으로. 여자들은 항상 이걸 틀린다니까."

어떤 연구서에서 여자들이 춤추는 남자들에게서 — 역동적인 상체와 유연한 목과 아울러 — 저 디스코 히트곡 「슈미트헨 슐라이허」의 가사처럼 이리저리 탄력 있게 흔드는 무릎을 특별히 높이 평가한다는 내용을 읽은 적이 있다. 이 니코 하크의 히트곡에서 슐라이허(좀팽이) 슈미트[8]는 무엇보다 '그가 무릎에 용수철을 달아놓은 것처럼 위험할 정도로 무릎을 튕길 수 있다는 것'으로 인해 격찬을 받는다.

다비드는 용수철처럼 다리를 튕기지는 못했다. 아니, 반대로 뻣뻣해지지 말아야 할 대목들에서 좀 뻣뻣해졌다. 그리고 손이 축축하고 차가웠다.

"이제 당신이 내 오른쪽으로 지나가야 해요." 그가 플로어에 있는 나를 앞으로 밀며, 이를 앙다문 채 나에게 말한다. 댄스 선생이 눈썹을 치켜 올린다. "다비드, 아직 거기까지는 아니에요."

"맞아요, 다비드, 아직 여기까지는 아니죠." 나는 이를 악물고 댄스 선생이 한 말을 따라한다. "저 이제 겨우 여기서 첫 단계 동작을 배우는 중이라고요. 그 와중에 당신은 내 발도 밟았고요."

다비드가 풀이 죽어 댄스 선생을 바라본다. "이 사람이 처음부

---

8 '슈미트헨'은 '슈미트'를 얕잡아보고 작거나 앙증맞은 것을 뜻하는 어미 '헨'을 붙인 것이다.

터 끝까지 그냥 다 틀리는 걸 어떡해요."

"자기는 매번 그렇게 말하더라." 댄스 선생이 말한다. "그런데 신사라면 말이야, 숙녀분에게 그런 말은 절대로 하는 게 아니야."

댄스 강좌의 끝 무렵에 나는 다비드에게 방금 맺었던 우리의 관계를 이제 해체하겠노라고 알린다.

"이해할 수가 없네요. 우리 어디 맥도널드에 가서 커피라도 한 잔하면서 이 문제에 관해 이야기 좀 할까요?" 그가 묻는다. "계산은 내가 할게요."

"사양할게요. 행운을 빌어요. 퍼피도요."

이런 낭패를 겪고 나니 인터넷 데이트 사이트를 통해 계속 남자를 만나야 할지 잘 생각해볼 필요가 있는 것 같다.

여성분들이 정말로 원하는 것은
담화와 초콜릿의 중간 지점에 놓여 있습니다.

– 조지 클루니

"베이비, 당신 날 아주 거칠게 만드는군, 오예."

현관문을 열자 신음 소리가 더 커진다. 막스와 산드라가 아니면 누가 저럴 수 있으리오? 데이트를 망친 다음 마지막으로 내가 밟아야 하는 코스가 다름 아닌 '내' 소파 위에서 그 짓을 하고 있는 두 연인이라니. 내 방으로 가려면 거실을 지나야 하는데……. 정말 짜증난다.

"여보세요, 거기 두 분! 저 이제 들어갑니다!" 미리 경고하는 차원에서 나는 두 사람을 향해 소리친다.

아무 대답이 없다. 10초 뒤에 나는 문을 열었다가 두 사람이 소파 위에 누워 몸을 밀착한 채 뒤엉켜 있는 걸 본다. 산드라는 끈 달린 흰색 톱에 핑크색 끈 팬티만 걸치고 있고, 막스 역시 팬티만 남기고 벌거벗은 모습이다.

"미, 미안해." 나는 잰걸음으로 위험지대를 지나가며 말한다.

"어땠어?" 산드라가 숨을 쉬려고 막스의 위로 올라오며 묻는다.

"킹카 대신 폭탄." 시선을 내 방문에 고정한 채로 나는 짧게 답한다. "더 이상 논할 가치도 없음."

"그럼 들어가서 누가 또 메시지를 보냈는지 살펴봐야겠네." 막스가 거친 숨을 몰아쉬며 말한다. "그거 진짜 대형 사이트니까 분명 그쪽한테 딱 맞는 사람이 있을 거예요. 그쪽 외모가 딱히 빠지는 외모도 아니고."

"잠깐만, 말해봐, 너 저 사람한테 어디까지 얘기했어?" 나는 산드라에게 비난 섞인 말투로 말한다.

"진정해! 이제 막시는 내 사람이야. 나랑 한 몸인 걸." 이렇게 말하고 산드라는 애인의 목에 끈적하게 키스한다.

"우리 어차피 그쪽이랑 이야기하려고 했어요." 막스가 말한다. "내가 산드라랑 함께 살 집을 봐뒀거든요."

"두 사람이 같이 이사한다고요?!"

내가 아니라, 남녀가 합쳐서 사는 것이라면 질색하던 산드라에게 고정된 남자 친구가 생기다니, 어떻게 이런 일이 있을 수 있지?

사는 게 왜 이리 불공평한 거야! 곧 쿨한 성인 여성 2인이 사는 쉐어하우스의 일원이 아니라 마흔이 다 되어가는 몸으로 건조하기 짝이 없는 상자 갑과 더불어 ― 그녀 없이 ― 살아갈 걸 상상하자 등줄기에 전율이 인다. 산드라가 인간적으로 늘 미덕을 발휘한 건 아니지만, 그녀는 내가 올리와 헤어진 뒤 나를 흔들리지 않도록 해준 닻과 같은 존재였고, 함께한 즐거운 일들도 엄청나게 많았다. 그런데 지금 그녀가 나를 혼자 남겨두려 한다고? 더 이상 내 시야에 친구도, 남자도 없다고?

"아, 힘내! 우리를 위해 기뻐하는 척이라도 좀 해주라." 산드라는 그렇게 응원을 요구하며 몸을 좀 더 세워 앉는다. "뒷일은 다 해결해뒀어. 심지어 내 방에 들어올 사람까지 찾은걸."

"그런 일은 나도 함께 의견을 내고 결정해야 하는 거 아니야?" 어떻게 자기 뒤에 들어올 후임자가 누구든 내가 상관하지 않을 거라는 생각을 하게 되었을까?

"워워, 열 좀 가라앉혀요." 막스가 말한다. "그 남자는 아파트를 찾고 있고, 당신이 함께 살고 싶은 남자를 찾을 때까지만 잠시 세 들어오는 거니까."

이건 또 무슨 소리래, 그 '남자'라니?!

이 인간들이 내 아파트에 남자를 들어앉힐 작정인 건가?

"그게 누군데?"

"뉘른베르크에서 새로 온 우리 회사 직원." 산드라가 비죽이 웃으며 말한다. "또 알아? 그 남자가 어쩌면 너한테 딱 맞는 사람일지?"

나는 인내심을 잃고 만다. "첫째, 나 방금 10년 만에 가장 최악

의 데이트를 하고 들어왔어. 둘째, 내가 누구랑 살지는 언제든 내
스스로 결정하고 싶어. 그리고 셋째, 나에게도 그 사람을 볼 시간
을 줬어야지!"

　나는 그들에게 딱지를 놓는다. 나의 작은 왕국, 상처받고 오해
받은 내 영혼이 물러나 쉬는 곳, 이곳에 냄비에 오줌이나 싸는 놈,
약속을 지키지 못한 놈, 그리고 저 야비하고 외설스러운 놈 중의
한 명이 들어와야 한다고? 맙소사, 대체 또 무슨 시험을 치러내야
한단 말이지?

11

누가 옆에서 망치질을 하는지 봐봐!

"주지하는 바와 같이
불문율로 내려온 가르침에 따르면,
남자란 살아가는 동안 나무를 심고,
아이를 생산하고 집을 지어야
모름지기 남자라 할 수 있다.
덧붙여 말해 둘 것은 이 불문율을 완전히
혹은 부분적으로 무시하여도 그 인생 역시
꽉 채워진 인생이 될 수 있다는 것이다.
그렇긴 하나, 어떻게 집이 지어지는지 사례를 안다고 하여
해로울 건 전혀 없을 것이다."

에두아르트 아우크슈타인 외, 『한 남자, 한 권의 책』

나의 꿈은 주식 거품처럼 꺼져버렸다. 나는 아버지와의 내적 결합을 이루고 싶었다. 그러나 지금 나는 그의 소식을 다시 들을 수 있을지 의문스럽다.

"본에 오신 것을 환영합니다. 쾰른-본 공항입니다." 공항 입국장에 도착하니 피어스 브로스넌[1]의 목소리가 나를 반긴다. 나는 출구를 향해 걸어간다. 배에서 쪼르륵거리는 소리가 요란하다. 기내에서 먹은 샌드위치가 미니 고질라로 변신하여 그르렁거리며 배 속에서 마구 날뛰는 것만 같다. 이건 전부 마야가 나에게 보낸 문자메시지 때문이다. 마야는 내가 돌아오는 대로 급히 할 말이

1   영화 「007 골든아이」, 「007 어나더데이」를 비롯한 〈007시리즈〉의 5대 제임스 본드를 맡아 열연한 아일랜드 출신의 배우이자 프로듀서 및 환경운동가.

있다며 나를 데리러 오겠다고 했다. 토르스텐 대신에 나를 버리겠다고 고백하려는 걸까? 그게 아니라면, 일단 안심이다. 그런데 그게 아니라면, 오늘 저녁 나에게 커다란 시험이 임박했다는 것이다. 우리는 마르코네와 함께 조산원을 둘러보기로 했다. 기억을 상기시키기 위해서 한마디 하자면, 나라는 사람은 양이 새끼를 낳는 것도 도와주지 못한 사람이다.

자동문을 지나 온 다음 나는 여자 친구 마야를 찾아 두리번거린다. 그러다 갑자기 얼어붙은 듯 그 자리에 멈춰서고 만다. 나를 마중 나온 것은 마야가 아니었다. 헬무트였다. 이젠 거의 장인어른이나 다름없는 분, 그분이 나를 향해 손짓한다.

그런데 예비 장인이 입고 있는 저건 블루칼라들이 입는 작업복인데?

악수를 하며 그가 말한다. "어서 오게, 슈테판. 가구는 트렁크에 있네. 어디, 바로 조립할 수 있겠나?"

당황스럽다. 꿀벌 마야 대신 조립공 밥이라니. 조짐이 좋지 않다.

"여긴 어떻게 오셨어요?"

"마야는 아직 토르스텐이랑 있네. 애들이 바쁘다는구먼." 1번 국도에서 대형 추돌 사고로 40명의 사상자가 발생했다고 보도하는 뉴스 진행자처럼 감정 없는 말투다. 나는 갑자기 현기증이 밀려와 난간에 몸을 지탱하지 않으면 안 되었다. 여행 가방이 어깨에서 미끄러진다.

"마야가 그 친구랑 뭐 할 게 있나 보죠?" 매우 당황스럽다.

마야는 내 아이가 나오길 기다리고 있는데도, 나는 내가 아니라 토르스텐이 마야가 꿈꾸는 모든 것을 해줄 수 있을 것만 같아 점점 더 두려워졌다. 더군다나 임신 호르몬이 여자의 감정을 널뛰게 만든다지 않는가?

"거기에 대해선 내가 해줄 말이 하나도 없네." 헬무트가 어깨를 으쓱거린다.

"걔가 나한테 자네를 데리고 와서 같이 가구를 조립하라고 했다네. 우리가 단둘이 있을 수 있도록 말일세." 마지막 말을 하면서 그는 그 말이 벌칙이라도 되듯 한숨을 푹 내쉰다.

나는 풀 죽은 모습으로 그를 뒤따라간다.

어떤 한 가지 일에 대해,
예를 들면 화차와 화부 없이 기차를 움직이려면
각 선로마다 어느 정도 강도의 전류를 보내야
정확히 출발할 수 있을지 세세한 부분까지
정확성을 기하여 철저히 가고자 하고, 알고자 하는 것,
이것은 언제나 남자들이 지닌 강점이었다.
그런 강점을 내팽개치고 말 것인가?
– 안드레아스 레베르트, 슈테판 레베르트, 『남자 입문서』

"Külglauakomplekt, Komplet stranske mizice, 韓丸潅漢桓鴨."

나는 사용설명서를 옆으로 치워놓고 고개를 절레절레 젓는다. "이건 대체 어느 나라 말이야. 독일어는 한 글자도 없네요."

헬무트가 큰 소리로 숨을 내쉬고는 눈썹을 치켜 올린다. 그러곤

다시 상자 속을 뒤적인다. "여기." 그가 다른 쪽지 하나를 나에게 내민다. "아마 이것일 걸세."

나는 그의 손에서 쪽지를 받아들고 읽어본다. "가구 작동. 접이식 8번 그림의 456번을 보십시오. 바닥면의 옆 부분을 조립하였다면, b2 모서리에 동봉한 나사들을 돌려 박으십시오. 주의, 조립한 처음 며칠이 지난 다음엔 가구가 흔들릴 수 있습니다."

이건 무슨 창세기의 언어 혼란 사건도 아니고![2] 어떻게 조립하라는 건지 혼란스러울 뿐이다!

근검절약의 귀재인 헬무트는 아이 방에 들어갈 물건들을 가구 할인점에서 세일 나온 품목들로 사들였다. 동봉된 사용설명서라고는 여러 나라 말이 뒤섞여 있는 것뿐이다. 통상 조립에 도움이 될 만한 도해들도 한두 장쯤 들어 있어 조립 순서를 설명해놓는 법이다. 그런데 이 가구회사에선 아마도 비용 절감 차원에서였는지 5단계 조립 과정을 그림 하나로 끝내버렸다. 평소 같았으면 나는 맥이 풀려서 기권해버리고, 게임기 앞에 앉아버렸을 거다. 하지만 헬무트와 함께 있으니 이제 일을 그르치는 건 있을 수 없는 일이 되었다.

부드럽게 펑! 하는 소리와 함께 마야의 아버지가 우리 집 냉장고에서 찾아낸 병맥주 두 병을 딴다. 내 손에 맥주 한 병을 쥐어주며 그가 말한다. "이번엔 진짜로 마셔야 하네." 그러곤 의심어린

---

2 창세기 11장 1절~9절에 나오는 바벨탑 사건. 바벨탑으로 하늘에 도전장을 내민 오만한 인간에 대한 징벌로 하나로 통일되어 있던 언어가 분화되면서 혼란에 빠진 인간들이 뿔뿔이 흩어져 살게 되었다는 이야기다.

눈초리로 내가 첫 모금을 넘기는 모습을 주시한다. "그럼 이제 자네 조립 솜씨 좀 볼까."

나는 벽에다 못을 똑바로 박을 수 있느냐, 그리고 벌건 대낮이라도 아무 때나 술을 들이킬 수 있느냐를 기준으로 나의 남성성을 평가받을 때마다 종종 신경질이 날 때가 있다.

헬무트가 자신의 공구 상자를 가져와 용수철 자물쇠를 연다. 공구 상자는 잘 정리되어 있다. 자신도 모르는 사이 그의 얼굴에 번진 미소에서 그가 그 물건들을 얼마나 자랑스럽게 여기는지가 고스란히 드러난다. 그는 상자 뚜껑을 열어보이며, 세상에서 둘도 없이 성스러운 물건들, 그가 개인적으로 모아들인 나사 모음을 보게 한다.

"대단하지, 응?" 그는 이렇게 묻고 맥주를 한 모금 마신다. "이건 벌써 여러 해 전부터 갖고 있던 거라네, 언제든 유용하게 잘 쓰고 있지. 어떤 남자든 남자는 집안의 막일꾼 아닌가."

나는 아니다. 그럼에도 그가 나를 진짜 남자로 받아들이게 하려면 할 수 있는 일이 뭘까, 곰곰이 생각해본다. 결론적으로 내가 사위로 낙점될 수 있는 운명이 내가 나사를 돌리고 가구를 조립하는 데 쓸 만한 파트너임을 입증해 보이는 데 달렸다는 사실이 아주 분명해진다. 혹시 헬무트가 지금 내 쪽에서도 그동안 가지런하게 모아놓은 나사들을 꺼내어 보여주길 고대하고 있는 걸까? 내가 나에겐 있으나마나 한 오래된 나사들을 누텔라 병을 씻어 거기에 모아놓은 것을 알게 된다면, 그는 어떤 반응을 보일까?

"자, 그럼 실력 발휘 한번 해보게! 설명서 없이도 이 정도는 해낼 수 있겠지." 이렇게 말하고 헬무트는 구석에 있는 의자에 가서 앉는다. 그러곤 맥주병을 들어 흔들며 어서 시작해보라는 몸짓을 한다.

먼저 나는 유아용 의자의 부품들을 몽땅 풀어놓는다. 사이드 지지대 한 쌍, 좌석판 한 개, 등받이 한 개. 그리고 몇 개의 나사와 나무못. 보기엔 간단해 보인다. 나는 나무못들을 느슨하게 찔러 넣고는, 결과물에 흡족해한다. 사실 이런 걸 하는 데 사용설명서가 필요한 건 아니다. 이런 건 그냥 상식만 있으면 해낼 수 있는 일이다. 나는 심호흡을 한 다음 드라이버를 움켜잡고 의자 조립을 시작하려고 한다.

"멈추게!" 헬무트가 소리를 친다. 내가 가구 부품들을 조립이 아니라, 불쏘시개로 쓰려고 하기라도 하듯 말이다. 그는 와서 내가 조립하는 걸 굽어보더니, 조립 구성품들 곁에 놓아둔 나사들을 가리킨다. 제품에 동봉되어온 나사들이었다. "이건 대체 뭔가?"

나는 그를 올려다보며 묻는다. "그거 수사학적 질문인 거죠?"

"이건 말일세, 여보게." 그가 진지한 목소리로 말한다. 그런 다음 나사못을 잡아 불빛에 대고 비평가처럼 꼼꼼히 살펴본다. "싸구려 나사못이야. 대체 이런 걸 갖고 우리가 뭘 하겠나?"

"글쎄요, 혹시…… 조심조심 돌려야 할까요?"

"이 친구, 큰일이로구먼!" 헬무트가 쇳소리를 내지르며 말한다. "당연히 우리 독일 장인들의 손길이 들어간 걸로 대체해야지."

그는 자신의 나사못 상자를 여기저기 뒤적여 그의 요구 수준을 만족시킬 만한 나사못 한 개를 찾아낸다.

"여기 있네." 그는 득의만면한 미소를 지으며 말한다. "이거 좋은 거야. 스팍스[3] 제품이라고. 진짜 강철에다 나사선이 끝까지 돌아가 있지. 접시머리이고, 포지티브 드라이버용이지."

나는 그가 보여준 나사를 응시한다. 보기에는 통상 로켓 스타일의 볼트와 짝을 이룬 나사못이라고 해도 될 것 같다. 하지만 외양으로 봐선 그렇게 위험해 보이지 않는다.

헬무트는 로켓 나사못 몇 개를 쌓아둔다. 그리고 싸구려 나사못들은 봉지에 쓸어 담는다. 아마도 그 나사들은 압수 물품 보관실로 곧장 직행하리라.

"이건 전통 있는 나사못이라네." 그는 계속해서 스팍스 나사를 가리키며 말을 이어간다. "이 못으로 말할 것 같으면, 여러 세대에 걸쳐 발전을 거듭해온 나사못으로 유명한 일가에서 내놓은 거란 말일세."

"그럼 다른 것들은 아닌가요?"

"다른 건 다 중국 아니면 대만 제품들이야. 개네들은 견고한 데가 없어."

이건 또 무슨 나사못에 대한 적대감이란 말인가! 이민을 온 까닭에 이 땅에 선조가 없는 나사못이 나의 동정심을 불러일으킨다. 결론적으로 헬무트의 요구 수준을 만족시킬 만한 가족이 없는 건 절대로 나사못의 잘못이 아니다.

"적어도 한 번쯤은 재네들한테도 기회를 줄 수 있는 거 아닌가요?"

---

3 1967년 설립된 독일의 유명 조립부품회사.

"자네 말일세, 저런 잘못된 나사들이 아이들에게 얼마나 위험할지 알고는 있는 건가." 헬무트가 단호하게 말한다. "애들은 말일세. 짐으로 치면 큰 짐이야. 싸구려 나사는 그런 큰 짐을 버텨내질 못하지. 그래서 오랜 전통을 가진 가문에서 나온 나사를 취해야 하는 거야."

나의 고아 나사못은 싸워봤자 가망이 없다는 말씀? 불공정하기 짝이 없군.

"하지만 겉모습은 눈속임일 수도 있지요." 나는 좀 더 깊이 생각해볼 것을 요구하며 회의적인 태도로 말한다. "중요한 건 속에 들어 있는 내적 가치죠. 어쨌든 이 나사못도 의자와 한 꾸러미에 있었잖아요. 둘이 짝을 이루어 한데 속한 거라고요!"

"이 싸구려 나사못의 본질은 부서지기 쉽다는 거야." 헬무트가 퉁명스럽게 말한다. "보통 나사못에 들어가는 성분들이 들어 있지 않다는 말일세. 자기 가족이 살 집을 그런 나사못으로 짓는 사람이 있을까. 있다면, 내 손에 장을 지지고 말지."

"좋습니다." 나는 헬무트가 나에게 내민 봉투에다 그가 아무짝에도 쓸모없는 것이라며 평가절하한 족보 없는 나사못을 쏟아 넣는다.

그런 다음 나는 작업을 시작하기로 작정하고 그 잘났다는 로켓형 나사못으로 유아용 의자의 옆면을 조립하기 시작한다. 나사못을 몇 번이나 돌렸을까. 급격하게 힘이 바닥난 나는 나무에 드라이버를 꽂은 채로 손을 멈춘다.

헬무트의 입에서 한숨이 새어나온다. "자네 지금 드라이버를 볼

펜 쥐듯 잡고 있잖아! 손잡이를 손바닥의 튀어나온 부분에 놓아야지. 그래야 더 압박을 가할 수 있고, 강약 조절도 더 잘되는 거라네. 그건 벌써 우리 마야가 꼬마였을 때 가르쳐주었던 거야."

그가 말한 대로 해보니. 진짜로 훨씬 잘 돌려진다. 첫 번째 나사못이 빠르게 나무에 박혔다. "대단하세요!" 나는 환한 얼굴로 그를 본다.

"그러게, 잘된다니까." 내 말을 재빨리 받은 그가 얼굴을 붉힌다. "가서 새 맥주 좀 가져옴세."

속이 살짝 메스꺼워 온다. 비행기에서 준 샌드위치 이외에 아무것도 먹은 것이 없었다. 봉지에 담겨 있는 불쌍한 싸구려 나사들에 눈이 간다. 먼 길을 여행했을 텐데. 족보 있는 나사와 동등한 기회는 아예 꿈도 못 꾸다니. 저 애들이 그런 취급을 받을 만한 그 어떤 이유도 없다! 헬무트에게 저 애들도 믿을 만하다는 걸 입증해 보여야 할 필요가 있다. 그는 내 나사들이 무엇이든 다 잘해 내는 걸 보고 눈을 크게 뜨고 놀라게 될 것이다!

그가 맥주 두 병을 손에 들고 부엌에서 나온다. 나는 아직 반병밖에 비우지 못했다. 나는 서둘러 나머지 반병을 한 번에 다 마셔버리고 손으로 입술을 쓰윽 닦아낸다. 헬무트는 인정한다는 듯 고개를 끄덕이고 트림을 한다. 그런 다음 우리는 손에 들고 있던 병맥주를 서로 맞부딪친다. 헬무트가 매의 눈으로 감시하는 가운데, 나는 아동용 의자를 조립한다. 물론 고향을 잃은 싸구려 나사못으로 말이다. 그는 내가 몰래 나사못을 바꿔치기한 걸 알아차리지 못한다.

"잘했네." 마지막 나사를 다 박고 나자 그가 말한다. 진심 어린 말투다. "이제 다른 가구들은 함께 조립하세."

그 후 맥주 두 병을 더 비우면서 우리는 어린이용 옷장과 어린이용 침대를 조립한다. 그리고 조립한 옷장과 침대를 나의 서재로 가져가 알맞은 위치에 놓는다. 이제 이 서재도 곧 아이 방으로 내줘야 한다. 나는 잠깐이지만, 이 조그마한 침대에 정말로 아기가 눕는다면 어떤 촉감을 느낄지 상상해본다.

"성공." 헬무트가 인정한다는 듯 내 어깨를 다독인다. 그러곤 회의적인 눈길로 집 안을 둘러본다. "좀 있으면 셋이 살기 비좁아지겠구먼."

"음." 나는 그 말이 마야가 나랑 헤어지지 않을 거라는 뜻인 건가, 곰곰 생각하며 이렇게 대꾸한다. "아이가 어린 몇 년 동안은 괜찮을 거예요."

나는 마야가 꿈꾸는 전원주택을 생각하지 않을 수 없었다. 그녀의 바람을 채워줄 수 있다면 얼마나 좋으랴. 소박하고 아름답고 전원적인 가정생활을!!!

"넓어서 나쁠 건 없지." 헬무트가 입꼬리를 일그러뜨린다. "가족이 생기면 집도 필요한 거야. 그게 그냥 하루아침에 하늘에서 뚝 떨어지지는 않겠지만, 그래도 계획은 세워야지, 젊은 친구가 왜 이러나!"

"저도 그러고야 싶죠. 하지만 아버님께서도 말씀하셨잖아요, 그러려면 돈이 필요하다고요."

"원 참, 자네도 다니는 회사에서 틀림없이 승진할 거고 그러면 더 많이 벌겠지. 그리고 지금 돈이 좀 빠듯하다면 말일세." 이 말을 한 다음 헬무트는 잠시 생각에 잠긴다. "그럼 내가 재정적으로 약간 지원해줄 수 있을 것 같네." 그가 단호하게 고개를 끄덕이며, 내 어깨에 손을 얹는다. "어이, 이보게, 이건 내가 진즉부터 염두에 뒀던 거야. 물론 자네도 뭘 보태긴 해야겠지. 결론적으로 자네는 집안의 주인이자 외벌이 가장이니까. 당연한 말이지만 말일세."

내 머릿속에서 환호성이 터져 나온다. 드디어 내가 맘에 드신 거야! 내 장인이 되기로 하다니! 조립하며 보낸 오후가 이렇게 큰 효과를 낼 줄이야. 마야가 지금 여기 있었으면, 남산만큼 배가 부른 그녀를 좌대에 올려놓고, 그녀에게 충성을 맹세했을 텐데. 헬무트와 내가 함께 가구를 조립하게 하다니 어떻게 이렇게 대단한 생각을 할 수 있었을까!

그런데 잠깐! 어떻게 해야 내가 주택 구입에 돈을 보탤 수 있지? 나는 아무것도 가진 게 없는데. 머릿속에서 내 생부의 목소리가 메아리쳐 울린다. '책으로는 돈을 벌 수 없어. 적어도 규모에 맞춘 제대로 된 돈은 못 번다.' 그리고 그는 여자들은 보살핌 받기를 원한다고 생각하며 남자의 역할을 직업적인 성공과 정기적으로 집에 돈을 가져다주는 것에 국한시켰다. 처음에 나는 그가 엄청나게 부유해서 그런 거라고 생각했다. 그런데 헬무트 역시 나의 생부와 생각이 똑같다. 그러나 결정적으로 그는 나의 생부와 전혀 다르게 처신해왔다. 그렇게 근본적으로 다른 성격의 사람들이 같은 생각을 갖고 있다니, 혼란스럽지 않을 수 있겠는가?

헬무트가 공구 상자에서 낡고 닳은 드라이버를 한 개 꺼내어 나에게 보여준다.

"전 벌써 다 마쳤는데요?" 내가 말한다. "나사는 전부 단단하게 돌려 박았고요."

그는 내 말을 듣지 못한 것 같다. "이건 내 부친께서 쓰시던 드라이버라네." 그의 두 눈이 촉촉해진다. "그분 역시 이것을 그분의 아버지에게서 받았지."

나는 무슨 영문인지 어리둥절하여 그저 그를 바라보기만 한다.

"자네가 이걸 가졌으면 하네." 헬무트가 나에게 드라이버를 내민다. "이걸로 자네만의 작은 가정을 위해 뭔가를 세우게나."

나는 감동한 나머지 한 손으로는 그의 손을, 다른 한 손으로는 드라이버의 뾰족한 부분을 잡는다. 우리는 현관문에 열쇠가 꽂히고, 돌리는 소리가 난 다음, 문이 열릴 때까지 아무 말 없이 그 자세로 그대로 기도하는 마음으로 앉아 있었다.

"거기서 뭘 하고 계신 건가요, 두 분?" 마야가 잠시 두 눈을 감았다가 지금 자신이 꿈을 꾸는 건 아닌가, 확인이라도 하려는 듯, 믿기지 않는 눈길로 세차게 머리를 흔든다.

나는 헬무트와 드라이버를 손에서 놓는다. 우리가 일어나자 드라이버가 짤그랑거리는 소리를 내며 바닥에 떨어진다.

"토르스텐네 집에서 보낸 밤은 어땠어?" 나는 까칠하게 묻는다.

그녀가 내게로 와 부드럽게 입술에 키스를 한다. "아유, 슈테판." 그녀가 내 머리카락을 헝클어뜨리며 말한다. "그렇게 질투할 필요 없어. 수잔네와 나디네도 같이 잤어. 하지만 함께하니까 좋앉어. 우리 이제 곧 정원이 있는 주택으로 이사 갈 거야."

"뭐?"

"토르스텐이 일 층을 세놓을까, 생각 중이래. 자기는 그렇게 많은 공간이 필요하지 않다고. 당연히 그 말을 듣자마자 내가 말했지. 우리가 이사 들어가겠노라고 말야."

"아버님이 돈을 좀 빌려주신다고 하셨어." 나는 소심하게 의견을 내어본다.

"두 사람이 화해해서 다행이에요." 마야가 말한다. "하지만 집 때문에 우리가 당장 아빠한테 손 벌릴 일은 없을 것 같아요."

"슈테판도 함께 결정권을 행사해야지." 헬무트가 말한다. "어쨌든 이젠 슈테판이 이 집안의 주인이니까."

"아빠!" 마야가 신경질을 내며 말한다. "요즘 그런 걸 누가 따져요? 우리는 우리에게 가장 최선인 것을 할 수밖에 없는 거예요."

"네 남자 친구는 널 위해 하루 종일 뼈 빠지게 일했어. 그쯤 했으면 슈테판도 중대사를 결정하는 데 몇 마디 할 자격이 있지." 헬무트가 유아용 의자를 가져온다. "여기, 이건 내가 적당한 가격에 구입한 거다. 그런데 나무는 양질의 좋은 물건인데, 나사못이 싸구려야. 그 싸구려 나사못을 슈테판이 장인의 손길이 느껴지는 좋은 나사로 바꿔 조립했어. 이젠 제아무리 무거운 것도 잘 견딜 수 있지!"

그는 자신이 한 말을 입증해 보이려고 의자에 앉아 이리저리 세차게 의자를 흔든다. 의자에서 삐걱! 하는 소리가 나더니, 곧이어 의자가 부서진다. 헬무트는 바닥에 있는 의자 파편들 사이에 착지

하고 만다.

그는 당황한 얼굴로 우리를 바라본다. 잠시 후 그가 파편 하나를 손에 쥐고 내가 고정시킨 나사못들을 찬찬히 살펴본다. 두 눈이 실눈처럼 가늘어진다.

"자, 자네……, 자네야말로 엉터리 나사못이로구먼!" 그가 소리를 지르며 자리에서 벌떡 일어난다. 그런 다음 유산으로 물려받은 드라이버를 내 손에서 휙 잡아채더니 공구 상자에 넣곤 상자를 챙겨 들고 횅하니 집을 나간다. 그의 뒤에서 큰 소리로 문이 닫힌다.

"난 최선을 다했어." 내가 말한다. "이건 당신도 믿어줘야 해."

마야가 한숨을 내쉰다. "그거야 곧 입증해 보일 수 있지. 무슨 말이냐, 이제 출산 예비 과정을 들으러 가야 하거든."

당신 곁에는 당신의 아내가 누워 있습니다.

그리고 산통으로 괴로워하며 비명을 지르지요. (……)

당신은 태엽을 감은 장난감 로봇처럼 아내의 팔을 쓰다듬거나

호흡법에서 배운 대로 앞장서서

아내에게 호흡을 유도할 수도 있습니다.

당신은 어떻게 해야 할지 정보를 알고 있습니다.

출산 예비 과정을 마쳤으니까요.

한 마디로 그 자리에 있는 모든 사람들이

당신 때문에 신경께나 거슬릴 겁니다.

– 에두아르트 아우크슈타인 외, 『한 남자, 한 권의 책』

"진통이라는 게 얼마나 아픈 겁니까?" 마르코가 까칠까칠하게 짧게 자른 검은 머리카락을 손으로 쓸어 넘기며 묻는다.

"글쎄요, 가장 첫 번째 단계에선 격심한 생리통에 비교할 수 있을 것 같네요." 출산 병동 실장인 카이저 여사가 마르코에게 설명해준다.

마르코가 좀 당황한 듯 바라보는데, 그의 심정이 내 심정인지라 나는 그의 당황스러움이 잘 이해가 되었다.

곧 아빠가 될 우리 둘은 각자의 여자 친구와 분만실까지 동행하기로 굳게 결심했다. 결심은 그랬지만, 우리는 마야와 타마라가 우리의 선택을 아무 거리낌 없이 그냥 받아줄지에 대해선 전혀 확신이 없다. 마르코는 나와 대조적으로 이것에 대해 아무런 의심도 품지 않는 것 같다. 그는 무조건 자신의 대를 이를 아이와 직접 첫 인사를 나누고자 했다. 그리고 벌써부터 아이의 탄생을 두고 집중적으로 준비하고 있어 나를 놀라게 했다. 그는 유튜브로 여성 전문 방송인 '우르비아 TV'에 나오는 모든 영상을 다 보았고, 인터넷에 있는 임신 관련 학술기사들을 샅샅이 찾아보았다. 취미이긴 하지만 거의 산파가 다 되었다고 해도 과언이 아닐 정도였다. 그렇게 목숨을 걸고 매달리는 그의 모습에 나는 벌써부터 힘이 빠져버린다. 그런 그의 모습이 나에게 절대로 좋은 영향을 줄 것 같지 않았다.

우리는 산부인과 병원의 콘퍼런스룸에 앉아 있다. 카이저 여사는 벽에 빔으로 쏜 프레젠테이션 자료를 통해 벌써 병원 시설의 '출산 콘셉트' 순서를 발표한다. '자연분만'이 대문자로 씌어 있다. 내가 이 주제에 집중하는 건 상당히 힘들 것 같다. 나는 벌써부터 예비 처가댁에서 엎어지면 코 닿을 곳에 있는, 토르스텐의 집 정원에 앉아 있는 내 모습을 떠올리고 있다. 어쩌면 나는 잔디 깎기 클럽이나 지역 카니발합창단에 가입해야 할지도 모른다. 그것도 모자라 마야 아버지는 십중팔구 토르스텐이 나로 하여금 내 자신을 '청원자'처럼 여기게 하려고, 오직 나 때문에 터무니없이 높여 부를 그 비싼 임대 비용까지 지원해줄 것이다. 무슨 일이 있어도 나는 이 사태를 막아야 한다! 그러나 이건 내가 돈을 더 벌어야만 가능한 일이다. 빌렘과 헬무트의 말이 맞았다. 내가 성공하는 길밖에 없다. 하지만 무슨 수로?

〈태어날 때 곁에 함께 있는 것만으로도 아버지는 출생이라는 사건을 적극적으로 지지하는 것이다.〉

맞는 말이다. 직장에서의 승진 문제는 나중에 생각해볼 문제다. 만약 지금 내가 노력을 기울이지 않는다면, 나는 아이를 받기도 전에 이미 아웃당하고 말 것이다. 유감스럽게도 나는 어떻게 해야 마야를 가장 잘 도울 수 있는 건지 잘 모르겠다. 그러니까 임신과 해산에 관해 나는 전혀 아는 바가 없다. 여자들은 분명히 이 부분에 대해 아는 것이 더 많을 것이다. 그것은 아이 때부터 이미 유전적으로 그런 것 같다. 여자아이들은 어릴 때부터 헌신적으로 자기 인형을 돌보고, 십 대가 되면 '이웃집 아기 돌보미' 같은 봉사 활동을 한다. 그리고 나중엔 오페어[4]로 일한다. 반면 우리 남자아이

---

4 외국어를 배우기 위해 외국 가정(주로 영어권)에 입주하여 아이 돌보기 같은 집안일을 하고 약간의 보수를 받으며 언어를 배우는 것.

들은 모래판에서 모래를 파 뒤집고, 잔디 깎기로 용돈 문제를 해결한다. 그리고 청소년기엔 게임패드로 가상의 세계를 구한다. 여자애들은 일찍부터 조용히 미래를 준비하는데, 반면 남자애들은 아무런 생각 없이 시간을 죽이다가 급작스레 생활인의 위치에 놓이게 되면, 놀라서 어쩔 줄 모르는 것 같다는 생각이 엄습해온다.

"수중 분만을 위한 욕조도 구비하고 계신지요?" 마르코가 묻는다.

욕조? 수중 분만? 당장 마르코에게 보충 수업을 좀 받아야겠다.

"그럼요." 카이저 여사가 말한다. "이제 곧이어 분만실을 안내해드릴 텐데요. 거기 가시면 보실 수······."

그녀는 더 이상 말을 잇지 못한다.

"고것은 추천허고 싶지 않구먼유!" 발터가 엄청난 쾰른 사투리를 구사하며 끼어들었기 때문이다. 우리보다 몇 살 위인 그는 이미 아이를 둘이나 둔 아버지다. 그는 부인이 해산할 때마다 함께했던 터라, 이 방면의 베테랑이다. "차라리 딜리버리 스툴[5]로 혀유. 갸가 더 간단혀유. 아, 그 있잖어유, 어디 힘 주구 앉어야 쓰지 않겠어유. 갸가 생긴 건 쬐끔 그려유, 변기처럼 생겼걸랑유."

"그렇게 생각하세요?" 마르코가 묻는다. 보아하니 순순히 무저항 비폭력으로 수중 분만을 포기할 의향이 없는 것 같다. "우리는 그래도 가능한 한 물 속에서 자연스럽게 분만을 하려고요."

"그라믄, 무통 분만 주사를 놔달라고 혀유. 그러케 허는 것이 젤로 좋구먼유."

---

5 delivery stool. 분만용 의자.

"하지만 그건 자연분만과는 완전히 거리가 멀잖아요."

"맘대로 허셔유. 허지만 회음부 파열 한번 돼보슈. 퍽이나 좋겠네!"

자리에 있던 여자들이 아연실색한 표정으로 두 사람의 대화에 귀를 기울이고 있었다. 남자의 몸이 여자들의 몸과 똑같은 능력을 소유하고 있다는 것에 놀란 것처럼 보인다.

"음, 분만할 때 뭘 해야 아내를 도와줄 수 있나요?" 내가 소심하게 끼어든다.

내가 여기에 있는 건 그걸 알고자 함이다. 최소한 그런 도움을 통해서라도 마야에게서만은 스마일 딱지를 받고 싶다. 플러스 점수를 말이다!

마르코와 발터가 나를 쳐다본다. 내가 알파벳 첫 글자에 대해 물어보기라도 한 듯이.

"그야 손 잡아주구, 가서 물 떠다 주는 거지, 별 거 없슈." 발터가 그렇게 대답하더니 비죽이 웃으며 이렇게 말한다. "젤로 좋은 거는, 그렇게 헐 때 아내분 등 뒤에 앉는 거여유. 그라믄 고슴도치가 터진 걸 볼 일도 없쥬."

대체 이 사람이 무슨 말이 하고 싶어 이러는 거지?

내 주위에 있던 여인네들은 시선을 어디에 둬야 할지 몰라 쩔쩔매는데, 마르코만 히죽이고 있다.

"그러니까요, 하실 수 있는 일이 조금 더 있다는 거죠." 카이저 여사가 끼어든다. "하지만 지금은 그 일을 위해 분만실을 둘러보는 것이 최선일 것 같네요."

나는 원래 흔히 병원에서 보는 고문실 같은 분만실을 예상했었다. 그러나 분만실은 부드러운 황토색 톤을 띠고 있었고, 벽에는 토스카나 풍경 사진이 걸려 있었다. 그리고 창턱에는 은은한 향기를 풍기는 신선한 꽃 화분도 놓여 있다. 모든 것이 어우러져 아주 편안한 인상을 준다. 카이저 여사는 욕실과 베이비 바운서, 그리고 온갖 종류의 관련 용품들을 보여준다. 마야와 내가 멀찍이서 그것들을 바라보는 데 반해, 마르코와 타마라는 딜리버리 스툴을 시험해보고, 몇 가지 분만 체위까지 시험해본다.

모두들 다시 복도로 나왔을 때였다. 맞은편 분만실에서 뼛속까지 뒤흔드는 비명이 울려 퍼진다. 아마도 한창 분만이 진행 중인 모양이다. 분만실의 문이 열리더니 조산원이 서둘러 뛰쳐나온다. 문이 천천히 닫히는 바람에 열린 문틈으로 분만실 내부가 한눈에 들어왔다. 분만 침대 위에 분만 중인 여성이 누워 있다. 여자는 마치 꼬챙이에 꿰인 듯이 큰 소리로 울부짖는데, 보니까 피 범벅이다. 그녀의 다리 사이로 비죽이 아기의 머리가 나와 있는 걸 알아볼 수 있었다.

나는 또다시 양을 생각하지 않을 수 없었다. 그리고 발터가 아까 고슴도치 운운하며 은유적으로 하려고 했던 말이 무슨 말인지도 이제 이해할 수 있었다.

더 이상 이 순간을 버티질 못할 것 같다.

갑자기 눈앞이 캄캄해져 온다.

12

브레이킹 벤[1]

"인터넷을 통해 옛날 소년 소녀 시절의
사랑을 되살리는 것이 최신 유행이 되었다."

낸시 캘리쉬, 캘리포니아 주립대학 심리학 교수

1   미국 범죄 드라마 「브레이킹 배드(Breaking Bad)」를 패러디한 제목.

마우스 포인터가 페이스북의 '로그아웃' 위에 머물러 있다. 셀카 사진이며 비스듬하게 자른 고양이 사진들, 그리고 식욕을 자극하는 음식 사진들은 오늘 볼 만큼 보았다.

그래, 나는 누군가 나에게 작업을 걸어주길 바랐다.

실제로 누군가가 작업을 걸어오기도 했다. 다만 번지수가 틀렸을 뿐.

콤플렉스도 나쁜 버릇도 없다고 자기소개를 한 러시아에 사는 이리나는 나를 운명의 남자로 생각한다며 "제 사진을 당신에게 보내드릴 수 있도록 저에게 주소를 알려주시는 관심을 보여주시길 바란다"고 했다. 나에겐 다른 여자도, 스팸메일도 필요하지 않기에, 나는 그녀의 통 큰 제안을 클릭 한 번으로 삭제하였다.

그다음으로 짤막한 막간극도 있다. 일종의 쉬어가는 채팅이랄까. 남자가 먼저 시작한다.

하이(Hi).

하이(Hi).

쾰른 출신이세요?

토박이는 아니에요.

쾰른에 사는 예쁜 얼굴을 뵙게 되어 기쁘네요.

별말씀을.
원하시는 게 뭐죠?

함께 밤을 보낼 수 있을까 하고요.

관심 없습니다.

저녁 식사만으로도 전적으로 만족합니다.

> ……

> 아니면 그냥 한 잔 할까요?

> ……

> 미안해요, 이렇게 들이대는 게 아니었는데.

잊어버리자. 다비드, 그 곰발과의 서툰 댄스 이후 온라인 연애에 대한 미련은 더 이상 없다. 몇 주 전 가입한 데이트 주선 사이트도 탈퇴하기 직전이다. 페이스북도 탈퇴해야 하는 게 아닐까?

오늘은 이제 그만 보자고 로그아웃을 하기 바로 전, 갑자기 채팅 창이 뜬다. 보정 처리를 한 흑백사진 속 남자. 어딘가 내가 아는 사람 같다. 각진 얼굴, 강렬한 눈빛, 숱 많은 눈썹, 까칠까칠해 보이는 턱수염. 잘생겼다. 이름이 '빅 벤(Big Ben)'이란다.

– 오랜만이네.

그가 쓴다.

– 우연히 너도 지금 쾰른에 산다는 걸 보게 되었어. 우리 맞팔할까? 그러면 내가 먼저 요청한다.

오랜 친구 ― 산드라 같은 ― 가 가니, 그 대신에 새로운 오랜 친구가 왔다. 그런데 이 남자, 넌 누구냐?

"좋아." 내가 답신한다. "너는 언제부터 라인란트 지방에 있었는데?"

각진 얼굴이 다시 나타난다.

– 벌써 몇 년 되었어. 여기 배치되었거든.

배치되었다고? 내가 아는 사람 중에 직업군인은 없다. 이번 답변도 크게 도움이 되지 않는다.

"너 옛날 사람들이랑 아직 연락하고 지내니?" 내가 묻는다. 어쩌면 나에게 뭔가 힌트를 줄 만한 이름 몇 개쯤 언급해줄지도 모른다.

– 아니, 우리 형제들끼리만 해.

나는 프로필 사진을 좀 더 가까이에서 바라본다. 잠깐만. 나는 까칠한 수염이 없다고 생각하고, 눈가에 잡힌 잔주름들을 편 다음, 덥수룩한 눈썹을 짧게 다듬어본다. 더 이상 해볼 것도 없다. 이건 나의 옛 친구 롤란트가 분명하다! 내 카레라-반을 해체했던 그 남자애.

"그런데 이름은 왜 '빅 벤'이라고 한 거니?" 내가 묻는다.

– NSA[1]에선 실명을 쓰는 게 그렇게 간단한 일이 아니라서.

그가 답신과 함께 윙크하는 스마일 이모티콘을 보낸다.

– 그리고 런던은 내가 가장 좋아하는 도시이기도 하고. 그럼 우리 옛 시절을 되살려볼까? 술 한잔 할래?

내 심장은 이미 다음 단계로 기어를 바꾼다. 당연히 그래야지! 롤란트는 친절한 남자애들 중 한 명이었으니까. 게다가 멋진 남자로 탈바꿈한 것 같아 보이기도 하고. 우리는 서로의 프로필 사진

---

1 National Security Agency, 미국국가안전보장국.

에 대한 작업 멘트들을 몇 마디 주고받는다. 그런 다음 만날 장소와 시간을 잡고, 채팅 창을 종료한다.

재앙 수준의 댄스 사건 이후 찾아온 이 사건은 진정한 서광이 아닐 수 없다. 빅 벤 위로 쏟아진 서광!

우리는 남자들이
자신과 자신의 활동을 여자들보다
더 스펙터클하게 연출하는 것을 지켜보았다.
그 부분에서 여자들을 주부에 견준다면,
남자들은 3성급 요리사라고나 할까.
그렇기 때문에 나는 목하 자신들의 위상에 대해 걱정 중인
가련한 남자들에 관해 일말의 걱정도 없다.
그들은 이 위축기를 잘 견뎌낼 것이다.

– 도리스 비쇼프쾰러, 심리학자.

나는 대개 약속 시간에 십 분 정도 늦게 나간다. 이번엔 십 분 일찍 도착한다. 아마도 흥분한 모양이다. 시간이 일곱 시를 앞두고 있다. 내가 카페 '향수'에 들어섰을 땐, 이미 날이 저물고 있었다. 카페 '향수'는 클래식한 가구들이 있고, 커다란 샹들리에를 볼 수 있는 작은 카페다. 문턱을 넘기가 무섭게, 한 테이블에서 어떤 남자가 손을 흔들어 보인다. 보니까 빅 벤이 더 먼저 와서 나를 기다리고 있었던 모양이다. 이런 거 좋다. 이건 이 만남이 그에게 모종의 의미를 갖는다는 말이니까.

나도 손을 들어 그에게 답하며 내가 지을 수 있는 가장 아름다운 미소를 보낸다. 하지만 이 미소는 눈 깜짝할 새 굳어버린다.

저기 앉아있는 건 롤란트가 아니야.

저건 베노야!

롤란트와 베노가 제아무리 쌍둥이라도 나는 옛날부터 둘을 잘 구분할 수 있었다. 우리가 마지막으로 만난 지 이십오 년이 지났음에도 그건 전혀 변하지 않았다. 우리 엄마는 떠밀다시피 내가 롤란트와 많은 시간을 보내도록 했다. 다만 사진만 보면 나도 속을 때가 있었다. 나는 이 참사를 페이스북 탓으로 돌린다.

빅 벤, 여기서 곧바로 의심했어야 했다. 세상에나 저 인간이 도대체 왜 나를 만나려고 한대? 우리를 연결하는 경험이라곤 어쨌든 명치끝에 날린 주먹 한 방뿐인데. 그것도 그가 아니라 내 명치끝에. 조심해야겠다.

"하이." 나는 내가 놀란 걸 드러내지 않으려고 애쓰며 말한다.

우리는 실제로 오랜 친구인 것처럼 서로 포옹하며 인사를 나눈다. 베노는 모피 칼라가 달린 항공점퍼를 입고 있다. 남자아이들에겐 여자아이들의 「더티 댄싱」과 동급이었던 영화 「탑 건」에 나온 톰 크루즈가 떠오른다.

그 모든 시간을 뒤로 하고 이제 평화조약이라도 체결하자는 걸까? 오늘 아침 내가 산 유기농 차의 봉지에 이런 문구가 쓰여 있다. '장애물은 위장한 기회이다.' 고통스러운 나의 첫사랑으로 인해 생긴 트라우마가 어쩌면 오늘 드디어 다 흩어져버릴지도 모를 일이다. 아무튼 베노는 나로 하여금 베노 같은 남자아이들만 보이면 한동안 멀찍이 돌아다니게 한 책임이 있다. 마침내 모든 일이 풀리게 되는 걸까?

"롤란트는 뭐하고 지내?" 내가 묻는다. "그 애에 대해서도 여태 소식 한번 못 들었네."

"아, 걔는 잉골슈타트에 있는 자동차 대기업에서 일하고 있어."

"그럴 줄은 생각도 못 했다." 어찌되었든 내 모형 도로였던 카레라-반이 롤란트에게 깊은 인상을 주었던 모양이다. 그동안 롤란트가 자동차 기술을 더 많이 연마하였길, 그를 고용한 고용주를 위해 바라마지 않는다.

"그럼 너는 연방 방위군(Bund)에 있는 거야?" 나는 아무 말이라도 해보려고 그렇게 묻는다.

그렇게 묻는 게 아니었다. 나는 곧 내가 실수했다는 걸 알아차린다.

베노가 열렬히 고개를 끄덕이고는 자신이 몇 년 전부터 반(Wahn)에 있는 공군 생활관에서 생활 중이며, 군에서 공부를 하고 있고, 이미 육군 중령까지 올라갔다는 것까지 술술 풀어 놓는다.

"너한테 보여줄 게 있어. 다른 땐 이렇게 빨리 보여주지 않는데." 그는 그렇게 말하고 두 눈을 반짝인다.

오예, 이제 뭐, 옷이라도 벗으시려나?

그가 검지로 아랫입술을 뒤집어 간다.

"이그 브아아와." 그 꼴을 하고 그가 소리를 낸다. "브이니, 이그?"

아랫입술 안쪽에 마름모꼴 두 개가 놓인 월계수 잎사귀 문신이 보인다.

그가 손가락을 입술에서 떼더니 이렇게 말한다. "기똥차지, 응? 대령이 되면, 세 번째 마름모를 새겨 넣을 거야."

"멋지네." 내가 말한다. 사실 나는 남자가 나에게 자신의 가장 내밀한 모습을 드러내 보이길 늘 꿈꿔왔다. 다만 내가 상상했던 건 지금 이런 것과는 좀 다른 모습이었다. 베노가 군대에서 진급한다고 해서 내가 크게 감격할 일은 아니지 않은가. 젊은 여인이 대체복무 중인 남자와 외출을 나왔는데, 그것이 그와 좋은 시간을 보낸 뒤 함께 친환경·평화·반핵·군축 시위에 나갈 수 있기 때문이라면, 그 또한 놀랄 일이 아닐 것이다.

"난 첫해부터 이미 사격 우수자 은줄 표창을 받았어." 베노가 두 눈을 빛내며 말한다. "그 멍청한 P1이 갑자기 고장만 나지 않았어도, 훨씬 더 잘할 수 있었을 텐데."

"재미있네." 내가 말한다. P1이 뭐지? 주차장인가? "그런데 평소에 취미로는 뭐해?"

"오토바이. 물론 사격 동호회 활동도 하고." 그가 말한다. "거기 가면 개인적으로 공기소총, 공기권총, KK-권총, KK-소총, 그리고 자유권총까지 난사할 수 있어. 이건 매그넘357이야. 소리가 아주 대단하지! 연회비 백 유로면 너도 거기서 표적 유도 대공포까지 뭐든 다 사용할 수 있어."

"아하, 그렇구나." 확신하건대 어디선가 거시기가 작은 남자들이 특히 무기에 열광한다는 말을 들은 적이 있다.

나는 내일 아침 일찍 나가야 했기 때문에, 생강차를 주문하였다. 웨이트리스가 주문한 걸 가져온다. 베노는 맥주를 주문했다.

"내 동료 중 한 명이 사냥을 해. 날 데리고 같이 가기도 하는데
말이야." 그가 이야기를 계속 이어간다. "최근엔 노루 사냥을 나
갔지. 그런데 내가 잘못 쏜 거야. 쏘고 보니까 견갑 쏘기를 했더라
고. 우리는 어쩔 수 없이 녀석을 살해할 수밖에 없었지. 나는 먼저
노루를 기절시키려고 머리를 후려쳤어. 그다음 녀석의 목을 땄지.
피를 빼내려고."

나는 차를 젓다 말고, 입을 벌린 채 그를 응시한다. 내가 페이스
북에서 '좋아요'를 누른 그룹들이 '내가 만든 완전채식주의 식탁'
과 '동물에게도 동등한 권리가 있어요'와 같은 그룹들이라는 것
에 주의를 기울이기는 한 건지.

"이 이야기는 다른 데서 말하면 안 돼, 그건 금지된 거니까. 오
케이?" 베노가 다짐을 받으려는 듯 내 쪽으로 몸을 숙이고 소곤댄
다. "하지만 그 친구, 크리스마스에 바삭바삭한 노루 스테이크를
만들 거래. 그 친구가 가진 사냥칼 중에 길고, 아주 예리한 사냥칼
이 있어. 그걸 갖고 우리는 노루의 내장을 비우고 나누었지."

그의 두 눈이 이상하게 빛나며 이글거린다. 이상하고 말고 할
것도 없다. 이 이야기가 그에겐 진짜로 마음에 드는 거다. 곡류 소
믈리에나 다름없는 나로선 굉장히 끔찍한 일이다. 이 친구에게 내
가 최근에 도축업에 반대하는 시위에 참여했다는 얘기를 해야 하
나? 하지만 나는 생각만 할 뿐 더 나아가지는 않는다.

베노가 내 곁에 더 가까이 와서 붙는다. "너 정말 샤프해 보여,
알고 있어?" 그가 내 무릎 위에 손을 얹는다. "우리 화장실로 가는

건 어때? 거기 가서 내가 제대로 해줄게. 우리 집 무기 장식장 안에 거대검 라지칼리버도 갖고 있어. 그러니 네가 원한다면 내가 칼집을 벗기고 칼로 상대해줄 수도 있어."

이 정도면 충분하다.

"제안 고마워." 나는 대답한다. "친절하기도 하지. 그런데 이제 얼른 집에 가야 할 것 같아. 산더미 같은 빨랫감이 나를 기다리고 있어서. 그리고 머리도 감고, 손톱도 다듬어야 해."

"이해해. 그럼 내가 집에 데려다줄게."

뭐라고?

"아, 나 혼자서도 잘 갈 수 있어." 내가 말한다.

"영관급 장교는 어두울 때 숙녀분 혼자 집에 가도록 보고만 있지 않지." 그가 벌떡 일어나더니, 뒷굽을 딱 맞추고, 부동 자세를 취한다.

영관급 장교는 거칠고 투박한 말투로 말하는 것에도 아무 문제가 없나 보다. 알게 뭐람. 일단 이 인간이 동행하는 일은 피할 수 없으니 이번엔 그냥 받아들이고, 다음부터 다시는 마주치지 않는 것이 상책이다.

내가 급히 지갑을 꺼내려 하는데, 그가 단호하게 고개를 젓는다. 나는 이것을 잃어버린 저녁 시간에 대한 위자료쯤으로 해석하기로 했다. 그는 남은 맥주를 한 번에 쭉 들이켠 다음 이십 유로 지폐 한 장을 테이블 위에 던져놓는다. 그 후 우리는 밖으로 나온다.

우리 집으로 가는 이면도로는 인적이 드물고 불빛도 희미하다. 우리는 작은 공원을 가로질러 간다. 이곳엔 단 한 개의 가로등도 없다. 귀에 들리는 건 오직 살랑거리는 나뭇잎 소리, 올빼미 소리뿐이다.

베노가 멈추어 선다. "내가 너한테 말했나, 왜 내가 연방군에 가려고 했는지?"

"아니." 관심 없다. 어서 집에나 갔으면 좋겠다. 아니면, 적어도 불빛이 있는 곳으로라도.

"나는 옛날부터 사람을 죽이는 것이 어떤 느낌일지 항상 궁금했었어."

무표정한 검은 눈동자가 나를 바라본다. 달빛에 비친 그의 얼굴은 데드마스크처럼 창백하다. 덱스터 모건[2]이 저절로 떠오른다. 마이클 마이어스[3]. 그리고 한니발 렉터[4]도.

나는 주변을 둘러본다. 멀리까지 사람의 모습이라곤 찾아볼 수 없다. 그가 그 노루처럼 내 머리를 가격한 다음 내 내장을 훑어내도 아무도 알아볼 사람이 없다. 온몸에 냉기가 돌고 귓속에서 피가 도는 소리가 들린다.

베노가 내 머리카락을 한 움큼 움켜쥐더니 천천히 돌려 말며 속삭인다. "겁낼 필요 없어, 자기. 아주 잠깐이면 돼."

이만하면 됐다. 몇 해 전 호신술 과정에서 배운 기술을 투입할 차

---

2 2006년 시작된 미국 드라마 「덱스터」의 주인공. 질 나쁜 범죄자만을 골라서 살해하는 정의의 킬러 덱스터의 이야기를 다룬 제프 린제이의 소설을 바탕으로 함.

3 영화 「할로윈」의 주인공. 순수 악의 상징이다.

4 미국의 범죄 스릴러 소설 『한니발 렉터』 시리즈에 등장하는 가공의 인물로, 뛰어난 정신과 의사이자 식인습관을 지닌 연쇄 살인범이다. 우리에겐 영화 「양들의 침묵」으로 익숙한 이름이다.

례다. 기름칠이 잘된 자동기계처럼 나는 뒤로 한 걸음 물러나, 다리를 높이 들어 올린 다음, 온 힘을 다해 그의 무기고를 밟아버린다.

베노가 땅바닥에 주저앉더니 고통에 겨운 신음을 내뱉는다. 바람이 빠져나가는 중인 풍선처럼 길고 날카로운 소리다.

나는 호주머니 속에 있는 열쇠뭉치를 움켜쥐고 주먹을 쥔 뒤 손가락 사이로 열쇠의 뾰족한 부분들이 조그만 창처럼 삐죽삐죽 튀어나오도록 주의를 기울여 매만진다.

"안 돼, 그만해!" 베노가 끙끙거리며 우는 소리를 한다. "그냥 장난으로 그런 거였어!"

나는 순간 움직임을 멈춘다. 하지만 여전히 싸울 태세를 풀지는 않는다.

베노가 항공점퍼의 속주머니에서 접혀 있는 서류 다발을 하나 꺼낸다. 그러곤 떨리는 손으로 그것을 나에게 건넨다. "나는······ 나는 단지 네가 제대로 분위기를 잡게 하려고 그런 거였어." 그가 흐느끼며 말한다. "내 여자 친구가 유혈이 낭자한 연쇄살인범 스릴러물을 썼거든. 우리 어머니가 네가 출판사에서 일한다고 말씀하시더라고. 이거 한번 읽어볼래?"

> 본질적으로 폭력은 남자들의
> 욕구 해소 방법 중 하나이기 때문에
> 여자들에게 더 많은 힘을 실어주는 문화는
> 일반적으로 남성우월주의적인 폭력의 지배에서 벗어나게 된다.
>
> – 스티븐 핑커, 심리학자

"그래서 그 원고는 어떻게 했는데?" 산드라가 롤러와 페인트 트레이를 받아든다.

"그야 물론 집에 돌아오자마자, 곧장 P서류로 분류해버렸지." 내가 말한다. "그렇게 바보같이 처신하는 남자랑 사귀는 여자인데, 아무려면 내가 그 사람 책을 두고 읽겠냐! 그놈은 대체 무슨 생각으로 그랬을까?"

우리는 산드라의 방에 페인트칠을 한다. 다음 주말에 산드라의 후임이 될 임차인이 이사 오기 때문이다. 산드라가 사다리 위에 서서 신문지로 만든 커다란 모자를 쓰고 있다. 이 모자 외에 그녀가 걸친 건 달랑 핫팬츠와 끈 런닝이 전부다. 전부 흰색 얼룩으로 인해 발생할 비용을 효과적으로 처리하려는 것이었다. 나는 내 옷 중 제일 오래된 청바지에 버리려고 골라둔 긴소매 티셔츠를 입었다. 거기에다 나중에 머리카락에 흰색 떡이 지지 않도록 고탄력 레이온 60수짜리 스타킹을 귀까지 뒤집어썼다.

"너 아직도 볼프강이 이사 들어오는 게 싫어?" 산드라는 천장에 길게 페인트칠을 하느라 거칠게 숨을 몰아쉰다. 꼭 천장과 섹스 중인 것처럼 들린다.

"당연하지." 내가 말한다.

아직 한 번도 본 적은 없지만, 그 남자 벌써부터 내 신경을 거스른다. 나중에 몇 가지 물건을 더 가져오겠단다. 그중에 자동차 카탈로그나 한 무더기의 총기는 없길. 산드라와 막스가 나에게 미리 물어보지도 않고 그냥 그에게 이 방을 넘기겠다고 약속했을 때 내가 왜 더 강력하게 반대하지 않았을까? 보나마나 내가 최근에 만났던 다른 남자들과 똑같이 상식 밖의 사람일지도 모른다. 심지어 그럴 확률이 매우 높기도 하고.

"그리고 온라인에서 소개받은 데이트들 봐라, 그건 또 얼마나 멍청한 생각이었어?" 나는 말이 나온 김에 고집스럽게 밀어붙인다.

"진정해, 그래도 재미있었잖아." 산드라가 롤러에 다시 페인트를 적시며 말한다. "어떤 케이스였든 적어도 한 번 경험은 해봤잖아. 침대까진 가지 못했지만."

"나, 6개월 회원권을 위해 삼백 유로나 냈다고! 그리고 그 쌍봉낙타 같은 멍청한 놈의 발에 밟혀서 생긴 멍이 아직까지도 남아 있지. 그뿐이야? 도서전에서 본 나의 구세주와 공통점이 한 개도 없었어! 나 손해배상 청구할 거야."

산드라가 갑자기 행동을 멈춘다. "있지, 너 말이야. 옛날에 동경하던 대상이던 그 베노라는 남자마저 안정된 연애 관계를 유지하고 있는데, 너는 아무도 안 생기니까 그냥 실망한 것뿐이야."

"확신도 없이 그렇게 말하는 거 아니다!" 나는 그 말을 하곤, 아직 열지 않은 다른 페인트 통 위에 주저앉는다. "하지만 솔직히 말하자면, 그래도 이건 좀 아니지 않나 싶기도 해. 베노 같은 바보멍청이에게도 인연이 있는데 난 왜 아무도 없는 거지?"

"그렇게 서둘러 포기하진 마." 산드라가 달래듯 말한다. "어쩌면 다음 몇 주 안에 고대하던 대상이 나타날지도 모르니까. 그리고 이리로 이사 들어올 우리 회사 직원 말야. 그 사람, 너랑 잘될 것 같아. 진짜 매력적이고 잘생겼거든."

"저기, 나, 당분간은 남자라면 전혀 구미가 당길 것 같지 않아. 그뿐 아니라 앞으로 쉐어하우스는 절대로 하지 않을 거야!"

초인종이 울린다.

"네가 갈래?" 산드라가 부탁한다. "나 지금 발에 페인트가 튀어서 온통 난리야."

산드라는 신발도 양말도 당연히 신지 않았다. 나와는 반대로 말이다. 나는 신발 크기가 46^5이나 되는 우리 형부의 낡은 운동화를 신었다.

"분명 볼프강일 거야." 내가 말한다. "이제 곧 나에 관해 굉장한 첫인상을 받게 되겠군."

"그 코 밑에 튄 페인트 자국 좀 지우고 나가." 산드라가 말한다.

나는 손가락으로 얼굴을 문지른다. "좀 나아졌어?"

산드라가 키득거리며 말한다. "이젠 흰색 히틀러 수염이 됐어."

나는 좀 더 문질러본다.

"지금은 장 퓌츠[6]처럼 보여." 그녀는 그렇게 말하곤 큰 소리로 웃음을 터트린다.

또 초인종이 울린다.

어떻게 보이든 상관없다. 나는 페인트 방울이 뒤에 남든 말든, 발에 걸려 넘어지든 말든 크게 신경 쓰지 않고, 내 발에는 커도 너무 큰 신발을 신고 위태위태하게 문까지 걸어간다. 그리고 풀쩍

5 우리나라 신발 사이즈로는 295에 해당된다.
6 〈호비테크(Hobbythek)〉의 진행자이자 학술저술가. 아인슈타인처럼 숱이 많은 흰 콧수염과 백발을 지녔다.

뛰어서 문을 연다…….

　……곧이어 크나큰 운동화에서 두 발이 빠져나온 느낌이 든다. 나일론 스타킹를 쓰고 있는 머리 밑이 갑자기 뜨끈해져 온다. 그리고 얼굴 여기저기 하얀 페인트 얼룩이 뒤덮고 있지만 내 두 볼은 새빨갈 것 역시 분명하다.

　그곳에 그가 서 있다.

　볼프강.

　도서전에서 만난, 꿈속에서도 그리던 그 남자.

　나의 구원자가.

13

프랄리네 컬렉션[1]

"점점 더 남성들이 시대의 흐름에 뒤쳐지는 추세다.
(……) 그리고 요즘은 남자라는 이유로
조롱을 당하기까지 한다.
남자라는 성은 뉴스와 오락프로그램에서
우스갯거리 아니면 곧바로 전형적인 악으로 간주된다.
(……)그로 인해 요즘 남성은 단순히 생식기뿐인,
명예를 박탈당한 성이 되고 말았다."

랄프 뷘트, 『명예를 박탈당한 성』

---

1 프랄리네는 원래 초콜릿에 들어가는 설탕조림 견과류이나, 여기선 『프랄리네』라는
성인 잡지의 이름과 중의적으로 쓰임.

●

낡은 창고로 올라가는 층계의 마루계단이 내 발 밑에서 쩍 갈라진다. 나는 주위를 둘러본다. 목구멍까지 심장이 쿵쾅거린다. 내 뒤에 누가 있나? 그럴 리 없다. 일요일이다. 그리고 할아버지는 여성분들과 함께 시내를 둘러보러 나가셨다.

지금이야말로 비밀을 밝힐 절호의 기회다. 나는 할아버지가 몰래 다락에 올라가서는, 얼마 후 행복에 겨운 표정으로 다시 내려오는 걸 몇 번이나 본 적이 있었다. 뭔가 신기한 것을 거기 위에다 숨겨놓은 것 같았다.

다락 창고는 어두침침했다. 작은 창들이 몇 개 있긴 했지만, 오래된 장롱들로 막아놓았기 때문이다. 여기저기 상자들이 쌓여 있고, 낡은 라디오와 사표를 던진 흑백텔레비전도 있었다. 전부 다

먼지와 거미줄로 뒤덮여 있었다.

그런데 저건 뭐지? 내가 선 곳에서 몇 발짝 떨어진 곳, 증조할머니의 첫 번째 결혼 예물 중에서 남은 찬장, 그 곁에 버리려고 골라둔 발받침이 딸린 윙체어가 있다. 이것 자체만 놓고 보면 유별날 것이 없었다. 하지만 저 둘은 지금도 사용 중인 것 같은 의심이 들었다. 먼지가 뽀얀 찬장 서랍 문짝에 찍힌 손가락 모양이 그것을 입증하고 있다. 윙체어와 발받침 역시 불과 얼마 전에도 누군가 앉았다 간 것 같은 인상을 준다. 나는 바닥에서 재떨이를 발견한다. '콜루아즈'라는 글씨가 인쇄된 담배꽁초가 담겨 있다. 할아버지가 피는 담배 상표다.

나는 갑자기 몸이 후끈 달아오른다. 제대로 단서를 찾은 거다! 몰래 위스키를 쟁여놓았거나, 최신 액션영화의 불법복제물이나 스파이 활동을 암시하는 서류더미 같은 게 들어 있겠지? 나는 찬장의 문을 연다…….

이게 전부야?

차곡차곡 쌓아놓은 나달거리는 낡은 잡지가 전부란 말이야?

나는 실망한 채 손에 잡히는 대로 그중 한 권을 꺼내어 책장을 넘긴다. 책장을 넘길수록 내 얼굴에 번진 비죽거리는 미소가 점점 더 커진다. 할아버지가 남몰래 모아둔 보물은 『프랄리네』 수집품이었다! 당연히 진짜 『프랄리네』는 아니다. 찬장은 같은 이름의 포르노 잡지와 더불어 아주 노골적으로 열심히 주제에 맞춰 전력투구한 아류 잡지들을 집대성해놓은 대규모 기록물 보관소였다. 나는 윙체어에 몸을 파묻고, 흥분의 수위가 점점 높아지는 가운데

독서 삼매경에 빠져든다.

찬장 안에 있는 포르노 잡지는 틀림없이 수백 권이 넘을 것 같다. 내가 몇 권 빼내어 간다 해도 분명 할아버지의 눈에는 띄지 않을 것이다. 아니면 내가 빼내어간 각 권들이 할아버지가 가장 좋아하는 호일 수도 있지 않을까? 나는 잡지 더미의 맨 아래쪽에서도 개중에 더 오래된 호수의 잡지 몇 권을 빼내어, 혹시라도 가족들이 일찍 집으로 올 경우를 대비해 스웨터 속에 찔러 넣는다. 그런 다음 나는 지나칠 정도로 정확성을 기해 이 물건들을 찾아내기 전의 상태로 모든 걸 돌려놓는 데 주의를 기울인다. 그리고 살금살금 내 방으로 되돌아온다. 다음 날 등교 시간까지 기다리는 게 고역이었던 적은 세상에 태어나서 처음이었다.

다음 날 아침 나는 모든 아이들이 운동장으로 나오는 큰 쉬는 시간에 나의 새 친구인 마르코를 만난다. 우리는 몇 주 전에 처음 만난 사이였다. 마르코가 그의 부모님과 동독을 떠나온 지 얼마 되지 않았을 때이다. 이 사실은 그를 큰 쉬는 시간의 주인공으로 만들었다. 모두들 이 요상한 장벽이 곧 무너질지 모른다고 이야기하던 때였다.

마르코와 나는 감독 교사의 눈을 피해 운동장 한 구석으로 옮겨 간다. 나는 마르코에게 나의 발굴품을 바친다.

마르코가 잡지를 주욱 훑더니 눈이 휘둥그레진다. "어마, 이거 색깔 책 아이니?" 그가 말한다. "우리한텐 이런 거 없었슴메. 이거 내 가져도 되니?"

"당연하지." 나는 선심을 쓰면서 말한다.

"너는 더 안 봐도 되간?"

"동무." 나는 기대해도 좋다는 듯 비죽이 웃으며 이렇게 대꾸한다. "심지어 찬장 하나 가득 더 있다네."

"끝내준다! 그것만 있으면 우리 제대로 돈 좀 벌 수 있겠다야?"

나는 고개를 끄덕인다. "화끈할수록 화끈한 값에."

나는 마르코가 이 일에 동의하기를 바랐다. 그는 놀라울 정도로 훌륭한 마당발이었다. 아직 시내에 산 지 오래되지 않았지만, 그런데도 동네에 사는 남자아이들을 전부 알고 지냈다. 마르코는 완벽한 사업 파트너였다.

그다음 주와 다음 몇 달간 할아버지는 아무것도 모른 채 우리에게 신선한 물건들을 조달해주셨다. 매주 할아버지는 새로 나온 『프랄리네』와 다른 포르노 잡지 한두 권을 사서 다락 창고에 보관했다. 우리는 오래된 호수의 잡지들만 빼냈기 때문에 그 권수가 빠져도 눈에 띄지 않았다. 남학생들 사이에서 물건의 소재가 아주 큰 호응을 거두었다. 더군다나 남학생들을 상대로 한 암시장에선 우리가 매긴 권당 3마르크라는 높은 가격도 수용되었다. 그 가격은 시중에서 판매되는 가격을 한참 웃돌았다. 그러나 그 가격은 물건 조달 비용과 그에 따른 위험을 감수한 데 대해 가산금을 덧붙여 부른 적절한 가격이었다.

사업은 번창한다. 베를린 장벽이 무너지는 날까지. 타게스샤우[1]에서 베를린 장벽이 무너지는 라이브 영상을 방영하자, 큰 콧구멍

---

1 독일 제1 공영TV에서 방영하는, 우리나라의 9시 뉴스 같은 일일 뉴스.

때문에 모두들 '미스터 피기(Mr.Piggy)'라고 부르던 돼지코 요한네스의 어머니가 큰 소리로 환호하여 요한네스의 방으로 뛰어 들어온다. 그리고 자신의 아들이 스포츠 양말과 우리의 포르노 잡지를 갖고 의심의 여지가 없는 행동을 따라하고 있는 것을 보고 놀라 자빠질 뻔한다. 양말의 출처는 곧 밝혀진다. 화보집의 경우는 일이 좀 더 어려웠다. 미스터 피기가 일단 책의 출처를 누설하려고 하지 않았기 때문이다. 그는 어머니가 무시무시하게 고문하는 데서 그치지는 않을 거라 생각한다. 아니나 다를까, 어머니는 화보를 제공한 사람을 발설할 때까지 컴퓨터게임 금지를 벌로 내렸다.

그 모든 일에 관해 나는 아무것도 모른 채 낡은 여성용 자전거를 타고 우리가 사는 경사진 산을 오르고 있었다. 마르코와 함께 비디오로 막 「망자의 숨결」[2]을 보고 돌아오는 길이었는데, 나는 나의 위대한 아이돌, 제임스 본드가 장장 두 시간 반이나 되는 상영 시간 동안 오롯이 단 한 명의 여자만을 상대한 걸 두고 계속해서 혼란스러웠다. 새로 007로 발탁된 티머시 돌턴이 그걸 잘 못했던 걸까? 로저 무어는 나오는 영화마다 그에게 기꺼이 응하는 최소 반 다스는 족히 되는 여자들과 그걸 했는데. 그런데도 인정하다시피, 에이즈도 걸리지 않았고, 콘돔도 사용하지 않았다.

집에 도착하니 어머니가 칠면조처럼 목까지 뻘겋게 달아오른 얼굴로 부엌에서 나를 기다리고 있었다. 할아버지도 그 자리에 있었다. 엄마는 비난에 찬 눈길로 우리 두 사람을 바라보며 식탁 위

2 1987년 개봉한 〈007 시리즈〉「리빙 데이라이트」의 독일판 제목.

에 있는 잡지 더미를 가리킨다.

"슈테판, 이게 다 뭔지 말해보렴."

나는 아무 말도 하지 않는다.

할아버지도 마찬가지다.

"방금 교장선생님과 통화했거든!" 어머니가 소리친다. 갑자기
확 변한 말투다. "처음에 나는 당연히 네 편을 들었다. '우리 아들
은 그런 짓 안 합니다!'라고 말했지. 그러고 났는데, 여기 이것들
을!" 어머니가 잡지 더미의 가장 위에 있는 잡지의 한 귀퉁이를 손
끝으로 들추었다. "다락 창고에서 발견했다." 어머니의 두 눈이 음
울하게 변한다. 어머니는 들추었던 잡지를 놓고 손가락으로 몇 번
이나 할아버지의 가슴을 친다. "그동안 내내 궁금했어요. 아빠가
저 위에서 대체 뭘 하는지."

"엄마, 할아버지는 아무 잘못 없어!" 나는 얼른 할아버지의 곁
으로 달려간다. 할아버지는 마치 나의 어머니가 지금 막 상한 멸
치 한 대야를 그에게 쏟아붓기라도 한 듯한 표정이었다.

"무슨 소리야." 그녀가 말한다. "그런 저속한 걸 읽는 그 사람도
함께 책임이 있는 거야!"

"그래서 이제 너는 어떻게 하길 원하는 게냐?" 할아버지가 낮은
목소리로 묻는다.

할아버지는 무척이나 슬퍼 보였다. 이제 어머니는 분명 잡지를
전부 내다버릴 거다.

"내가 어떻게 하길 원하냐고요?" 엄마는 그렇게 묻고는 힘없이
고개를 저었다. "내가 원하든 원하지 않든 뭐든 해야 해요. 방금

마르코의 아버지와 얘기를 했는데요. 내일 모두 교장선생님께 가져가야 될 거예요. 그러고 나야 이 일을 해결할 수 있어요."

나는 고개를 숙인다.

"이리 와서 앉아봐." 어머니가 의자를 끌어와 식탁 가에 앉는다. 그러곤 옆자리 의자의 엉덩이 판을 손바닥으로 툭툭 친다.

어머니가 잡지 중 한 권을 펼쳐 내용물을 훑어보는 동안 나는 머뭇거리며 자리에 앉는다. 어머니가 잠시 두 손으로 얼굴을 감싸 쥐고 한숨을 내쉰다.

"너희들이 소소하게 장사를 한 건 뭐 그럴 수 있어, 슈테판. 우리가 진짜로 이야기를 해야 할 건 말이야, 이 화보집에 실린 내용이야." 그녀는 고개를 저으며 잡지 속에 실린 사진들을 찬찬히 훑어본다. "이건 여성을 비하하는 거잖아요! 아빠, 나는 이해할 수가 없어요, 어떻게 아빠가 이런 뭣 같은 것을……." 그녀가 올려다보며 말한다. "아, 안 되죠. 이럴 수는 없는 거잖아요."

할아버지는 사라져버렸다. 엄마 앞에서 나는 할아버지를 변호했는데, 할아버지는 나를 두고 떠나버리네, 라는 생각이 들었다.

"누가 남자 아니랄까 봐. 이런 상황에서 슬그머니 도망을 가버리네." 어머니가 말한다. 그러고는 다시 화보에 열중하며 다음 페이지를 펼친다. 거기엔 만화책에 나오는 주인공들이 음란하게 한데 뒤엉켜 접전을 펼치고 있었다.

나는 패티의 아버지가 이곳에 있으면 좋겠다는 마음이 들었다. 오랫동안 그를 생각하지 않고 지냈다. 그러나 지금 그분이 계셨더라면 틀림없이 나를 안전하게 보호해주셨을 것이다.

"슈테판, 이건 남자와 여자 사이의 진정한 사랑과는 아무 관련도 없는 것들이야." 나의 어머니는 그렇게 말하고는 몸에 달라붙는 녹색 앞치마에 고무장화를 신고 정원사로 분장한 여자가 건너편 집의 정원용 호스를 입으로 빨고 있는 사진을 가리킨다.

"하지만 그 여자도 그렇게 하면서 즐기는 거죠. 그렇지 않으면 그렇게 안 하겠죠." 나는 소심하게 말해본다.

어머니가 당황한 얼굴로 말한다. "이 불쌍한 여자는 그저 돈 때문에 이렇게 하는 거야! 그렇게 하지 않으면 먹을 걸 마련할 수가 없으니까. 아마 그마저도 원해서 자발적으로 하는 게 아닐 수 있어. 틀림없이 그녀의 고향인 동유럽에서 그녀를 끌고 와서 약물에 중독되게 만든 포악한 포주 때문에 억지로 하게 되었을 거야. 그리고 이건 전부 네 할아버지처럼 무책임한 남자들이 이런 잡지를 사기 때문에 생긴 일이고!" 어머니가 짧게 한숨을 몰아서 내쉰다. "이 여자는 인형이 아니야. 생각할 줄 알고, 느낄 수 있는 '인간'이란다. 그녀도 한때는 너처럼 어렸어. 그리고 이유식을 먹여주던 어머니와 아버지도 있었지."

나는 포르노 잡지를 내려다본다. 지금까지 나는 이걸 그런 시각으로 본 적이 한 번도 없었다. 하지만 아기 이유식을 생각하자 나는 머릿속이 몽글몽글 부드러워진다.

어머니가 나에게로 몸을 숙인다. 어머니의 두 눈이 눈물로 얼룩져 있다. 어머니가 두 팔을 벌려 나를 꽉 껴안는다. "슈테판, 너는 지금 사춘기에 들어섰어. 그러니까 이제 남자가 될 거야." 어머니가 떨리는 목소리로 말한다. "절대로 어떤 여자랑도 여기에 나온 것처럼 하지 않을 거라고 엄마한테 약속해야 한다."

나는 어머니의 등을 쓰다듬는다. 결론적으로 나는 어머니에게 어떤 걱정도 끼쳐드리고 싶지 않고, 지금은 그렇게 하는 것이 어머니에게 정말로 중요할 것 같다. 나처럼 이렇게 맛이 간 자식 놈을 기르는 것 역시 어머니에겐 결코 쉽지 않은 일일 테니까.

마침내 포옹을 푼 우리는 괜스레 겸연쩍어 하며 서로를 바라본다. 어머니가 괜한 헛기침을 하고는 자리에서 일어선다.

"자, 내일이면 어떻게든 이 일도 해결이 되겠지." 그렇게 말한 다음 어머니는 나 혼자 남겨둔 채 잡지 더미들을 들고 나간다.

이런저런 생각들이 머릿속을 스쳐 지나간다. 내가 어른이, 남자가 되면 나에겐 어떤 일이 벌어질까? 지킬 앤 하이드와 같은 그런 종류의 섹스몬스터가 될까? 그래서 낮에는 아주 평범하다가 어둠 속에선 기댈 곳 없는 여자들을 성폭행하는 그런 인간이 될까? 어머니는 (그런 나를) 혐오하게 될까? 그보다 더 문제는 내 자신이 그런 나를 증오하게 되지는 않을까? 하는 것이다.

그러나 이걸 두고 길게 생각할 시간이 없다. 마르코에게 전화를 걸어 이 궁지에서 어떻게 빠져나올지 함께 생각해봐야 한다.

다음 날 브레머 교장선생님이 교장실에서 우리를 맞았다. 우리는 모두 커다란 회의용 탁자에 앉는다. 마르코, 그 애의 아버지, 나의 어머니, 그리고 나, 우리 모두.

교장선생님은 기도하듯 두 손을 깍지 낀 다음, 우리 한 사람 한 사람과 돌아가며 눈을 맞춘다. 어머니는 신경질적으로 이리저리 열쇠고리를 만지작거린다.

"담배 한 대 피워도 되겠습까?" 마르코의 아버지가 무심한 표정으로 묻고는 콤비 속주머니에서 담뱃갑을 꺼낸다.

교장선생님이 고개를 끄덕인다. "대강의 이야기를 하겠습니다." 교장선생님이 울림이 좋은 목소리로 이야기를 시작한다. "너희들에게서 포르노 잡지를 구매한 것으로 보이는 남자아이들의 부모님이 말이다. 나에게 전화를 하셨단다. 처음엔 두세 명 정도였는데, 이 아이들이 털어놓기를 이 일에 연관된 아이들이 훨씬 더 많이 있다고 하더구나." 그는 손수건으로 이마를 닦은 다음 이어서 말했다. "첫째, 너희들이 한 일은 금지된 것이다. 또다시 이런 일이 벌어져선 안 된다. 알겠니?"

마르코와 나는 고개를 끄덕인다.

"둘째, 받은 돈은 돌려주어라."

젠장. 몇 주만 더 있으면 스타워즈 3부작 비디오테이프를 전부 살 수 있을 만큼 넉넉히 돈을 모을 수 있었는데.

"우리는 너희들이 그 잡지로 얼마만큼의 돈을 벌었는지 그저 어림짐작할 수만 있을 뿐이다. 그래서 말인데, 너희 둘은 우리 지역 아동복지시설에 각각 이백 마르크씩 기부하게 될 것이다. 그밖에 한 달 동안 학교 건물관리인을 도와 학교 청소를 돕게 될 것이다. 내가 보기엔 그렇게 하고 나면 이 일이 깔끔하게 해결될 것 같구나."

그 액수는 우리가 잡지책으로 벌어들인 것보다 거의 두 배 더 많은 액수였다. 그러나 이젠 어차피 아무도 우리를 믿지 않는다. 내가 지금까지 저축해둔 생일날 받은 용돈과 크리스마스 때 받은 용돈 거의 전부를 쏟아부어야 할 것 같다. 그리고 아마 어머니도 벌로 용돈을 줄일 것이다. 학교관리인 아저씨는 사교적인 타입이어서 스트레스를 주지는 않을 것이다. 심지어 아주 재미있을 수도 있다. 전체적으로 놓고 보면 더 심한 벌을 받았을 수도 있었으니까.

"교장선생님이 그렇게 간단히 우릴 구해주실 줄은 생각도 못 했어." 잠시 후 학교 건물을 벗어나자 어머니도 안심하며 말했다.

"맞소. 나도 그랬소." 마르코의 아버지도 동의한다. "우리 같음 벌써 경찰에 붙들레 갔지."

"그야 뭐, 우리가 있는 곳이 동독은 아니니까요. 그리고 거기도 이젠 독재가 끝났잖아요." 어머니가 말한다. "하지만 그분이 일을 크게 떠벌리지 않아서 정말 다행이에요. 우리가 운이 좋았죠."

마르코가 내 옆구리를 쿡 찌르며 씨익 웃어 보인다. 사실 이 일은 특별히 운을 운운할 일은 아니었다. 결론적으로 우리의 최우수 고객이 바로 교장선생님의 두 아들이었던 것이다.

우리의 경우 음경은 포르노에서만 모습을 드러낸다.
거기 나오는 남근은 비뇨기적으로 문제 삼을 케이스가 아니다.
거기서 남근은 크고, 의지가 뚜렷하며 지칠 줄 모른다.
인터넷과 함께 요즘은 예전엔 전혀 볼 수 없었던
포르노그래피에 쉽게 접근할 수 있기 때문에,
여자들은 남자들이 왜곡된 여성상을 갖게 될까 봐 걱정하는 경우가
종종 있다. (그러나) 실제로 남자들이 포르노를 통해 갖게 되는 것은
그들 자신의 남근에 관한 왜곡된 상이다.

남자 포르노 배우는 (……) 가우스 분포 곡선에 따라

통상의 테두리를 벗어난 큰 남근을 가진

5퍼센트의 남자들 중에서 채용된 사람들이다.

– 엘리자베트 레터, 『차이트 매거진』

"포르노로 다시 장사를 할 걸 그랬나 싶어." 나는 그렇게 말하고 두 친구와 건배를 한다. "아니면 직접 섹스 영화를 찍거나. 책보다는 그게 분명히 더 많은 돈을 벌어들일 수 있을 거야."

"그러면 나도 사서 볼게." 뵈른이 말한다.

"슈테판이 카메라 앞에 서는데? 그래도 볼 거야?" 마르코가 그렇게 묻고는 으스대며 나를 향해 히죽이 웃어 보인다.

나는 장난식으로 그의 팔뚝을 주먹으로 친다.

우리는 단골 술집인 '디터네 모퉁이 집'에 앉아 있다. 우리가 이곳에 처음 왔을 때 마르코가 나에게 설명해주었다. 남자라면 누구든지 남자끼리 모여 담소를 나눌 수 있는 장소가 있어야 한다고. 여자가 없는 거실 같은 곳이. 나는 그 즉시 이 주점이 좋아졌다. 디터의 사진 작품을 걸어놓은 벽돌 벽, 시골풍의 소박한 나무 가구들, 또는 실내 한가운데에 자리한 놋쇠 회전 손잡이가 달린 바 테이블까지 전부 80년대에 나온 TV 시리즈물 「치어스」[3]를 떠올리게 했다. 이 시리즈물은 나에게 남자들이란 일이 끝나면 통상 저렇게 바에서 술을 마시는구나, 라는 하나의 상을 각인시켜주었다.

3 1982년 9월부터 1993년 5월까지 미국 NBC에서 방영된 시트콤이다. 주로 보스턴에 있는 '치어스(Cheers)'라는 바를 주요 무대로 벌어지는 에피소드를 그렸다.

주점 주인인 디터는 말이 많은 남자가 아니다. 대신에 그는 들어주기를 잘한다. 그리고 커틀릿을 아주 근사하게 튀겨낸다.

마르코는 이 디터네 주점을 그의 총각 파티를 위한 1차 장소로 골랐다. 총각 파티엔 유감스럽게도 그의 사촌 뵈른과 나만 함께하게 되었다. 마르코에겐 목요일 저녁밖에 시간이 없었다. 그러니 당연히 아무도 시간을 낼 수가 없었던 것이다.

이 시간이면 늘 그렇듯 주점 안은 갑자기 미친 듯 꽉 찬다. 그러면 사람들은 자신의 말에 귀를 기울이게 하려고 큰 소리로 말을 할 수밖에 없다. 다른 자리는 전부 점령당했기 때문에 우리는 바에 앉는다. 나무로 된 바 상판에 군데군데 패인 자국과 얼룩진 맥주 자국은 이미 수많은 남자들이 이 자리에 앉아서 못된 사장, 악다구니를 쓰는 마눌님, 말 안 듣는 아이들, 장모, 양육비, 대출 빚, 그리고 살면서 부딪히게 되는 진단내리기 힘든 문제들에 대해 그들이 느끼는 절망감을 디터에게 털어놓았다는 걸 고스란히 드러내준다.

뵈른이 디터를 손짓하여 부른 다음 쾰시[4] 한 판을 주문한다.

"형, 한 가정의 아버지가 되면 변칙적인 수단을 강구할 수밖에 없어. 「브레이킹 배드」[5]의 월터 화이트를 생각해봐. 그 사람은 코카인을 제조한다고! 그거에 비하면 포르노는 우습지. 그렇지 않고

---

4 쾰른 지역 특유의 맑은 흑맥주.
5 미국 남부 지방에서 쓰는 속어로 '막나가기'라는 뜻. 미국의 범죄스릴러 드라마 제목이기도 한데, 폐암에 걸린 고등학교 화학교사 월터 화이트가 가족을 위해 마약 제조에 뛰어들면서 벌어지는 이야기를 다뤘다.

선 형, 내 집 마련 같은 건 절대로 불가능하다고 봐."

"그건 다 아는 거고." 나는 지루해서 하품이 날 것같이 행동한다. "뭐 새로운 것 좀 얘기해봐. 그 이야기는 벌써 내 생부와 예비 장인에게서 신물이 날 정도로 들었으니까."

"혹시 월급 인상에 관해서 물어봤어?" 뵈른이 궁금해하며 묻는다.

"아니."

그가 눈알을 굴리며 손바닥으로 이마를 친다. "이런, 형, 그건 당연히 했어야지! 그리고 당장 중간 고과도 보여달라고 요청해. 그렇게 꽉꽉 부담을 줘야 하는 거야."

뵈른이 근거 없이 하는 말이 아니다. 그는 나보다 다섯 살이나 어리지만, 국제적으로 활약 중인 기계제작회사를 이끌고 있다. 벌써 아이를 둘이나 낳았고, 으리으리한 단독주택도 짓고 산다.

나는 생각에 잠겨 고개를 끄덕인다. 토르스텐네 세입자로 끝내고 싶지 않으면 나는 적극적으로 변해야 한다. 그건 분명하다. 그래도 오늘 저녁은 아니다…….

"우리 자리 옮길까?" 내가 묻는다.

마르코는 총각을 둔 가족은 매대를 멜빵에 묶어 가슴팍에 매달고 구 시가지를 돌아다니며 콘돔과 화주병을 팔아야 한다는 총각 비하 발언에 격렬하게 반대했다.

"우리 뭘 좀 먹자." 마르코가 말한다. "출산 때문에 나 완전히 초긴장 중이야. 언제 어느 때 달려가야 할지 몰라."

"이 상황에서 도움이 될 건 딱 한 가지밖에 없는 것 같아." 뵈른이 말한다. "행동 강령! 파이프를 뚫어라."

"뭔 소리야?" 나는 말뜻을 못 알아듣고 묻는다. "누구네 집 하수구가 막혔어?"

마르코가 큰 소리로 웃는다. "으이구, 이렇게 말귀가 어두워서야. 뵈른이 한 말은 어디 술집에 가서 파이프를 시원하게 뚫고 오겠다는 말이야."

"흠, 역시 내 스타일이야!" 뵈른이 인정한다는 듯 그의 어깨를 토닥이며 말한다. "하지만 당연히 나 혼자는 안 가. 형들도 재미 좀 봐야지."

마르코가 고개를 젓는다. "안 돼, 이봐, 나 결혼할 몸이야."

나도 그의 의견에 동조한다. 나도 총각 파티 날 밤엔 스트립 걸을 만날 수도 있다는 것, 그리고 스트립 걸이 있는 룸살롱에서 총각 시절과의 이별을 고하는 것으로 파티가 끝나는 경우가 드물지 않다는 것쯤은 잘 안다. 하지만 셋이 함께? 우리 중 두 명이 곧 아빠가 되는 이때에?

뵈른이 바지주머니에서 스마트폰을 꺼내더니 눈이 아릴 것처럼 색감이 화려한 웹사이트를 화면에 띄운다. "여기, 맨디즈캔디즈, 여기가 독보적인 사우나 클럽이야, 여자들이 전부 다 젊고 탱탱하거든. 여기서 멀지도 않아. 나는 거래처 사람들과 이미 갔다 왔어."

뵈른은 스크롤바로 사이트를 죽 내리더니, 적나라한 사진들이 차례로 뜨는 슬라이드쇼 링크를 클릭한다. 뜨는 사진들마다 여자들이 자신의 주요 짝짓기 기구들을 보여준다. 팝업창엔 관심 있는 방문자에게 여자들이 해줄 수 있는 서비스에 대한 정보가 함께 뜬다. '성교, 성기 핥기, 항문 자위기구 사용(남자의 경우), 풋에로틱[6], 역할놀이 등.' 여기서 말하는 역할놀이란 시 소유의 숲에서 사람들이 전부 요정과 마법사로 변장하고 노는 그런 라이브 액션 역할놀이는 분명히 아닐 것이다.

과연 이 여자 중 한 명과 내가 성적으로 은밀한 관계까지 갈 수 있을지는 나도 잘 모르겠다. 지금까지 나는 여자들이 나오는 살롱에서 딱 한 번 길을 잃었던 적이 있다. 그것도 실수로. 일이 터진 건 대학 입학시험을 치르고 난 후, 코가 삐뚤어지게 마시자며 여행하던 중 '료레트 드 마르'에서였다. 나는 급한 욕구를 해소하지 못해 괴로워하며, 만취한 채로 비틀비틀 산책로로 넘어갔다. 나는 한 댄스바, 혹은 댄스 바라고 생각한 곳을 목표로 방향키를 돌렸다.

"Sorry, Can I pee?(죄송한데요, 저 오줌 좀 눌 수 있을까요?)" 나는 문을 지키고 있는 어깨씨에게 물었다.

"Qué?(뭐라고?)" 어깨씨가 되묻는다.

"I want to piss!(오줌 싸고 싶다고요!)" 나는 간신히 말했다.

"아하!" 어깨씨가 씨익 웃으며 대답했다. "예스, 물론 할 수 있지. 그런데 그건 추가로 돈을 더 내야 하는데. 모든 레이디들이 그걸 서비스 항목에 넣는 건 아니라서 말야."

그사이 마르코는 홀린 사람처럼 나체 사진과 방대한 양의 서비스 특매품들을 바라본다. "진짜 좋아 보인다." 그가 말한다. "하지만 이번 말고 다른 때 하자, 우리."

6　발에 유난히 집착하여 발 애무로 성교의 느낌을 갖는 발 성애자들 혹은 그런 행위 자체.

"지금 아니면 나중은 없어." 뵈른이 말한다. "이젠 형 마음대로 행동할 수 있는 날도 곧 끝나게 돼."

"그렇게 생각해?" 마르코가 소심하게 묻는다. "솔직히 말해서 나 지금까지 이런 거 한 번도 안 해봤어."

"꼰대네." 뵈른이 말한다. "진짜 남자는 이런 기회를 놓치지 않는 거야!"

마르코는 다시 한 번 휴대폰 화면에 눈길을 준 다음, 고개를 끄덕인다. "좋아." 그렇게 말하고는 뵈른의 잔에 자신의 잔을 부딪친다. "네 말이 맞아, 이건 마지막 기회야. 우리, 하자!"

"이번엔 그냥 지나가는 게 옳다고 나는 생각해." 이 일에 대해 나는 처음으로 목소리를 낸다. "그 불쌍한 여자들은 오로지 돈 때문에 그 일을 하는 거야. 안 그러면 먹을 걸 해결할 수 없으니까. 어쩌면 약물에 중독되었고, 그래서 어떤 못된 포주 놈이 그렇게 하도록 강요한 걸지도 몰라. 그들은 모두 동유럽에서 인신매매단에게 끌려온 거라고."

뵈른이 깔보는 눈길로 나를 바라보며 말한다. "형, 동성애자야, 뭐야?"

"당연히 아니지." 나는 무슨 말로 내 의견을 주장할지 열렬하게 생각해본다. "만약에 콘돔이 터지면, 혹시라도 여자한테 어떤 병이라도 있으면 어쩔 거야?"

"형, 무조건 삽입할 필요는 없어." 뵈른이 말한다.

"그게 아니면?"

"그러니까, 그냥 마사지만 받아." 뵈른이 목소리를 깔고 나직이 말한다. "오일 마사지도 받을 만해."

"내 등짝 아직 멀쩡하거든."

"세상에, 슈테판!" 마르코가 이마를 치며 말한다. "마스터베이션을 하게 한다는 말이야."

"나도 알아!" 나는 생각에 잠긴 눈길로 정면 돌파를 감행한다. "그냥 농담이었어."

어떻게 해야 내가 지금 여기서 빠져나갈 수 있을까? 나는 여자들이 나오는 살롱에 가고 싶지 않다! 그리고 마르코도 이걸 하게 돼선 안 된다. 내가 알고 있는 마르코는 늦어도 내일 아침이 되면 쓰디쓴 후회를 할 게 뻔했다. 진짜 친구로서, 무슨 일이 있어도 오늘 밤만은 그를 막아야 한다.

그러나 나의 이 두 동행인은 내가 내민 논거에 완전히 마음이 열린 것 같지 않다. 이제 나에게 남은 건 한 가지밖에 없다. "쾰시랑 쿠르체[7] 세 판 더 올 거야!"

마르코가 세차게 고개를 젓는다. "나 이제 여기서 더 취하면 안 돼. 안 그러면 이따가 세울 수 없어."

뵈른이 동감하며 고개를 끄덕인다.

나는 그까짓 걸 갖고 그러냐는 듯 웃어 보인다. "싱거운 맥주 몇 잔에 벌써 기능을 하네, 못 하네, 그런 말 하려는 건 아니지?"

마르코와 뵈른이 잠시 눈길을 교환한 다음, 손을 뻗어 어느새 디터가 우리 앞에 가져다 놓은 맥주와 독주를 움켜잡더니 술을 삼

7 쾰른 지역에서 가장 널리 마시는 '쾰시'표 맥주와 우리나라 폭탄주처럼 함께 마시는 '쿠르체'라고 하는 독주. 주로 쾰른 지방 사람들이 즐기는 주법.

271

킨다.

디터가 나의 손짓을 보고 다음 판을 가져온다. 앞으로 삼십 분 동안 그는 잔이 비는 즉시 신속하게 잔이 교체되도록 신경을 쓸 거다. 우리 모두의 취기가 내가 마음을 놓을 수 있을 정도의 수위에 빠르게 도달한다.

"그름 우리 이줴 호텔 룩스로 가까?" 나는 상태를 테스트해보려고 묻는다. "거기 조흔 뽀드카 있능데."

"우푸, 아니, 구만 하라우!" 마르코가 말한다. 그는 취하면 늘 그랬듯, 이제 작센 지방 사투리를 구사하기 시작한다. "아까부터 맨 디한테 가고 싶었습메. 그다음엔 면도도 하게 할 수 있을 거 같다야." 마르코가 바보같이 키득거린다.

"대체 머를 면도할 꼰데?" 내가 묻는다. "등에 인는 털이라면 타마라도 없애줄 수 있자녀!"

"슈테판, 이 잉간아!" 마르코가 쾰시 한 잔을 더 들이붓고 말한다. "내 똥꼬 면도 할끼라우!"

나는 평정심을 재부팅하기 위해 잠시 시간을 필요로 한다. 그곳에 난 털도 제모를 할 수 있다니, 나는 처음 듣는 말이다. 뵈른이 비죽거리며 웃는다. 더 볼 것 없다. 무조건 마르코를 뜯어말려야 한다. 그와 타마라의 관계뿐 아니라 그의 둔부에도 상처를 입히지 않도록!

"구건 내가 허라카지 않는다." 나는 단호한 어조로 말한다. "그거 하다가 머가 잘못되고, 또 타마라가 그거 알게 되문…… 그러믄 넌 아예 혼례식 제단 아패 갈 피료가 엄는 거쥐!"

마르코를 보니 알코올이 내가 원했던 것과는 정확히 정반대 방향으로 작용한 것 같다. 디터가 빈 잔을 치우려고 막 테이블 위로 몸을 숙이는데, 마르코가 목청껏 울부짖는다. "내 이제 똥꼬 털 싹 밀려고 한다—!!"

디터가 천천히 몸을 일으킨다. 그런 다음 양손을 허리춤에 대고는 홀 내를 향해 소리친다. "여기 미용사분 계셔유? 이 젊은 양반이 엉덩이 털을 깎고 싶다는구먼유."

쾰른 사람들의 쾌활한 기질은 늘 그랬듯 실망시키는 법이 없다. 그 즉시 마르코의 소원을 충족시킬 준비가 된 아주 쾌활한 미용사들이 — 비록 취미로 미용을 하는 사람들이긴 하지만 — 손을 번쩍 든다. 나이 들고, 힘깨나 있어 보이는 검정 가죽 옷차림의 남자들이 압도적으로 많다. 내 친구의 얼굴에서 붉은색에서 나올 수 있는 모든 색채 스펙트럼이 펼쳐진다.

계산은 신속하게 이뤄졌다. 몇 분 후 우리는 디터네 주점 앞에 있는 거리로 나와 택시를 기다린다. 내가 스마트폰 앱으로 부른 택시였다.

차가 우리 앞에 멈춰선 순간, 마르코의 휴대폰이 울린다. "타마라?" 그가 떨리는 목소리로 말한다. "아, 저…… 진짜? 진짜로 지금 말이니?! 아이고, 당신 자…잘…잘했슴다, 당신. 내 곧 가겠슴다."

"그래야쥬, 손님, 이제 가실 거쥬?" 택시 기사가 묻는다.

마르코가 바지주머니에 휴대폰을 찔러 넣는다. "세상에, 슈테판. 네가 나를 구했다야." 마르코가 내 목을 끌어안는다. "타마

라인데, 지금 병원에 가는 길이라 하갔마. 아기래 나올라 한다는
구먼그래. 자네 나를 사우나 살롱에 데리고 가지 않아서 고맙다
야……. 아아. 이거이, 내 평생 잊지 않갔어!"

그가 나에게 키스를 한다.

14

나는 어떤 사람을 원하는 걸까?

"일본의 여성 속옷 브랜드인 라비주르는
최신 컬렉션에서 첨단 기술과 결합한 신제품을 내놓았다.
'트루 러브 테스터'는 성적으로 흥분했을 때에만
풀리는 브래지어다. 이 제품은 여자들이
번지 수가 틀린 남자에게 빠지는 일을 막아줄 것이다."

『포커스』 온라인 기사 중

●

"정말로 맥주 충분한 거지?" 나는 힘을 모아 보리주스[1]로 가득 찬 박스들을 들고 계단을 올라오고 있는 산드라와 볼프강을 향해 소리친다. 오늘 밤 우리는 볼프강의 집들이 파티를 할 예정이다.

"넘치면 모를까 부족하진 않습니다!" 볼프강이 거친 숨을 몰아쉰다. "적어도 한 번 이상은 형제의 의를 맺을 수 있을 것 같네요."

며칠 전 볼프강이 문 앞에 섰을 때, 나만큼이나 볼프강도 놀랐던 것 같다. 그리고 그는 나의 범상치 않은 차림새에 아주 잠깐이긴 했지만 웃음을 터트리고 말았다.

이제 산드라의 새 동료이자 꿈에 그리던 나의 이상형은 이 주

---

1   맥주를 빗대어 말한 농담.

전부터 전에 산드라가 살던 방에서 살고 있다. 우리는 서둘러 자신이 싱글이라는 걸 밝혔다. 볼프강은 슈테판이 그저 나의 동료일 뿐 내 남자 친구가 아니라는 걸 알고 다행히 마음을 놓는 것 같았다. 그사이에 뭔가 일이 더 생기지는 않았지만, 우리 둘 사이에는 분명 스파크가 팍팍 일고 있었다. 지난주에 우리는 부엌에 앉아 촛불을 켜놓고 와인을 마시며 밤늦게까지 담소를 나눴다.

"다시 이사하지 않아도 되어서 더할 나위 없이 좋네요." 그가 말했다. 그리고 나는 이렇게 말할 수 있다면 더할 나위 없이 좋을 것 같았다. '그럼 이십 년, 아니 삼십 년 살아요!' 하지만 나는 한 마디도 입 밖으로 내지 못했다.

난 참 바보다. 볼프강은 진짜로 괜찮은 남자 중 하나다. 그는 아침이면 먼저 일어나, 미리 커피를 내리고, 식사를 차려놓는다. 그리고 이제 나는 그가 어떻게 지금의 그 근육질 몸매를 만들어왔는지 알게 되었다. 그는 이틀에 한 번씩 밤마다 달리러 간다. 그런 다음엔 집에 돌아와 발코니에서 팔굽혀펴기를 한다. 그러면 나는 샤르도네 한 잔을 손에 들고 몰래 그의 모습을 훔쳐본다.

"꿈꾸는 중?" 산드라가 과자 봉지를 뜯어 커다란 볼에 쏟아 담으며 말한다.

파티는 여덟 시에 시작된다. 우리는 대략 오십 명 정도가 올 거라고 어림잡았다. 볼프강이 새로 온 도시에서 이곳 토박이들을 좀 사귈 수 있도록 산드라네 회사 직원들 그리고 그녀가 작업을 걸었거나, 그녀에게 작업을 걸어와서 알게 된 많은 사람들, 그리고 당연히 우리 모두 알고 지내는 절친한 친구들까지 불렀다. 손님들이 오기 전에 파티 장식을 마치고 채소 샐러드를 썰어놓아야 한다.

나는 내 꿈의 남자가 혹시라도 가까이 있을까 둘러본다. 그는 없다.

"볼프강과 내가 파티에서 잘될 것 같아?" 나는 조그만 목소리로 산드라에게 묻고는 조리대로 가져가서 자르려고 쇼핑백에서 수박을 꺼낸다.

"만약 너랑 잘 안 되면 내가 저 귀요미랑 잘해봐야겠다." 산드라가 키득거리며 이렇게 말한다. "게다가 오늘은 우리 집에 데려갈 수도 있어. 이성의 방문이 허용된 날이거든. 막스가 부모님 댁에 갔어."

"그런 식으로 굴지 좀 마!" 말은 그렇게 했지만, 산드라는 충분히 그러고도 남을 것 같았다. 그녀는 즐길 수 있는 기회를 절대로 허투루 날리는 법이 없었다. 나는 수박을 팔에 안고 산드라 앞에서 한 바퀴 돌아본다. "이 옷, 그 사람 마음에 들까?"

산드라가 예리한 눈길로 나를 훑어본다. "볼프강이 너한테 빠진다면, 뭐 마음에 들 수 있을 것도 같고. 어쨌든 오늘은 붉은 십자가로 자기 옷 방을 장식했던 그루초 막스[2]처럼 보이지는 않네."

나는 그녀의 옆구리를 툭 친다. "자, 어서, 진지하게 말해. 나 충분히 예뻐 보이냐고?"

"음, 내가 보기엔 그래요." 갑자기 내 뒤에서 깊고 낮은 목소리가 들린다. "솔직히 말하자면, 깨물어주고 싶을 정도랄까."

---

2 1890년 10월 2일~1977년 8월 19일. 미국의 희극 배우이자 영화배우.

나는 뒤돌아섰다가 놀라서 수박을 떨어트리고 만다. 볼프강이 씨익 웃으며 수박을 주워 올린다. 그리고 나에게 윙크를 하며 수박을 돌려준다. 그러곤 냉장고에 맥주병을 채우기 시작한다.

나는 마구 날뛰는 맥박을 제압하면서 홀린 것처럼 그를 찬찬히 뜯어본다. 그는 잘생겼을 뿐만 아니라, 재치도 있다. 믿을 수 없다. 내가 내내 꿈꿔온 남자가 바로 이런 남자였다. 나를 웃게 만들고, 나를 얼마나 좋아하는지 보여주는 남자. 볼프강의 찬사는 꼭 딸기 같다. 맛을 보지 않았으면 모를까, 일단 맛을 보면 정신없이 빠져들게 되는. 우리 사이를 보면 실제로 뭔가 될 것 같기는 하다. 단, 그가 키스로 첫걸음을 뗄 때만 가능하다. 나로 말하자면 데인 상처가 있는 어린아이니까.

연애의 기술에 몰두하면 무조건 연애에 성공할 수 있다.
특히 사춘기에 다른 아이들이 학교에서 키스로 연애를 시작할 때,
그 기차를 놓쳐버려 연애 진척 방법을
전혀 배우지 못했다면 말이다.
– 안드레아스 바라노브슈키, 심리학자 그리고 연애 전문가

때는 1987년. 나는 어린애들 생일파티와는 결을 달리하기 시작한 파티 중 하나에 와 있다. 오늘 저녁 나는 첫키스를 하게 될 것이다. 그렇게 하기로 단단히 마음을 먹고 있었다.

파티에 초대한 친구는 나랑 같은 반 친구인 옌스다. 우리가 파티를 즐기는 곳은 지하에 있는 파티룸이다. 원목 스타일 바닥에,

바가 갖춰져 있고, 데크엔 해먹이 걸려 있다. 그리고 배경음악으로 리처드 샌더슨의 「리얼리티(Reality)」가 단조롭게 흐르고 있다. 몇 주 전부터 독일 인기가요 차트에서 1위 자리를 차지하고, 또 옌스가 소피 마르소에게 홀딱 반해 있어서 내가 선물한 싱글 앨범이다. 나도 그녀처럼 되고 싶었다. 파리에 살고, 멋진 옷태하며, 그녀를 연모하는 귀여운 남자애까지.

그래도 나와 소피 사이에 딱 한 가지 공통점이 있었으니, 얼마 전 처음으로 독일 텔레비전에서 방영된 「라 붐」에 나온 그녀와 내가 같은 열세 살이라는 것이었다. 그리고 나 역시 사랑에 빠졌다는 것. 은색 눈동자만 빼고 피에르 코소[3]처럼 생긴 옌스라는 애한테 말이다. 그 애는 우리 반 남자애 중에서 가장 잘생겼다. 아무튼 누군가 나에게 묻는다면 그렇다. 그 애는 제대로 근육질인 데다 윗입술에 벌써 솜털이 거뭇거뭇하다. 그 외에도 그 애는 우리 반의 다른 남자아이들처럼 폴로셔츠가 아니라 핑크 플로이드와 다른 인기 밴드의 사진이 프린트된 티셔츠를 입고 다닌다. 그의 아버지는 공사장에서 일한다. 그리고 옌스가 규칙적으로 맥주를 마시고 담배를 핀다는 소문도 돌고 있었다. 내 나이 또래의 여자아이들에겐 이 사실만으로도 '배드 보이(bad boy)'의 조건을 충족시키는 것이었다.

지금까지 옌스의 로맨스 명단을 고려해볼 때 그 명단의 상위에 내가 있다는 느낌은 없었다. 그러나 아주 핫한 조언을 얻은 다음,

3 피에르 코소는 1982년에 나온 「라 붐2」에서 소피 마르소가 사랑에 빠지는 역할을 했다.

그 애가 마침내 그 애네 집에서 열리는 파티에 나를 초대하자, 내 심장은 기뻐서 마구 날뛰었다.

나는 오늘 밤 그 애가 나에게 좋아하는 마음을 보여줄 그 순간을 기다리고 있다. 유감스럽게도 준비 절차가 어딘지 부진하게 진행되는 분위기다. 벌써 몇 번이나 가까이 붙어서 춤을 춘 것이 화제가 되긴 했지만, 그건 단지 우리 여자아이들에게만 의미 있는 일 같았다.

"그럼 우리 '진실 게임' 하자." 옌스가 게임을 제안하며 도전적인 눈길로 아이들을 둘러본다. 내가 괜한 상상을 한 걸까? 아니면 한순간이나마 그 애가 정말로 나에게만 눈길을 둔 건가?

우리는 빈 환타 병 주위로 둥그렇게 둘러앉는다. 파티 주최자의 자격으로 옌스가 첫 번째로 병을 돌린다. 게임 규칙은 다들 언니, 오빠, 형들에게서 들어 알고 있었다. 병목이 가리키는 사람은 무엇을 하고 싶은지 생각해야 한다. '벌칙'을 선택할 경우엔 병을 돌리는 사람이 그 사람에게 짓궂은 벌칙을 내린다. 예를 들면 속옷 차림으로 집 앞에서 림보를 춘다거나 그런 것 말이다. '진실'을 선택할 경우엔 쑥스러운 질문에 거짓 없이 답을 해야 한다. 이를 테면 속옷 차림으로 집 앞에서 림보를 춘다면 누구와 추고 싶은가와 같은 질문에.

제일 먼저 병목이 돌아간 건 옌스의 베스트프렌드이자, 내 친구 스베냐와 '진행 중'인 프랑크이다. 그 덕분에 나는 스베냐에게서 옌스에 관한 나의 희망이 완전히 허무맹랑한 것은 아니라는 것도 듣게 되었다. 옌스가 얼마 전에 나에게 관심이 있다고 프랑크에게 털어놓았단다. 이 사실은 모두 엄격하게 비밀에 부쳤다. 그래서 난 이 두 남자애들이 나에 관해서 이야기했다는 사실을 '공식적으로는' 알지 못한다.

프랑크는 '벌칙'을 골랐고, 그래서 마요네즈와 케첩으로 이를 닦아야 했다. 나는 별로 맛있어 보이지도, 귀여워 보이지도 않는데, 스베냐는 킥킥대며 도무지 진정하질 못한다. 프랑크가 다음 주자가 되어 병을 돌린다. 병이 천천히 돌더니 나를 가리키며 멈추어 선다.

"진실이야, 벌칙이야?" 그 아이가 묻는다.

나를 위한 결정적인 순간이 왔다. 프랑크가 이제 실수하지 않고 우리가 사전에 논의했던 대로 모든 것을 해내길 바랄 뿐이다. 아니, 내가 스베냐가 프랑크와 논의하도록 스베냐와 논의했던 대로 하기를.

"벌칙." 내가 말한다. 심장이 목까지 펄떡거린다.

"그럼 좋아." 프랑크가 말한다. 물론 스베냐는 그 애에게 내가 옌스에게 푹 빠졌다는 걸 말한 터였다. "그럼 이제 옌스와 함께 나가서 격하게 입을 맞추는 거야."

오예! 나는 속으로 쾌재를 부른다.

"어휴, 안 돼." 옌스가 겨드랑이를 긁적이며 말한다.

겁내지 마, 나는 내 자신에게 말한다. 저 애는 틀림없이 쿨하게 보이고 싶은 거야.

하지만 프랑크가 계속 고집을 부리자, 옌스는 결국 어깨를 으쓱하더니, 책상다리 자세를 풀고 어정쩡하게 일어서며 나를 향해 고개를 끄덕여 보인다.

우리 뒤에서 문이 닫힌다. 이제 우리는 서로 마주 보며 서 있다. 옌스가 바닥을 바라보더니, 나에게로 한 발짝 다가온다.

내 심장이 다가올 순간을 기대하며 기쁨과 패닉으로 뒤범벅된 채 거칠게 폴카를 춰댄다. 나는 두 눈을 질끈 감고, 키스 받을 준비를 한다.

"너 졸리니?" 옌스가 묻는다.

나는 다시 눈을 뜬다. 얘, 멍청이 아냐?

안에선 「터치 미(Touch me)」의 첫 소절('I want your body')이 울린다.

"멋진 노래야." 옌스가 머리를 뒤로 쓸어 넘기며 말한다. "얼마 전에 라디오에서 차트쇼 할 때 나오는 걸 카세트테이프에 녹음한 거야. 물론 진행자가 첫 소절이 멍청하다고 말하긴 했지만."

나는 과감해져서 가까이 다가선다. 터치 미!

옌스가 뒤로 주춤 물러선다. "끝내주네, 이 노래, 그치?"

지금 진짜로 나랑 음악 이야기를 하자는 거야? 그렇다면 유감스럽긴 하지만, 사만사 폭스의 노래 실력이 미모에 상당히 뒤쳐지는 것 같다는 말을 해야 하나, 어쩌나? 그녀는 꼭 볼보르트[4]에서 사 입은 듯한 옷차림에 튀김 기계에 튀긴 듯한 헤어스타일뿐 아니라, 목소리 역시 깡통에 대고 소리를 질러대는 것 같다.

"애들이 곧 우릴 데리러 올 거야." 나는 그렇게 말하곤 그 애에게 한 발짝 더 다가간다. 이제 얼른 키스하라고!

4　세계적인 슈퍼마켓 체인점 '울월스(Woolworth)'를 독일식으로 읽은 것. 주로 중저가 제품을 많이 판매함.

"있잖아. 나는 폭스가 정말 잘한다고 생각해." 옌스는 그렇게 말하며 한 발짝 더 뒤로 물러선다. "그리고, 기다려봐, 그 금발머리 여가수 있잖아, 「보니따(Bonita)」를 부르는 그 금발머리 여가수, 그 여자도 끝내줘. 그 여자, 곧 극장에서 상영할 영화에도 출연한대. 제목이 「후즈 댓 골」[5]이지······."

"마돈나." 나는 얼른 이름을 댄다. 잘난 체하려는 게 아니라 그 애가 숨을 돌릴 수 있는 기회를 주려고 던진 것이었다.

"아니." 옌스가 말한다. "너는 아무것도 모르는구나. 이제 기억났다! 그 여자는 산드라야."

그사이 옌스의 낯빛이 건강을 잃은 사람처럼 변했다. 옌스가 이맛살을 찌푸리는 걸 보고 나는 이 아이가 허공에 손가락을 뻗쳐들고 집에다 전화하려는 건 아닌지 조마조마하기까지 했다.

과연 여기서 우리 둘이 목표했던 바를 무사히 해낼 수 있을까?

나는 작정하고 옌스의 목을 끌어안으려고 그 아이를 향해 성큼 걸음을 내딛는다.

그 순간 문이 벌컥 열리면서, 옌스의 머리와 문이 부딪치는 둔탁한 소리가 난다.

프랑크가 모퉁이를 돌아보더니 큰 소리로 웃는다. "야, 뽀뽀하랬지, 언제 이렇게 요란한 소리를 내라고 했냐?!"

프랑크의 뒤쪽 실내에서 「에버래스팅 러브(Everlasting Love)」가 울려 퍼지고 있다.

---

5   마돈나가 출연한 영화 「후즈 댓 걸(who's that girl)」을 말함. 걸(girl)과 골(goal)을 구분하지 못할 정도로 공부와는 담쌓고 사는 옌스의 단면을 잘 드러냄.

"저게 마돈나야."[6] 옌스가 뒤통수를 문지르며 말한다.

그러곤 나를 가만히 세워둔 채로 쑥 들어가버린다. 키스도 하지 않고.

연애에서 진취적인 쪽은 대부분 여자들이다.
남자들은 여자들이 말을 걸어올 때 가장 좋아한다.
이것은 대표적인 설문 조사에서 나온 결과이다.
– 『슈테른』 온라인 기사

"안네로 돌아오라, 내 말 듣고 있어?"

나는 당황해서 슈테판을 쳐다본다. 주위에선 파티가 한창이었다. 나는 나의 동료를 스쳐 지나듯 바라보고는 곧바로 산드라가 볼프강 앞에서 푹 파인 앞섶 사이를 훤히 드러내 보이고 있는 모습을 살펴본다. 슈테판과 수다를 떨 것이 아니라 곧장 가서 볼프강을 독차지했어야 했다. 산드라가 아까 위협했던 걸 지금 실천에 옮기는 중인 것 같다. 그래도 나는 쟤가 내 친구라고 생각했었는데!

머릿속에서 공 소리가 울리며 권투 중계자의 목소리가 들려온다.

'도전자가 공격을 시작했습니다! 아, 어떻게 저렇게 빠른 속도로 상대의 가슴을 공격하는지, 아주 인상적입니다!'

"안네?"

6 「에버래스팅 러브」는 제럴드 졸링이 부른 노래임.

슈테판과 내가 방금 무슨 이야기를 하고 있었지? 분명 임신에 관한 이야기였을 거다. 요즘 그를 가만히 두지 않는 테마가 바로 그거니까.

"어, 그래." 음악 소리와 사람들의 목소리가 뒤엉켜 소란스럽다. 나는 큰 소리로 말한다. "그럼 마야는 여전히 허리가 아프대?"

"아니." 슈테판이 이맛살을 찌푸린다. "마야가 임신한 뒤로, '내'가 계속 고통을 느끼고 있어. 복부에 말야."

"오, 그거 아주 흥미로운걸." 나는 산드라가 우연인 척 깊게 패인 가슴골 부분을 볼프강에게 대고 누르는 모습을 바라보며 슈테판에게 말한다.

'신사 숙녀 여러분, 그녀가 인파이트 7를 구사하고 있습니다! 믿을 수가 없네요!'

뭐라도 해야 한다. 그렇지 않으면 산드라가 그를 곧 침실에 있는 매트로 데리고 갈 것이다.

"자기, 우리 새 입주자 알고 있나?" 이 말과 동시에 나는 슈테판의 팔뚝을 움켜쥐고 북적거리는 사람들 틈을 지나 볼프강과 산드라가 있는 곳으로 끌고 간다.

'믿을 수가 없네요! 안네가 손실을 많이 입은 것 같은데요. 그런데도 멈추질 않는군요. 그녀는 무엇으로 맞서야 할까요?'

"여긴 우리 회사 동료 슈테판이라고 해요." 나는 두 사람 앞에 서자마자 숨 돌릴 겨를도 없이 말한다.

---

7 권투 경기의 공격법 중 하나. 계속 전진하여 상대의 품으로 뛰어들어 쇼트 펀치를 날림으로써 상대를 압도하는 전법. 주로 키가 작은 선수들이 많이 구사함.

볼프강이 짓궂은 표정으로 웃으며 슈테판을 위에서 아래로 죽 훑어본다. "아하, 당신 남자 친구."

"말도 안 돼요, 내가 말했잖아요." 우리는 서로 눈길을 주고받는다. 날 따뜻하게 감싸주는 눈길이다. "우리는 직장 동료예요. 한 사무실을 쓰고 있고요. 뿐만 아니라 이 사람은 마야와 함께 살아요. 마야는 지금 임신 중이고요." 나는 산드라의 직장 동료들과 이야기 삼매경에 빠진 슈테판의 여자 친구를 가리키며 말한다.

"그렇다니 정말로 기쁘네요." 볼프강이 의미심장한 눈길로 나를 바라본 다음, 슈테판에게 악수를 청한다.

"쉐어하우스에 사니까 어때요?" 슈테판이 대화를 주도하고 싶어 안달 난 신입생처럼 묻는다. 슈테판은 진짜로 귀여울 때가 종종 있다.

"아주 좋죠." 볼프강이 말한다. "그런데 저는 원래 적령기에 쉐어하우스에 사는 건 동의하지 않아요. 결론적으로 저는 저와 가정을 이룰 수 있는 여자를 찾고 있거든요."

아하, 그래. 자, 그렇다면 여기, 나를 택하시지. 올리 이후로 아이에 관한 문제는 진즉 잊기로 했지만, 그건 어디까지나 절충 가능한 문제다.

"칵테일 한 잔 할래요?" 산드라가 순진한 눈을 하고 볼프강의 어깨에 머리를 기대더니 나를 바라보며 눈을 깜빡인다. "아아아아안네, 우리 섹스 온 더 비치가 너어어어무 마시고 싶어. 그거 네가 잘 만들잖아."

"그래요?" 볼프강이 많은 말을 담은 눈길로 나를 바라본다.

"꼭 마셔봐야 해요." 나는 그렇게 말하고 그를 바라보며 미소를 짓는다. "당신도 마실래요?"

'와우! 멋진 스트레이트였습니다. 산드라가 링 바닥으로 쓰러지는 군요. 이제 카운트다운이 시작되었습니다! 산드라가 피를 흘리고 있네요. 안네는 심판에게 잡혀 강제로 링 모서리로 내몰립니다. 안네가 계속해서 상대 선수를 치고 들어가네요! 이곳에선 이제 어떤 규칙도 더 이상 통하지 않습니다, 신사 숙녀 여러분……!'

"안네, 자기야, 나도 한 잔 줄 수 있어?" 슈테판이 사랑해 마지않는 자기 여자 친구를 건너다보며 묻는다.

"그럼 세 잔?" 나는 좌중을 둘러보며 묻는다.

모두들 고개를 끄덕인다. 나는 바람 가르는 소리를 내며 부엌으로 달려간다. 그리고 지금까지 그 어떤 보드카도, 또 복숭아 리큐어에다 오렌지 주스까지 이렇게 서둘러 따라본 적이 없었다. 그러고 나서 얼음과 크랜베리 주스를 더 섞은 다음 우리 소그룹이 있는 곳으로 돌아온다.

"으으음, 맛있네요!" 칵테일을 건네는 내 손에 볼프강의 손이 스친다.

산드라는 볼프강에게 더 달라붙어 몸을 부비적거린다. "칵테일이 좀 셌나 봐요." 산드라가 고통스러운 표정을 짓더니, 꼬마아이 같은 눈망울을 한 채 비스듬하게 볼프강을 향해 눈길을 던진다. "잠깐만 나랑 발코니까지 가줄 수 있어요?"

"당연하죠." 볼프강이 말한다.

나는 엉망이 된 기분으로 두 사람이 사라지는 모습을 지켜본다.

아마도 이걸로 모든 게 끝인 것 같다.

'럭키 펀치입니다! 안네가 정신이 혼미해지는 것 같습니다. 예, 그대로 바닥에 쓰러지는군요. 심판이 카운트다운을 시작합니다……!'

아무 소용이 없다. 압도적으로 승리를 거두어 챔피언 벨트를 집으로 가져가고 싶다면, 지금 행동에 들어가야 한다. 지금 당장. 그러니까 곧. 나중에. 아, 젠장.

"있잖아, 우리 그래도 서로 꽤 잘 아는 사이잖아." 슈테판이 말한다. "분만실에 내가 자기를 대동하고 싶다면 같이 갈래?"

뭐라고?!

"사람 잘못 보셨습니다." 내가 말한다. "마야는 저기 저쪽에 있습니다."

"그게." 슈테판이 바닥을 바라보며 말한다. "마야가 내가 함께 들어갔으면 하고 바라는 눈치야. 하지만 나는 확신이 서질 않아서. 그래서 여자가 들어가서 보는 건 어떤지 물어보고 싶었어."

"그랬구나. 그런데 나는 임신의 '임'자도 안 했는데 어쩌지!"

뿐만 아니라 지금 나에게 천생연분인 남자가 산드라에게 끌려가도록 내버려둔다면, 나는 아마 평생토록 임신 한 번 못 해보고 죽을 거다.

"그리고 일단 말이 된다고 생각해? 자기, 분만실에 나를 데려가고 싶다는 말이야?"

나는 열린 발코니 문틈 새로 나의 옛 동거녀와 볼프강을 시야에 붙잡아두려고 애쓴다.

"내가 왜 거길 자기랑 같이 들어가야 되는데?" 나는 그렇게 묻고는 비죽이 웃는다. "그렇게 되면 나랑 직장 동료인 자기랑 애기 아빠인 자기까지 세 명이나 들어가자고?"

"안네!" 슈테판이 나를 살짝 밀치며 말한다. "그만하고 이제 좀 진지하게 말해봐."

내 내면에서 엄청나게 큰 소리로 공이 울린다.

'마지막 라운드입니다. 안네 선수가 기진맥진하여 링 모서리에 매달려 있군요. 그녀는 다시 한 번 일어설까요, 아니면 손수건을 흔들어 항복할까요?'

"자기, 그런 건 마야랑 먼저 이야기를 끝냈어야지." 나는 슈테판에게 말한다. "그리고 미안하지만, 이만 실례 좀 할게. 지금이 딱! 아직 태어나지 않은 내 아이들의 아버지를 정복할 타이밍이라서."

나는 슈테판을 그대로 세워둔 채, 스탠드에 걸어두었던 상의를 집어 들고, 전화기를 꺼내어 번호를 누른다. 그리고 서둘러 발코니로 간다. 거기선 볼프강과 산드라가 이야기 삼매경에 빠진 채서 있다. 나는 잠깐 기다렸다가 그들에게로 간다.

'안네가 돌아왔습니다! 믿을 수 없군요. 안네가 이제 한 번에 모든 걸 만회하려고 하는데요!'

"여기, 네 남자 친구야." 나는 산드라에게 전화기를 건네며 볼프강에게 말한다. "이젠 제가 당신하고 뭘 좀 마시고 싶은데요."

산드라가 휴대폰을 받으며 나에게 말한다. "고마워." 그러곤 좀더 소리를 낮춰 말한다. "나, 네가 적극적으로 나오게 하려면 우선틀을 벗어나게 유인해야 한다고 생각했다! 이제 저 남자 해치워. 널 위해 예열 잘해놨으니까."

나는 비죽거리며 삐져나오는 웃음을 참을 수 없다. "넌 진짜 재수 없는 계집애야."

그녀가 나를 보며 눈을 찡긋거린다. 그러곤 전화기에 대고 "어머, 자기야!"라며 아양을 떤다. "자기도 날 재수 없는 계집애라고 생각해? 나야 그렇다고 말해주길 바라지!" 그 말을 한 다음 그녀는 거실로 사라진다.

이제 옥상 테라스에는 볼프강과 나, 단둘이 있다. 우리 위로는 별들이 쏟아지고, 우리 둘 사이로는 시내의 전경이 보인다. 갑자기 안에서 부드러운 멜로디가 흘러나오더니, 프랭키의 노랫소리가 들린다. '나를 달로 보내주세요, 별들 사이를 노닐게 해줘요(Fly me to the moon, let me play among the stars……).'

볼프강이 나에게 손을 내밀더니 자기 쪽으로 끌어당긴다. 우리는 음악에 맞춰 몸을 움직인다. 그가 내 가까이, 아주 가까이 있다. 지금껏 그 어느 때도 맛보지 못했던 최고의 밀착 댄스다.

"당신과 함께 살다니 정말로 좋네요." 그가 내 귀에 대고 말한다. 어찌나 가까이서 말을 하는지 그의 숨결에 온몸이 간질거리며 오그라드는 것만 같다.

"다만 중간 임차라는 게 아쉽긴 하지만."

"한동안 여기서 살아도 돼요." 나는 목소리를 낮춰 말한다.

"당신이 원한다면?" 그가 한 손으로 나의 허리를 부여잡고 다른 한 손으로 내 한쪽 팔을 들어 올리더니, 자신을 축으로 삼아 나를 빙그르르 돌린다. 내가 다시 그를 마주 보며 섰을 때였다. 그가 내 두 눈을 그윽이 바라보더니, 나를 더 가까이 끌어당긴다. 심장에서 불꽃이 터져 내 온몸을 뚫고 퍼져 나가는 것만 같다.

"도서전 파티 때 나는 당신이 나를 피하려 한다고 생각했어요." 그가 말한다.

"그리고 나는 우리가 다시는 못 보게 될까 봐 두려웠고요." 내가 속삭인다.

'내 마음을 노래로 채워주세요, 그리고 영원보다 더 오래 노래하게 해줘요(Fill my heart with song and let me sing forever more······.)'

다시 그가 나에게로 다가온다. "당신이 정말로 원한다면, 여기 남을게요." 춤출 때 얼굴로 흘러 내린 머리카락을 쓸어 올려주며 그가 말한다. "집안일도 할게요."

좀 이상한 생각이 들긴 했지만, 이런 타이밍에 그런 건 정말로 아무 상관이 없다. 바닥에서 몇 센티미터쯤 붕 뜨는 것 같은 기분이 든다. 심장이 두근거리고, 무릎에서 힘이 빠지려 한다.

볼프강이 나의 얼굴을 그의 양손으로 감싸 쥔다.

그리고 나에게 키스한다.

'이겼습니다! 안네의 승리입니다! 이번 싸움은 역사에 길이 남을 것입니다!'

관중의 열렬한 환호성을 동반하고 공 소리가 울려 퍼진다. 아니, 환호성이라기엔 뭣하고 잔 부딪치는 소리와 사람들이 와글거리는 소리와 함께 말이다. 그리고 올드 블루 아이즈의 목소리가 이 모든 소리를 압도하며 울려 퍼진다. '달리 말하자면, 다시 말하는데 한눈 팔지 말아줘요, 다시 말하면 당신을 사랑해요(In other words, please be true, in other words I love you······.)'

15

난산(難産)

"곧 자신의 가족이 생긴다는 사실은
남자들을 냉정하게 두지 않는다.
그들은 무엇보다도 재정적인 압박에 부담을 느낀다.
그리고 그들은 자신의 파트너인 여성들을
감정적인 면보다는 실질적인 면에서 뒷받침하길 원한다."

『포커스』온라인 기사

●

오늘 나는 슈트라머 막스를 즐기고 있다.

아니, 햄과 달걀프라이를 곁들인 빵이 아니다. 소시지 껍질이라고 하는 편이 낫겠다. 제품회사의 인터넷사이트에서 약속한 문구가 준 울림이 유혹적이었다. '슈트라머 막스의 셔츠는 남성적인 상체를 만들어줄 뿐 아니라 건장한 핏을 선사합니다.'

나는 남성용 코르셋의 일종일까 봐 두려웠다. 그러나 제품은 일반적인 티셔츠처럼 생겼고, 또 일반적인 티셔츠처럼 걸치기만 하면 되었다. 옷을 걸치자마자 하이테크 속옷에 압박을 받아 나의 똥뱃살이 사라진다. 나는 거울 앞에서 몸을 이리저리 돌려보며 결과에 감탄한다.

이제 서둘러 욕실로 들어가 뺨에 애프터쉐이브를 바르고 머리를 만진다. 스마트폰에서 흘러 나오는 록세트[1]의 노래가 잔잔하게 배경음악을 깔아준다. '성공을 위해 쫙 차려입을 거야, 큰일을 위해 나 자신을 가꾸고, 성공을 위해 쫙 차려입을 거야(I'm gonna get dressed for success, shaping me up for the big time baby, get dressed for success……)'

80년대 키드답게 나는 나의 정신을 단련하기 위해 오래된 음반에 수록된 이 노래를 컴퓨터에서 다운로드 받았다. 뵈른이 한 말은 나에게 연봉 인상을 생각해볼 수 있는 기회를 주었고, 오늘은 상사를 만나 연봉 인상을 요청하려는 날이다.

나는 흰 셔츠를 입고 감청색 양복을 걸친다. 넥타이를 매려는데 두 손이 떨려온다. 가뜩이나 넥타이는 많이 매본 적도 없는데, 긴장감 때문에 더더욱 쉽지 않다. 급료에 관한 이야기를 할 때 남자들이 여자들에 비해 기본적으로 더 좋은 결과를 거둔다는 걸 인터넷에서 읽기는 했다. 다만 이때의 남자들이란 가느다랗고 조그만 소시지를 살 때에도, 터키의 재래시장에서처럼 흥정하는 그런 남자를 염두에 둔 게 분명한 것 같다. 나는 그런 부류의 사람이 아니다. 그래서 나는 최소한 외관상으로라도 내가 그런 인물이라는 걸 확신케 하고자 하는 것이다.

이어지는 두 번의 시도 끝에 넥타이 매듭은 제대로 자리를 잡을 수 있었다.

---

1   1986년 결성된 스웨덴의 남녀 혼성 2인조 팝 그룹. 최근까지 왕성한 활동을 했던 장수 그룹이다. 이어지는 곡은 이 그룹의 히트곡 중 하나인 「드레스드 포 석세스(Dressed for success)」라는 곡이다.

나는 현관문을 나서며, 깊이 심호흡을 한 뒤 씨름할 각오를 다진다.

"연봉 인상은 유감스럽지만 받아들일 수 없습니다." 린트너 사장이 말한다. "우리 분야는 절대적으로 감축 중이에요. 가드레일을 친 상태라고요."

사장이 책상 맞은편에서 유감스럽다는 눈길을 보낸다. 그의 사무실은 정말로 넓다. 이 정도면 안네와 내가 쓰는 사무실 세 개는 너끈히 들어올 수 있을 것 같다. 아마도 공간의 깊이가 연봉 인상을 요청하는 입장에서 그런 기분이 들게 한 것도 있겠지만, 사장보다 조금 더 낮게 자리를 잡은 방문객용 의자도 한몫한 것 같다.

린트너 사장은 출판 분야의 원석과도 같은 존재다. 이 분야에서 경력을 쌓아오면서 그는 수많은 베스트셀러 작가를 발굴하였고, 독자의 취향을 알아차리는 데 있어 둘째가라면 서러운 인물이다. 성공은 그에게 편안한 라이프스타일을 누리게 해주었다. 그의 배

둘레를 보면 눈썰미가 없는 사람이라도 그가 프랑스 음식과 값비싼 와인, 벨기에산 송로버섯을 애호할 거라는 걸 짐작할 수 있다. 전체적으로 그는 라이너 칼문트(하체)[2]와 헬무트 마르크보르트(상체)[3]를 마구 주물러놓은 것처럼 보인다. 그를 보고 있노라면 남자란 모름지기 성공과 권력, 부라는 세 가지를 통해 자신의 남성성을 가장 잘 증명해 보일 수 있다는 견해의 대표주자인 나의 아버지가 떠오른다.

린트너 사장은 젊은 시절, 베르기쉬 지방의 콧수염쟁이네 집에 세 들어 살아야 하나 말아야 하나, 그런 걱정 같은 건 절대로 해본 적이 없을 것 같다. 아니면 가정을 꾸리기에 수입이 충분치 않다는 이유로 아버지와 장인에게서 졸장부 취급을 받지는 않을까, 그런 걱정 같은 건 한 번도 하지 않았을 것 같다.

"그 외에 당신도 알다시피, 보너 씨, 지금 경제적으로도 난항이 예상되고 있어요." 린트너 사장이 자리에서 일어서며 말한다. 그가 창가로 가서 창밖을 바라본다. "수평선으로 폭풍이 다가오고 있어요. 디지털화라는 거대한 장애물이 서적 시장에 거센 회오리바람을 불러일으킬 겁니다. 그러므로 우리는 더 철저하게 철벽 수비를 해야만 합니다."

"그럴 수 있겠군요." 나는 조심스럽게 대꾸한다. 사장이 목전에

<hr />

2 독일 프로축구팀의 고위 간부이자 해설자, 작가. 엄청난 배 둘레로 인해 대표적인 두꺼비 체형의 인물로 간주된다.

3 독일의 저널리스트. 1993~2010년까지 독일의 시사 잡지 『포커스』의 편집장을 역임함. 목이 짧고 표주박을 엎어놓은 듯 하관이 둥글고 큰 얼굴형이 특징이다.

다다른 디지털의 공격에 대해 내가 자신과 의견 일치를 보일 때까지 멈추지 않고 토론하려는 생각을 하지 않도록 말이다. 그도 그럴 것이 만약 사장이 그렇게 나온다면, 나는 사장이 문제를 정확히 보고 있으며, 내가 그 정도로 일을 못한다는 걸 인정할 수밖에 없을 것이다. 이 상황에서 최선은 얼른 미리 준비해온 다른 논거로 스위치를 켜는 것이다. "최근에 제가 제대로 대박 친 책 몇 권을 담당했었는데요."

"맞아요. 그런데 다른 직원들과 비교하는 것도 중요하지요. 당신은 급여 체계에서 이미 상한선에 있어요."

"아, 그렇습니까."

제기랄, 지금 이게 뭔 일이래? 뵈른이 제안했던 것과 같은 '증인'을 요구해야 한다던 그 순간인 건가? 증인을 요구할 경우 린트너 사장은 말 그대로 압박을 받을 것이다. 그러나 출판사의 상황이 정말로 그렇게 좋지 못하다면, 내가 그렇게 할 경우 그는 돈을 절약하기 위해 나를 내보내려는 생각을 하게 될 수도 있다.

내 속에서 절망감이 고개를 치켜든다. 책상 위에는 젊고 날씬한 린트너 씨가 그의 아내와 두 딸과 함께 찍은 사진들이 세워져 있다. 그 자신도 아빠이다. 그렇다면 그도 틀림없이 나의 처지를 이해할 것이다!

"제…… 제가 곧 아빠가 될 거라서요." 나도 모르게 이 말이 입밖으로 굴러 나온다. "그래서 이제 제 가족을 부양해야 합니다."

사장이 한숨을 내쉰다. "보너 씨, 나도 돈을 더 드리고 싶지요. 하지만 당신의 개인적인 인생 설계는 출판사를 위해 어떠한 설득의 논거도 되지 않습니다." 그가 다시 자리에 앉는다. "이제 아버지가 되면 분명 육아휴직을 원할 텐데요, 맞지요?"

나는 고개를 끄덕인다. "그럴 계획이었습니다."

린트너 씨는 의자에 등을 기대고는 신중하게 생각하고 하는 말인 듯 말했다. "돈을 더 벌고 싶으면, 더 많은 책임을 맡을 때에만 가능해요."

그래서 지금 뭘 어쩌자는 건가? 승진 제안이라도 하려는 건가?

나는 재빨리 고개를 끄덕인다. "문제없습니다! 기꺼이 그렇게 해야죠."

린트너 사장이 미소를 짓는다. "그렇다면 호봉 순위가 높은 위치에 있으니만큼 그렇게 단순하게 몇 달 동안 손을 놓고 지낼 수는 없겠지요."

"하지만 육아휴직 기간은 법적으로 규정되어 있습니다." 나는 그의 말을 되받아쳤다.

"물론. 팀을 이끄는 지휘자의 위치에서도 육아휴직은 낼 수 있지요. 다만 그럴 경우 업무를 인수인계하는 것이 간단치 않을 수 있어요. 그러면 사실상 기저귀 교환대 위에서 직장 일을 해야 하는 상황이 올 수밖에 없을 거고, 절대 제대로 휴직 기간을 보내기 힘들 거예요."

린트너 사장이 자리에서 일어나 벽 선반으로 걸어간다. 그는 우리 회사의 캐릭터 상품 컬렉션들인 플러시 천으로 만든 동물 인형 앞에 멈추어 선다. 그가 선반에서 한쪽 귀가 접힌 채 동그랗게 놀란 눈을 한 조그만 토끼 한 마리를 집는다.

"당신은 남자로서 오늘 두 가지 가능성을 앞에 두고 있습니다. 하나는 수토끼처럼 사는 것입니다. 단출한 집에서 부인과 여러 명의 자녀들을 데리고 함께 사는 것이죠. 시간이 엄청나게 많아서 아이들과 함께 초원을 뛰어다닐 수 있지요." 그런 다음 린트너 사장은 장식장 안에 있는 커다란 플러시 곰 인형을 가리킨다. 가슴팍에 '파파 베어'라는 글씨가 박힌 버튼이 달려 있는 인형이다. "아니면 고전적인 아버지입니다. 큰 집, 큰 차, 많은 돈. 아주 든든한 부양자가 되는 거죠."

나는 고개를 끄덕인다. 이것이 내가 원하는 것이다. 그렇지 않은가?

"후자로 정했다면, 이제 맞바꾸는 것에 동의해야 합니다." 린트너 사장이 설명한다. "아이들과 가족 대신 돈과 경력을 맞바꾸는 것에요. 예전엔 그랬어요. 그리고 이건 지금도 여전하고요." 그가 다시 내 곁으로 와서 앉더니 귀가 접힌 토끼를 내 손에 꼭 쥐어준다. 그런 다음 그는 가족 사진이 들어 있는 액자를 들고 물끄러미 바라본다. "당신은 나와 같은 실수를 저지르지 마세요."

정치 분야이든, 경제 분야이든 최고의 지위는
그것이 어떤 것이든 모두 개인의 사생활을 먹어치우려고 위협한다.
자녀가 있든 없든 상관없다.
그런 까닭에 이런 고위직 당사자들은
점점 평범한 생활에서 멀어지곤 한다.
그렇게 되면 어느 순간 쇼핑을 가거나,

보살핌이 필요한 자신의 부모를 돕는 것과 더불어
아이와 함께 아이의 학교 숙제를 하는 것 또한 똑같이
낯선 일이 되고 만다.

– 지그마어 가브리엘, 독일 부총리

남산같이 부풀어 오른 마야의 배 위로 나의 두 손이 미끄러진
다. 사무실에서 오는 길에 나는 건강식품 가게에 들러 오일 한 병
을 사왔다. 마야는 내가 공 같이 둥그런 그녀의 배를 마사지해주
는 걸 즐긴다. 둥글게 원을 그리며 배를 쓰다듬다 보면 예외 없이
아이가 가볍게 발로 차는 것이 느껴진다. 그리고 앙증맞은 작은
발을 더듬을 때면 매번 행복감이 밀려오곤 한다.

이런 것들을 겪지 않았어도 내가 아이를 이렇게 좋아할 수 있었
을까? 사장과 나눈 대화는 나에게 많은 생각을 하게 했다.

지금까지 나와 이 문제에 관해 대화했던 사람들은 모두 내가 나
의 가족을 부양할 수 있도록 돈을 더 벌었으면 하는 기대와 동시
에 아이와 함께 지낼 수 있도록 시간도 내주기를 기대하는 것 같
았다. 사장인 린트너 씨의 말에 따르면 돈은 내가 가족을 소홀히
할 때에만 많이 벌 수 있다. 그리고 더 많은 돈을 벌겠다는 마음을
포기해야만 가족을 위한 시간을 얻을 수 있다. 하지만 그렇게 할
경우 우리는 애초에 집에 대한 꿈은 포기해야 할 수도 있다. 이런
악순환이 어디 있단 말인가!

"좀 더 오른쪽으로." 마야가 졸린 목소리로 말한다.

나는 램프의 불빛을 최저 단계로 조절하고, 침실 곳곳에 촛불을

켜고, 클래식 음악을 틀어놓았다.

"당신, 앞으로 이거 더 자주 해줘야 해." 마야가 꿈을 꾸듯 말한다. "우리가 살 새집에 커다란 욕조가 있어. 그럼 우리 욕조 주변에 촛불을 세워 촛불 바다를 만들자."

나는 말없이 고개를 끄덕인다. 우리가 살 새집이라. 아직 마야에게 털어놓진 못했지만, 나는 토르스텐의 세입자로서 삶을 끝내지 않는 것에 사활을 걸 거다.

하지만 지금으로선 바로 코앞에 닥친 도전과제에 집중해야 한다. 그것은 바로 출산이다. 일단 출산 과정에 대해 알아둬야 한다. 그러므로 마르코는 내일 아침 일찍 나에게 출산에 관해 설명할 것이다. 어쨌든 그는 자신의 손으로 아이를 받았고, 모든 것이 아직도 생생하게 기억에 남아 있을 테니까.

얼마 후 나는 동작을 멈춘다. 숨소리가 고른 걸 보니 마야가 잠이 든 모양이다. 나는 조심스럽게 이불을 덮어준 후, 촛불을 끈다.

첫아이를 낳기 위해 우리가 병원에 도착했을 때였다.
출산 안내 강좌에서 접했던 것처럼 모든 것이
그렇게 아름다운 건 아니었다.
오히려 묵시록과 같았다고 할까. (……)
장담하는데, 그 모습은 꼭 비디오 게임인
'하프 라이프'를 보는 것 같았다.

— 토마스 린데만, 율리아 하일만, 『애기똥』

마르코가 자기 아들을 보여준다. 아기가 꽤 크다. 그래서 나는 아기가 타마라의 몸속 산도(産道)를 뚫고 나온 장면은 상상하고 싶지 않았다. 하지만 룸살롱 방문을 앞두고 나를 구해주었으니, 나는 이 작은 존재에게 영원히 고마워할 것 같다.

"이름은 닉이야." 마르코는 그렇게 말하면서 아기의 검은 머리카락을 조심스럽게 쓰다듬는다. 벌써 갓난아기 단계에서부터 아이들이 자기를 낳아준 아버지를 이토록 닮을 수 있다는 것이 그저 놀라울 따름이다. 이 가녀린 사내아이는 정말이지 라틴아메리카 풍으로 생긴 '미니 마르코' 같다.

마야와 나의 아이는 어떻게 생겼을까? 내가 그토록 바라던 딸아이가 나온다면, 그 아이는 틀림없이 마야를 닮았을 거다. 아무튼 그렇게 되길 기원하는 바이다.

마르코와 나는 유모차를 끌고 공원을 돈다. 전날 밤 내내 눈이 왔었다. 집들과 길이 마치 파우더슈거를 얇게 뿌려놓은 듯 햇빛을 받아 반짝인다. 마르코는 특별히 닉을 꽁꽁 싸매어 데리고 왔다. 그는 단시간에 요란한 아빠로 탈바꿈하였고, 벌써부터 가정을 운영하는 데 필요한 모든 전략을 체화한 것처럼 보인다.

모퉁이에 있는 간이매점에서 우리는 알코올 프리 맥주 두 병을 산다. 그런 다음 양지바른 자리를 찾아 아버지가 된 마르코를 위해 맥주병을 부딪친다.

나이 든 부인 한 명이 지나가면서 우리를 질책하듯 이상한 눈초리로 쳐다본다. 그러곤 이렇게 중얼거린다. "누가 남자 아니랄까봐. 한 손엔 유모차를, 다른 한 손엔 맥주병을 들고 있네."

이상하다. 원래대로라면 지금 나는 마침내 내가 진짜 남자로서 인정받았다며 자랑스러워해야 마땅할 것 같다. 그러나 나는 그렇게 하는 것이 옳다고 보지는 않는다. 결론적으로 우리는 우리 이전에 무수히 많은 세대의 아버지들이 그랬던 것과 똑같이 아이가 태어난 다음부터 철저하게 자신을 채찍질하니까 말이다.

마르코가 그네를 흔들듯 유모차를 흔든다. 아이를 바라보는 동안 그의 표정이 아주 부드러워진다.

"어땠어?" 내가 묻는다.

분만실을 돌아보던 중 까무러친 이후로 나는 유사시에 내가 또 그럴까 봐 두려웠다. 나의 라이벌 토르스텐이라면, 분명 그 상황을 용감하게 뚫고 지나갔을지도 모른다. 아니, 그랬을 거라고 나는 확신한다. 어쨌든 아직도 그 양이 새끼 낳던 때의 기억이 불쾌하게 남아 있다. 마야가 출산할 때 어떤 일들이 나를 기다리고 있을지 죽마고우가 직접 말해준다면, 어쩌면 나의 두려움이 사라질지도 모른다. 결론적으로 그 과정을 견디어낸 사람이니까. 그리고 어디선가 사람들은 미지의 것에 대해서만, 즉 알지 못하는 것에만 공포심을 느낀다고 읽은 적도 있다.

"슈테판, 너한테 그 이야길 해야 하는 건지, 난 잘 모르겠어." 마르코가 말한다.

"난 괜찮아."

"네 생각이 그렇다면야. 그런데 그게 말야, 진짜 대박이더라. 열여덟 시간이 걸렸다니까." 마르코가 진지한 표정으로 나를 본다. 이제야 나는 그의 눈에 실핏줄이 갈래갈래 가늘게 터지고, 눈에 띄게 다크서클이 드리워진 것이 눈에 들어온다.

"정말?"

"집에 도착한 후 곧바로 출발하지 않아도 되어서 천만다행이었어. 아침이 되어서야 정식으로 진통이 심해졌거든. 그때쯤엔 나도 벌써 반쯤은 술이 깬 상태였지. 나는 타마라를 차에 태우고 최고 속도로 병원을 향해 달렸어. 타마라가 무섭게 비명을 질러댔거든. 마침 순찰을 돌던 경찰차가 자연스럽게 내 차를 추격하기 시작했어. 당연히 나는 잔여 알코올 생각에 패닉에 빠졌고. 하지만 경찰관들도 무슨 일이 벌어진 건지 신속하게 알아챘고, 우리는 다행히 순찰차로 에스코트 받으며 응급실로 갔지." 마르코의 입가에 미소가 감돈다. 출산 과정 중 적어도 이 부분에 관해선 아주 근사했다고 생각하는 것 같다.

"그리고 그다음은?"

"난 말이야, 정말이지 힘만 딱 주면 아기가 세상에 나오는 줄 알았어, 정말로. 하지만 시간을 끄는데, 끝이 날 것 같지가 않더라고. 타마라는 온갖 자세를 잡고 도움이 될 만한 방법은 다 써봤어. 욕조, 앉은뱅이 의자, 침대, 네발짐승처럼 자세잡기 등등. 정말 나중엔 신경질이 다 나더라고! 네가 네 여자 친구랑 신발을 사러 다닐 때처럼 딱 그랬다고나 할까. 마야가 신발 사러 가면 항상 이 가게에서 저 가게로 뛰어다니잖아. 그리고 네가 이제 뭘 좀 찾아냈나 보다, 라고 생각하면 꼭 어디 다른 데 가서 더 둘러봐야 직성이 풀린다며. 다행히 나는 아이패드를 들고 다녔지만. 별 다른 일이 일어나지 않으면, 타마라가 가게 순례를 하는 동안 나는 「아메리칸

호러 스토리(American Horror Story)」[4] 한 편을 볼 수 있었고 말야."

"피 많이 나오냐?"

"유혈이 낭자한 장면들에서야 당연히 많이 나오지. 어쨌든 멋진 드라마야."

"출산할 때 말이야!"

마르코가 손으로 온 얼굴을 훑는다. 갑자기 마르코의 모습이 지금 막 아빠가 된 사람의 설렘이 아닌, 트라우마에 시달리는 참전용사처럼 변한다.

"슈테판, 타마라가 비명을 지르는데 말야. 살면서 들어본 적이 없는 소리였어. 마치 누가 불에 달군 펜치로 발톱을 잡아 빼는 것처럼, 얼마나 크고 날카롭게 소리를 지르던지. 그 비명 소리는 평생 잊지 못할 것 같아." 그는 잠시 입을 다물고 있다가 이야기를 이어간다. "잠시 후 산파가 나를 오라고 하더군. 산파에게 내 손으로 직접 아들아이를 받고 싶다고 말해두었거든. 나는 타마라의 다리 사이에 쪼그려 앉았지. 그런데……."

마르코가 눈물이 글썽거리는 눈으로 나를 본다. 그러고는 몸을 숙이더니 두 손에 얼굴을 파묻고 고개를 젓는다.

나는 그의 어깨에 손을 얹는다.

"온통 피였어." 마르코가 목멘 소리로 뜬금없이 이야기를 꺼낸다. "그리고 자궁구가 열리는데. 그 모든 게 어딘가 영화 「에일리

4 2011년 11월 5일부터 FX에서 방영 중인 미국 공포 드라마 시리즈. 정신과 의사인 벤의 가족이 한 저택에 이사 오면서, 그 저택에서 억울하게 살해당하거나 또는 죽음을 맞이한 영혼들이 유령으로 되살아나 일어나는 일들을 다룸. 그로테스크한 장면들로 유명함.

언」에 나오는 괴물이 배를 찢고 나오는 장면을 떠올리게 하더라고. 나 정말 상태가 말이 아니었어. 그렇게 괴로울 수가 없더라. 거기에 들어가는 게 아니었는데. 불쌍한 타마라……."

마르코는 다짜고짜 울기 시작한다. 나는 그를 안아준다. 우리는 그렇게 한동안 아무 말 없이 그곳에 앉아 있었다. 마침내 내가 휴지를 건네주자, 마르코는 휴지에 대고 코를 푼 다음 눈물을 닦아낸다.

"지금 난 정말 행복해." 그는 아직도 흐느낌이 가시지 않은 목소리로 말한다. "그런데 모든 걸 전부 보고 나니까, 이제는…… 이제는 정말이지 다시는 섹스를 할 수 없을 것 같아."

듣고 보니 내가 생각한 것 그 이상으로 심각하다.

이제 마야와 나에게 출산은 돌이킬 수 없는 일이 되었다. 나는 양심의 가책을 느꼈다. 마야는 자기가 어떤 일을 할 건지 알고 있을까?

16

기저귀 견문록

"직장과 가정을 현실적으로 일치시키기 위해
이젠 진짜로 남자와 여자가 힘을 합쳐
진지하게 싸워할 때가 아닌가 생각된다.
이것은 몇 달간의 육아휴직으로는 부족하다.
거의 독점적이라 할 정도로 여성들의 점유율이 높은
하프타임 일자리 대신, 남자와 여자가 평등하고
서로 상생할 수 있는 방향으로
서로의 인생 주기 중 한 부분을 예약할 수 있도록
남자와 여자를 골고루 수용하는
3/4제 일자리[1]를 보편화하는 건 안 될까?"

마이케 페스만, 「타게스슈피겔」[2]

1 1일 8시간 노동을 기준으로 4시간 근무는 반일제 근무, 즉 하프타임이라고 하고, 6시
간 근무는 3/4제라고 함.
2 1945년 창설된 베를린의 일간지.

"너 아주 보기 좋아졌다." 산드라는 하품을 하고 이렇게 말한다. "전에는 늘 뚱해 있더니만, 욕구불만 때문이었나 보다, 얘. 하지만 이젠 볼프강이 있으니까."

"맞았어, 바로 그거야." 나는 좋은 내색을 애써 누르며 미소 짓는다.

일요일 아침이다. 맑고, 차고, 청명한 날씨. 우리는 카페 센트럴에서 아침을 먹기로 약속했다. 산드라와 산드라가 가장 좋아하는 직장 동료 카챠 그리고 나.

"이거 듣고 있기 영 불편하구먼." 카챠가 아이를 품에 안고 젖병을 물리며 나를 향해 눈을 찡긋거린다. "우리 엄친아께선 뭐든 야무지게 할 것 같아, 실수하는 법 없이. 그치?"

나는 고개를 끄덕인다. 그와 함께 있으니 참 좋다. 지금까지 이렇게 행복했던 적은 단 한 번도 없었던 것 같다.

"부럽다, 부러워." 카챠가 눈썹을 치켜 올린다. "얼마 전에 우리 집 잘난 반쪽이는 말야, 하수도를 뚫겠다더니, 욕실을 거름구덩이로 만들어놓더라."

"아휴, 결과는 크게 중요하지 않아. 행동에 옮겼다는 것 자체가 중요하지." 나는 그녀의 말을 반박한다. "어제 볼프강이 그림을 걸겠다더라고. 그런데 그다음에 보니까 방 안 꼴이 꼭 로리오트[1]의 연극에 나오는 대기실처럼 어수선한 거야. 그리고 오늘 아침에 난 말이야. 1차로 전동 드릴에 걸려서 허우적거리다가, 2차로 페인트 부스러기와 모르타르가 뒤섞여 있는 곳을 밟고 말았어."

"잘 알겠네, 볼프강 같은 사람도 결점이 없진 않다는 거." 산드라가 말한다. "그 사실에 대해 우리 건배 한번 해야겠다." 산드라는 손을 들어 웨이트리스를 부른다. 그리고 프로세코[2] 세 잔을 주문한다.

"대신에 그 사람, 분명히 불면 날아갈 새라 쥐면 부러질 새라 널 엄청나게 아껴줄걸, 그렇지 않아?" 카챠가 어깨 위에 수건을 얹고 아이의 등을 쓸어주며 트림을 시킨다. 잠시 후 살짝 분유 트림 냄새가 풍긴다.

나를 아껴준다고? 전동 드릴에 발을 부딪칠 때 맞닥뜨린 고통

1 1923년 독일 브란덴부르크에서 태어남. 로리오트는 필명으로 풍자 만화가로 유명세를 획득한 후 방송인, 화가, 만화가, 작가, 배우, 영화감독, 교수 등 다방면에서 활동함.
2 프로세코라는 상표명인 동시에 프로세코 포도로 만든 포도주를 말하기도 함.

을 생각하면, 마냥 그렇다고만 할 수는 없을 것 같다.

"아야!" 나는 볼프강의 방 쪽에 대고 소리를 지르고는 발가락을 문질렀다. "열심히 작업하더니 끝난 후에 청소기는 안 돌렸나 봐?"

"아, 아직 완전히 끝을 내지 않아서." 내 사랑하는 사람이 침대에서 소리쳐 대답한다. "끝나면 소식 전할게."

나는 볼프강을 사랑한다. 그러나 카페 센트럴에 있는 지금 이 순간, 나는 불현듯 그가 일이 다 끝나지 않아도 칼퇴근을 하는 부류의 사람이라는 걸 깨닫는다. 그리고 청소 역시 그가 좋아하는 일에 속하지 않는다는 것도. 며칠 전 나는 욕실 세면대에 이끼처럼 물때가 낀 걸 더 이상 눈감고 있을 수 없어 폭발하고 말았다. 우리의 청소 계획표에 따르면 세면대는 이미 일주일 전에, 그것도 볼프강의 손길에 의해 반짝반짝 다시 빛나야 했다. 이 지저분한 세면대 때문에 나는 벌써 불결하게 물집까지 생겼는데, 그는 계속해서 자기 눈에는 더러운 게 보이지 않는다는 말만 할 뿐이었다. 그러곤 내가 그를 안쓰럽게 여겨 집 안을 치우고 청소할 때까지 나에게 아주 살갑게 군다.

"그거 참 이상하네." 나의 이상형이던 남자가 청결 부분에선 그다지 똑 부러지지 않는다는 걸 두 사람에게 털어놓자, 산드라가 말한다. "사무실에선 언제나 그렇게 완벽할 수가 없는 사람이거든."

"모든 점이 다 그렇게 나쁜 건 아니야. 그 사람 진짜로 귀여워." 나는 기억 속에서 좋았던 일들을 찾아내려 애쓰며 그렇게 말한다.

그 사람의 어떤 점이 그렇게 멋있었더라?

볼프강과 함께 에스프레소머신도 우리 집에 들어왔다. 이 물건은 굉장한 커피를 만들어냈다. 내 사랑은 아침마다 이 머신으로 커피를 내려 내 침대까지 가져다준다. 이외에도 그는 자기가 좋아하는 노래들만 모아 엮은 CD를 나에게 만들어주었다. 90년대 이후로 날 위해 그런 걸 해준 사람은 아무도 없었다. 그리고 육체적인 관심이 부족한 부분도 불평할 정도는 아니다.

나는 나도 모르는 새 미소를 짓고 있는 내 자신을 발견한다. 볼프강은 실로 간만에 평생 함께하는 상상을 하게 해준 남자다. 손재주라고는 하나도 없는 곰손에 청소공포증을 보이는 건 지엽적인 문제일 뿐이다. 청소야 우리가 그냥 즐기며 하면 된다. 그렇게 하면 모든 문제가 다 해결될 것이다.

"어쨌든 너의 그 귀여운 볼프강은 신기록을 세우며 우리 회사 사장의 마음에 들었단다." 산드라가 말한다. "그 사람 지금 승승장구 중이야. 사장이 기회가 있을 때마다 칭찬하면서 벌써부터 승진시킬 생각을 하고 있어."

"그렇다면 너 정말로 가족을 부양하는 데는 완벽한 사람을 찾은 거다!" 카챠가 젖병을 다시 휴대용 가방에 넣으며 말한다. "볼프강이 돈을 잘 벌어오면 너는 집에 있으면서, 라테마끼아또-맘[3] 중 한 명이 되는 거지. 그래서 애들 유치원 축제 때 유치원 꾸미기

---

3 트렌디한 젊은 엄마들을 일컫는 말. 세련된 명품 유모차에, 세련된 아기 옷, 유기농 먹거리 등에 관심을 갖고 서로 모여서 정보를 공유하기를 즐기는 신세대 엄마들로 카페에서 라테마끼아또 커피를 마시는 모습에서 유래한 신조어.

에 동참할 시간도 낼 수 있고 말이야."

"안네한테 퍽이나 맞는 말이다." 산드라가 나를 보며 비죽이 웃는다. "얼마 전에 안네가 나한테 그랬어, 편집자라는 본인의 직업을 얼마나 좋아하는지 말야."

"하지만 이젠 네가 아이를 가질지 말지 서서히 생각해봐야 해." 카챠는 아예 나에게로 돌아앉아 말한다.

한편으론 그래야 할 것도 같고, 다른 한편으론 아닌 것도 같고. 산드라의 말이 맞다. 나는 꿈에 그리던 직장을 잡은 지 그리 오래되지 않았다. 그러나 아이를 갖기 위한 시간의 창이 서서히 닫히고 있다는 것 역시 알고 있다. 어떻게 해야 할까?

"어쨌든 난 평생 엄마로만 지내는 건 상상도 못 하겠어." 결국 나는 이렇게 말하고 만다.

"하지만 아이가 생기면 경력 쌓기는 포기해야 할 수도 있어." 카챠가 아이를 가리키며 고개를 끄덕인다. "나, 빈센트가 태어나고 나서 파트타임으로 일하잖아. 나쁘지는 않아. 지금 우리 가족이 그럭저럭 이 난국을 타개해 나가고 있으니까. 물론 사무실에서 보내는 시간보다 가족들과 함께 있는 시간이 더 좋기도 하고. 그렇게 생각하지 않아?"

"자, 안네. 직장에서 정말로 뒷전에 물러서서 가만히 있을 수 있겠어?" 산드라가 묻는다. "뼛속까지 알파걸인 네가 말이야."

알파걸? 평가절하하는 듯한 뉘앙스가 풍기는 말이다. 대체 어떤 사람을 두고 하는 말이지? 하루 종일 정장 차림으로 여기저기 뛰어다니며, 점잔 빼는 속물적인 파티는 빠짐없이 참여하고, 컨버터블을 타고 다니며, 사석에서도 상사 티를 팍팍 내고 다니는 그런 여자?

"나는 그런 사람 아니거든!" 나는 버럭 화를 내며 소리친다. "단지 경제적으로 누군가에게 종속되기 싫어할 뿐이지. 내 인생에 관해선 나 스스로 결정하고 싶고. 우리에게 아이가 생긴다면, 볼프강도 가사와 육아의 일부분을 넘겨받아야지. 내 돈은 내 손으로 벌 수 있도록 말이야."

산드라가 품! 하고 물 뿜는 소리를 낸다. "볼프강이 그럴 거라고 생각하지도 않잖아. 괜한 소리는!"

나는 카오스 상태가 된 집 안 꼴을 다시 한 번 떠올릴 수밖에 없었다. 거기에 아이 둘과 장난감 박스들까지 들어가는 건 쉽지 않아 보인다.

"예전엔 나도 여자들이 아이와 경력, 두 가지를 다 가질 수 있다고 생각했어." 카챠가 말한다. "하지만 현실적으론 그게 제대로 되지 않더라고. 오히려 스스로를 갉아먹기만 할 뿐 아무것도 제대로 되는 일이 없어. 맨 정신으로 찬찬히 살펴보니까, 직장과 가정을 병합한다는 건 꿈같은 일이더라. 동화이지, 동화."

"맨 정신 이야기가 나온 김에," 산드라가 말한다. "이 시점에서 프로세코가 나와주셔야지."

직원이 우리 앞에 잔을 가져다놓는다. 우리는 프로세코 잔을 짠 부딪친다.

카챠가 꿈꾸는 듯한 눈길로 아이를 바라본다. "얘가 날 보고 웃을 때면, 입에서 꿀이 떨어지는 것 같아. 이런 행복감은 직장이 줄 수 없는 거지."

"나라면 이 대목을 깊이 생각해볼 것 같아, 안네." 산드라가 프로세코를 한 모금 마신 뒤 이어서 말한다. "나중에 네가 수유 카페에서 엄마들과 모여 앉아 있는데, 이 엄마들이 주구장창 짓무른 엉덩이, 기저귀 상표, 육아강좌에 관한 이야기들만 하네? 그럼 너는 아마 미칠 것 같을걸."

"허튼 소리 마." 카챠가 말한다. "엄마가 되면 모든 게 다른 관점에서 보인다, 너. 일이니 사생활이니 하는 건 완전히 자릿값이 달라져. 아이 대 회의? 언제나 결정은 아이를 위한 쪽으로 내리게 되어 있지."

"나는 회의를 택할 거야." 산드라가 말한다. "회의는 어차피 한 시간이면 끝나니까. 그리고 비스킷만 안 먹으면, 몸매 망가질 걱정 따위 안 해도 되고." 그녀가 자신의 몸을 내려다보더니, 티셔츠 허리 부분을 매끄럽게 훑어 내린다.

"난 어차피 일이 년 동안 몸매는 접고 살 거야." 카챠가 자신의 배를 톡톡 친다. "아이는 이 모든 것에 버금가는 가치가 있어. 까짓 임신선 쯤이야 문제 삼을 것도 없을 정도로 말이야."

"그럴지도." 나는 어깨를 으쓱이며 말한다. "그리고 출산 후 곧바로 탄탄한 배를 회복한 여자들도 봤어."

"인격적으로도 훨씬 더 발전하는 것 같아." 카챠가 말한다. "아이가 생기고 나야 비로소 제대로 성숙하지. 내 친구 중 싱글인 친구들을 보면 종종 아직 학창 시절에서 벗어나지 못한 것 같은 느낌이 들곤 하더라."

카챠의 말을 듣다 보니, 꼭 나를 꾀어 지루한 콤비형 차를 사게 하려던 자동차 대리점 여직원 같다. 아이가 무슨 21세기형 신개념 신분 상징물이라도 된다는 건가? 혹시 내 자신도 최종 결정을 내리고, 가족계획을 시작해야 하는 건 아닐까? 그렇게 하면 나도 결국 한몫 끼어 말을 섞을 수 있을 거다. 전에 어디선가 여자들은 집중적으로 직업 활동을 하도록 사회화되지 못했고, 그로 인해 남자들에 비해 고위 간부층에 이르는 경우 역시 드물다는 내용을 읽은 적이 있다. 지금까지 나는 이 말을 허풍으로 치부해왔다. 그러나 어떤 면에서 일리가 있는 말이라면? 당연히 출산의 고통이 약간 두렵긴 하다. 게다가 인구 과잉 현상에 관한 글 또한 엄청나게 읽었다. 하지만 저토록 작은 존재, 즉 아이를 돌본다는 건 인생에서 무엇이 진정으로 중요한지 발견하기 위한 결정적인 경험이 될 수 있을 것이다.

볼프강이 출세하길 원한다면, 나와 동등하게 과제를 분담할 경우 당연히 아무것도 이룰 수 없을 것이다. 그럴 경우 나는 현실적이 되어야 한다. 반나절 동안 볼프강이 아이를 보고 있어야 한다면, 그는 사람들의 관심권에서 벗어나게 될 것이고, 경력을 쌓고 출세하는 걸 포기해야 할지도 모른다. 많은 기업들이 겉으로는 엄청나게 가정친화적인 것처럼 활동하지만, 내부적으로는 고루하고 낡은 구조를 고수하는 게 현실이니까. 에이전시 역시 이 점에 있어선 크게 다르지 않다.

그러니까 전적으로 가정에 관해선 최신 모델이 아니라 고전적인 모델을 따라야 하는 것으로 보인다. 뭐, 안 될 건 또 뭐람? 나는 내 직업을 좋아하긴 하지만, 지금까지 출세를 중요하게 생각한 적은 없었다. 우리 둘의 경우 근무 연수가 늘면서 이미 비교적 높은 자리를 차지한 상태이고, 살풍경한 회의는 어차피 누구에게나 짜증을 유발한다. 적어도 나는 내가 집에 남는다 해도 위생과 정리정돈에 관한 한 최대치가 아닌 최소한도만 유지하게 되리라는 걸 잘 안다.

나는 바나나 한 조각을 포크로 찍어서 입속으로 밀어 넣는다. 볼프강, 우리 얘기 좀 해야 할 것 같아.

> 많은 여자들이 말한다. (······)
> 남자들은 자신이 벌이가 전혀 없다는 걸 인정하기보다
> 차라리 '책 한 권을 쓴다'고.
> 이 말이 나온 데는 남자들이 돈을 벌지 않아도
> 가사 노동은 여자들의 차지가 되는 경우가 잦기 때문에
> 거기서 오는 이중 부담도 한몫한다.
> – 잉리트 뮐레르-뮌히, 『조리대 밑의 폭발 장치』

이미 점심때가 다 되었는데, 나는 이제야 집으로 향하는 계단을 힘겹게 오르고 있다. 프로세코 세 잔을 마시고 나니 기분이 꽤 좋아졌다. 그런데, 이 이상한 냄새는 뭐지?

현관문 아래 틈새로 연기가 모락모락 새어나온다. 심장박동수가 마구 상승한다. 주말이 넘도록 볼프강의 조카들이 와 있다. 파리에 간 아이들 부모님을 대신해서 볼프강이 아이들을 돌보고 있

었다. 설마 아이들만 남겨두고 볼프강 혼자 밖에 나간 건 아니겠지? 그렇지 않기만 바랄 뿐이다.

"누구 있어요?" 나는 연기가 자욱한 현관 복도를 지나가며 소리친다. "모두 괜찮은 거지?"

출입문 바로 곁에 있는 부엌에서 짙은 연기가 새어나왔다. 볼프강이 분홍 셔츠 위에 앞치마를 두르고 가스레인지 앞에 서 있다. 프라이팬에서 검은 연기가 뭉게뭉게 피어오르고 있다. 세 살짜리 요한과 다섯 살인 헨드릭이 조리대 위에 앉아 있다.

"이것 봐요, 안네 아줌마, 우리 요리하고 있어요!" 헨드릭이 환한 얼굴로 말한다. 한 손에는 긴 식칼을, 다른 한 손엔 당근을 쥐고서 말이다.

나는 한달음에 달려가 녀석에게서 그 위험한 조리 도구를 뺏는다. 그런 다음 가스레인지 불에 올려놓은 프라이팬을 옆으로 치우고 창문을 연다.

부엌이 흡사 폭탄이라도 맞은 것 같다. 여기저기 사용한 볼과 냄비가 사방에 흐트러져 있고, 싱크대 위는 수북한 푸성귀 껍질들로 뒤덮인 데다, 거실 부엌 한가운데엔 쓰레기가 삐져나올 정도로 꽉 찬 휴지통이 놓여 있다. 나는 조리용 테이블의 한쪽 귀퉁이에 기대었다가 곧바로 테이블에서 떨어진다. 마치 라마가 침을 뱉어놓은 것처럼 테이블이 축축하고 끈적였다.

"웍은 엄청 센 불에서 사용해야 해서." 볼프강이 말한다.

"당신, 지금 제정신이야?" 나는 아이들이 불안해하지 않도록 이를 악물고 나직이 묻는다. "헨드릭에겐 칼을 주지 않을 수도 있었잖아. 애가 죽을 수도 있었다고!"

"아이고, 무슨 소리." 볼프강이 말한다. "긴장 풀어. 여기 이거 맛 좀 봐봐. 그러면 곧 기분이 좋아질걸."

그가 가스레인지 위에서 숯처럼 타버린 혼합물 속에 숟가락을 담근다. 그런 다음 내 입안 깊숙이 그 숟가락을 밀어 넣는다. 나는 내 의지와 상관없이 억지로 맛을 본다. 부엌에서 나는 냄새와 똑같은 맛이 난다.

"이게 대체 뭐야?" 내가 묻는다.

"뭐긴, 두부채소잖아." 볼프강이 마음이 상했는지 고개를 저으며 말한다. "자기를 위해 특별히 만든 건데."

벨소리가 나더니, 곧이어 열쇠 돌리는 소리가 들린다. "여러분, 잘 계시쥬우!" 약간 높은 톤의 남자 목소리가 서툰 노래 같은 쾰른 억양으로 소리친다.

뵈크데뢰크 씨가 문을 들어선다. 은발이 헝클어진 채 흘러내린다. 그는 무릎이 튀어나온 골지 바지에 반팔 셔츠 차림으로 전동 드릴을 손에 들고 서 있다.

볼프강과 나는 서로 쳐다본다. 뵈키는 우리의 임대인이다. 우리 아래층에 살고 있는데, 언제나 우리 집의 문을 본인이 직접 연다. 당연히 그렇게 하면 안 된다고 그에게 말했었다. 세입자의 권리나 그와 비슷한 종류의 조항들 때문이라고 말이다. 그런 뒤로 그는 친절하게도 미리 벨을 울린다. 우리가 막 샤워를 하고 나왔을 경우 잠시 수건이라도 걸칠 여유를 갖도록 말이다.

"이런, 가족 놀이 하나 봐유?" 그는 요한과 헨드릭의 머리를 쓰다듬어준다.

"뵈크데뢰크 씨." 내가 말한다. "그냥 이렇게 막 들어오시면 안 된다는 거 잘 알고 계시잖아요."

"이거 내 집이여유. 근데 내가 들어오지 말라는 법이 워디 있데 유우?"

나는 한숨을 쉬고는 말한다. "다음에 다시 와주세요. 우리 곧 식 사할 거라서요."

뵈크데뢰크 씨는 내 말은 들은 체도 하지 않고, 나를 지나 가스 레인지 쪽으로 천천히 걸어간다. 그러곤 프라이팬 위로 몸을 숙인 다. "이게 대체 뭐래유?"

"두부채소 요리요." 볼프강이 자랑스럽게 대답한다. "재래시장 에서 산 신선한 재료들로 만든 겁니다."

뵈크데뢰크 씨가 숟가락으로 맛을 보고는 얼굴을 찡그린다. "얼 레?! 요걸 워떻게 먹어유우! 가족들 다 독살시킬라고 작정하셨 슈?"

그의 말을 인정하는 것이 달갑지는 않지만, 맞는 말은 맞는 말 이다.

"무슨 일로 오셨습니까?" 볼프강이 그의 손에서 숟가락을 낚아 채며 묻는다.

"참내, 이보세유, 시방 우리 집을 태워버리려는 거 아니었남 유?" 뵈크데뢰크 씨가 집 안을 둘러본다. "여기 이 자욱한 연기는 뭐래유우?"

"요리 중이었습니다만." 볼프강이 짐짓 위엄을 갖춰 말한다.

"참, 그런 거는 차라리 부인헌테 넘기셔유. 그런 건 그 짝이 더 잘헐 수 있잖어유."

"첫째, 우리는 결혼하지 않았고요." 나는 이렇게 말하면서 그를 부엌에서 밀어내려고 한다. "둘째, 이건 당신이 관여할 일이 전혀 아니라는 말씀을 드리고 싶네요."

"참내, 그쪽 남편이 나한테 물어봤슈, 벽에다 구멍 몇 개만 뚫어줄 수 있겠냐구유." 그가 전동 드릴을 들쳐 보인다.

"저 사람은 제 남편이 아니라니까요!" 내가 소리친다.

"고맙습니다." 볼프강이 말한다. "그건 이미 제 힘으로 처리했습니다."

"그려유." 뵈크데뢰크 씨가 말한다. "그건 나도 봤구먼유." 그는 그의 뒤쪽에 있는 현관 복도를 가리켰다. 볼프강이 마침 전등을 달려다 만 곳이었다. "저기 작업할 땐 지금 하듯이 넘 전문가처럼 하지 않길 바라유."

프라이팬에 눌러 붙어 곤죽이 된 채소에서 나는 악취에다, 실내에서 아직 빠지지 못한 악취까지 계속 콧속으로 밀려드는데 도무지 적응할 수 없다. 하지만 지금은 이런 악취 같은 것에 신경 쓸 때가 아니다. 뭐, 이런 파렴치한 고집쟁이가 다 있담!

"이 사람 사실 전문가예요." 나는 볼프강을 옹호한다. "그러니까 회사에서 곧 부장이 될 거라는 말이에요."

뵈크데뢰크 씨가 말문이 막혔는지 아무 말도 하지 않는다. 야호!

"그건 누구한테 들었어?" 볼프강이 놀라서 눈썹을 치켜 올리며 묻는다.

나는 온 얼굴로 피가 몰리는 게 그대로 느껴진다. "그게, 그러니까 아까 산드라가 말해줬어…… 자기네 사장이 자기를 승진시키려 한다고."

볼프강이 고개를 젓는다. "그건 산드라가 잘못 알고 그런 거야. 설령 사장이 그걸 원한다 해도, 난 승진이니 출세니 하는 것에 연연하고 싶지 않아. 나는 가족을 원해."

차라리 다른 때 얘기할 걸 그랬다. 하지만, 뭐 이러나저러나 상관없다. "그래도 연봉이 더 올라가는데 그렇게 잘못된 건 아니지." 내가 말한다.

"삼촌이랑 아줌마한테 베이비가 생겨?" 핸드릭이 이렇게 묻고는 소리 내어 웃는다.

"응, 언젠가는." 볼프강이 대답한다. "그러면 삼촌은 집에서 베이비를 돌볼 거야."

뵈크데뢰크 씨가 비죽이 웃으며 말한다. "저기유, 내 생각이 워떤지 궁금허다믄유, 집에서 살림하고 그런 거 하지 마셔유. 남자가 혀야 할 것이 있고, 여자가 할 일이 있는 거여유, 거그가 걍 밑지고 사는 거여유. 우리 집사람도 늘 그렇게 말하는구먼유."

"당신 생각은 궁금하지 않아요!" 볼프강과 내가 한목소리로 동시에 소리친다.

뵈크데뢰크 씨가 진정하라는 듯 손을 내저으며 말한다. "젊은 분들이니까 두 분이 원하는 대로 할 수는 있쥬. 하지만, 두 분도 곧 알게 될 거여유. 냄편이 돈을 벌어오고, 여자는 집에 있는 거라는 걸 말여유. 다 그렇게들 살았잖어유우."

요한이 울기 시작한다. 볼프강이 요한을 안고 머리를 쓰다듬는다. 그러자 녀석이 본격적으로 흐느껴 울기 시작한다. 볼프강이 녀석을 나에게 내민다. 나는 두 눈을 굴리면서도 아이를 받아 안고 그네를 태우듯 부드럽게 몸을 흔든다.

갑자기 오븐에서도 검은 연기가 새어나오는 것이 보인다. "오븐에도 뭐가 있어?"

"젠장!" 볼프강이 소리친다. "케이크!"

볼프강이 오븐 뚜껑을 열고 엄마의 멋진 빵 틀을 꺼낸다. 빵 틀 안에 참숯덩어리 같이 보이는 길쭉한 무엇인가가 들어 있다.

"그만 가보실 시간이 된 것 같군요." 볼프강이 레인지 위에 빵 틀을 놓고는 단호한 어조로 말한 다음, 뵈크데뢰크 씨를 부엌 밖 복도로 밀어낸다. 우리의 임대인이 투덜거리며 슬며시 사라진다.

볼프강이 부엌 문을 닫는다. 창문은 여전히 열려 있었고, 그는 양손을 휘휘 저어 지독한 악취를 창밖으로 내보낸다.

"나 배고파요." 핸드릭이 조심스럽게 말한다. "우리 피자 먹어도 돼요?"

"피자!" 내 품에 안긴 채 요한이 울먹이며 말한다.

"오케이." 볼프강이 말한다. "우리 뭣 좀 먹으러 가자. 가서 겉옷들 가져와."

나는 요한의 얼굴에 번진 눈물을 닦아준다. 그러자 녀석은 잠시 두 팔로 내 목을 감싸주고는 제 형을 뒤따라 복도로 뛰어간다.

"이해가 안 돼." 나는 당혹감에서 벗어나지 못한 채 볼프강에게 말한다. "나는 당신의 적성이 집안일에 잘 맞는다고 생각한 적이

한 번도 없었어. 그리고 당신이 당신 직업에 만족해하며 지낸다고 생각했고."

그가 고개를 가로젓는다. "사실 더 이상 성과에 대한 압박 같은 것 받고 싶지 않아서 에이전시에서 일을 시작한 거였어. 이제 이해가 돼?"

"아니."

그가 어깨를 으쓱하며 말한다. "옛날 회사에서 나를 부장으로 승진시키려고 했어. 내가 아주 똑똑하기 때문이라나. 그래서 그곳을 그만두었던 거야. 새 에이전시에서도 나를 곧 부장으로 만들려고 한다는 건 정말이지 눈치채지 못했어."

"난 당신이 그걸 원한다고 생각했어!"

"나는 그런 위치의 사람들이 전적으로 감수해야 하는 스트레스가 정말 싫어. 내가 원하는 건 심장마비가 아니라 그냥 가족일 뿐이야!"

"그럼 당신이 생각하는 가족의 모습은 어떤 건데?"

"자기가 돈을 잘 벌어오는 것, 그리고 나는 아이들을 돌보고, 가사에 신경을 쓰는 거." 그가 내 양쪽 뺨에 뽀뽀를 한다.

나는 그 자리에 못 박힌 듯 꼼짝 않고 서 있다. 반면 그는 두 아이를 데리고 이태리 음식점을 향해 출발한다. 나는 부엌을 둘러본 다음 한숨을 푹 쉰다. 그럼 청소는 내 차지가 되겠군.

17

차일드 위스퍼러[1]

"엄마든 아빠든, 혹은 아이든,
또 직장 때문이든 가사 때문이든, 아니면 학교 때문이든
상관없이 똑같은 것이 있다.
부담감이 커지고, 가족 구성원 모두가 한계에
다다르는 때가 점점 잦아진다는 것이다."

율리아 카르니크, 『브리기테』

---

1 개와 의사소통이 된다고 주장하는 사람을 일컫는 신조어 '독 위스퍼러(dog whisperer)'
에서 착안해 저자가 지어낸 말. 아직 말을 못 하는 아이들과도 의사소통이 된다고 주장하
는, 혹은 그런 사람을 일컫는다.

아침 식사로 세상을 구할 수 있을까? 나는 내 앞에 놓인 식탁 위의 뮤슬리 그릇을 주시한다. 당연하다. 나는 이것으로 내 양심을 달래려고 한다. 결론적으로 모든 것이 다 내 탓이니까. 지속적으로 상승하는 평균 해수면 높이와 오존층 구멍, 가축의 대량 사육, 열대우림 지역 벌목, 이 모든 것들이 다 내 탓인 거다. 나 때문에 지구라는 이 행성이 꾀죄죄한 셋집 상태에 처하게 된 것이다.

안네가 없었다면 나는 이런 생각을 하지 못했을 것이다. 채식 식단을 고수한 뒤로 안네는 채식을 하는 이유에 대해 숨기지 않는다. 그녀의 끊임없는 세뇌 덕분에 어느 순간부터 내 눈엔 레버부어스트[1]와 얇게 저민 커틀릿용 살코기, 미트볼, 프랑크푸르트소시지, 훈제 햄, 주사위 모양으로 자른 베이컨큐브, 미트로프[2] 등등 내 냉장고 속 내용물들이 무기창고 속 무기처럼 보이기 시작했다. 얼핏 보아선 모두 무해한 것들로 보인다. 하지만 다량으로, 또 정기적으로 소비한다면 세상을 급격한 파멸로 이끌기에 제격인 것들이다.

우리 남자들은 우리의 육류 소비로 지구 환경을 망가뜨리고 있다. 최근 「FAZ」[3]지에 남자들이 여자들에 비해 평균적으로 거의 두 배는 더 많은 육류를 먹는다는 내용이 실렸다. 따라서 오늘 나는 고기로 만든 소시지에 버터 바른 빵 대신 생곡물 뮈슬리로 바꿔보았다.

나는 혼합 곡물이 유행하기 시작하던 때를 아직도 생생하게 기억한다. 당시 나는 중등 과정에 있었다. 내 또래의 남자아이들은 그런 새 모이는 여자애들만을 위한 것이라는 데 한마음, 한뜻이었다. 그래도 나는 그때 나의 여자 친구였던 되르테를 위해 시식한 적이 있었지만, 다 먹고 나서도 뭐가 좋다는 건지 알 수 없었다. 그 뒤로 몸 상태가 변하지도 않았다. 다만 맛과 씹을 때의 식감이 특이했다. 그렇게 부드러운 음식은 내 치아가 몽땅 빠지고 나면 그 때 가서 섭취하고 싶었다.

---

1 돼지나 송아지 간으로 만든 소시지.
2 곱게 다진 고기와 피망, 양파 등을 함께 반죽하여 식빵 모양으로 오븐에 구워 얇게 잘라 빵 사이에 끼워 먹을 수 있는 소시지.
3 「프랑크푸르터 알게마이네 차이퉁」의 준말. 독일의 주요 일간지 중 하나.

나는 체감상으로 오 분 정도 뮤슬리를 입안에 넣고 이리저리 굴린 뒤, 그래도 여전히 삼킬 수 있는 상태가 되지 못한 내용물을 도로 뮤슬리 그릇에 뱉고는 맥없이 그릇을 밀쳐놓는다. 지구를 구하는 일은 친환경 식단이 나에게서 욕지기를 불러일으키지 않을 때까지 기다려야 할 것 같다.

시계를 보니 일곱 시가 다 되어 간다. 앞으로 우리 아이가 다니게 될 놀이방에 등록하러 곧 출발해야 한다. 요즘은 아이가 태어나기 전에 미리 등록해두는 것이 최선책이라고 한다. 가는 길에 뭐라도 좀 사먹어야겠다.

원래는 마야와 함께 가려고 했다. 어쨌든 놀이방에 관해선 그녀가 잘 알고 있으니까. 그런데 정작 마야는 감기에 발목이 잡혀 침대를 벗어나지 못하고 있다. 그리하여 아이 문제는 결국 나 혼자 해결하게 되었다. 마야가 말했다. 이번엔 절대로 일을 그르치지 말라고.

물론 그러지 않기 위해 나는 일단 준비를 마쳤다. 주로 남자들에게 가정운영법을 알려주는 강좌들을 듣는 것으로. 〈예비 아빠〉 강좌에선 '예비 아빠를 위한 속성 과정'을 들었고, '예비 아빠가 알아두어야 할 모든 것'이라는 부제가 달린 『갓난아기를 위한 소아과 상식』 책을 찾아냈는가 하면, 『더 베이비』는 나에게 '어린 새싹을 처음 대하고, 기다리고, 손질'하기 위한 최상의 트릭을 알려주었다. 나는 책 속에 나오는 주의사항들을 다 해본 것처럼 잘 이해할 수 있었지만, 그런 조언들을 시험해볼 아이가 아직 태어나지 않은 관계로, 이 모든 상식들이 마치 거실 카펫 위에서 스키 타기를 배우는 것같이 여겨질 뿐이었다. 그래서 나는 불안한 기분이 들었다. 유치원 이후로 나는 그 어떤 놀이 그룹에도 들어가본 적이 없었고, 그래서 놀이방에 가면 어떤 일을 맞닥뜨리게 될지 역시 전혀 알 수 없다.

사전에 마르코와 한 번 더 이야기를 나누는 게 상책일 것 같다. 마르코라면 따끈따끈한 팁을 몇 가지 줄 것이다. 어쨌든 그는 육아휴직에 들어간 이후로 어디다 내다놔도 손색 없는 바른 아버지로 돌연변이 중이니까. 현재 그는 아들에게 젖병을 물리고, 기저귀를 갈아주고, 이유식을 만들어 먹이는가 하면, 유모차를 밀고 지역 일대를 누비고 다니기도 한다. 그리고 그 와중에 살림까지 한다. 모유 수유 카페에서 가슴을 풀어헤치는 것만 안 했지, 나머지는 다 한다. 당연히 아들 녀석을 위해 '3세 미만 아동을 위한 어린이집 입원 신청' 역시 벌써 오래전에 해결해두었다. 그러므로 그는 남자이지만 보육교사와의 첫 접촉에서 어떻게 하면 점수를 딸 수 있는지 잘 알고 있다.

나는 잽싸게 스마트폰을 들고 마르코에게 문자를 보낸다. 분명 벌써 일어났을 거다. 아이들은 아빠를 일찌감치 침대에서 밀어내지 않는가?

> 헤이, 나 곧 놀이방에 가.
> 내가 유념해야 하는 것이 있을까?

내 예상이 적중했다. 즉각 답장이 날아온다.

모던한 남자처럼 행동할 것.
그리고 놀이방 선생님에게
항상 친절하게 대할 것!

모던한 남자라니, 무슨 소리야?

나 같은 남자. 육아휴직을 받고,
기저귀를 갈아주고, 요리도 하는 남자.
이거면 놀이방 자리는 따놓은 거야.

오호! 그렇군.

행운을 빈다! 난 닉을 봐야 해.
애가 열이 있네.

저런. 병원에 가야 하는 거야?

아니. 내가 또 차일드 위스퍼러 아니냐!
일단 지켜보려고. 열이 안 떨어지면 좌약 해열제를
넣어야지. 그러면 다시 좋아질 거야.

아하, 그렇군. 빨리 완쾌되길 바란다!

나는 휴대폰을 옆에 내려놓는다. 어떻게 내 친구가 이렇게 짧은 시간에 슈퍼파파로 돌연변이를 하였는지 의문스러울 뿐이다.

> 다른 사람에게 예속되지 않은 여성은 남자를 필요로 하지 않는다.
> 타인이 아니라 자기 자신에게 속해 있다는 사실은
> 여성을 강하게 만든다.
> 남자들은 이르든 늦든 언젠가는 여성들에게 의지하게 된다.
> 그것이 남자들을 약하게 만든다.
>
> – 로리오트

놀이방에선 열 명의 아이들이 마구 날뛰며 온 공간을 헤집고 다닌다. 아이들이 내는 소음이 마치 침묵수도원에서 매노워[4] 콘서트를 여는 것 같다. 나는 의자 위에 재킷을 걸어놓고 방 한가운데에 있는 테이블로 가서 앉는다. 아니, 좀 더 정확히 말하자면, 앉으려고 시도한다. 가구가 아무리 보아도 이웍[5]을 위해 만들어진 것 같다. 테이블 위엔 빵틀과 쿠키용 모양 틀, 그리고 신선한 빵 반죽이 놓여 있다. 그 곁에 나는 소시지 빵이 든 종이 봉지를 놓는다. 점심 식사용으로 챙겨 온 빵이었다.

"아달베르트라고 합니다." 어떤 여자가 내 맞은편 자리에 앉으며 말한다. 검은 머리카락을 말총처럼 뒤로 바짝 묶었는데, 대략 내 나이 또래로 보인다. "놀이방 원장으로서 제가 지원자 선발을

---

4   Manowar. 80년대에 전성기를 구가한 미국의 남성 4인조 헤비메탈 그룹.

5   「스타워즈」에 나오는 가상의 창작물. 등치가 작고, 테디베어를 닮았다.

책임지고 있습니다. 지원자가 벌써 오십 명이나 되거든요."

이렇게 시험대 위에 서니 기분이 좋지 않다. 최근 들어 국내 어린이 돌봄 시스템이 저조한 발전 양상을 보이고 있다는 글을 많이 읽기는 했다. 하지만 이렇게까지 열악하리라고는 미처 생각하지 못했다. 나는 마르코가 해준 조언이 다시 떠올랐다. '놀이방 선생님에게 항상 친절하게 대할 것!'

"우리 아이가 원장님의 놀이방에 다닐 수 있게 된다면, 우리는 기쁘기 그지없을 것 같습니다." 나는 선거 유세 중인 사람처럼 말해본다.

"아동을 위탁받을 때 저희가 주의를 기울이는 것은 부모님들께서 우리 원에서 추구하는 콘셉트를 자체적으로도 실시하시는가의 여부입니다." 아달베르트 원장은 내 말에 별다른 감명을 받지 않은 듯 설명한다.

나는 고개를 끄덕이지만, 그녀가 무슨 이야기를 하는 건지 전혀 감을 잡지 못한다. 콘셉트라니 대체 무슨 콘셉트란 말이지? 마야는 콘셉트에 관해선 아무 말도 없었는데.

"우리 원의 하루는 아침 식사로 시작됩니다." 아달베르트 여사가 이어서 말한다. "우리는 아이들에게 고기를 넣지 않은 건강한 식단을 제공하고 있습니다. 우리 원의 모든 음식이 유기농에 공정무역제품이지요."

"정말 좋은데요!" 나는 그렇게 외치고는 소시지 빵이 든 종이봉지를 재빨리 재킷 주머니 속에 구겨 넣는다. "저희도 벌써 몇 년 전부터 채식을 고수하고 있거든요."

"우리 원의 부모들은 매우 적극적이시고, 시설에 봉사도 하십니다. 아버지들도 그렇게 하셔야 하고요."

이거 그럼 내가 등 떠밀려 부엌일을 하거나, 운동장을 청소하거나, 아니면 아이들과 놀아줘야 한다는 말인가? 나는 그런 일을 위해선 전문적으로 훈련 받은 인력이 있다고 생각했다. 하지만 비판적인 질문은 목표점에 다가가는 걸 방해할 뿐. 나는 또다시 마르코의 말을 떠올려야 했다. '육아휴직, 기저귀 갈기, 요리. 이거면 놀이방 자리는 따놓은 거야.'

"그야 어렵지 않습니다." 나는 단호한 어조로 말한다. "전 이미 육아휴직을 신청한 상태라서 즐거운 마음으로 도와드릴 수 있습니다."

"얼마나요? 통상 그렇듯 두 달만 내셨나요?"

"음…… 아뇨. 당연히 더 오래죠. 다만 저희 사장님과 그 문제에 관해 명확히 해야 할 필요는 있을 것 같군요." 나는 즉석에서 둘러댄다.

제기랄, 그나저나 육아휴직은 어떻게 된 거지? 그 문제를 어디까지 융통성 있게 협상할 수 있을지 전혀 알 길이 없다.

"무슨 일을 하시는지요?"

"출판사 편집고문입니다."

"오." 아달베르트 여사가 얼굴을 찌푸린다. 틀림없이 미소를 짓는 것이었으리라. "베스트셀러 작가들과도 일하시겠네요? 제가 거의 광적으로 독서를 하는 편이거든요."

"그럼요." 그러곤 몇몇 작가의 이름을 나열한다.

"정말 흥분되는데요! 모두들 진짜 저명 인사들이네요."

킵 고잉(Keep going), 슈테판. 상황이 바뀌었다.

"정말 흥미진진한 직업이죠." 나는 화답하여 말한다. "하지만 가족이 먼저입니다. 아내 혼자 가정을 도맡아 관리하게 하지는 않을 겁니다."

"남자분께서 그렇게 헌신적으로 나오시면 멋진 일이죠." 아달베르트 여사의 칭찬이 이어진다.

"요리도 종종 합니다." 나는 이때다 싶어 덧붙여 말한다. 이곳 놀이방에서도 기꺼이 해드릴 수 있습니다."

유사시에 안네에게 속성으로 채식 요리를 배울 수 있기를 바랄 뿐이다.

"진짜요?" 아달베르트 원장의 뺨이 빨갛게 물들더니, 이제 나를 향해 마음을 열고 활짝 미소를 짓는다.

아이 갓 유, 베이베(I got you, babe)!

"그리고 그쪽의…… 그…… 아버님의 여자 친구분은 하시는 일이 무엇입니까?"

"편하게 말씀하셔도 됩니다." 나는 말을 놓자며 그녀에게 제안한다.

"그럴까요? 나는 우리엘이라고 해요."

나는 내 대답이 완벽하게 효과를 발휘할 수 있도록 잠시 뜸을 들인다. 이제 나는 마지막 으뜸패를 꺼낸다. "제 여자 친구는 유치원 교사입니다."

"아유, 그러시다면 더더욱 좋지요!"

스트라이크! 이제 놀이방 자리는 결정된 것이나 마찬가지다.

갑자기 한 여자아이가 우리엘의 옆구리를 밀친다. "배 아파요." 여자아이가 애처로운 목소리로 말한다.

우리엘이 꼬마 아이의 뺨과 이마를 짚어본다. "이런, 너 아주 뜨끈뜨끈하구나."

"걱정할 필요 없어요." 나는 차일드 위스퍼러인 내 친구 마르코처럼 노련하게 들리길 바라며 전문가처럼 말한다. "좌약 해열제를 넣으면 다시 좋아져요."

우리엘이 어이가 없다는 표정으로 나를 쳐다본다. "생각이 있는 거예요? 똑똑한 사람이 할 말은 아니네요! 꼬마 아이들의 경우엔 비상시에만 좌약을 넣어야 해요. 애가 왜 이러는지 하나도 모르는군요!"

나는 두 손을 들고는 어깨를 으쓱한다. 아무래도 내가 너무 멀리 나갔나 보다. 놀이방 자리를 위해 애써 획득한 기회가 무산되기 전에 깔끔하게 후퇴하는 편이 나을 것 같다. 나는 자리에서 일어난 다음 재킷을 걸친다.

나는 "미안하지만, 이제 그만 가야겠군요"라고 말하고 재킷을 여민다.

우리엘이 아이를 들어 올리며 말한다. "잠깐만 있어봐요. 킴만 우리 선생님한테 데려다주고 오면 돼요."

그 순간 재킷 주머니에서 종이 봉지가 떨어지면서, 봉지에서 빵이 미끄러져 나와 바닥에 떨어진다. 그런데 유감스럽게도 평소처럼 버터를 바른 쪽이 아닌, 두툼하게 자른 고기소시지가 든 면이 위를 향해 있다.

우리엘이 마치 독성이 있는 딱정벌레라도 본 듯 빵을 응시한다. 그러곤 경멸감은 물론, 실망감이 고스란히 담긴 눈길로 나를 질책한다. 두렵다. 그녀가 내가 자기를 속였다는 걸 알게 되었을까 봐. 그러면 그녀는 틀림없이 내가 먹거리에 관한 것만큼이나 모던한 아버지로서의 역할도 진지하게 받아들이는지 물을 것이다.

갑자기 우리엘이 집에 가겠다는 내 의사를 그대로 수용하며 서둘러 나를 출입문까지 바래다준다. "두 분 모두 우리 놀이방의 콘셉트를 진심으로 좋아하시는지, 좀 더 생각해보시길 바랍니다." 그녀가 여전히 킴을 안은 채로 말한다. 킴은 우리엘의 어깨에 머리를 기대고, 가느다란 두 팔로 그녀의 목을 끌어안고 있다. "그리고 육아휴직에 관해서 말씀드리는데요. 그쪽 사장님과 이야기하는 수고까지 하실 필요는 없답니다. 해당 관청에 신청서를 내기 전에 먼저 육아휴직 기간을 얼마나 쓸지만 결정하시면 돼요. 이건 그냥 정보를 알려드리는 차원에서 하는 말이에요."

그런 다음 그녀가 내 등 뒤에서 문을 닫는다.

정말 엄청난 자살골이다. 나는 내 자신이 1999년도 바이에른뮌헨 선수가 된 것 같은 기분이 들었다. 당시 바이에른뮌헨은 마지막 구십 분 차에 상대편 팀에게서 두 골을 빼앗아 우승이 확실시되었으나, 그 후 챔피언스리그 최종전에서 맨체스터유나이티드에 맞서 패하고 말았다. 이제 마야에게 이 일을 어떻게 설명한담?

다음 순간 불현듯 마르코가 아들아이에게 좌약 해열제를 넣으려 한다는 말이 떠올랐다. 당장 마르코에게 가서 그게 얼마나 위험한지 말해줘야겠다.

여성 해방 운동의 승자는 여자다.

당분간 남자들은 패자인 것이다.

현재 남자들은 그들이 빨래를 하고, 혹은 빨래를 개도 되는 이 상황에 대해

마냥 기뻐하고 있어선 안 될 것이다.

– 바바라 융 외, 『포커스』

"들어와, 지금 막 젖 먹이고 있었어." 마르코가 말한다.

나는 너무 당황스러워서 순간적으로 무엇 때문에 여길 왔는지 잊어버리고 만다. 이 친구가 자신의 새로운 역할에 동화되더니 이젠 드디어 해부학적으로 기적을 불러일으킬 정도가 된 건가?

마르코가 재빠른 걸음걸이로 앞장서서 거실로 들어간다. 그리고 거실 소파에 앉더니, 수유용 쿠션을 등 뒤로 밀어 넣고는 아들에게 젖병을 물린다.

"타마라가 벌써 모유 수유를 끊어버렸어. 밤에 나도 닉한테 젖병을 물릴 수 있도록 말야." 마르코가 설명한다. "아주 피곤해. 하지만 해내야지. 여자들에게만 모든 걸 다 맡길 순 없으니까."

나는 일인용 소파에 쓰러지듯 몸을 던졌다가 장난감을 깔고 앉아버린다. 장난감이 커다랗게 삐—익 소리를 낸다. 놀이방에서의 패배가 뼛속 깊이 사무쳐온다. 마르코라면 내가 슈퍼파파가 되는 방법을 가르쳐줄 수 있지 않을까? 그렇지 않으면 나는 지금 여기서 모든 걸 포기해버릴지도 모른다.

"타마라는 주말 내내 장모님 댁에 가 있어." 마르코가 애정을 담뿍 담아 아늘 녀석의 배를 문질러준다. "한 번쯤은 자기도 책임감에서 벗어날 필요가 있다고 자각한 모양이야." 그가 비죽이 웃는다. "여자들은 그렇게 잘 못하는데."

"닉은 괜찮아?" 나는 내가 여기에 온 이유를 갑자기 기억해내곤 그렇게 묻는다.

"무슨 말이야? 괜찮지 않으면? 그럼?"

"애가 열이 있다고 문자했었잖아?"

"아, 맞다." 마르코가 닉의 이마를 만져본 다음 아이를 조심스럽게 소파 위에 내려놓는다. "열을 재려고 했었지." 그는 거실 탁자 위에 있는 그림책과 TV 프로그램이 실린 신문, 빈 과자봉지와 아침 식사에서 남은 것들 사이를 이리저리 들추어본다. "젠장, 내가 체온계를 어디다 뒀더라?"

나는 주변을 둘러보다가 문득 거실 나머지 공간도 소파테이블 못지않게 정돈되지 않은 걸 눈치챘다. 바닥 곳곳에 아이 장난감이 놓여 있고, 그 사이에 놓인 테이블 위에선 굵은 먼지가 춤을 추며 굴러다닌다. 방문 사이로 반쯤 부엌을 들여다볼 수 있었는데, 개수대 안에 지저분한 그릇들이 탑처럼 쌓여 있다. 프로 주부를 표방하는 남자 전업주부에 관해 내가 상상했던 모습과는 좀 달랐다.

"여기 있었네." 마르코가 신문지 사이에서 전자 체온계를 꺼내서 체온계 덮개를 벗긴다.

"이걸 겨드랑이에 끼던가, 입에 물리던가? 아니면 엉덩이에 넣고 재던가?" 마르코가 중얼거리며 혼잣말을 한다. 다행히 제때에 자기가 들고 있는 체온계가 이마에 대고 체온을 측정해도 되는 호환성 체온계라는 걸 알아차린다.

몇 초 후 기계에서 삑삑 소리가 난다.

"이런, 이런, 이런. 38도네." 마르코가 말한다. "이거 좀 심각한데. 좌약을 넣어야 할 것 같아." 마르코가 벌떡 일어서더니, 아이 방으로 달려간다.

나는 생각에 잠겨 상황을 분석한다.

좋음: 마르코가 아들에게 아직 좌약을 넣지 않았다.

나쁨: 마르코가 곧 좌약을 넣을 것이다. 그렇게 하지 못하도록 내가 그를 말려야 한다.

나는 닉을 안고 친구의 뒤를 따라간다. 마르코가 약상자를 꺼내어 아기 침대 위에 쏟는다. "제기랄, 제기랄, 제기랄." 그가 욕설을 한다. "여기 어디 있어야 하는데!"

"나는 아이한테 좌약을 넣는 건 좋지 않다고 생각해." 나는 소심하게 그를 저지하려고 한다. "그게 무해한 게 아니라네?"

마르코가 눈알을 굴리며 말한다. "그런 말을 하기엔 너, 경험이 너무 부족해."

나에게 안겨 있던 닉이 손과 발을 활짝 벌리더니 갑자기 온 얼굴과 머리까지 새빨개진다. 입맛을 다시는 것 같은 소리와 더불어 곧이어 냄새를 동반하며, 아이의 소화 기능이 나무랄 데 없이 잘 기능하고 있음을 알려온다.

"아까 말했던 것처럼 나는 닉한테 좌약을 넣는 것이 좋은 생각이 아니라고 봐. 좌약을 넣기 전에, 좌약을 넣으면 어떤 결과가 나오는지 너도 알아야 할 것 같아." 나는 공격용 생물 가스에 당하지 않으려고 입으로 숨을 쉬며 말한다.

마르코의 이마에 주름이 잡히더니 눈빛이 심각해진다. 거의 패닉에 빠져든 것 같다. "이런! 애가 장염에 걸린 것 같아." 그가 나에게서 아이를 데려가 기저귀 교환대 위에 눕히고는 원적외선 전기난로를 켠다.

나는 좌약을 넣는지 지켜보려고 그 곁에 머무른다.

"해볼래?" 마르코가 박하 연고가 든 단지 모양의 용기를 나에게 건네며 코 밑에 발라보라는 시늉을 한다. "「CSI」[6]에서처럼 해봐. 냄새를 못 참겠으면 말야."

나는 그의 제안을 사양한다.

마르코가 기저귀를 푼다. 군데군데 녹색 빛깔이 섞인 갈색 변이 모습을 드러낸다.

"묽은 누텔라 같다." 내가 말한다.

마르코가 큰 소리로 토할 것 같은 소리를 낸다. 내가 어디 아픈 곳이라도 건드렸나? 나는 다행히 제때에 기저귀 교환대 옆에 있던 쓰레기통을 마르코의 코 밑에 가져다 댄다. 곧이어 그가 무릎을 꿇고 위장을 비워낸다.

"잘못된 키워드였어." 마르코가 휴지통에서 고개를 들면서 말한다. "아침에 누텔라를 발라 먹었다고."

나는 동정 어린 시선으로 그를 바라본다.

---

6 미국 CBS에서 방영된 과학수사 TV드라마.

마르코가 기운을 차리고 벌떡 일어선다. 그러곤 다시 좌약을 찾아 서랍이란 서랍은 다 열어젖히더니 마침내 결정을 내린다. "타마라한테 전화해야겠어. 이 사람이 그걸 어디다 뒀는지 통 모르겠네."

마르코가 전화기를 가져온다. 잠시 기다리고 나자 타마라가 전화를 받는다. 마르코는 짧고 간결하게 상황을 설명한다. 애가 뜨끈뜨끈해, 땀도 흘리고, 열이 나고 설사도 해, 라고.

"응. 방금 쟀어. 38도야. 좌약 해열제는 어디 있어?"

수화기에서 흘러나오는 소리라 흐릿하게 끊기긴 했지만, 군데군데 큰 소리로 말하는 타마라의 목소리가 들려온다. "절…… 안돼……! ……돌았나 봐!"

"오." 마르코가 한풀 기가 꺾인 소리로 말한다.

타마라가 뭔가 말을 하는데, 무슨 말인지 알아들을 수 없다.

"뭐…… 뭘 입혔느냐고?" 마르코가 더듬거리며 말한다. "내복, 티셔츠, 목티, 긴 바지 내복, 그리고 청바지."

수화기 저편에서 탁 하는 날카로운 소리와 함께 뭔가 음울한 그림자가 드리워진 단어를 포함한 긴 문장이 들린다. 그런 다음 타마라가 마르코를 타이르는데, 따다다다 따발총을 쏘아대는 것처럼 들리기도 한다.

잠시 후 그가 말한다. "그래, 자기야, 알았어. 자기야, 그럼 이따 봐. 자기." 그러곤 전화를 끊는다.

"뭐래?"

"신생아의 경우 좌약은 열이 39도까지 올라야 넣는 거래. 그리고 내가 애를 너무 두껍게 껴입힌 것 같다고 하네." 마르코가 어깨를 축 늘어뜨린다. "근데 지금은 겨울이잖아."

"그래도 그렇지, 이 집이 노점상은 아니잖아!"

"타마라도 그렇게 말하더군."

나는 어처구니가 없어 친구 녀석을 쳐다본다. 차일드 위스퍼러라더니. "난 네가 뭘 다 알고 행동하는 줄 알았지?"

마르코가 미안했는지 어깨를 으쓱인다. "원숭이도 나무에서 떨어질 때가 있지. 너도 애가 더워서 그랬을 거라곤 생각하지 못햇잖아?"

"그걸 고집하기엔 내가 경험이 부족하잖아." 나는 무뚝뚝하게 말한다. "말해봐, 하루아침에 달인이 될 리 만무하고. 너 뭘 해야할지 모르는 거 아냐?"

"아냐, 나는……." 마르코는 더 반론을 제기해보려다가, 타이밍을 놓치고 만다. 두 눈에 눈물이 그렁그렁 맺히는가 싶더니, 이 친구, 흐느끼기 시작한다. "타마라가 곧장 집으로 오겠다고 했어."

그 모습을 보고 있자니 괜히 내가 마음이 아프다. 지금까지 나는 마르코가 우는 모습을 거의 보지 못했다. 그런데 아이가 생긴 뒤로 지지리도 눈물이 많아진 것이다. 나도 마르코와 비슷한 것들을 겪게 될까? 나는 벌써부터 마야와 함께 「젊은 의사들」[7]을 볼 때마다 정기적으로 눈물을 쏟는다. 또 나는 「타이타닉」을 보고 나서, 저 불쌍한 레오나르도가 얼음물 속에서 서서히 동사할 때 어땠을

---

7 「In aller Freundschaft」. 1998년 독일 제1공영방송인 ARD에서 시작한 의학드라마로 현재까지 780여 개가 넘는 에피소드를 다루었다.

지 추체험하고자 일주일 내내 찬물로만 샤워를 한 사람 중 하나다.

"이런 일은 누구에게나 벌어질 수 있는 일이야." 나는 이 소소한 불운을 마르코가 얼른 잊길 바라며 그를 위로한다.

"그렇지 않아. 네 말이 맞아." 마르코가 눈물을 닦아내며 말한다. "타마라는 내가 뭘 하든 다 잘못하고 있다며 계속해서 날 타박하고 있어. 애 옷도 제대로 못 입혀, 빨래도 못 해, 부엌은 지저분해, 음식은 맛이 없어……. 더 이상은 못 하겠어!"

"너무 깊이 생각하지 마." 나는 친구를 위로하려 한다.

"나는 모든 사람들에게 잘하는 모습을 증명해 보이고 싶었어, 특히 타마라에게. 왜냐면……." 친구가 갑자기 말을 멈춘다.

"왜냐면?"

"참내, 그 윤락업소 사건 때문이지! 난 진짜로 지독히도 끔찍한 양심의 가책을 느끼고 있어. 네가 날 말리지 않았더라면……. 내 말은, 그랬더라면 얼마나 끔찍했을까, 라는 말이야. 집사람은 아기를 낳느라 열여덟 시간을 고통에 시달리고 있는데, 나는 다른 여자랑 그 짓을 하고 있었다?"

이 친구, 그때 거시기 면도만 시킨다 하지 않았나? 나만 그렇게 생각했나? 아무튼 어느 쪽이든 상관없다. "하지만 다 잘 되었잖아." 나는 그의 어깨에 손을 얹고 말한다. "누구 널 도와줄 만한 사람 없나? 좀 더 경험이 많은 사람? 자네 아버지는?"

"벌써 여쭤봤지. 그런데 아기에 관해선 전혀 아시는 게 없더라고." 마르코는 그렇게 말하고는 훌쩍, 코를 들이마신다. "내가 어렸을 때, 아버지는 늘 회사에서 사시다시피 하셨지. 어머니 버전에 따르면 아버지가 초과근무를 많이 하셔야 해서 그랬대. 하지만 사실 아버지는 우리를 돌보는 것보다 좁은 수위실에 남자들끼리 모여 축구 경기 보는 걸 더 좋아하셨던 거야. 기저귀 갈기나 젖병 물리기, 그리고 잡다한 집안일에는 전혀 관심이 없으셨던 거지."

"아버지가 말씀해주셨어?"

"응. 솔직히 나는 아버지를 잘 이해할 수 있을 것 같아. 지금 이 일은 완전히 이리 뛰고 저리 뛰고 미친 사람처럼 널을 뛰어야 하는 멀티태스킹이야. 기저귀 갈아야지, 젖병 물려야지, 옷 입혀야지, 벗겨야지, 침대에 뉘여야지, 유모차를 끌고 온 동네를 누벼야지, 그러면서 동시에 장도 봐야 해. 요리하고, 청소기 돌리고, 빨래하고, 청소하고……. 나는 모르겠어, 어떻게 해야 이 일들을 잘 버티어 낼지!" 마르코가 두 볼에 흘러내린 눈물을 닦는다. "여덟 달 전부터 엑스박스 게임도 안 하고 살았어. 그런데 지금 이 꼴이 뭐야. 타마라가 날 지옥 불에 튀겨버리려고 할 거야."

"겁내지 마." 내가 말한다. "내가 남아서 방 치우는 거 도와줄게. 그러면 타마라가 올 때쯤 전부 말끔하게 정리가 될 거야."

마르코가 눈물을 글썽이며 고마움이 담긴 눈길로 나를 바라본다. "진짜?"

"당연하지. 다 잘될 거야."

말은 그렇게 했지만, 사실 전혀 잘될 턱이 없다. 마르코조차 그렇게 심혈을 기울여 노력하였는데도 전업주부요 아버지라는 과제 앞에서 이렇게 와장창 깨졌는데, 하물며 내가 어떻게 이 일들을 해내겠는가?

18

과호흡증

"자연이 여성이라는 종(種)에게 전력을 다한 것은
놀라운 일이 아니다. 여성들은 자녀의 생부보다
더 끈기 있고, 더 저항력이 있으며, 더 감정 이입을
잘하고 더 감수성이 예민해야 했다.
남자들은 그들의 정액 세포 수와 마찬가지로
애초에 값싸고, 신속히 대체될 수 있는 대량 생산품으로,
즉 폭력적인 싸움이 벌어졌을 때 총알받이 아니면
인간 방패로 쓰이도록 고안되었다."

자비나 리델, 바르바라 슈베더, 『과민한 남자』

●

나는 휴대폰 화면을 빤히 바라본다. 슈테판은 정확히 무슨 말을 나에게 하고 싶었던 걸까? 나는 과감하게 메시지 내용을 해석해보기 전에, 의미심장한 유일한 리액션을 해보기로 결정한다.

응?

지체 없이 답장이 날아온다.

막시-코시[2]였고,
아마도 미팅에 늦을 것 같다는 거였어.

1   농도 짙은 애무를 뜻하는 말.
2   카시트 및 유모차 전문 브랜드. 혹은 제품 자체를 일컫는 말. 여기선 카시트와 아기바구니 겸용 유아용품들 이름.

부서 회의 시작 오 분 전, 그가 총알처럼 사무실로 뛰어 들어온다.

"그래서 꼬마 나치를 위한 카시트는 어떻게 되었어?" 나는 자리에서 일어나며 그에게 묻는다.

"중고를 받을 수 있었거든." 그는 그렇게 말하곤 사무실 구석에다 코트를 던져놓고 사무용 책상의 이동서랍장을 열어 가방을 집어넣는다. 그 바람에 책상이 떨리자, 말라비틀어진 실내용 화분에서 잎이 부스스 떨어진다. "그런데 너무 낡고 지저분해서 차라리 하나를 사자 싶더라고." 슈테판이 기지개를 켜곤 이마를 문지르며 하품을 한다.

"자기는 다 잘되어가고 있어?" 그는 눈가에 다크서클이 서려 있고, 얼굴이 창백하다.

"막 옥죄이는 기분이 들어!" 그가 고통스러운 표정을 짓는다. "간밤에 한숨도 눈을 붙이지 못했어."

"무슨 일 있었어?" 그에게서 고요한 밤을 앗아간 것은 응급실에 갔거나 수도관이 터졌거나 아니면 소방차가 출동했거나, 뭐 그런 일이었으리라 생각하며 나는 대답을 기다린다.

"마야가 임산부잖아!" 슈테판이 말한다.

"그래. 그래서?"

"끊임없이 이쪽으로 누웠다가 저쪽으로 누웠다가 하면서 몸을 뒤척이는 거야. 나 한밤중에 물 마시러 일어났다가, 마야가 다시 잠들 때까지 계속 등 마사지를 해줘야 했어. 네 시까지. 그리고 나니까 정작 나는 완전히 잠이 깨어서 더 이상 잠을 잘 수 없었지."

나는 일어서서 그를 가만히 바라본다. 무슨 말을 해야 할지 나도 모르겠다.

"그리고 허리 통증도 이렇게 계속되고 있어! 시간이 지나면서 이젠 이게 전염병이라는 확신이 드는 거야." 그가 나에게 고통스러운 시선을 던진다.

"뭐야, 지금 그렇게 아픈 게 임신 증상이라는 말이야?" 나는 실소를 터트릴 수밖에 없었다.

슈테판은 여전히 진지하다. "물론이지! 이거 지금은 의학적으로도 입증된 사실이야. 쿠바드 신드롬[3]이라고, 이름도 있어."

"쿠오바디스 신드롬?" 나는 이제 남자들이 갈 바를 잃고 헤매고 있는 게 아닐까, 하는 의심을 이미 오래전부터 품어왔었다. "그게 대체 뭔데?"

"프랑스어로 '부화'에서 온 단어야." 슈테판은 이 말을 하며 콧구멍을 부풀린다. "남편이 배가 불러오고, 입덧을 하지. 심지어 산통까지 겪을 수도 있어. 그러니까, 남편도 부화하는 거지. 동정심에서 말야."

"어쩌면 질투심에서일지도 모르지. 왜 요즘 자기네 남자들은 여자들의 모든 걸 다 모방하려는 걸까? 혹시 여자보다 더 나은 여자가 되고 싶은 거야?" 볼프강과 전업주부를 원하는 그의 심경 변화가 생각나 나는 갑자기 있는 대로 짜증이 올라온다. 나는 즉각 곧바로 돌아서서 슈테판 앞을 지나 사무실을 나가며 묻는다. "말이 나온 김에 배불뚝이님, 오늘 점심에 인도 식당 어때?"

---

3 Couvade syndrome. 남편이 임신한 부인과 육체적, 심리적 증상을 똑같이 겪는 현상. '환상 임신' 혹은 '동정 임신'이라고도 함.

"아니, 별로 안 당겨." 그가 신음 소리를 낸다. "속이 안 좋아. 마야가 마늘이랑 고추, 양파에 민감해진 이후로, 향이 강한 향신료는 소화하기 힘들어졌어. 그뿐인 줄 알아? 커피도 안 마셔. 마시고 나면 너무 신물이 올라와."

"그럼 의사한테 한번 가봐." 내가 제안한다.

"아아, 아냐."

누가 남자 아니랄까 봐. 징징 우는 소리를 하면서도 도움은 원하지 않네. 케이크 재난사건 이후 몇 주 동안 나는 볼프강을 볼 때마다 괴로운 표정을 짓지 않을 수 없었다. 내가 그의 현대적인 가정관을 공유하지 않으리라는 것이 그의 입장에선 있을 수 없는 일처럼 보인다. 자신이 승진 대신 전업주부가 되어서 아이 양육을 맡으리라는 생각을 확고하게 염두에 두었다면, 그런 의향을 왜 좀 더 일찍 말하지 않았을까? 어쨌든 그 문제는 우리 두 사람의 미래에 해당하는 일인데. 만약 나도 집에 있길 원하면, 어떡하려고? 물론 나도 잘 모르겠다. 우리는 지금까지 아이에 관해선 거의 이야기 나눠본 적이 없었다. 그리고 지금도 그는 그 문제에 관해 이야기하려 하지 않는다. 집에서도 우리는 서로 이리저리 피해 다닌다. 나는 도로에 깔려 있는 주먹만 한 크기의 포석 중 한 개를 삼킨 것 같은 느낌이 든다. 그래서 나는 저녁이면 가능한 오래 사무실에 남는다. 이것 때문에 볼프강이 불쾌해하는 것 같지는 않다. 그는 그 시간을 친구들과 외출하는 데 쓴다. 심지어 이 주 전에는 직장 동료네 집에서 여성 취향의 DVD 영화를 보고 온 적도 있었다. 다니엘 브륄과 아우구스트 딜이 함께한 「생각으로만 하는 사랑이 무슨 소용이 있나요」[4]라는 영화였다. 그는 정말이지 절망적인 심정일 것이나. 그리고 그건 나도 마찬가지다. 무엇보다 특히 보금자리에 대한 그의 지나친 사랑을 어떻게 생각해야 할지 나도 잘 모르겠다.

"자기도 전업주부이고 싶어?" 나는 슈테판에게 묻는다.

그는 어리둥절한 얼굴로 나를 바라본다. "그럼 가족은 누가 부양하라고?"

"한 사람은 해야겠지." 내가 말한다. "그런데 왜 그게 자기여야 하지? 아니, 더 정확히 말하자면, 왜 둘 다 하면 안 되는 거야?"

"마야는 나중에 다시 일하러 나갈 거야." 슈테판이 어깨를 으쓱인다. "하지만 내가 마야보다 더 많이 번다면 아마 내가 부양해야 되겠지." 그가 이마를 찌푸린다. "만약 내가 조금 덜 번다면, 나도 집에 남는 쪽을 생각해볼 것 같아."

"아, 정말?"

"당연하지." 확신에 찬 말투다. "자기네 여자들이 항상 생각해오던 일 말이야. 여자들은 남자들이 하루 종일 밖에 나와 있는 걸 좋아한다고 믿지? 결론적으로 말하면, 아버지들도 아이들 곁에 있길 원한다고."

듣고 보니 뭔가 알 것 같다. 어쩌면 내가 볼프강에게 너무 딱딱하게 굴었던 것 같다. 그러니까 그는 현대적인 남자가 되길 원하는 것이고, 나는 그게 못마땅하여 그가 현대적인 남자가 되지 못

---

4   2004년 작 독일 로맨스 영화. 우리나라엔 「러브 인 쏘트(Love in thoughts)」라는 제목으로 소개됨.

하게 막고 있는 거다. 내가 그런 아슬아슬한 장면을 더 연출한다면, 나는 곧 에바 헤르만[5]으로 개명하게 될지도 모른다.

나는 카챠가 일요일 아침에 카페에서 만났을 때 주장했던 '여자는 아이와 출세 두 가지를 다 가질 수 없다'는 말을 떠올린다. 하지만 만약 두 가지를 다 할 수 있다면? 함께 살면서도 두 가지를 다 해내는 데 적합한 몇 안 되는 남자 중 한 사람이 내 차지가 된다면? 정말로 아내가 그렇게 하길 원한다면, 그는 청소와 깔끔한 가사 노동을 맡음으로써 그 원하는 바를 완수할 것이다. 어쩌면 우리는 서로 반반씩 가사노동을 분담할지 모른다. 아니면 내가 돈을 더 잘 버는 직업을 찾고, 그러면 가사 도우미를 쓸 여유가 생길 것이다. 그래, 내가 내일 당장 아이를 가질 필요는 없는 거다.

오늘은 볼프강과 반드시 이야기를 해야 한다.

가사 노동이 균등하게 배분되지 않을 경우,
가사 노동이 균등하게 배분된 경우에 비해
부부간 만족도가 떨어지고
불만이 더 커지는 걸 경험하게 된다.
– 엘케 로만 외, 「가족연구 신문」

5   1989년부터 2006년까지 독일의 공영방송인 ARD의 간판뉴스 「타게스샤우」의 앵커로 활동함. 2006년 북독일 방송인 NDR로 이적했으나, 저술활동과 방송에서 보여준 여성의 자기 이해와 성별 역할, 가족 정책들에 대한 발언으로 공론을 불러일으키면서 이후 사회적인 논란의 중심에 자주 서게 됨.

반려자와 함께 사는 남자들은
평균직으로 혼자 살 때보다
가사 노동을 덜 할 수밖에 없다.
반대로 여성들이 반려자와 함께 살 경우,
혼자 살 때에 비해
가사 노동에 훨씬 많은 시간을 할애하게 된다.
– 루카스 코슈니츠케, 「디 차이트」

볼프강을 볼 수 있을 거라는 기대는 크게 하지 않았다. 회의가
끝난 뒤 나는 그에게 이야기를 좀 나누고 싶다고 메시지를 보냈
다. 잠시 후 그가 답신을 보냈다.

> 솔직히 말하면 나도 한참 전부터
> 당신과 이야기를 하려고 했었어.

그는 나를 데리러 회사로 오겠다고, 그래서 함께 집까지 산책
삼아 걸어가자고 했다. 금요일이면 일찍 일이 끝나는 날이어서,
우리는 하루의 마지막 햇살을 함께 누릴 수 있다. 드디어 우리 사
이도 다시 잘될 것이다.

세 시 반 조금 전에 출판사 건물을 나서니, 오후의 태양이 벌써
기울고 있었다. 오늘이 올해 들어 처음 맞은 따뜻한 날들 중 하루
라고 하여, 아침에 겨울 재킷에 방충제를 넣어 옷장에 보관하고
간절기용 코트를 입고 나왔는데, 너무 긍정적으로 생각했던 것 같
다. 두 손을 마주 비비며 호호 따뜻한 숨을 손바닥에 불어 넣는데,

곧이어 모락모락 하얀 입김이 올라오는 게 보인다. 저기 뒤쪽에서 볼프강이 모퉁이를 돌아서 오더니 이내 수위실에 다다른다. 우리가 북메세에서 처음 만났을 때 입었던 그 코르덴 재킷을 입고 왔는데, 나는 그 옷을 입은 그의 모습이 정말 좋다. 얼마나 자상해 보이는지!

나는 손을 흔들며 그를 향해 몇 걸음쯤 뛰어간다. 벌써 마음이 훨씬 더 가벼워지는 기분이 든다. "빨리 왔네." 나는 그렇게 말하며 그의 양 볼에 키스한다.

그가 속삭인다. "우리 공원을 지나 집까지 걸어갈까?"

나는 그에게 팔짱을 낀다. 우리는 아무 말 없이 나란히 거리를 따라 걷는다. 거리는 평소와 다름없이 교통량이 많다. 어떻게 이야기를 시작해야 할까, 간단치가 않네?

공원 입구에서 한 여자가 유모차를 밀며 맞은편에서 걸어온다. 햇빛 때문에 눈을 깜빡이며 그녀가 나에게 미소를 짓는다. 이건 일종의 길조? 갑자기 내년에 볼프강과 내가 유모차를 밀며 공원을 산책하는 모습이 자연스럽게 상상되었다. 공원 안은 조용하고 평화롭다. 우리 발아래에서 자갈 밟히는 소리가 난다.

"있잖아, 나 당신한테 급히 할 이야기가 있어." 나는 내 뱃속에 있던 주먹만 한 돌멩이가 녹아서 나비가 되고, 뒤이어 뒤죽박죽 뒤섞여 거칠게 날갯짓을 하는 걸 느낀다.

"그래, 나도." 볼프강이 그렇게 말하며 눈썹을 치켜 올린다. 그는 긴장한 표정으로 바닥에 시선을 떨군다.

"내가 먼저 할게." 내가 말한다. "최근 몇 주 동안 나, 참 힘들었어. 나는 우리가 함께 산 지 얼마나 되었다고 이렇게 빨리 가정을 꾸릴 계획을 말하나 싶은 게 기습 공격을 당한 것 같은 기분이 들었어. 솔직히 말하면, 나는 요즘 세대가 아닌 고전적인 가정을 모델로 삼고 있었던 것 같아. 그래도 이번 일을 통해 뭔가 배운 건 있다고 생각해." 나는 팔짱 낀 손에 더 힘을 주고, 다른 손으로는 그의 팔을 쓰다듬는다. "당신이 가족을 돌보길 원하는 거, 나쁠 게 없지, 전혀. 그리고 솔직히 말하면 나는 어차피 계속 일하길 원했을 거야. 나는 내 직업을 좋아하니까."

"아니, 잠깐만 내 얘기 좀 들어봐." 그가 예고도 없이 갑자기 멈추어 선다. 나도 마찬가지로 멈추어 서서 그의 입술 위에 검지를 가져다 댄다. 이 일은 지금 내가 털고 가야만 한다.

"그러니까 내 말은…… 내가 전부 다시 생각해봤는데." 나는 깊이 숨을 들이마신다. 지금이 바로 이 말을 할 타이밍이라는 느낌이 온다. "난 당신을 사랑해. 그래서 당신을 잃고 싶지 않아."

"안네……"

나는 그에게 기대며 그의 두 손을 잡는다.

"당신에게 가정이 그렇게 중요하다면, 우리 길을 찾아보자."

내가 그에게 막 키스를 하려는데, 그때였다. 그가 나를 살짝 밀쳐낸다. 이건 뭐지? 내 말에 이 남자가 심하게 감동했나 보다. 볼프강은 이상하기 짝이 없는 눈빛으로 나를 바라보다가, 격하게 숨을 쉬기 시작한다. "흐으으, 흐으으으, 흐으으."

솔직히 말해 내가 기대했던 건 다른 반응이었다.

"언제 하루 날 잡아서 우리 차분하게 아이에 관한 문제를 상담

해보자. 그게, 그래, 반드시 오늘일 필요는 없어." 나는 화제를 돌린다. "우리에겐 아직 시간이 많이 있으니까."

"나 너무너무…… 흐으으으으…… 어지러워." 볼프강이 떨리는 목소리로 말한다. "나 어디에 좀…… 흐으으으…… 앉아야 할 것 같아."

이 사람이 대체 왜 이러지?

"괜찮아?" 나는 그를 데리고 가까이 있는 벤치로 가서 앉는다. 그러자 이내 그가 울음을 터트린다. 온몸을 떨면서.

"나, 어…… 어떡해야 할지…… 으흐흐흑…… 모르겠어." 그가 눈물이 그렁그렁한 눈으로 애절하게 나를 바라본다. "흐으으…… 응급차 좀 불러줘."

나는 서서히 초초해지기 시작한다. 그는 창백한 얼굴에 손이 얼음장처럼 찼다. 나는 떨리는 손으로 휴대폰을 찾아 가방 속을 뒤진다.

조깅을 하던 한 사람이 멈추어 서더니 우리를 유심히 관찰한다. "괜찮아요?"

"제 남자 친구가 몸이 좋지 않아요."

"으으으응그…… 으으읍…… 응촤!"

"저는 의사입니다." 남자가 말한다. "어디 한번 봅시다." 그가 볼프강의 맥박을 짚는다. "걱정하지 마세요." 그렇게 말하고 그는 환자의 팔을 가볍게 친다. "과호흡이 온 것 같습니다."

남자가 나를 돌아본다. "혹시 봉지 같은 거 갖고 계십니까?"

나는 또 내 가방 속을 샅샅이 뒤진다. "아뇨."

"저기 건너편요." 그가 풀밭 위를 가리키며 말한다. "가서 봉지 하나만 가져오세요. 그동안 제가 남자 친구분 곁에 있겠습니다."

남자가 팔을 뻗는다. 그제야 나는 봉지를 나눠주는 사람이 눈에 들어온다.

나는 총알같이 뛰어간다. 다시 두 사람에게 돌아와서 볼프강의 손에 봉지를 쥐어준다. 개똥을 주워 담는 데 쓰는 반려견 오물수 거용 봉지였다.

"봉지에 대고 숨을 쉬세요." 의사가 말한다. "그러면 아주 차분 해질 겁니다."

그는 볼프강을 토닥인다. 그의 입 앞에서 개똥 수거용 봉지가 바스락거리며 부풀어 오르다가 다시 쭈그러든다.

나는 볼프강의 손을 꼬옥 감싸 쥔다. "볼프강." 나는 부드러운 목소리로 말한다. "다 잘될 거야."

호흡은 서서히 안정되고 있는데, 그는 계속 도리질만 한다. 눈 물이 그의 두 뺨을 따라 흘러내린다. 그가 입에 댔던 봉지를 뗀다.

의사는 다시 한 번 이리저리 살피는 눈길로 그를 바라본다.

"좀 나아지셨나요?"

볼프강이 고개를 끄덕인다

"심장이 진정되지 않으면 다시 한 번 검사를 받아보도록 하세 요"라고 말하며 의사가 그의 허리를 톡톡 두드려본다.

"고맙습니다!" 나는 다시 조깅을 시작한 그의 뒤에 대고 큰 소 리로 감사 인사를 한다.

"내가 똥을 싸고 말았어."[6]

"그렇다면 자기 딱 안성맞춤인 봉지를 들고 있는 거네." 나는 소심하게 히죽이 웃으며 개똥 수거용 봉지를 가리키며 말한다.

"아니, 나 진지하게 말하는 거야." 볼프강이 고개를 떨군다.

나는 갑자기 한기가 느껴져 재킷을 여민다. "무슨 일인데 그래?"

"내…… 내가 바람을 피우고 말았어."

나는 그의 손을 놓고 그를 밀쳐낸다. 어떻게 이럴 수 있지? 이제 막 그와 함께 이루어갈 가족계획에 관해 진지하게 고민하기 시작했는데, 그래서 우리는 이미 셋이 되었는데, 어떻게.

"언제부터?" 나의 의지와 상관없이, 이 말이 입술을 타고 미끄러져 나온다.

"벌써 이 주쯤 되었어."

내 가슴 속에선 심장이 쾅쾅 아프게 가슴 벽을 치고, 머릿속에선 마치 통제권을 벗어난 핀볼게임 구슬처럼 생각이 이리저리 맴을 돈다.

바람을 피웠다니, 이 사람, 무슨 짓을 한 거야?

대체 언제?

누구랑?

왜?

퍼뜩 한 가지가 떠오른다. 최근에 그가 보았다던 그 영화, 제목이 「생각으로만 하는 사랑이 무슨 소용이 있나요」였다. 질문 형식

---

6 실수를 범하다, 라는 뜻의 독일식 은어.

의 영화 제목에 다른 여자와 함께 대답했었나 보다.

"영화를 보았다던 그날 밤이었어?" 질문을 입 밖에 내는 순간, 질문이 아닌 확정된 사실처럼 들린다.

"당신 정말로 사실을 알고 싶어?" 그가 양 미간 사이를 문지르며 대답한다. "그래봤자 좋을 게 아무것도 없어."

"그러거나 말거나!"

그가 올려다본다.

"키스만 했어?"

"아니."

이제 모든 게 끝났다. 이건 용서할 수 없다.

"그래서 그 여자는 누구야?" 머릿속으로 나는 산드라의 직장 내 여직원들을 쫙 훑는다. 대부분은 결혼을 했거나, 거의 그런 상태다.

그가 무릎 위에 올려놓은 자기 손을 응시하며 말한다. "우리 사장."

그다음 일이 벌어졌다. 볼프강을 보고 있다가 내가 나도 모르게 웃기 시작한 것이다. 한 번 터진 웃음은 더 이상 누그러뜨릴 수가 없다. 배가 복통을 겪을 때처럼 오그라들었다. 나는 이 상황이 마치 나쁜 꿈속에 갇힌 것처럼 기괴하게 여겨졌다. 갑자기 모든 것이 한 가지 사실로 요약된다. 사장이 그에게 매료된 것이로구나. 요즘 들어 볼프강은 늦은 밤까지 사무실에 있는 일이 잦았다. 게다가 최근엔 그 사장이란 여자가 저녁 늦게 우리 집에 전화까지 했었다.

쏴쏴 — 나직한 바람소리처럼 멀리서 거리의 소음이 들려온다.

"미안해." 볼프강이 속삭인다.

"응, 나도."

그리고 이 말은 맞다. 내가 전에 이야기했던 모든 것, 미안하다. 그동안 아무것도 눈치채지 못했다니, 내 자신이 바보 같기만 하다. 나 역시도 화가 난다는 사실은 접어두고, 나는 소소한 상상, 그 봉지 안에 개똥이 들어 있었다는 상상을 하며 잠시나마 기분을 달랜다.

"근데 꼭 그렇게 곧바로 그 여자랑 침대로 뛰어들어야만 했어? 왜 그랬어?" 나는 딱딱거리며 그에게 묻는다. "먼저 나랑 끝을 내고 그렇게 할 수는 없었던 거야?"

"우리는 서로에게 푹 빠졌었어." 볼프강이 후회 막급한 말투로 말한다. "그 후 그냥 곧바로 일이 그렇게 된 거야."

"하지만 벌써 이 주 전부터 당신은 그 사실을 알고 있었잖아! 그러고도 아무것도 말하지 않고 밤마다 내 곁에 누워 있었다는 말이잖아."

"나도 어떻게 해야 할지 몰라서 그랬어." 그가 어깨를 으쓱하고는 고개를 떨군다.

"그래, 그 여자의 무엇이 그렇게 당신을 미치게 했는데?" 내가 묻는다.

나는 볼프강의 회사에서 주최한 한 파티에서 그 사장을 본 적이 있다. 남자를 잡아먹는 뱀파이어처럼 생겼다기보다는 고전적인 사업가형이었다. 여성 정장으로 분장한 남자 친구 같다고 할까?

"우리는 그냥 의기투합하게 된 것 뿐이었어. 질케 역시 아이를 원했지. 하지만 직장을 포기하는 건 원하지 않아. 그녀는 나보다 몇 살 더 연상이고, 지금은 가정과 직장 일을 함께 병행해 나가기로 결정했어."

그 여자는 그런 걸 어떻게 그렇게 빨리 단순하게 결정할 수 있지? 게다가 정자 기증자요, 유모로 쓰려고 내 남자 친구를 납치해 가면서? 나는 그의 눈을 똑바로 보기 힘들었다.

"그렇다면 당신이 그 여자네로 이사 가는 게 좋겠네."

"안 돼, 내가 이 일로 그동안 얼마나 힘들게 지냈는지 당신이 안다면⋯⋯."

그가 내 팔에 손을 얹으려 한다. 하지만 나는 그런 그를 밀쳐내 버린다.

"이러지 마." 나는 벤치에서 일어나 맑고 찬 공기를 들이 마신다. 가방 손잡이를 움켜쥔 손이 다시 떨려온다. "더 이상 당신 보고 싶지 않아. 당신 물건은 내가 출근한 다음에 가져가도록 해줘."

그 말을 하고, 나는 그를 그냥 두고 온다.

옆 벤치에서 한 노부인이 곡물을 담은 주머니를 손에 쥐고 쭈그려 앉아 비둘기들에게 모이를 주고 있다. 비둘기들이 그녀 앞에서 오르락내리락 무리를 지어 바쁘게 움직이며, 모이를 쪼아 먹고, 구구구구 운다. 그녀는 아주 만족스러워 보이는 얼굴로 나를 바라보며 미소를 짓는다.

저 모습이 내 미래일까?

19

위대한 순간

"남자의 인생에 영예의 왕관을 쓰는 순간이 있다.
예를 들어 1990년 월드컵 결승전이 그렇다. 혹은
여자 친구에게 청혼할 때가 그럴 것이다."

크리스티네 탄치네츠, 『멘즈 헬스』 온라인 기사

"금융 시장 진정을 위해 유럽 중앙은행은 오늘 기본 금리를 역사적 수준이라 할 만큼 낮은 2.5퍼센트 포인트로 하락시켰습니다." 타게스샤우 앵커가 무표정한 얼굴로 멘트를 이어간다. "전문가들은 금리가 계속해서 떨어질 것으로 내다보았습니다."

나는 루카스 포돌스키가 월드컵 출전을 위한 경기에서 결정 골을 거두기라도 한 듯, 소파에서 벌떡 일어났다. 이럴 수가! 많은 문제가 저절로 풀리게 생겼다.

금융 위기로 인해 지금 시에스타 시간에도 눈을 붙이지 못하는 그리스 국민과 또 다른 유럽 국가의 사람들에게 이번 일은 정말이지 너무나도 유감스러운 일일 것이다. 하지만 마야와 나에게 이 환율 시장의 낭패는 전혀 예상하지 못한 기회로 작용할 것 같다.

주택 구입이 갑자기 손에 잡힐 듯 다가온 것이다! 어차피 우리가 사는 이 불안정한 시대에 부동산이야말로 유일한 진리 아닌가? 예비 장인인 헬무트도 내 말에 동의할 거라 확신한다.

나는 서둘러 인터넷에서 부동산 대출의 평균 이자율을 조사한다. 우리가 원하는 종류의 주택이 대략 얼마 정도인지는 이미 알고 있다. 목하 전체 독일 인구가 쾰른으로 이사 오기로 결정들을 한 모양인지 집값이 결코 만만치 않다. 나는 연필과 수첩을 들고 계산에 돌입한다. 수학 과목에서 최우수 학생이었던 적이 한 번도 없었던 터라, 계산에 시간이 좀 걸린다. 그래도 잠시 후 나는 계산을 마친다. 좋았어! 연봉 인상이 없어도, 그리고 마야 아버지의 지원금이 없어도 맞춤처럼 맞아 떨어진다.

나는 안도의 숨을 내쉰다. 내가 가족을 부양할 수 있다는 걸 보여주면, 마야는 아마도 자기가 제대로 된 사람을 결정하였다, 라는 마음을 갖게 될 것이다. 그렇게 되었으면 좋겠다. 어차피 나는 그녀에게 청혼할 거니까. 다만 어떻게 해야 프러포즈를 가장 멋있게 할지, 그걸 아직 모를 뿐.

지난 몇 주 동안 우리는 거의 연애 초창기 때처럼 매우 열렬한 순간을 몇 번 가졌다. 그럼에도 나는 양이 새끼를 낳을 때 제대로 도와주지 못하고 뒤로 뺀 이후 이어진 일련의 사건들 때문에 마야가 나에게 맺힌 원망스러운 마음을 잊었는지 확신이 서질 않는다. 그러니까 우선 술 마실 때 트릭을 써서 마야 아버지를 속이고, 그 다음엔 싸구려 나사로 그를 속인 사건, 그리고 분만실 견학 때 기절했던 사건들 말이다. 유치원에서 벌어진 불상사에도 그녀는 크게 반응하지 않았다. 그다음으로, 어쩌면 함께 결혼식을 올리게 될지도 모르는 토르스텐이 버티고 있다. 그 인간, '그'의 가정을 꾸릴 여자를 찾을 수는 없는 걸까?

최근에 안네가 사무실에서 이런 말을 한 적이 있다. 현대 여성들은 저 '로맨스를 가장한 허튼소리' 따위는 듣지 않는다고. 볼프강이 정서적으로 가까워지길 요구해서 안네의 신경을 건드렸던 걸까? 그래서 그녀가 그를 차버린 걸까? 나는 그녀를 떠보았지만, 둘이 헤어진 이유를 정확하게 알아낼 수는 없었다. 아마도 다음 주말에 함께 요트 여행을 떠나면 이유를 알게 될 것 같다. 원래 이 항해 여행은 마르코와 둘이 가려던 것이었다. 그러나 내가 요트를 타고 여행할 거라고 이야기하자, 안네는 곧바로 눈이 휘둥그레졌다. 마치 바다를 항해하는 것이 그녀의 가장 큰 꿈인 것처럼. 나는 이 여행이 그녀에게 도움이 되리라는 생각이 들었다. 이별 뒤 약간의 기분 전환을 하고 신선한 공기를 쐬는 건 누구에게든 전혀 해될 것이 없는 일이기도 하고.

우선 마야가 나와 헤어지지 않도록, 프러포즈와 관련된 것을 빈틈없이 생각해둬야 할 필요가 있다. 빨간 장미나 샴페인 잔 속에 반지를 넣어두는 것, 이런 걸로는 더 이상 잘될 것 같지 않다. 이걸로는 확신이 서지 않는다. 다른 세대의 남자들은 청혼을 어떻게 했을까?

무엇보다 가장 먼저 나에게 필요한 것은 내칠 수 없는 확고한 사랑의 고백이다.

그러나 사랑의 고백이란 이미 그 자체로 고도의 기술이다. 내

감정을 표현하기에 적합한 형식의 글을 찾기 위해 나는 위대한 남
자들의 사랑 고백을 다룬 몇몇 글들을 살펴본다. 예를 들어 1789년
에 볼프강 아마데우스 모차르트는 그의 연인 콘스탄체에게 이렇게
고백한다.

더없이 사랑스러운 여인이여,

……내가 그대의 사랑스러운 초상화로 어떤 일을 시작할지

전부 당신에게 들려준다면,

당신은 아마도 종종 웃음을 터트리고 말겁니다……

나는 초상화에 갇혀 있는 당신을 꺼내어

이렇게 말할 겁니다.

'안녕, 꼬맹이!

안녕, 장난꾸러기, 폭죽 같은 이여

이런 뾰족코, 작디작은 핀볼 같은 이여, 꿀꺽 삼켜서 꼭꼭 눌러두고파!'

그리고 다시 당신을 집어넣을 겁니다.

천천히, 천천히 당신이 그 속으로 미끄러져 들어가게 할 거예요.

……내가 당신을 사랑하는 것처럼 영원히 나를 사랑해줘요.

수만 번이라도 난 당신에게 키스할 겁니다.

세상에서 가장 다정하게요.

그리고 영원토록 애정을 담아 당신을 사랑할 나는 당신의 신랑입니다.

— W. A. 모차르트

카니발광인 마야는 아마 이런 말의 이면에 숨은 우스꽝스러운

사육제 연설의 서막을 예상할지도 모른다. 아니면 '감금'과 '꿀꺽 삼켜서 꼭꼭 눌러두고파'라는 어휘에서 눈치 빠르게 사람을 구속하는 면을 감지해 낼 수도 있다. 볼프강 아마데우스는 이런 것들까지도 감쪽같이 처리했어야 했다. 아마도 나는 보다 쓸모 있는 방법을 찾아 머릿속을 더 뒤져봐야 할 거 같다.

가장 먼저 떠오른 것은 사람들이 '고전적이고 우아한 스타일'이라고 부를 만한 것이다. 나는 세상에서 가장 사랑하는 사람과 고급 레스토랑에 앉아 있다. 식당은 눈으로 뒤덮인 풍경이 펼쳐진 겨울 정원에 자리 잡고 있다. 주방장이 초콜릿으로 쓴 당초 문양의 '마야&슈테판' 글자가 장식된 마지팬 하트[1]를 서빙한다. 다른 웨이터들은 스프레이처럼 불꽃이 튀는 폭죽을 들고 환영 행렬을 이루고 있다. 자욱하게 연기가 깔리면, 나는 마야의 앞에 무릎을 꿇고 붉은 장미 한 다발을 내밀며 감격 어린 목소리로 묻는다. "사랑하는 이여, 나와 결혼해주겠소?"

그러나 나는 이것이 어떻게 엔딩을 맞을지 이미 알고 있다. 마야는 얼굴을 찡그리며 웃음을 터트리고 방금 마신 레드 와인을 콧구멍으로 뿜어낼 것이다. "우리가 무슨 「다운튼 애비」[2] 시대에 살고 있는 줄 아나 봐!"라고 소리치며 배꼽을 잡고 웃을 거다. "허리띠 좀 풀고, 숨 좀 쉬자. 그런데 왜 그렇게 펭귄 같은 옷을 입고 있는 거야?"

---

1 아몬드, 설탕, 달걀을 섞은 반죽으로, 그 자체로 과자를 만들거나 케이크 토핑으로도 씀.
2 20세기 초반 영국의 사회상을 잘 그린 정통 시대극 드라마.

가망이 없다. 대신에 이건 어떨까. '공개적인 고백'을 하는 거다. 몰디브군도에서 그림같이 아름다운 휴가를 보낸 뒤 우리는 귀국하는 비행기 안에 있다. 마야는 잠이 들었다. 나는 몰래 자리를 벗어난 다음 스튜어디스와 미리 이야기하여 안내용 마이크를 사용해도 된다는 허락을 받아낸다. 동승한 비행기 승객들이 나의 고백을 다함께 들을 수 있다는 것이 일을 그만큼 더 흥미롭게 만든다. 뿐만 아니라 그러고 나면 마야는 나의 사랑이 진실임을 확신할 수 있을 것이다. 나중에 혹시라도 내가 한 말을 후회할 날이 올 때, 일일이 증인을 세우기엔 증인들의 수가 많으니까 말이다.

"마야, 당신은 내가 만난 여자들 중 가장 매혹적인 여자야." 내가 마이크에 대고 말한다. "당신에게 평생 부족할 것 없는 부귀와 모험을 누리게 해줄게. 우리 저 별들이 있는 곳까지 함께 날아가자. 내 아내가 되어줘!"

……그리고 곧이어 마야가 나는 거들떠보지도 않고, 조종석으로 곧장 달려간다. 그녀는 조종사가 문을 열어줄 때까지 조종실 문을 쾅쾅쾅 두드린다. 조종실 문이 열리자 마야는 조종사의 목을 얼싸안고 그에게 키스한다. "드디어! 남자다운 남자, 저돌적인 남자가 나타났네요!" 그녀가 외친다. "저를 당신의 아내로 받아주세요! 별들이 있는 곳까지 함께할게요!"

그다음은 이런 걸 생각해볼 수도 있다. '이국풍의 슬러쉬'[3]다. 훈훈한 바람에 마야의 머리카락이 나부낀다. 갈색으로 그을린 그

---

3 별로 평가할 만한 수준이 아닌 질펀하고 감상적인 사랑 이야기, 혹은 키치풍의 작품이나 그런 부류의 사건.

녀의 몸을 얇은 흰색 원피스 한 장이 덮고 있다. 나는 그녀의 뒤에 서 있다. 잘 자란 삼 일치 수염에 상의는 벌거벗었고, 면바지 한 벌이 걸친 옷의 전부다. 놀랍게도 나는 라이언 고슬링처럼 생겼다. 그녀의 허리에 팔을 두르고 흔들리는 갑판 위에서 그녀가 흔들리지 않도록 잡아주자 내 몸의 근육들이 꿈틀거린다. 우리는 위풍당당하게 청람색의 석호로 미끄러져 들어가는 요트의 뱃머리에 서 있다. 저물어가는 석양이 수면을 물들이고, 폴리네시아 토박이가 대나무 보트를 타고 우리를 안내한다. "마에바, 마에바!" 그들이 우리 맞은편에서 소리친다. 여행 가이드에게서 그 말이 환영의 인사라고 들었던 것이 기억난다. 마야가 잠시 내 가슴에 얼굴을 묻는다. 나는 감동하여 그녀를 내려다본다. 행복에 겨운 한 줄기 눈물이 반짝이며 그녀의 뺨을 타고 흘러 나의 가슴근육 위로 방울져 떨어진다.

닻을 내리고, 거대한 화구처럼 태양이 바다 속으로 사라진다. 나는 무릎을 꿇고 마야를 향해 다이아몬드 반지를 내민다.

"당신을 사랑해. 이전에 그 어떤 여자도 이토록 사랑한 적이 없었어. 마야, 우리 아이들도 낳고 늙어 죽을 때까지 함께하자."

마야가 놀라서 나를 바라본다. "아이들이라고?! 이 지구상에는 구십 억 명이나 살고 있어. 지구는 인구 과잉으로 파멸하게 될 거야. 그런데 당신이 생각해낼 수 있는 유일한 게 함께 자는 거야? 누가 남자 아니랄까 봐!"

이것도 하지 않는 게 낫겠다.

갑자기 자동차에서 마야가 경고했던 게 기억난다. 그녀의 부모님 댁에 갔다 오는 길이었다. "나는 당신이 남자처럼 행동하길 기대했어. 광대처럼 행동하는 게 아니라!"

그녀는 내가 직감에 따라 행동하는 것을 남자답지 못하다고 간주한다. 임신 기간 내내, 그리고 최근에 내가 범한 일련의 과실을 통해 그녀는 그 점을 나에게 오해의 여지없이 분명하게 드러내 보였다. 그러므로 프러포즈를 생각하면서 내 머릿속에 먼저 떠오르는 방법들과 정반대의 것을 해야 할 필요가 있다. 내 아이디어들은 한결같이 저속하기만 할 뿐 현실적이지 못하다. 이런 경우 남자는 너무 열심히 땀만 내지 말고 현실적으로 굴어야 한다. 아닌가? 일단 마야에게 결혼이 좋은 모든 논거를 열거해본다. 그러면 우리는 어른들이 으레 그렇듯 그것의 장단점을 두고 토론하고 함께 이성적인 결정에 도달하게 될 것이다.

좋다, 나는 내가 처음에 생각해보았던 로맨틱한 설정은 완전히 접을 거다. 오늘 저녁엔 여유롭게 함께 저녁이나 먹으러 가는 편이 가장 좋을 것 같다.

남편은 간단하게 생각했대요.
시청에 낼 서류들을 준비해야겠다, 라고요.
그래야 할 시간이 되지 않았나, 생각했기 때문에 말이죠.
– 넬리나, 'gutefrage.net'

디터가 바데스크에 앉아서 방금 집어든 「익스프레스」[4] 너머로 나를 넘겨다본다. 그러곤 한쪽 눈을 질끈 감고 진심으로 '완벽하게 준비했슈!' 하는 표시로 엄지를 치켜든다. 그는 왼편 뒤쪽에 있는 조용한 모퉁이 테이블을 우리를 위해 비워두었고, 심지어 테이블 한가운데에 붉은 장미까지 한 송이 꽂아두었다. 아쉽게도 장미에 물을 주는 걸 잊은 탓에, 꽃송이가 고개를 푹 숙이고 있다.

바 테이블 가에는 남자들이 포도송이처럼 다닥다닥 붙어서 평면 스크린을 응시하고 있다. FC 쾰른팀이 분데스리가 1차전 진입을 위한 경기 중이다. 오늘은 무엇보다 1승이 절실한 경기였다. 그러나 현재 스코어는 0대0으로 한 골도 내지 못한 상황이다. 분위기가 잘 부합한다. 주방에선 감자튀김과 커틀릿소스 냄새가 풍겨나오고, 마야는 메뉴판을 열심히 훑고 있다.

"여긴 커틀릿밖에 없나?" 그녀가 묻는다.

"이 집만의 비법이 있어. 당신도 꼭 먹어봐야 해. 하지만 이것 말고 브라트부어스트[5]도 끝내줘."

마야가 코를 찡그린다. "나한텐 너무 기름져."

"그럼 할베 한[6]을 드셔유." 디터가 주문서를 쓰윽 들이밀며 말한다.

마야는 그의 추천에 따라 뢰겔헨과 양파와 함께 고다 치즈를 고

---

4 쾰른 지역 일간지.

5 프렌치프라이를 곁들인 소시지구이로, 소스가 곁들여져 많은 독일인들이 간단한 한 끼 식사로 애용하는 메뉴.

6 쾰른 지방 특유의 짙은 호밀빵인 뢰겔헨에 버터, 치즈, 오이, 겨자를 곁들여 내는 간단한 메뉴로, 쾰른 대표 음식이다.

른다. 나는 양파와 프렌치프라이를 곁들인 포크커틀릿을 선택한다. 거기에 필시 맥주 한 잔을 마신다. 마야는 임신 중이기 때문에 애플 소다를 마신다.

나는 텔레비전을 힐금힐금 넘겨다본다. 여전히 0대0이다.

"당신 웬일로 그렇게 멋있게 차려입었어? 출판사에 특별한 일이 있었나 봐?" 마야가 묻는다.

"아니. 하지만 오늘은 특별한 날이라서." 나는 능구렁이처럼 대답한다.

"아하, 무슨 일인데 그래?"

"음, 그러니까 그게……." 흥분하여 가슴이 쿵쾅거린다. 그녀가 뭐라고 말할까? "유럽 중앙은행에서 기본금리를 내렸대."

마야가 애플 소다를 홀짝인다. "그래서?"

"그 말은 이제 우리가 내 집 마련을 감당할 수 있다는 의미이지"라고 말하며 나는 그녀의 손을 잡고 지그시 누른다.

마야가 이마를 찌푸린다. "난 이해가 안 되네. 우리 토르스텐네로 이사 갈 거잖아."

"이젠 더 이상 그럴 필요가 없다니까. 이제 '우리 소유의 집'을 살 수 있게 되었는걸. 그것도 진짜로 멋진 집을 말야. 시골에다. 당신이 원한다면 정원이 딸린 집도 살 수 있어."

나는 미리 준비해온 인쇄물을 재킷 주머니에서 꺼낸다. 내가 인쇄물들을 전부 펼쳐놓자 색색의 엑셀 워크시트가 테이블 전체를 덮다시피 한다. "이건 우리의 수입 – 흑자 계산표야. 여기, 이게 우리 둘의 현재 월소득이고." 나는 왼쪽 하단에 있는 빨간색 숫자를 가리킨다. 그런 다음 그 곁에 있는 초록색 숫자를 가리키며 말한다. "그리고 여기 이건 우리가 부부 분담 지분을 이용할 경우 남는 금액이야. 당신이 5, 그리고 내가 3이야."

나는 아주 홀가분한 기분이 든다. 모든 것으로부터 멀리 떨어져 있는 느낌. 마치 누군가 나에게 헤드폰을 씌워주고, 퍼시 슬레이지의 「남자가 여자를 사랑할 때(When a Man Loves a Woman)」를 틀어주는 것만 같다. 다른 모든 소음은 사라지고, 이 순간은 우리 둘뿐이다. 마야와 나는 데이지 꽃이 만발한 우리 집 뒤편의 초원에 누워 있고, 우리 아이는 모래판에서 놀고 있다. 찬란한 태양과 지저귀는 새소리, 윙윙거리며 날아다니는 벌들…….

"슈테판?"

마야가 내 얼굴 바로 앞에 대고 손가락을 부딪쳐 딱! 딱! 소리를 낸다.

"음, 그래, 그러니까…… 내가 대출액이 얼마나 될지 계산해봤는데 말이야." 나는 산출 내역을 담은 두 번째 워크시트를 테이블 위에 올려놓는다.

마야가 용지를 들고 자세히 살펴본다.

나는 축구 경기의 스코어를 바라본다. 무승부다. 연장전이 시작되었다.

"현재 이자율로 보면 그런 집에 견줄 만한 집을 세 내는 것보다 그게 더 싸게 먹혀."

마야의 표정이 어두워진다.

"당신은 걱정할 필요 없어." 나는 그녀의 팔을 쓰다듬으며 말한다. "내가 안전장치를 잘해놨거든. 생명보험, 상해보험, 리스터 펀드에도 가입했어. 나한테 무슨 일이 생기면 전부 당신에게 도움이 될 거야."

나는 행동을 멈추고 입술을 축인다. 흥분해서 입이 바짝바짝 타들어갔다.

그리고 이제 결정적인 순간이 되었다.

"마야……. 이런 사실을 맞아…… 음, 나는 이렇게 하는 게 나쁘지 않을 거 같아. 우리가, 그러니까, 음…… 결혼을 한다면 말이야. 나는……"

당신을 사랑해, 라고 말하려고 했다. 그런데, 루카스 포돌스키가 페널티 에어리어에 들어서는 것이 시야에 들어온다. 그가 공을 찬다! 그리고…….

"고오오오오오올!"

나는 다른 남자들과 한목소리로 합창하듯 소리를 지른다.

나는 행복해하며 뒤로 기댄다. FC가 올라갔다! 이제 됐다! 나 또한 정식으로 전력을 다하였고, 우리의 관계를 보다 높은 리그로 올려놓기 위해 모든 것을 다 하였다. 나는 마야가 환호성을 지르기를 고대한다.

헛수고였다.

디터는 우리가 이야기하는 걸 처음부터 엿듣고 있었다. 그는 이제 「익스프레스」를 내려놓고 흥미진진한 표정으로 우리 쪽을 건너다본다.

마야가 눈을 커다랗게 뜨고 나를 바라본다. 그녀의 뺨에 마술을 부린 듯 붉은 얼룩이 군데군데 핀 것이 보인다. 감동한 모양이다.

"당신 미쳤어?" 그녀가 소리친다.

"왜 그래……?" 나는 영문을 몰라 어리둥절해한다.

"이보다 더 로맨틱하지 않기도 힘들겠다, 그치? 최소한 예쁜 레스토랑에 나를 초대할 수는 없었던 거야? 양조장에서 먹는 안주거리밖에 없는 곳, 그리고 계속해서 축구 경기에 당신 눈길을 빼앗기지 않을, 그런 곳 말이야. 내가 당신한테 이 정도밖에 안되는 사람이야?"

"나, 나는 당신이 로맨틱한 여행 같은 건 질색한다고 새, 생각했지." 나는 놀라서 어쩔 줄 모르고 말을 더듬는다.

"아휴! 나에게 정말로 원하는 게 뭔지 물어본 적 있어?" 그녀가 비명을 지르다시피 소리친다. "나는 계속 돈과 경력, 출세 이야기만 들었어. 당신, 내가 항상 초과근무에 출장만 다니는 그런 사람이 내 아이의 아빠이길 원한다고 생각해?"

"하지만 그건 전부 당신을 위해서 한 것이었어!"

"나한테 이런 식으로 다가오지 좀 마! 최근에 당신이 그 빌어먹을 직장에 대해 생각한 것처럼 아이와 나도 종종 생각했다면." 마야가 퉁명스럽게 말을 한다. "그리고 이건 여담인데, 당신, 놀이방에 아이를 등록시키는 것도 못한 사람이야. 그래놓고 이제 와서 큰 집을 꿈꾼다고!"

"그렇게 억지스럽게 굴지 좀 마." 나는 반발한다. "내가 전부 다 꼼꼼히 계획한 거야."

"그래, 정말이지 대단한 계획이야, 슈테판!" 마야가 내가 숫자를 읽을 수 있도록 산출 내역이 담긴 워크시트를 돌려놓는다. "이것 좀 봐. 당신 혹시 덧셈뺄셈 할 줄 몰라?"

나는 계산서 내역을 찬찬히 살펴본다.

$$대출금\ 300{,}000유로$$
$$\times\ 2\%\ 이자$$
$$\div 12개월$$
$$=\ 500유로(월)$$

전부 다 맞다. 나는 영문을 몰라 마야를 바라볼 뿐이다.

"우리 이 정도는 감당할 수 있잖아. 지금도 벌써 이것보다 많은 월세를 지불하고 있고."

마야가 양손에 얼굴을 묻고 어깨를 들썩인다. "말해봐, 당신 혹시 부채 상환에 관해선 들었어?"

"사…… 상환?" 나는 이맛살을 찌푸린다.

"그럴 줄 알았어. 검색 한번 해봐." 그녀는 숨 돌릴 겨를도 없이 말한다. "그리고 지금 검색 중이라면 추가 매입 비용, 부동산 중개료, 토지이전세나 공증 비용 같은 것들도 찾아봐. 그리고 그냥 정보를 주는 차원에서 말하는데, 이자율 2% 대출은 일반적으로 장기대출을 끼고 있어. 그러니까 죽을 때까지 우리는 분할 상환을 해야 할 수도 있어. 내가 벌써 다 알아봤다고. 당신은 내가 왜 토르스텐 집에서 살자고 제안했다고 생각해? 그렇게 생각한 데는……." 그녀는 깊이 숨을 들이마시고, 꼿꼿하게 자리에 앉는다.

"내가 곰곰 생각한 데는 이런 생각도 있었어. '나 혼자 그 집에 들어갈 수도 있겠구나'라는 생각." 그 후 그녀는 갑자기 벌떡 일어나 주점을 뛰쳐나간다. 그녀의 등 뒤로 쾅 소리를 내며 문이 닫힌다.

"맥주?" 디터가 불쌍하다는 듯 나를 건너다보며 묻는다.

한쪽 배우자가
공동체를 형성하고자 하는 다른 배우자의 요구를
따라야 할 의무는 없다.

– 민법 2조 1353항

나는 지하철로 내려가는 계단을 터벅터벅 걸어간다. 층계는 비에 젖어 축축하고, 지하에서 올라오는 시큼한 공기가 나를 향해 훅훅 달려든다. 이보다 더 최악일 수는 없을 것 같다. 이대로 집에 가고 싶지 않다. 텅 빈 아파트를 보게 될까 봐 두렵다. 차라리 시내를 비질하듯 훑으며 취할 때까지 마시자.

나는 아버지가 했던 말을 생각하지 않을 수 없다. '여자들은 성공한 남자를 좋아해.' 내 경우엔 두 가지 모두 빗나갔다. 성공도, 여자도.

금융투자계의 천재를 아버지로 둔 내가 계산 실수로 청혼에서 엎어지다니, 운명의 아이러니가 아닌가 싶다. 이 사건은 내가 아버지와 함께 살았더라도 결코 출세할 그릇이 못되었을 거라는 걸 보여주는 것만 같다. 그렇다 하더라도 빌렘은 나를 도와줄 수 있지 않을까? 아버지의 존재란 출구가 보이지 않은 상황에서 빠져 나갈 구멍을 찾을 수 있도록 하는 데 존재 의미가 있는 것이니까. 잠시 후 나는 마음을 굳게 먹고 그의 전화번호를 누른다.

소피 씨가 전화를 받는다. "L'Appareil de Willem van Oers. Sophie Lejeune. Que puis-je faire pour vous?(빌렘 반 외르스사입니다. 소피 르쥔입니다. 무엇을 도와드릴까요?)"

"예, 저 슈테판입니다." 이제 그녀가 독일어를 이해한다는 걸 알게 되었기 때문에 나는 독일어로 말한다. "아버지께 시간이 있는지 알고 싶습니다. 아버지께 도움을 좀 받을 수 있을까 해서요."

전철이 들어온다. 나는 다른 승객들이 하차할 때까지 기다린 다음, 미닫이문을 통해 열차에 들어서서 자리를 찾는다.

"슈테판느······." 소피 씨가 묘한 억양으로 말을 하는데, 내 입장에선 적응하기 힘든 억양이다. "오, 슈테판느! 그렇지 않아도 벌써부터 전화하려고 했어요."

전철이 출발하자 전화기가 지직거리더니, 수신 상태가 점점 더 나빠진다.

"제가 지금 지하철을 타고 있어서요." 내가 설명한다. "금방 다시 전화할게요. 그건 그렇고 아버지는 지금 자리에 계시나요?"

마지막 몇 마디밖에 듣지 못했는데, 나를 실은 열차가 어두운 터널을 향해 질주한다. 전화가 끊어진다.

"슈테판느, 정말 정말 유감스럽게도······ 부친께서 돌아가셨답니다!"

20

러브 미 펜더(Love me fender[1])

"마음 밑바닥이 아직 열아홉 살인 남자,
그는 마흔이 되어도 열아홉일 수 있다.
그렇기에 그에게선 결혼도 집 장만도 (……)
기대할 수 없다. 그런 기대를 한다는 건 당연히
이치에 맞지 않는 어리석은 일이다."

파울라 람베르트, 『남자는 놀기만 하려고 한다』

1   엘비스 프레슬리의 곡 『러브 미 텐더(love me tender)』의 패러디. '펜더(fender)'는 배의 전면에 매달아 완충장치 역할을 하는 방현재이다. 또 대표적인 선박용품 회사 이름이기도 함.

내가 그린 그림은 이런 것들이었다. 휴가 기분. 기온 36도, 바다 위에서 부드럽게 출렁거리는 작은 배, 나에게 부채질을 해주며 나를, 혹은 나의 우아함을 경탄하는 눈길로 바라보는 구릿빛으로 그을린 남자들, 돛대를 잡아주는 밧줄 사이로 쏴— 쏴— 새어드는 가벼운 미풍. 나는 열대 과일이 어우러진 칵테일 잔을 들고 있고, 칵테일 잔 속의 얼음이 서로 부딪쳐 달그락 소리를 낸다. 그리고 케이트 야나이[1]의 노래가 흘러나온다. '왓 어 필링, 이츠 네버 빈 소 이지, 웬 아임 드리밍, 서머 드리밍 웬 유'아 위드 미(What a feeling, it's never been so easy, when I'm dreaming, summer dreaming when

---

1   케이트 마코위츠의 별칭. 뒤에 나오는 노래는 그녀가 1991년 발표한, 여름 분위기가 물씬 풍기는 노래 「서머 드리밍(Summer Dreaming)」임.

you're with me······)'

　지금 내가 맞이한 현실은 이런 것들이다. 악천후. 기온 10도, 먼
저 이용한 선객들의 맥주 냄새가 가시지 않은 축축하고 출렁거리
는 요트. 젊은 남자라고 해야 슈테판과 그의 친구인 마르코가 전
부다.

　우리는 에이셀 호로 항해 중이다. 그것도 부활절을 두 주 남긴
비수기에 말이다. 이유는 물론 이때가 값이 더 싸기 때문이다. 기
상 예보에선 날씨가 따뜻할 거라고 했지만, 우리가 레머[2]에 도착
하자, 그때부터 날씨가 돌변하기 시작했다.

　출발 직전 슈테판은 아버지가 돌아가셨다는 소식을 접했다. 하
지만 주말 항해 여행을 이미 예약한 뒤였다. 나는 슈테판이 아버
지를 만나고, 또 서로를 알게 된 지 얼마되지 않았지만, 그의 슬픔
이 매우 클 거라고 생각한다. 물론 그가 그런 마음을 내색한 건 아
니다. 어쨌든 슈테판은 이 항해 여행이 끝난 후 곧바로 장례식을
위해 브뤼허로 떠날 예정이다.

　자동차에서 내리자, 양털 재킷을 걸쳤는데도 으슬으슬 한기가
느껴진다. 하늘은 잿빛으로 우중충하고 무거운 구름이 금방이라
도 비를 쏟을 것만 같다.

　"이래야 제맛이지." 마르코가 만족스러워하며 말한다. "우리가
화창한 날씨만 골라서 배를 타고 그러는 타입은 아니잖아."

　슈테판이 내 어깨를 툭툭 친다. "바람이 많을수록 모험할 것도

2　에이셀 호수 변에 위치한 휴양 도시.

많은 법." 그러곤 이렇게 말한다. "걱정 마. 내가 지켜줄게."

그는 바람에 떠밀려 물 위를 둥둥 떠다니는 이 속 빈 물체 위에서 모든 삶의 충만함을 찾을 수 있다고 진심으로 믿는 것 같다.

"오직 그대와 파도, 바람만이 있을 뿐. 이곳에서 그대는 자연의 힘을 느끼게 될 것이오." 슈테판이 짐짓 장중한 말투로 고한다. 그런 다음 이렇게 말한다. "지금껏 이렇게까지 살아 있다는 느낌을 가져본 적이 없었다고 느끼게 될 거야. 그래서 지금 이렇게 기분 전환을 위해 '친절한' 남자들과 함께 있는 거고."

그는 내가 이 여행길에 나서도록 설득하는 데 정말 전력을 다했다. 또 내가 오랫동안 이 주말 여행을 기억하게 될 거라고 장담했다. 그가 나를 안쓰러워하는 것 같다는 생각이 든다. 내가 다시 싱글이 되었기 때문이다. 볼프강은 공원에서의 대화 이후, 자신의 짐을 빼서 사장네로 들어갔다. 나는 하우스 쉐어링, 특히 성별이 다른 사람과의 하우스 쉐어링에 대한 의욕이 근본적으로 사라져버렸다. 나는 이제 좀 작은 집을 찾고 있다. 산드라에게서 볼프강과 그의 사장이 목하 임신을 시도 중이라는 이야기를 들었다. 그 말은 결국 나에게 상처로 자리 잡았다. 어떻게 이 모든 것들이 나랑은 그렇게 비껴갈 수 있을까? 지금도 여전히 나는 그를 사랑하고 있고, 풀이 나고 자라 우리의 관계를 다 뒤덮을 때까지 그를 잊지 못할 거라는 이 사실이 엄연히 존재하는데.

아무튼 슈테판은 나를 위로하고 남자들에게도 좋은 면이 있다는 걸 설득하고자 했던 목적을 완전히 이루어낸 것 같다.

우리 문화권에 살고 있는 남자들에게

그들이 늘 잠재적으로 자문하던 질문,

즉 '어떤 점에서 남자는 남자라 할 수 있는가?'라는 질문의 답을

얻어내는 것은 그렇게 간단치 않다.

그러나 육류 소비를 통해

다시 한 번 우리가 보여줄 수 있는 건 다음과 같다.

"난 원래 육체적으로 더 강자(强者)야."

– 주자네 비스만, 심리학자

"바다로 들어가기 전에 우리 뭐라도 좀 먹을까? 나 벌써 또 배가 고프네." 선박 임대 사무소에 등록하고, 근처에 있는 슈퍼마켓에서 쇼핑을 하고 나자, 마르코가 묻는다. 그가 수로를 따라 이어져 있는 산책로를 가리킨다. 그곳엔 튀김 전문 간이음식점들이 줄지어 늘어 서 있었다.

내가 그린 그림은 이런 것들이었다. 배(船)의 배(腹) 속에 있는 소형 레인지에 우리가 직접 준비한 몸에 좋은 진미와 맛있는 계피차, 그리고 신선한 채소볶음과 함께하는 안락한 주말.

내가 얻게 될 것은 이런 것들이다. 싸구려 크로켓, 기름진 생선 사체, 그리고 한데 압착해 커다랗게 만들어서 한 조각씩 떼어 먹게 만든 롤빵인 푼트예스 – 바이스브뢰트헨[3]이다. 예전엔 나도 엄청난 패스트푸드 팬이었다. 하지만 시간이 흐르면서 아무거나 가리지 않고 내 몸 속에 밀어 넣는 건 그만둔 지 오래다.

---

3   베이커리가 아닌 슈퍼마켓에서 파는 빵을 중산층은 잘 먹지 않는데, 먼 휴양지에 와서 그런 공장 제품 빵을 먹으니 기가 막혀 하고 있다.

지금이라도 갑판에 올라 이 신사분들에게 아삭거리는 샐러드를 만들어줄 수 있을까? 쇼핑백에 샐러드에 필요한 모든 재료는 다 있는데.

하지만 두 사람은 이미 의견 일치를 본 상태다. 둘은 유명한 '하쿠나 마타타'라는 상호명을 지닌 튀김 전문점으로 방향키를 돌린다. 나는 그들의 뒤를 따라 터벅터벅 걸어가며, 가게가 유명세만큼 이름값을 하지 못하길 바랄 뿐이다. 채식주의자인 나에겐 기껏해야 감자튀김과 그에 딸려 나오는 케첩 외엔 먹을 게 없을 것이기 때문이다. 그거라도 맛이 좋으면 다행이련만.

"오오— 크로켓!" 셋이 진열대 앞에 서자 마르코가 곁눈질로 나를 바라보며 말한다. "고기가 안 들어가면 진짜 뭔가 빠진 것 같단 말이야."

"왜 자기네 남자들은 그런 게 그렇게 중요하대?"

"자기네 여자들은 샐러드 한 장이면 점심 식사로 충분하지. 하지만 남자들은 기초대사량이 훨씬 더 높잖아." 슈테판이 주장한다. "그건 우리 남자들의 유전자가 그렇게 되어 있기 때문이야. 옛날에는 매머드를 때려잡아야 했으니까."

구석기 시대 사람들도 자기들이 때려잡은 매머드를 튀김 기계 속에 던졌다는 말씀?

마르코는 크로켓, 감자튀김, 그리고 거기에다 새우버거를 주문한다. 슈테판은 마르코가 시키는 메뉴를 덩달아 주문했고, 나는 프렌치프라이 큰 사이즈를 시킨다.

잠시 후 종업원이 기름진 음식을 넘치도록 수북이 담은 플라스틱 그릇 네 개를 우리에게 건넨다. 우리는 조그마한 테이블 한 곳에 자리를 잡고 앉아 우적우적 음식을 먹는다.

젊은 여자들 몇이 가게 안으로 들어온다. 우리보다 분명 열 살은 더 어려 보인다. 그들은 주문대에서 주문을 하기 전에 나의 두 동행자들을 곁눈질로 훑어본다.

"왼쪽은 진짜 모페드[4]일세!" 마르코가 슈테판을 바라보며 윙크를 한다.

"그러게, 안트예 부인[5]은 진짜로 두툼한 감자튀김처럼 뱃살이 통통하지."

나는 피가 거꾸로 솟구쳐 오르는 느낌이 들었다. "둘이 한통속일 거라고 생각은 했네, 내가."

"맞아, 그래서?" 마르코가 묻는다. "식욕을 느끼는 건 자유지."

최근에 어떤 기사에서 '한 인간에게 탑재된 정액은 전 세계의 가임기 여성을 모두 임신시킬 정도로 많은 정자를 포함하고 있다'는 내용을 읽은 적이 있다. 아마도 남자들은 유전적으로 움직이는 것은 그게 무엇이든 섹스를 원하게끔, 애초에 그렇게 구성된 존재일지도 모른다. 다만 문화라는 코르셋과 현재 우리의 도덕관념이 그것을 옥죄고 있을 뿐. 그렇다면 볼프강이 나를 속이는 것 외엔 달리 어쩔 수 없었던 걸까?

---

4 주로 스쿠터와 같은 소형 오토바이를 일컫는 말. 작고 통통한 여성을 빗대어 말하기도 함.

5 네덜란드 전통 복장을 입은 풍만한 몸매에 건강한 미소를 짓고 있는 네덜란드의 유명 유제품 '안트예'의 표지 모델을 빗대어 한 말.

"와." 서둘러 크로켓을 해결한 마르코가 반쯤 남은 브뢰트헨을 옆으로 치우며 말한다. "더 이상은 못 먹겠다!" 그는 남은 음식을 냅킨에 둘둘 싸서 그의 전천후 재킷 주머니에 집어넣는다.

"다들 준비 됐어?" 슈테판이 묻는다. "그럼 이제 출발해도 되겠군."

> 모험에 대한 남자들의 욕구가 비교적 적은 것으로 나타났다.
> 이것은 최근에 나온 연구 결과다. 이 연구에 따르면
> 지난 36년 동안 남자들의 모험욕은 눈에 띄게 퇴보하였으나,
> 여성들의 경우엔 아니었다고 한다.
> 이러한 현상의 원인 중 하나는
> 신체적 건강 상태의 결핍에 있다고 한다.
> ─「노이에 오스나브뤼커 차이퉁(新오스나브뤼커일보)」 온라인 기사 중

돛을 향해 바람이 불어오긴 하지만, 활기라곤 없다. 우리는 거의 제자리걸음이다. 아직 비는 오지 않지만, 양털 재킷을 입었는데도 나는 온몸에 한기가 스며들어 선실에서 바람막이 재킷을 가져와야 하나 생각 중이다. 지금까지 우리는 레메르를 벗어날 수 있는 헤헤머 마르[6]라는 잔잔한 호수에서 벗어나지 못하고 있다.

"우리 에이셀 호수로 가려는 거 아니었어?" 나는 조타륜을 잡고 서 있는 슈테판에게 묻는다. "위대한 모험, 뭐 그런 건가?"

"아니, 아쉽게도 아니야." 슈테판은 그렇게 대답하고는 점점 더

---

6 네덜란드 프리스랜드 지방에 있는 호수.

어두워지는 하늘을 보며 이맛살을 찌푸린다. "거기 둘 다 아마추어잖아. 우리 우선 연습부터 해보자."

몇 차례 회전 연습을 한 뒤 우리는 배가 앞으로 나가는 기미가 보이지 않자 조종하던 걸 다시 멈춘다. 이만하면 됐다. 쉽 로프[7]와 윈치를 계속 만졌더니 벌써 양손이 다 아프다. 뭐 이런 거지같은 취미가 다 있담. 그리고 이 바보 같은 용어들은 또 뭐고!

"자기도 마실래?" 슈테판이 시동을 걸고 한 손으로 키를 조종하면서 묻는다. 그는 갑판 위에 있는 작은 테이블 깊숙한 곳에 놓여 있는 네덜란드산 싸구려 맥주를 가리키며 고개를 끄덕인다. 그러곤 들고 있는 캔 맥주를 한 모금 마신다.

"맥주 마셔도 돼?" 내가 묻는다. "해경한테 붙잡히면 어떡하려고?"

"그렇게 굴지 좀 마셔! 진짜 여학생이 따로 없네." 마르코가 다리를 쩍 벌리고 벤치에 앉아서 말한다. 이 벤치는 선수루(船首樓)에 있는 사물함 박스로, 선박에선 워낙 백 박스라고 부르는 것이다. 그가 먹고 남은 네덜란드식 롤빵 — 빵에 공기구멍이 많다 — 을 바다 위에 털어낸다. 갈매기들이 큰 소리로 끼룩거리며 빵 조각을 두고 서로 다툰다.

나는 쿠키를 먹으며 모포로 다리를 덮는다.

검은 구름이 빠른 속도로 다가온다. 머리카락이 차가운 바람에 쓸려 얼굴로 날아든다. 나는 파란색 모직 모자를 덮어쓴다.

7　sheep rope. 배의 키를 움직여 돛을 풍향에 맞게 조정하는 밧줄.

"자!" 슈테판이 박수를 치며 벌써부터 비죽이 웃음기를 머금고 말한다. "자! 남자들이여, 물속으로![8]"

"예압, 캡틴." 마르코가 큰 소리로 외치며 자리에서 벌떡 일어나 경례를 한다.

보아 하니 남자들은 바다라는 곳을 거대한 어드벤처 놀이공원 정도로 여기는 것 같다. 남자들이 이런 어드벤처스포츠와 익스트림스포츠에 열광하는 것은 일종의 플라시보 효과 같은 게 아닐까? 래프팅, 카트 레이싱, 클라이밍 짐, 쿼드 투어[9], 윙슈트 플라잉, 그리고 요트 타기. 이것들은 모두 요즘 진짜 사나이들에 대한 수요가 없는 데서 연유한 것이다. 신사들이 사냥을 하거나 아가리를 벌리고 달려드는 적을 막아야 할 필요는 없는 것이다. 그런 까닭에 이들은 하이테크 장난감을 다루거나, 안전한 환경 속에서 다루기 쉬운 모험을 체험하거나, 건강한 상식을 벗어나 위험을 무릅쓰기도 한다.

"어휴, 안 돼." 나는 소리친다. "지금 꼭 물속으로 뛰어드는 거친 기동 훈련을 해야 해? 우리 갑판에 편하게 앉아서 캄파리 오렌지나 마시면서 음악을 들을 수도 있잖아. 아직 비도 안 오는데."

여기선 어차피 아무도 물속으로 뛰어들지 않는다. 그리고 물속에 뛰어든다 해도, 곧 다음 보트가 모습을 드러낸다. 보트들이 얼마나 다닥다닥 붙어 지나다니는지, 보트들이 그냥 물위에 서 있는

8 선원들에게 해상기동 훈련 중 하나인 물속으로 뛰쳐들라는 명령을 할때 쓰는 구령.
9 사륜 구동 오토바이로 사막이나 오지를 탐험, 종주하는 스포츠.

것처럼 보이는 것은 차치하고라도, 다른 배의 선실이 훤히 들여다보일 정도다. 나는 정말이지 이 남자들을 이해할 수 없을 때가 가끔 있다. 지금 보트의 상앗대로 펜더라고 하는 조그맣고 통통한 에어쿠션을 쑤시려고 하는 모습을 보고 있자니 어찌나 창피한지, 나는 이들이 바다로 뛰어든 승객인 것처럼 행동할 수밖에 없다.

"우리가 악천후 속으로 들어왔어. 그리고 자기가 바다로 날아간다면, 어떻게 할 거야?" 슈테판이 말한다. "우리가 그걸 미리 연습해두면 자기는 좋아할걸?"

"내가 바다에 뛰어드는 일은 없을 거야." 내가 말한다. "결론적으로 '남자들이여, 물속으로!'라며?"

"아, 그래." 슈테판이 내 손에 보트의 상앗대를 쥐여준다.

그래, 좋다. "내가 뭘 해야 하지?"

"우리는 펜더를 물속에 던질 거야. 그런 다음 반환점을 돌아와서 그 상앗대로 다시 끄집어 낼 거야. 눈 깜짝할 새 끝날 거야, 그리고 아프지도 않을 거야." 그가 미소를 지으며 시동을 켠다. "출발, 제군들! 제군들은 구명조끼를 입는다, 구명조끼는 백 박스 안에 있다!"

우리는 눈이 아릴 정도로 노란 조끼를 꺼내어 걸친다. 그런 다음 나는 상앗대를 들고 슈테판이 지시한 대로 배의 중앙으로 가서 자리를 잡고 선다.

"펜더를 바다로 던졌습니다!" 마르코가 고무 펜더들을 난간 너머로 던진 다음 소리친다. 그러곤 미친 사람처럼 웃어댄다.

갈매기 떼가 원을 그리며 돌다가, 파도 위에서 춤을 추는 펜더

중 한 개에 내려앉는다.

"갈매기가 보고 있는데, 어떻게 해. 난 못 해." 나는 큰 소리로 외친다.

"뭐? 나 정신 사납게 만들지 마." 슈테판이 소리치며 카운트를 한다. "2정신[10]⋯⋯ 3정신⋯⋯." 그는 두 눈을 질끈 감고는 하늘을 가리킨다. 하늘엔 먹구름이 몰려들고 있었다. "나 지금 오줌 지릴 것 같아."

옆에서 마르코가 선미에 있는 스위밍 플랫폼으로 기어 올라간다. 뭘 하려고 저러는 거지?

"수영하기엔 날씨가 좀 찬 것 같은데." 내가 말한다.

"누가 수영 이야기 했나?" 그가 묻는다. "슈테판을 보니까 기억나는 일이 있어서."

지퍼 내리는 소리가 들린다. 이 사람이 이 와중에 설마⋯⋯?

정말이었다. 첨벙! 하는 소리가 난다.

"턴!" 이 순간에 슈테판이 외친다.

보트가 방향을 바꾼다.

뒤로 밀쳐지는 배.

처얼썩.

"물 위에 사람이 있어!" 내가 상앗대로 막 펜더를 건져 올리는 순간 슈테판이 소리친다.

"그래, 나도 알아." 내가 말한다. "그렇게 소리치지 마!"

---

10 보트의 길이, 혹은 보트와 보트 사이의 거리를 나타내는 단위.

"이런!" 그가 큰 소리로 외친다. 패닉에 빠진 그의 심경이 목소리에서 고스란히 묻어난다.

"마르코가 물속에 있어!"

젠장. 저 인간을 어떻게 해야 다시 끌어 올릴 수 있담?

마르코가 물속에서 오르락내리락 하며 우는 소리를 한다. "나 좀 꺼내줘! 물이 더럽게 차!"

슈테판이 내 손에서 보트 상앗대를 채가더니 난간에 몸을 기대고, 마르코를 향해 팔을 뻗어 상앗대를 내민다.

마르코가 힘껏 상앗대를 잡아당긴다.

슈테판은 그 힘이 그렇게 셀 거라고는 생각하지 못했던 모양이다. "어엇!" 그가 외마디 비명을 지른다. "이건 아니지이이~!" 첨벙.

나는 난간을 넘겨다본다. 이제 두 사람이 늪에 빠져 누워 있다.

이제 어떻게 해야 하나?

"수영용 사다리!" 슈테판이 이렇게 외치곤 꾸르륵거리기 시작한다.

나는 조심스럽게 수영용 사다리가 부착된 선미의 좁다란 스위밍 플랫폼 위로 기어오른다. 마르코와 슈테판이 개헤엄을 치며 나에게로 다가온다.

내 두 손은 얼음장처럼 차고 축축하다. 뻣뻣하게 곱은 손가락으로 나는 사다리에 단단히 묶여 있는 매듭을 찾아 이리저리 더듬기 시작한다.

마르코와 슈테판이 간절한 눈길로 바보처럼 나를 바라본다.

"빨리빨리, 안네!" 마르코가 말한다. "진짜 너어무 춥다." 그가 한 손을 들어 올리더니 엄지와 검지를 한데 붙인다. 나는 생각한다, 이 온도 조선에 저 덩치가 오그라들면 어떤 그림이 펼쳐질지 말이다. 차라리 상상을 말자. 그 대신 나는 사다리가 수면에 닿도록 걸쳐놓는다. 슈테판이 손을 뻗어 사다리를 당긴다. 어딘지 동작이 엇박자로 움직인다. 맥주를 너무 많이 마셔서 그런가, 아니면 모험에 대한 두려움 때문인가?

"다시 돌아가서 키를 단단히 잡고 있어." 그가 이를 딱딱 부딪치며 말한다. "나는 마르코를 도와줘야 해."

나는 구름사다리를 타고 다시 기어 올라가 조종간으로 간다.

잠시 후 마르코가 사다리를 타고 올라온다. 슈테판이 손을 내밀어 그를 끌어 올린다. 두 사람이 내가 있는 조종간으로 들어온다.

"당장 갑판 아래로 내려가지 않으면 우린 둘 다 병이 나고 말 거야." 슈테판이 상체를 문지르며 말한다. "안네, 헤이흐[11]를 향해서 전속력으로 배를 몰아. 헤이흐는 저기 건너편에 있어." 슈테판이 손가락으로 먼 곳을 가리킨다. 하지만 내 눈엔 아무것도 보이지 않는다.

"정말 대박 사건이었어." 마르코는 이 한 마디를 남긴 뒤 서둘러 갑판 아래로 간다. 온몸을 사시나무 떨듯 떨면서.

"일단 몸부터 닦아내고 항구에 가서 뜨거운 물에 샤워를 하는 게 상책일 것 같다. 저체온증을 막아야 한다고 우리 어머니가 늘 말씀하셨어." 슈테판이 갑판 아래로 난 작은 계단에 발을 내딛으며 마르코를 향해 말한다.

11 Heeg. 네덜란드 프리스란트 남서쪽에 위치한 작은 휴양지로 해양 스포츠를 즐기기 좋은 곳임.

두 남자가 입을 다물고 갑판 아래로 사라지자, 나는 쌩쌩 부는 바람 소리와 함께 홀로 남겨진 채 자연의 힘을 온몸으로 느낀다. 하늘은 이미 어두워졌고, 빗방울이 바람을 타고 후두둑 떨어진다. 격렬한 돌풍이 불어오자 나는 키를 단단히 움켜쥔다. 돌풍에 모자가 벗겨지고, 맥주 캔이 덜그럭거리며 갑판 위를 뒹군다. 파도가 뱃전에 부딪혀 철썩이는데, 한때 내 머리를 감싸주었던 나의 모자님은 파도에 떠밀려 다다를 수 없는 먼 곳으로 사라지신다.

"헤이, 거기 남자분들?" 나는 어깨를 움츠린다. 비바람을 막기엔 모직 재킷만으로는 역부족이었다. "누가 나한테 우비 좀 가져다줄래요?"

아무도 못 들었나?

"저기요?"

비가 끊임없이 쏟아진다. 이제 완전히 비에 젖은 머리카락은 헬멧처럼 머리에 달라붙었고, 청바지는 청바지대로 다리에 친친 감기고, 발을 내디딜 때마다 신발에선 꾸룩꾸룩 빨대 빠는 소리가 난다. 배가 파도 위를 오락가락하며 그네를 탄다. 이 정도라면 항해하기엔 충분한 바람이다. 그러나 아무리 둘러봐도 '모험'을 예고하는 것은 없다.

나는 키를 양손으로 부여잡는다. 항구가 목전에 다다랐다. 이젠 내 눈에도 항구가 보인다. 여하튼. 나는 항로를 중앙으로 유지한다. 이건 물속에서 오락내리락 널을 뛰는 우스꽝스럽게 생긴 빨간색과 초록색의 큰 통으로 식별할 수 있다. 항해를 시작할 때 슈테판이 그렇게 설명해주었다. 부두를 몇 미터 앞둔 곳에 다다르자, 나는 완전히 무너져 내릴 것만 같다. 그새 몸은 얼음장같이 차가워졌다. 그래도 저 갑판 아래에 있는 두 '예민이'들의 도움 없이 온전히 나 혼자의 힘으로 이 일을 해냈다는 생각에 행복하다.

비도 오고 몸 상태도 엉망이었지만, 덴하흐가 정말 예쁘고 평온해 보인다는 사실을 인정하지 않으려야 않을 수 없다. 항구에 들어오자, 곧바로 훨씬 더 안온한 느낌이 든다. 여전히 비가 내리고, 바람이 불어도, 항구 근처는 바다처럼 심하게 일렁거리지 않는다.

마르코와 슈테판도 나와 같은 기분을 느낀 모양이다. 갑판의 뚜껑이 열리고, 나의 두 수습 선원이 밖으로 나온다. 따뜻하고 물기하나 없는 방수복 차림으로. 슈테판은 어딘가 청소부처럼 보이는 오렌지색 고무 재질의 멜빵바지 차림이고, 마르코는 털이 달린 노란색 방수복에 방풍 모자를 쓰고 있다.

"어때, 멋있지, 응?"

마르코가 자랑스럽게 씨익 웃으며 묻는다.

남자들이란.

"그럼 부두는 내가 맡지." 슈테판이 말한다. 그는 조종석에서 나를 밀어내곤 마치 지금 막 혼 곶[12]을 돌고 오기라도 한 듯 가슴을 쫙 펴고 배를 몰아 부두로 향한다. 부두에선 더 이상의 돌발 사건 없이 일이 진행된다. 묶어야 될 것들을 단단히 묶고 나자 슈테판이

---

12 남아메리카 대륙 최남단, 칠레의 티에라델푸에고 제도에 위치한 곳. 세계 3대 거대 곶 중 하나로, 곶 주변의 바다가 강풍과 큰 파도, 빠른 해류와 유빙 등으로 악명이 높아 선원들의 무덤으로 알려지기도 하였으나, 파나마 운하의 개통 이후 운하를 이용하게 된 무역선을 대신하여 현재는 요트 항해자들의 도전 코스가 됨.

펜더 한 개를 팔에 안고는 내 앞에 무릎을 꿇는다. 이건 또 뭐람? 어딘가 꿈속에 나왔던 붉은 사탕무에 대한 기억을 떠올리게 한다.

"자기가 우리를 구했어. 또 항구까지 안전하게 배를 몰아왔고." 그가 말한다. "이 일은 절대로 잊지 못할 거야."

마르코도 고무 펜더를 기타처럼 비스듬히 팔에 안고 똑같이 무릎을 꿇는다.

그런 다음 두 사람은 한목소리로 합창한다. "러브 미…… 펜더! 러브 미 스위트, 네버 렛 미 고우……!"

만약 슈테판이 청혼하면서 노래를 불렀다면, 이제 나는 알 것 같다. 왜 마야가 거절했는지.

내가 그린 그림은 이런 것이었다. 물개처럼 노련한 두 명의 수부. 바람이 불고 썰물과 밀물 때가 되면 나를 보호해줄 한 명, 그리고 다른 한 명은 적어도 나에게 방수 재킷과 수건 정도는 건네줄 수 있는 그런 사람이었다.

실제로 내가 얻은 것은 이랬다. 두 마리의 겁쟁이 바다토끼들. 둔하고, 아무짝에도 소용이 없고, 게다가 똑같이 수영도 잘 못하는, 그런 사람들이었다.

볼프강을 대체할 인물이 없다, 없어.

조끼주머니 속의 행운

"결혼한 부부를 대상으로 실시한 생명보험에 관한
한 조사 결과에 따르면 남자들이 여자들에 비해
세 배나 더 보험 가입률이 높았다고 한다.
여자들에 비해 높은 보험 합계는 사회와 가정이 무엇을
남자들이 존재하는 원래 목적으로 바라보고 있는지를 반영한다.
그것은 바로 가족을 위해 돈을 벌어오는 것이다."

로이 F. 바우마이스터, 『소모되는 남자』

●

　나는 백만장자이다. 그동안 내가 안고 있던 모든 문제가 해결되었다.

　마야와 나는 꿈에 그리던 집을 지었다. 집은 아직 비어 있고 시골에 있다. 정원이 있고, 오리가 노니는 연못이 있고, 모래판 놀이터와 그네도 있다. 발코니에선 멀리서나마 쾰른 대성당의 첨탑이 보였기 때문에, 우리는 인피니티 풀과 바다가 보이는 전경을 갖춘 마요르카의 빌라와 맞먹을 만큼 많은 돈을 지불했다. 그 대신에 이 집은 토르스텐의 집보다 한 층 더 높다. 나는 건축 과정을 직접 감독했고, 정원에 있는 나무들을 손수 심기도 했다. 헬무트는 나를 엄청나게 자랑스러워한다. 그는 일요일마다 거르지 않고 와서 잔디를 다듬는다.

오리들이 노니는 연못을 지나 정자가 있는 곳까지 작은 길이 이어져 있다. 거기에다 우리는 실물 크기의 빌럼 동상을 세웠다. 우리에게 갑작스럽게 찾아온 부는 다 그의 덕이니까. 나는 매일 밤 돌로 된 그의 초상과 상상 속의 대화를 나눈다. 나는 그에게 이제는 그가 대답할 수 없는 질문을 한다. 남자가 된다는 것에 대해, 아버지가 된다는 것에 대해, 결혼에 대해, 출세에 대해, 성공과 실패에 대해. 대체로 그는 침묵하지만, 나 스스로 해답을 찾게 만든다.

나는 부엌에 서서 균형 잡힌 저칼로리 식단을 요리한다. 그리고 창문 아래 보이는 정원을 바라본다. 정원에선 우리 아들 파스칼이 녀석의 친구와 놀고 있다. 나는 남자아이들과 별 탈 없이 잘 지낸다. 두 아이는 사립학교를 다니면서 만난 친구다. 이 학교는 아이들이 교복을 입고 이야기를 나눌 때에도 서로 온전한 문장을 구사하는 뼈대 있는 명문 교육기관이다. 쉬트스톰[1] 활동이나 오디션 프로그램 참가를 금지하는 것은 물론이고 학생들의 스마트폰 사용도 엄격하게 금지한다.

마야는 촛불과 랑랑의 피아노 연주가 울려 퍼지는 가운데 티파니 보석상에서 산 반지로 한 번 더 스타일 넘치게 청혼한 후에야 나와 결혼해주었다. 이제 나에겐 진정한 나의 가족이 생겼다.

---

1 Shitstorm. 트위터나 블로그, 페이스북과 같은 SNS의 하나. 원래 단어의 의미는 동물의 변 등으로 가스를 만들어 에너지로 전환하는 바이오가스류를 의미하는 것으로, 불편하고 신랄한 비평이나 풍자를 골자로 하는 글을 올리고 공유하는 성향이 두드러진 커뮤니케이션 네트워크다.

나는 무직자가 되었다. 나는 경력을 쌓고 성공할 계획을 세우는 일에 작별을 고했다. 사무실에서 쉰밥처럼 기진맥진할 때까지 일하는 것보다 파스칼과 마야와 함께하는 시간이 내겐 더 가치 있는 일이다. 나는 다락에 서재를 꾸미고 회고록을 쓰는 중이다. 하루 중 가장 좋은 시간은 온 가족이 함께하는 저녁 식사 시간이다. 마야와 파스칼은 내가 만든 미트볼과 콜라비를 곁들인 베사멜포테이토[2]를 무척 좋아한다.

물론, 이건 꿈이다. 하지만 꿈을 향해 정진하는 것은 좋은 일이다. 돈만 있으면 무엇이든 살 수 있다. 가족의 행복도 그러지 못하란 법이 있을까?

보슬비가 부슬부슬 내리는 날씨에 브뤼허의 좁은 골목길을 서둘러 지나가면서, 나는 거의 손에 잡힐 듯 이 목표 지점에 가까이 다가간다. 기차 안은 난방이 작동되지 않았고, 계획에 없던 정차 해프닝까지 겪어야 했다. 나는 헤헤머 마르 호수에서의 뜻하지 않은 해수욕으로 건강이 상한 상태였던 터라, 인후통에 콧물이 줄줄 흐르는 상태로 브뤼허에 도착했다. 아버지의 장례식에 너무 늦지 않게 도착하려면 이제 서둘러야 한다. 빌렘이 정말로 밖으로 드러난 것만큼 부유하다면, 그래서 재산의 한 토막이라도 내가 상속받게 된다면, 나는 마야와 아직 태어나지 않은 우리 아이에게 정말로 호사스러운 생활을 제공할 수 있을 것이다.

마리아 교회에 도착해보니, 이미 긴 조문 행렬이 교회 정문 밖

---

2 우유, 밀가루, 버터로 걸쭉하게 만든 소스를 끼얹은 감자 요리.

까지 늘어서 있었다. 나는 추위를 막으려고 외투 깃을 높이 올리고, 행렬에 붙어 선다.

소피 씨가 나타나기를 한참 기다리고 있는데, 검은색 롤스로이스가 우리 앞을 지나간다. 보아하니 시간에 빠듯하게 온 사람이 나 혼자는 아닌 듯싶다. 운전기사가 뒷문을 열자 체격이 큰 남자가 우아하게 스윙하듯 몸을 흔들며 밖으로 나온다. 그는 검은색 롱코트에 선글라스를 쓰고 있는데, 각진 얼굴형이 「매트릭스」에 나오는 네오를 닮았다. 그의 뒤로 대략 열 살 내지 열한 살 정도 되어 보이는 남자아이 두 명이 따라 내린다. 두 아이 모두 말쑥한 검은 정장을 입었고, 머리카락은 젤을 발라 뒤로 빗어 넘겼다. 진정한 금수저랄까. 검은 정장을 입은 금발 숙녀가 그들을 뒤따라 나오는데, 톱모델 쇼에서 막 튀어나왔다 해도 과언이 아닐 정도다. 이 모델 같은 가족이 내 뒤에서 나를 밀치고 교회 출입구를 지나 안으로 들어간다. 나의 아버지는 어떤 사람이었을까······.

제단 위에는 커다란 영정 사진과 함께 빌렘의 관이 넘실대는 꽃들의 바다에 둘러싸여 있다. 조문 행렬 맨 앞줄에 소피 씨가 보인다. 나머지 조문객들은 이미 착석한 뒤였고, 앞에는 더 이상 자리가 없어서, 나는 뒤쪽 벤치 한 곳에 끼어 앉는다. 오르간이 울리고, 장례식이 시작된다.

네덜란드로 떠나기 전, 마야는 나에게 과한 기대는 금물이라고 경고했다. 기분만 상하고 망쳐버린 청혼 이벤트 후, 우리 사이의 기후 변화는 빠른 속도로 앙진 중이며, 그것도 빙하기를 향해 변화하는 추세였으나, 내 부친의 갑작스러운 사망 소식으로 한층 누그러졌다.

마야는 우울한 표정으로 고개를 저으며 말했다. "슈테판, 당신이 지금 이 일들을 감당하기 정말 힘들 거라는 거 나도 알아. 하지만…… 지난번엔 우리가 감당할 수 없는 집을 꿈꿨고, 지금은 부유한 상속자가 되려고 하잖아." 그녀는 동정 어린 말투로 이렇게 말했다. "나는 당신이 꼭 구름 속을 떠다니는 풍선 같아. 그리고 나는 땅 위에 서서 그 풍선이 날아가 버리지 않게 풍선의 끈을 꼭 붙잡고 서 있는 것 같고."

달리 말해, 그녀는 나를 몽상가로 생각했다.

차라리 발을 땅에 대고 서 있는 현실적인 사람이 그녀 곁에 있었더라면 더 좋았을 걸 그랬다. 내가 원래 그녀에게 해주려고 했던 것도 바로 그런 것, 즉 아이가 있고 작지만 집이 있는 평범한 삶, 그리고 건축 계약이었다.

대체 무엇 때문에 일이 이렇게 엉망이 되었을까?

이 질문을 나는 아버지에게 하고 싶었다. 그러나 이젠 그에게서 아무 대답도 얻을 수 없다. 영원히 대답을 듣지 못한 채로 남은 것이 너무나도 많다. 예를 들면 '진정으로 나를 자신의 아들로 생각했나?'와 같은. 비록 그와 알게 된 건 얼마 되지 않았지만, 최소한 나에게 그와 작별할 기회 정도는 줄 수 있지 않았을까. 그는 일주일이나 브뤼셀에 있는 병원에 누워 있었다. 아버지와 아들 사이에 마지막 몇 마디 말을 나눌 시간쯤은 있었을 텐데.

시작송가가 잦아들자, 목사가 주님의 뜻에 대해 몇 마디 설교를 시작한다. 육신의 길과 천국에서의 합일에 관한 내용이다. 여러

국적의 조문객을 고려하여, 설교는 영어로 진행된다. 설교가 끝나자 작고 뚱뚱한 남자 하나가 제단 앞으로 나오더니, 자신을 브뤼허 시의 시장이라고 밝힌다.

"우리 도시는 위대한 아들을 한 명 잃었습니다." 뚱보 시장이 손수건으로 얼굴을 두드려 닦고는 말한다. "그는 미래에 대한 비전을 품은 사람이었으며 우리 모두에게 본보기가 되는 인물이었습니다. 빌렘은 작은 것에 연연하지 않았습니다. 그는 언제나 아주 원대한 것을 생각하였으며, 비전을 품었고, 성공적으로 그 비전을 행동으로 옮겼던 인물이었습니다." 그는 그의 뒤편에 있는 하얀 대리석상을 가리키면서 잠깐 미소를 짓는다. "오늘 이 자리에 서니 언젠가 그가 이 조각상을 살 수 있는지, 그리고 가격은 어느 정도일지 저에게 물었던 것까지 기억이 나네요."

조문객들 사이에서 재미있어하며 중얼거리는 소리가 퍼진다. "신께 맹세코……." 뚱보 시장이 이 말을 하곤 잠시 위쪽을 바라보며 경외심 어린 시선을 보낸다. "우리 모두는 빌렘이 조각상의 가격이 얼마였든 다 치를 능력이 있었다는 걸 알고 있지요."

나는 두 눈이 휘둥그레졌다. 내 아버지가 부자라는 건 알았다. 그러나 그가 '그 정도'로 부자였으리라고는 꿈에도 생각지 못했다. 내가 여행 가이드에게서 들어서 알게 된 바에 따르면, 뚱보 시장이 말한 조각상은 미켈란젤로가 조각한 마돈나 상이다.

"그의 멈출 줄 모르는 왕성한 활동력은 그를 우리 주에서 가장 부유한 남자 중 한 사람으로 만들었습니다." 뚱보 시장은 믿을 수 없다는 나의 시선을 눈치라도 챈 듯 설명까지 해준다.

405

"신문에 보니까 그의 재산이 십 억 유로[3]로 추정된다고 하더군요." 내 옆에 앉은 노부인이 나를 향해 소곤거린다.

이어지는 시장의 연설은 더 이상 귀에 들어오지 않는다. 마치 대형 치즈 보관함의 덮개가 머리를 덮으며 모든 소음이 서서히 사라지는 것 같은 느낌이 들었다.

십 '억' 유로라니.

나는 머릿속으로 우리가 꿈에 그리던 이 층짜리 집을 올리고, 집이 최적의 상태를 유지하도록 관리인도 몇 명 고용한다. 마야에겐 그녀만의 전용 웰니스 에어리어[4]를 마련해주었다. 거기서 그치지 않고, 이제 우리 아이들을 위해 워터 슬라이드(Water slide)와 함께 난방 시설을 갖춘 실내 수영장도 있다. 나는 지하실에서 홈시어터를 즐긴다. 그리고 아마 포르쉐 911시리즈도 갖추고 살겠지.

뚱보 시장이 숨을 헐떡인다. "빌렘은 자신의 부를 가난한 사람들과 나눴습니다. 고아들을 위한 반 외르스 재단은 후대를 위해 그가 남긴 유산입니다. 빌렘과 함께 저도 친구를 한 명 잃은 겁니다. 빌렘, 좋은 친구, 당신이 그리울 거예요." 그가 잠시 연설을 멈춘다. "이제 저는 빌렘의 아들에게 이 연설 자리를 내어드립니다."

나는 깜짝 놀라 그를 쳐다본다. 아무것도 준비해오지 않았는데! 소피 씨도 참……, 나에게 연설을 해야 한다는 귀띔 한 마디 정도는 할 수 있지 않았을까.

---

3 원화로 1조 2천500억 원가량.
4 Wellness area. 사우나나 스파, 선탠 등 건강을 위한 시설을 갖춘 공간.

나는 당혹스러워하며 자리에서 일어나 재킷 단추를 채운다. 무슨 말을 해야 하지? 뭔들 어떠랴, 벌써 무슨 말을 할지 떠오른다. 나는 심호흡을 한 다음, 인생에서 가장 중요한 연설을 위해 단단히 마음의 준비를 한다.

그 순간, 첫 번째 줄에서 그 네오를 닮은 남자가 벌떡 일어난다. 그가 연단으로 올라가 시장과 악수를 한다.

"삼가 조의를 표하네, 로베르트." 뚱보 시장이 나직이 말하며 그를 포옹한다.

나는 뿌리가 박힌 듯 제자리에 선 채 꼼짝도 하지 않는다. 하필 이 순간 코가 근질거린다. 나는 급기야 재채기를 하고 만다.

사람들이 모두 놀라서 나를 돌아본다. 나는 도로 자리에 앉는다. 창피해서 얼굴이 후끈 달아오르고, 심장이 낡은 재봉틀처럼 쿵덕거린다.

이, 이럴 수는 없다. 우리 가족이 무슨 킨더조이라도 된 것 같다! 킨더조이 속엔 언제나 사람들의 예상과는 다른 어떤 것이 들어 있다. 나의 경우엔 지금 동생이 들어 있다! 이 사실을 왜 아무도 말해주지 않았을까?

로베르트는 연설을 위해 마음을 가라앉히고, 눈물을 억누르려는 듯 콧등을 감싸 쥔다. "저의 모든 것이 다 아버지 덕분입니다. 아버지께서 저와 펨브룩[5]으로 동행하시던 첫날 어떠셨는지, 그리고 나중에 어떻게 저를 국제적인 비즈니스의 세계로 인도하셨는

---

5 Pembroke. 영국 웨일즈에 있는 도시.

지 저는 지금도 잘 알고 있습니다. 아버지가 계시지 않았더라면 오늘의 저는 이 정도 위치에 이르지 못했을 겁니다."

나는 나의 옆자리에 앉은 조문객에게 몸을 숙이고 조그만 소리로 묻는다. "저 사람은 직업이 뭡니까?"

"나도 어디선가 읽었는데요, 휴대폰을 생산하는 대기업의 사장이라고 합니다."

나는 다시 벤치에 등을 기댄다. 내 동생은 분명 나와는 비교가안 될 정도로 먼 곳에 있는 존재였다. 그는 말 그대로 진정한 알파맨이었던 것이다.

그가 자기 가족들을 보며 자리에 나올 것을 청한다. 톱모델이걸어 나와 그의 옆에 선다. 그리고 두 명의 행운아들이 그녀의 앞으로 와서 선다.

"아버지께서는 당신의 두 손자를 자랑스러워하셨지요." 로베르트는 아이들의 어깨에 손을 얹고 다시 연설을 이어간다. "이 아이들은 할아버지의 정신적인 영향 속에서 성장할 것입니다. 아버지께서는 저에게 남자가 되는 법과, 생활 속에서 능력을 발휘하며자신의 가족을 돌보는 법을 가르쳐주셨지요. 저는 이 가르침을 제아들들에게 전할 겁니다. 아버지께선 이 아이들 속에서 계속 살아계실 겁니다."

그 말을 한 뒤 로베르트는 더 이상 말을 잇지 못하고 눈물을 터트린다. 톱모델이 팔을 뻗어 그의 어깨를 안아준다. 나 역시도 눈물을 참을 수 없다. 내 옆에 앉은 노부인이 내 팔을 쓰다듬어준다.

흐느끼는 소리들이 교회 안 이곳저곳으로 번져간다. 위가 고통스럽게 뒤틀리는 것 같다. 식도를 타고 신물이 타는 듯이 올라온다. 이것은 슬픔이 아니다. 이것은 질투이다. 나는 아버지가 당신이 알고 있는 걸 나와도 공유할 시간을 갖길 간절히 바랐었다. 지금껏 내 곁엔 나에게 가르침다운 가르침을 주었던 남자가 없었다. 패티의 아버지를 제외하고는 그렇다. 그러나 패티의 아버지 또한 나의 어머니와 싸운 뒤로는 단 한 번도 재회하지 못했다. 나에게도 내 동생과 동등한 기회가 주어졌다면, 나의 인생은 어떻게 흘렀을까?

장례식의 마감 순서로 목사가 성경 구절을 읽고 주기도문을 외운다. 그런 다음 그는 매장은 시립묘지에 할 것이며 가까운 친지들끼리 매장 예식을 거행할 거라고 설명한다.

조문객들이 천천히 흩어져 모두 교회를 떠나는 동안, 나는 앞쪽으로 가서 빌렘의 관 옆에 서 있는 소피 씨에게로 간다. 나는 낯설기만 한 나의 아버지를 마지막으로 가까이에서 보고 싶었다.

소피 씨가 내게로 돌아선다. "오, 슈테판느." 그녀가 내 손을 덥석 잡으며 말한다. "이렇게 와주시니 좋네요."

"고인의 명복을 빕니다." 나는 더듬거리며 말한다. "나에게 동생이 있다는 건 몰랐네요."

호랑이도 제 말을 하면 온다더니, 이 순간 로베르트가 우리 둘이 있는 곳으로 걸어온다. 그사이 그의 부인은 두 아들을 출구 쪽으로 부드럽게 떠민다.

"로베르트, 여긴 슈테판느예요." 소피 씨가 나를 소개한다.

나는 동생을 향해 손을 내밀며 말한다. "만나게 되어서 반가워."

"안녕하세요." 그가 내 손을 부여잡으며 말한다. 그러면서도 나와 눈은 마주치지 않는다. 대신에 소피 씨 쪽으로 몸을 튼다. "묘지에서 만나요. 기운 내시고요." 그는 그녀의 볼에 키스를 하고는 그대로 걸어간다. 나는 당황한 눈길로 그의 뒷모습을 바라본다. 당연하다. 생면부지의 형제와 만날 수 있는 더 괜찮은 기회들이 있었을 텐데, 이 또한 아무도 미리 언질을 주지 않았다.

나는 넋이 나간 사람처럼 고개를 가로젓는다. 그런 다음 소피 씨를 호위하여 공원 묘지로 가려고 그녀에게 팔을 두른다. "갈까요?"

"잠깐만 기다려보세요, 슈테판느." 그녀가 목이 잠긴 목소리로 나를 제지한다.

"로베르트는 당신이 오는 걸 원치 않았어요. 그는……. 미안해요, 슈테판느. 그는 당신을 가족의 일원이라고 생각하지 않아요. 하지만 결국 아버님의 뜻을 존중하기로 했지요. 아버님께서는 내가 당신을 초대하길 원하셨거든요. 이 사실을 당신에게 미리 말씀드리면, 당신이 오지 않을까 봐 두려웠어요."

그건 그녀의 말이 맞다. 내가 환영받지 못할 거란 걸 알았더라면, 나는 정말로 오지 않았을 거다.

"로베르트가 저에 대해 무슨 반감을 갖고 있나요?" 나는 묻는다. "유산 때문인가요?"

"아뇨, 그건 아니에요." 소피 씨가 고개를 젓는다. "빌렘은 로베르트와 나에게 모든 지분을 균등하게 나눠 주었어요."

나는 저절로 아래턱이 떠억 벌어진다. 이제 이 여자는 수백만 유로의 가치를 지닌 인물이로구나.

그 생각이 지나가자 갑자기 어렴풋하게나마 깨달음이 왔다. 나는 지금껏 특별히 계산에 빠른 적이 없었다. 하지만 '균등한 지분'이라 함은…… 나는 아무것도 받지 못한다는 말?

소피 씨가 핸드백의 지퍼를 열더니 작은 나무 상자 하나를 꺼내나에게 건넨다. "빌렘이 나에게 부탁했어요. 당신에게 이걸 주라고요."

나는 이리저리 상자를 돌려가며 살펴본다. 나의 거대한 꿈은 순식간에 사라졌다. 내 아버지가 나에게 남겨준 것은 나무 상자, 그 이상도 그 이하도 아니었다. 뭐가 들어 있을까? 뚜껑을 열었다가 나는 할 말을 잃고 상자속의 내용물을 응시한다. 시가 한 개와 '지포' 라이터.

"진짜 하바나산이죠." 소피 씨가 미소 지으며 말한다. "그리고 그이의 행운의 라이터예요. 그이는 그 라이터를 늘 조끼 주머니에 넣고 다녔죠. 아버님께서는 그 라이터가 당신에게도 행운을 가져다줄 거라고 생각하셨답니다."

나는 라이터를 손에 쥔다. 라이터 앞면에는 돛을 모두 올린 한 척의 범선이 돋을새김으로 새겨져 있었고, 다른 면엔 헌정 문구가 새겨져 있었다. '그대가 꿈꾼 삶을 살기를. 요한.'

요한?

나는 이마를 찡그린 채 이 사람이 누구냐는 눈길로 소피 씨를 바라본다.

"아버님께선 오래전에 아주 훌륭한 친구분에게서 그걸 받으셨어요." 그녀가 설명한다. "나는 그분이 사실상 빌렘의 유일한 친구

411

였다고 생각해요."

생각이 옆길로 샌다. 내가 알고 있는 라이터라는 생각이 들었다. 쏴쏴— 파도 소리, 휘잉휘잉— 바람 소리가 귓전에 들린다. 내가 딛고 있는 발아래 땅이 요동치기 시작한다. 나는 다시 거친 바다에 떠 있는 요트 위에 있다.

패티 아버지가 편안하게 조종간에 서 있다. 그는 재킷 주머니에서 음각으로 배가 새겨진 지포 라이터를 꺼내어 담배에 불을 붙인다. 지금 내가 손에 쥐고 있는 건 요한의 라이터일까? 나의 아버지와 패티의 아버지가 서로 아는 사이였다고?

소피 씨가 나를 옆으로 살짝 밀친다. 나는 다시 현실로 되돌아온다. 우리는 운구 행렬이 지나가도록 길을 터준다. 운구하는 사람들은 빌렘을 싣고 중앙 복도를 지나 천천히 출구를 향해 간다.

"나는 이제 가봐야 해요." 소피 씨가 말한다. "행운을 빌어요, 슈테판느."

그녀는 나의 볼에 살짝 키스를 한 다음, 뒤로 돌아 서둘러 빌렘의 관을 뒤따라간다. 이제 곧 그녀는 그를 마지막 목적지에 넘겨줄 것이다. 그의 가까운 가족들이 함께하는 가운데.

나는 그 '가까운 가족'에 속하지 않는 모양이다.

나는 두 가지 유물과 함께 남겨진다. 수백만 유로 대신, 시가 한 개비라니. 나는 손으로 시가를 잡아본다. 꽤 오래된 게 틀림없다. 시가에서 부스러기가 부서져 나온다. 내가 꿈에 그리던 집도 함께 부스러진다. 이제 내 가족의 행복은 어찌될 것인가?

22

의사 선생님,
안네보다 제가 더 아파요!

"여자들은 자칭 강하다는 성별의 사람들을
놀림거리로 삼곤 한다.
약한 통풍에도 통곡을 하며 침대로 기어들어가
중병 걸린 사람처럼 앓는 시늉을 한다고 말이다.
그런데 남자들은 진짜로 엄살쟁이일까?
최근의 연구 결과들이 암시하는 바는
적어도 감기의 경우엔 남자들이 여자들보다
더 심하게 병치레를 한다는 것이다."

크리스토프 드뢰서, 「디 차이트」

●

천장이 어슴푸레 녹색으로 번져 보인다. 까실까실한 이불의 촉
감이 느껴진다. 왼쪽에 있는 은색 스탠드엔 투명한 비닐팩이 걸려
있고, 내 팔에 이어져 있는 호스 속으로 액체가 천천히 방울져 떨
어진다. 스탠드 바로 곁에 방으로 들어오는 문이 보이는데, 살짝
열려 있다. 귓전에서 한숨 소리가 들린다.

머리가 물컹거리는 푸딩으로 가득 찬 커다란 그릇처럼 느껴진
다. 지금 나는 수천 마리의 작은 모기들에게 머리끝부터 발끝까지
물린 몰골을 하고 있을 거다.

슈테판이 내 곁에 앉아 있다. 그는 내 상태를 살펴본 다음, 문 위
쪽에 걸려 있는 시계를 쳐다본다. 그러곤 손가락으로 북을 치듯

자신의 다리를 두드린다.

시간이 거의 오후 세 시가 다 되었다. 우리는 병원 응급실에 있다. 나는 슈테판과 점심을 먹으려고 했을 뿐이었다.

나는 남자들에게 우리의 도움이 필요하다고 생각한다.
남자들은 혼자 두면, 일을 잘 처리하지 못한다.

― 유디트 루이히, 『짝벌남들』

"내가 이 갖은 양념들을 전부 소화할 수 있으려나 모르겠네." 슈테판이 눈썹을 찌푸린 채 메뉴판을 열심히 들여다보며 말한다. "자기는 아주 순하게 해달라고 주문하면 되겠네."

말만 들으면 그에게 인도 식당에 같이 가자고 한 사람이 내가 아니라 그인 것 같다. 출판사 근처에 있는 작은 레스토랑에 들어선 후로, 그는 이것저것 계속 불평 중이다.

"내가 전에 위장에 탈이 났던 적이 있거든. 그래서 매운 걸 먹으면 안 돼." 슈테판은 그렇게 말한 다음 헛기침을 하고는 메뉴판에서 눈을 뗀다. "뿐만 아니라 내가 잠을 잘 못 잔 데다 항해 여행 때 목이 아프더니 지금까지도 목구멍이 칼칼해."

"두 분은 물속에 오 분만 있었거든요? 이 몸은 이십 분이나 얼음처럼 차가운 비를 맞으며 서 있었고요."

"자기는 그래도 괜찮잖아." 슈테판은 이렇게 말하곤 요즘 늘 몸에 지니고 다니는 은제 지포 라이터를 이리저리 만지작거린다. "나는 다음 날 바로 감기에 걸렸는데."

"뭐 먹을 거예요?" 서빙하는 여인이 묻는다. 대략 서른 살쯤 된 듯한 여성으로, 윤기가 흐르는 검은 머리카락을 목덜미께에서 두 텁고 알록달록한 고무줄로 묶어 내렸다.

"나는 바잉간 카 프하르타[1]랑 애플 소다 한 잔요." 내가 말한다. 메뉴를 제대로 해석했다면, 나는 방금 가지 요리를 주문했다.

슈테판은 메뉴판에 나온 고기 요리를 보고 있었지만, 나를 한번 바라보고는 채식 메뉴인 팔락 파니르[2]를 주문한다.

주문 받는 여인이 메모지에 주문한 음식을 메모한다. "마시는 것도 좋아. 해요?" 그녀가 슈테판에게 묻는다.

"예, 망고 라시[3] 주세요."

"라시 없다!" 뒤편에서 목소리가 울려 퍼진다. 그녀의 남편이 틀림없다. 가게로 들어올 때 우리는 뒷방에 있는 그를 스캔했다. 그는 텔레비전 앞에 앉아서 축구를 보고 있었다.

"나 혼자. 신선한 라시 만들 시간 없다! 손님 많아서." 그녀가 양 해를 구하는 표정으로 해명한다.

슈테판이 이해할 수 없다는 듯 그녀를 쳐다본다.

"남편분은 왜 도와주시지 않죠?" 내가 묻는다.

---

1 가지가 주재료로 양파, 토마토, 고추를 비롯한 각종 향신료를 섞어서 볶다가 스튜처럼 익혀낸 대표적인 인도 채식 요리 중 하나.

2 시금치를 주재료로 깍둑 썬 치즈와 밀가루를 넣고 끓여낸, 일종의 시금치죽 같은 인도 요리.

3 인도인들이 즐겨 마시는 요구르트 음료.

"괜찮아요." 그녀가 말한다. "남자 항상 아파, 항상 아파. 나한테 말해. 내가 일해야 한다. 나는 라시 못 만들어요."

"그렇다면 나도 애플 소다로 할게요. 그게 더 간단하다면요." 슈테판이 말한다.

"여기서도 전형적인 모습을 보네." 그녀가 자리를 뜬 뒤 내가 말한다. "여자는 일하고, 남자는 아픈 척하고."

"그걸 자기가 어떻게 알아. 아무것도 모르면서!"

나는 슈테판을 바라보며 눈썹을 치켜 올린다. "나는 그걸 이해 못 하겠단 말이야. 자기네 남자들은 평균적으로 우리 여자들보다 돈도 더 많이 벌어, 직장에서 더 좋은 자리도 차지해, 서서 오줌도 눌 수 있어. 그런데도 자기네는 늘 여기저기 다니며 푸념을 늘어놓잖아."

"아직 나한텐 아무도 더 나은 자리를 제안하지 않더군." 슈테판이 말한다. "지금 제안한다면 내가 아주 적절하게 사용할 수 있을 텐데 말이지."

그의 말이 맞다. 괜히 그에게 화풀이를 한 것 같다. 나는 좀 더 온화하게 그를 대하기로 결심한다.

여자가 음식을 가져온다. 내 접시엔 장식으로 깔린 몇 장의 채소 위에 반쯤 단단하고, 반쯤 흐물거리는 갈색 음식이 붕긋하게 솟아올라 있다. 슈테판이 내 접시에 담긴 음식을 빤히 바라본다.

나는 되직한 갈색 죽을 숟가락으로 조금 떠서 맛을 본다. 으음, 보기보다 훨씬 맛있다. 내가 주문한 건 가장 매운맛이었다.

"나 지금 위장이 진짜 미친 듯이 날뛰고 있어." 슈테판이 다시

징징거린다. "자기는 그걸 어떻게 참고 먹는지 모르겠네."

나는 고개를 절레절레 젓는다. "친애하는 슈테판, 나는 몇 년 전부터 매일 타바스코를 한 병씩 마시고 있어. 매운맛에 잘 적응해보려고 말이야. 그러니 카레 같은 걸로 당황할 내가 아니지."

그런데 갑자기 온몸이 뜨거워진다. 피부 곳곳이 가려워오기 시작한다. 고양이털 알레르기가 딱 이런 느낌인데. 나는 서둘러 주변을 둘러보며 손등을 긁는다. 그리고 그다음은 목을 긁는다. 여기 어딘가에 고양이가 있나? 일반적으로 레스토랑 주인들은 음식점 내에 동물을 두지 않는다.

"자기 왜 그래?" 그 순간 슈테판이 말한다. "온통 붉은 점투성이야. 붉은색 고명을 얹은 소보로빵 같은걸."

"주변에 고양이 보여?"

"고양이는 왜?"

나는 메뉴판으로 부채질을 하며 열을 식힌다. 왜 갑자기 숨 쉬기가 이렇게 어렵지? 그리고 덥기는 또 왜 이렇게 더운 거야? 이 사람들이 난방을 틀었나?

"별로야, 음식?" 주인 여자가 문곤 남편을 향해 뭐라고 소리친다. 그가 대답한다. 당황한 목소리다.

"설마, 자기 매운 음식 잘 먹는다며." 슈테판이 말한다. "우리 그만 가는 게 최선일 것 같아. 자기 어디 가서 누워야 할 것 같아." 그가 나를 바라본다. "돈 가진 거 있어? 내가 지금 EC카드[4]밖에 없

4 독일식 체크카드.

어서." 슈테판이 여자를 돌아보며 묻는다. "EC카드도 받나요?"

"카드는 안 돼요." 그녀가 고개를 저으며 말한다.

나는 가방을 들어 슈테판에게 건넨다. 슈테판이 내 지갑을 뒤적여 지폐 몇 장을 꺼낸다.

"나머지는 팁입니다." 그가 말한다.

옆 테이블에 있던 부인이 숟가락을 내려놓고 우리 쪽으로 몸을 돌린다. "구급차를 부르시는 게 더 좋을 것 같아요. 제가 보기엔 아나팔락시스인 것 같아요. 초과민성 쇼크 말이에요."

"안전을 위해서라도 그게 더 나을 것 같네요." 슈테판이 주인 여자에게 고개를 끄덕인다.

주인 여자가 전화기가 놓여 있는 계산대로 가서 번호를 누른다. "와주실 수 있죠?" 그녀가 수화기에 대고 묻는다. "우리 집에 안나가 있는데요. 쇼크 많이 받았어, 여기 있어요."

그녀는 응급구조대의 직통 전화에 대고 영원과도 같은 상담을 마친 다음 물 한 잔을 들고 다시 돌아왔다.

"응급차, 금방 와." 그녀가 내 앞에 물 잔을 내려놓고 어깨를 쓰다듬어준다.

정말로, 몇 분 후 문 앞에서 차 한 대가 초스피드로 연석을 넘어오는 소리가 들린다. 미닫이문이 열렸다가 다시 닫힌다. 구급대원 두 명이 레스토랑으로 들어온다.

"환자는 어디 있습니까?" 둘 중 더 날씬한 대원이 묻는다. 전혀 빠지지 않는 외모다.

"어, 난 벌써 찾았어." 다른 사람이 나를 바라보며 말한다.

"도움이 필요하신 것 같아 보이네요."

그렇게 티가 나나? 부디 이 말이 순수하게 의학적인 차원에서만 한 말이길.

그가 내 팔짱을 끼고 슈테판에게 내 물건을 가져오라고 부탁한다.

"같이 타고 가도 됩니까?" 슈테판이 기어들어가는 목소리로 묻는다.

"안 돼." 나는 색색거리는 소리로 말한다. "그건 안 돼. 보오오오 험…… 때문에." 의학 소설을 작업했던 경험이 마침내 빛을 발한다.

"맞는 말씀입니다." 잘생긴 구급대원이 말한다. "선생님께선 저희가 여자 친구분을 병원으로 모시면, 그때 병원으로 오세요."

"이 사람은 내 여자 친구가 아……." 슈테판이 계속 말하는 소리가 들리는데, 두 구급대원은 벌써 내 팔을 끼고 구급차를 향해 밖으로 나간다.

나는 들것에 눕는다. 구급차 안이 지독하게 덥다. 꼭 사우나트럭[5] 같다. 어쩌면 이 두 신사분이 도로 문을 열어주지 않을까?

"뜨뜨뜨, 뜨뜨……거어어어어워요." 나는 겨우 발음한다.

"그렇죠." 잘생긴 구급대원이 씨익 웃으며 말한다. "제 여자 친구도 제가 진짜로 '핫'하다네요."

이런, 이 남자 싱글이 아니었네.

구급대원이 내 팔에 혈압계를 두른다. "지금 어떠세요? 숨은 쉴 수 있으세요?"

---

5 트럭을 개조해 만든 이동식 사우나. 모바일 사우나라고 하며 주로 사우나를 즐기는 동구권에서 애용함.

내 몰골이 대체 어떻기에 이러는 거지?!

"괘, 애애애앤찮, 아요." 씩씩거리며 내가 말한다.

그가 주사기를 꺼낸다. "곧 괜찮아지실 거예요. 그리고 지금 병원으로 출발하면, 코르티손[6] 주사를 맞으실 겁니다." 그가 동료 대원에게 고개를 끄덕이자, 동료 대원이 시동을 켜고 구급차를 출발시킨다.

"혹시 알레르기 반응을 일으키는 것이 있으신가요?"

나는 내 가방을 가리키며 그에게 지갑을 열어보라고 한다. 지갑 속에는 작은 푸른색 수첩이 들어 있다. 나의 알레르기 증서다.

"인상적이군요." 그가 말한다. "차라리 환자분께서 뭐에 알레르기가 '없는지' 적어놓은 증서라고 해야 할 것 같네요."

우리는 조금 늦게 병원에 도착한다. 구급대원들이 못난 나를 실은 들것을 밀고 응급실 출구로 들어간다.

"자, 그럼 한번 봅시다." 두 구급대원에게 나를 위탁받은 젊은 의사가 말한다. "제가 지금 코르티손을 주사할 겁니다. 약간의 산소를 공급한 다음, 정맥에 항알레르기제가 들어간 링거액을 연결할 거예요."

슈테판이 문가에 서 있다. "들어가도 되나요?" 그가 묻는다.

의사가 나를 쳐다본다. 나는 고개를 끄덕인다.

"그럼 여기 계시면서 여자 친구분의 말벗 좀 해드리시죠. 저는 나중에 다시 오겠습니다."

---

6 내분비장애 또는 알레르기나 각종 염증질환에 효과적인 호르몬제의 일종.

"이 사람은 제 여자 친구가 아⋯⋯." 슈테판이 말을 해보지만, 의사는 이미 문 밖으로 사라진 뒤다.

"출판사에 전화했어. 우리가 병원에 있다고." 슈테판이 내 옆에 있는 환자용 침대에 앉으며 말한다. "도대체 어떻게 된 일이래? 자기 두 눈이 퉁퉁 부어올랐어. 뭐가 보이긴 보여?"

"으음." 지금으로선 대답은 고사하고 숨 쉬는 것만으로도 감사할 일이다.

"자기 진짜 완전히 웃겨 보이는 거 알아?" 그가 말한다. "누가 심하게 고문이라도 한 것 같아. 붉은색 얼룩들이 빼곡하다고."

"으음." 매력적이겠네.

"나도 속이 아주 메스꺼운 게 힘이 쭉 빠지는 느낌이 들어." 그가 말한다. "이건 무엇 때문일까?"

"으음." 이 인간, 되지도 않는 소리는 이제 그만 좀 하시지?

의사가 다시 병실로 들어온다. "자, 지금은 좀 어떠세요?"

"저 지금 아주 안 좋아요." 슈테판이 말한다.

"당신 말고요." 의사가 손가락 두 개를 모아 내 맥박을 짚으며 말한다. "여자 친구분요."

"저는 여자 친구가 아⋯⋯." 나는 말을 하려다 말고 멈칫하고 만다. 이제 목소리가 매끈하게 나오고 있다. "그런데 어지러운 건 여전하네요. 그리고 온몸이 다 가려워요."

"겁내실 것 없어요." 의사가 말한다. "코르티손이 제대로 안착될 때까지 여기 계실 겁니다. 조금 있다가 다시 한 번 혈압을 재면서 제 눈으로 효과를 확인할 거예요. 그다음엔 남자 친구분이 집에 데려다주실 겁니다. 집에 가면 누워 계시고요, 물을 많이 드세요."

"저 사람은 제 남자 친구가 아……."

"저도 아까 식사한 후로 심장이 엄청나게 빨리 뛰고 있어요." 슈테판이 의사에게 돌아서며 말을 하는 바람에 나는 하던 말을 중단하고 만다.

"그냥 듣고 넘길 소리는 아닌 것 같네요. 당신도 거기 계셨다면, 그럼 어디 상의를 벗어보세요." 의사가 재빨리 청진기를 꺼내며 말한다.

잠깐! 이 의사는 내 담당의라고.

슈테판이 스웨터와 속옷을 훌렁훌렁 벗는다. "계속 몇 초간 아주 격렬하게 뛰다가, 그다음 괜찮아져요." 의사가 청진기를 대고 진단하는데, 그는 쉬지 않고 말한다. "하지만 제 생각엔 어차피 종합검진을 한번 받아야 할 것 같아요. 실은 위장 장애도 있거든요. 그게 이것과 연관이 있을까요? 혹시 위궤양인가요?"

"저기, 의사 선생님, 제 혈압을 재시려던 거 아니었나요?" 나는 의사에게 묻는다. 하지만 여전히 슈테판의 가슴에 청진기를 대고 진단 중인 터라, 내 말을 듣지 못한 것 같다.

"밤에도 자주 잠에서 깨는데요." 나의 동료 직원께선 신이 나서 계속 주절거리신다. "그러면 심장이 두근거리고, 위가 조여 오곤 한답니다. 그 후엔 다시 잠을 잘 수가 없고요. 지금까지는 그게 다 제 여자 친구가 임신 중이라서 그렇다고 생각했죠. 하지만 어쩌면 심각한 문제일지도 모르겠네요. 선생님 생각은 어떠세요?"

의사가 자리에서 일어난다, 그리고 잠시 내 쪽으로 돌아서더니 비난에 찬 눈길을 나에게 보낸다. "당신 임신 중이십니까? 그렇다면 진즉 말씀을 하셨어야죠!"

"저는 그 사람 여자 친구가 아니에요!" 그리고 임신 중은 더더군다나 아니고.

"아, 그렇군요." 의사가 말한다.

두 사람이 웃는다.

"제 혈압을 재시려던 거 아닌가요?" 나는 다시 묻는다.

"잠깐만요." 이렇게 말하고 의사는 다시 슈테판에게로 돌아선다. "여자 친구분은 어디 불편하신 데가 없고요?"

이 의사가 이제 하다 하다 예비 엄마까지 원격 진단을 하려나 보네!

"마야는 사실 모든 게 다 정상이에요." 슈테판이 말한다. "하지만 제 증상에 관해 말씀드리자면, 제가 또 지속적으로 기침을 해대는데, 진짜 천식에 걸린 것 같아요. 실은 벌써 인터넷에서 조사해보았는데요. 이게 전형적인 쿠바드 증후군 같진 않아요. 혹시 심근경색의 전조 증상은 아니겠지요? 아니면 고혈압? 어쩌면 지독한 무좀일 수도 있고요. 뭐든 요즘은 다 무좀 탓이라고들 하잖아요?"

두 사람이 나누는 이야기를 듣다 보니, 가려움증이 몰라보게 사라진 느낌이 든다. 나는 공이 튀어 오르듯, 반동을 주며 일어나려고 한다.

"아직 누워 계세요." 의사가 불쾌한 어조로 말한다. "제가 곧 봐드릴 겁니다."

아하, 그래요? 정확히 언제요?

그는 슈테판에게서 채혈을 하고, 그의 몸무게와 키를 잰다.

"저기." 나는 바닥난 링거액 봉지를 가리킨다. "지금 집에 가고 싶어요."

"그럼 그러시죠." 의사가 어깨를 으쓱하며 대답한다. "그럼 여기에 서명을 하셔야 합니다."

나는 '모든 책임을 내가 진다'는 내용에 서명한다.

"만나 뵈어서 반가웠습니다." 젊은 의사가 슈테판에게 말하곤 악수한 손을 격하게 흔든다. "주치의께 연락하세요. 그러면 주치의가 나머지 테스트를 해드릴 겁니다. 그리고 여자 친구분에 대해선 걱정하실 필요가 없으실 것 같습니다. 말씀만 들어도 지극히 정상이신 것 같으니까요. 여성이라는 성은 저항력이 강하지요."

두 사람이 비죽이 웃는다.

나는 한숨을 쉬며 내 가방을 확 낚아챈다.

(…) 히포콘드리[7] 환자 중 더 큰 비중을 차지하는 것은 남성이다,

라는 명제는 학술적으로 전혀 검증되지 않은 것이다.

여성 환자들도 남성 히포콘드리 환자들 못지않게 많다.

다만 남성들의 경우 주의를 더 많이 끌게 되고,

그렇게 주의를 끌게 되면 언제나

---

7   비정상적인 걱정, 불안, 사실에 대한 비현실적 해석으로 인해 보이는 우울증적 증세. 주로 그 불안과 비현실적 해석의 소재가 건강이어서 건강염려증으로 알려져 있음.

그 즉시 약골로 간주되는 것뿐이다.

– 로베르트 그리스베크, 『누구든지 건강할 수 있다』

"정말 한시름 놨다." 슈테판이 내 옆자리에 올라탄 다음 말한다. "심각한 일이면 어떡하나 벌써부터 걱정하고 있었거든."

"그냥 알레르기 쇼크였는데, 뭘." 내가 말한다.

"아하, 그래." 그가 말한다. "나 지금 내 심장을 생각하고 한 말이었는데?"

어느덧 우리는 내 아파트 현관 앞에 도착한다.

"자기 아직도 마음 상했어?" 슈테판이 묻는다.

나는 한숨을 푹 쉰다. "아니, 마음이 상한 건 아니야. 하지만 그 사람은 내 담당의였어. 그런데 자기가 갑자기 그 사람을 납치해간 것이고. 마야가 분만실에 누워 있어도 그렇게 할 거야? 아니면 자기 아이가 나중에 열이 사십 도로 펄펄 끓어도? 그런데도 의사가 먼저 자기부터 봐줘야 마땅한 거냐고?"

슈테판이 어깨를 으쓱하며 말한다. "그건 다른 얘기지."

"자기 생각이 그렇다면야." 나는 조수석 문을 열며 말한다. "어쨌든 집까지 데려다줘서 고마워."

"당연한 일을 한 건데, 뭘."

아무렴, 그러셔야지.

운전석 문이 닫힌다. 왼쪽 깜빡이등이 켜지고, 차가 출발한다.

갑자기 저런 타입의 남자를 내 집에 두지 않았다는 사실에 진심으로 감사한 마음이 든다.

23

길 끝의 집

"목표 달성은 남자에게 매우 중요한 덕목이다.
그것은 남자가 자신의 능력을 입증하고,
자신감을 보여줄 수 있는 최상의 기회이기 때문이다.
이 경우 누군가 그에게서 무엇인가를 빼앗으려고 하면,
그는 인정사정 보지 않는다."

존 그레이, 『남자들은 다르다, 여자들도 다르다』

●

재빛이 내려앉은 우울한 늦겨울의 하루다. 거무튀튀한 구름이 베르기쉬 지방의 앙상한 풍경 위에 무겁게 걸려 있다. 해는 빛을 끌고 뉘엿뉘엿 산 너머로 사라지고, 나무 그림자들이 길게 늘어지기 시작한다. 우리는 낡은 골프를 타고 천천히 전진해 길 끝에 다다른다. 이제 그것이 우리 눈앞에 누워 있다. 곧 우리에게 '홈'이 되어줄 집이.

토르스텐의 집이.

담장을 보자 참을 수 없는 우울함이 엄습해온다. 일률적인 형태의 신축 주택 단지에 둘러싸인 넓은 단독주택. 밋밋한 흰색 벽. 회색의 특수 강철 창틀에 박힌 방음창이 마치 텅 빈 동공처럼 보인다. 앞마당 정원에는 갓 심어 아직 살이 오르지 않은 깡마른 코니퍼[1]가 눈에 들어온다.

모든 것에서 중산층 분위기가 풍긴다. 웨건 스타일의 콤비 자동차로 학교까지 등교하는 아이들, 정해진 시간에 정확히 식탁에 오르는 음식, ZDF[2] 주말 예능쇼와 함께하는 토요일 저녁 시간. 리코더 레슨, 축구 동호회, 케겔 클럽과 같은 평범한 삶의 분위기가.

원래 내 가족에게 내가 제공하고 싶은 것도 딱 이런 것이었다. 견고하고 안정된 평균치의 삶. 그러나 그렇게 살 걸 생각하니, 갑자기 회의감이 밀려온다.

그런 삶은 이미 살지 않았나? 평균치의 삶, 이것이 삶의 종착역이란 말인가?

"정말로 꼭 이래야 해?" 나는 한숨을 쉰다.

마야는 조수석에 앉아서 그동안 그녀의 생활을 지독하게 짓눌러온 남산만 한 배를 양손으로 껴안고 있다.

"그래도 이젠 그냥 기뻐해." 그녀가 말한다. "토르스텐이 일반 시세의 절반 가격에 세를 놓은 거야."

그거야 그치가 당신한테 원하는 게 있으니까 그렇게 한 거지! ……라고 대답하고 싶은 마음이 굴뚝같다. 하지만 청혼에 실패한 후로 나는 흥분하지 않으려 노력 중이다.

나는 집 앞에 있는 진입로로 들어선 다음, 시동을 끄고 핸드브

---

1 침엽수의 일종으로 일 미터부터 십 미터까지 수종이 다양함. 피톤치드를 발산하며 관리가 쉬워 정원수로 인기 있는 수종 중 하나.

2 독일 제2TV 방송.

레이크를 당긴다. "좀 더 나은 집이 나오지 않을까?" 나는 절망적이지만 마지막으로 그녀를 설득하기 시작한다.

"이 집은 그냥 꿈 그 자체야." 마야는 내 눈엔 흉물스럽기만 한 신축 건물을 가리킨다. "그리고 솔직히 말해서, 우리에게 이런 기회가 온 건 오롯이 내가 전력을 다해 노력했기 때문이야. 그동안 당신이 한 게 뭐 있어? 분만실에선 쓰러지고, 우리 아버지와는 싸워서 절교하고, 놀이방에 가선 원장 화만 돋워놓고, 나한텐 술고래들만 모이는 자기 단골 술집에서 청혼한 것밖에 더 있어!"

"당신 말이 맞아." 나는 시선을 떨구고 만다.

마야가 그녀의 손을 내 손에 포개며 말한다. "나도 아파트에 만족할 수 있었을 거야. 하지만 여기 이 집은 내가 늘 바라마지 않던 딱 그런 집이야. 그리고 멋진 정원도 있고. 당신이 이 가격에 더 좋은 집을 찾아서 나에게 보여주면 그 즉시, 이 집에 관해선 더 이상 얘기하지 않을게." 그녀가 말한다. "하지만, 당신은 주택대출금마저도 잘못 계산했잖아. 그리고 내 생각이 틀리지 않는다면, 연봉 인상도 요원하고."

나는 어깨를 으쓱한다. "시도는 해봤어."

마야가 내 뺨에 손을 얹고 말한다. "마음을 다잡아주길 바라, 슈테판. 나를 위해. 그리고 아이를 위해."

나는 고개를 끄덕인다. 그런 다음 문을 열고 차에서 내린다. 그것이 마야를 행복하게 하는 일이라면, 이젠 이 상황을 극복하는 수밖에!

우리는 하얀 조약돌로 덮여 있는 건물 입구로 올라간다. 마야는 그녀의 아버지에게 함께 집을 둘러보고 조언해줄 것을 청했었다. 그는 건축 기술 방면을 살펴보기로 했다. 만약 모든 것이 매끄럽게 진행된다면 — 그러니까 내가 뭔가 빠져나갈 구멍을 생각해내지 못한다면 — 우리는 오늘 임대 계약서에 서명하게 된다.

토르스텐과 헬무트가 벌써 우리를 기다리고 있다. 토르스텐이 마야의 왼쪽 볼에 키스하고, 또 오른쪽 볼에 키스하며 인사를 한다. 나에겐 짧게 고개를 끄덕인다.

마야 아버지가 초인종이 있는 곳을 가리킨다. "토르스텐이 벌써 명패를 설치해놓았다."

나는 초인종에 붙어 있는 명패를 자세히 들여다본다. 맞다. 초인종 명패엔 마야의 이름이 씌어 있었다. 다만 옥에 티가 하나 있었을 뿐.

"내 이름은 어디 있지?" 나는 물었다.

"저런, 내가 잊었나 보네." 토르스텐이 어깨를 으쓱하고는 우리에게 집 안으로 들어오라고 손짓한다.

우리는 널따란 현관에 들어선다. 나선형 계단 하나가 이곳을 중심으로 아래쪽은 지하층, 위는 이 층으로 이어진다.

"방금 이 층 공사하는 데 있었어." 토르스텐이 안내를 시작한다. "거기선 내가 살게 될 거야. 두 사람이 이사 올 때까지 이 층 공사가 깔끔하게 마무리되지 못할 수도 있어. 그렇게 되면 완공될 때까지 당분간 여기 아래에서 다함께 지내야 할 수도 있어."

앞날이 창창하다. 토르스텐과 하우스 쉐어링을 하다니!

우리는 아래층부터 시작해 한 바퀴 순회하기로 하고, 일단 계단을 내려간다. 마야가 남산만 한 배에 가려 바로 앞의 계단을 볼 수 없기 때문에, 토르스텐이 마야를 받쳐준다. 부부 침실, 샤워실과 아울러 아이 방과 함께 지하층이 기다리고 있다. 아이 방은 꿀벌 마야 캐릭터 벽지로 도배되어 있다.

"이건 전에 내 약혼녀와 내가 아이가 생길 경우를 대비해서 꾸며놓았던 거야." 토르스텐이 살짝 우수에 잠긴 얼굴로 이야기한다. "하지만 그 후 아쉽게도 그녀는 도망쳐버리고 말았지. 이 벽지는 두 사람도 마음에 들 거라고 생각해. 물론 다른 벽지가 맘에 들면 다른 걸로 바꿔도 돼."

마야가 죽 둘러보더니, 온 얼굴에 환하게 웃음기를 머금고 말한다. "멋지다!" 그녀가 내게 팔짱을 낀다. "여기 아래층에 있는 방들만으로도 지금 우리가 살고 있는 아파트만 한걸. 그러니까 곧 제대로 자리를 잡을 거야."

헬무트가 쪽매널마루를 탁탁 발로 굴러보고는 묻는다. "방들에 라디에이터 몸체가 없던데. 바닥 난방을 했나?"

"예. 집 전체 다요." 토르스텐이 말한다.

헬무트는 낮게 휘파람을 불며 인정한다는 듯 고개를 끄덕인다.

셋이 고가의 실내 설비에 대해 담소를 나누는 동안 나는 그들에게서 떨어져 나와 혼자서 다시 집 안을 돌며 찬찬히 살펴본다. 침실은 흰색과 회색의 입체적인 벌집 무늬가 새겨진 벽지가 발라져 있어서 패디드룸[3]처럼 보인다. 작은 천장등에선 소량의 불빛만 쏟

3 정신병원에서 광란을 벌이는 환자들을 수용하기 위해 사면에 고무나 쿠션 등의 완충제를 붙여놓은 방.

432

아질 뿐이다. 욕실은 비석 표면에 붙인 대리석 무늬 타일 같다. 각 방마다 목재로 마무리한 천장은 마치 모든 것을 덮어버리는 관 뚜껑 같다. 거기에 더하여 정적까지 한 몫 한다. 그 어떤 소리도 방음 유리를 뚫고 내부로 들어오지 못한다. 이 모든 것들이 내 목을 조른다. 여기서 나가야만 한다!

나는 나선형 계단을 따라 올라간다. 다른 사람들이 나를 따라온다. "다음으로 부엌을 보여드리겠습니다." 뒤에서 토르스텐이 중얼거리는 소리가 들리더니, 급기야 이 인간, 내 뒤에 대고 큰 소리로 말한다. "자네가 그렇게 서둘러 자네의 제국으로 들어갈 거라고는 생각지 못했네! 위쪽 오른편이야!"

마야가 킥킥거리며 말한다. "슈테판은 네가 생각하는 것 이상으로 요리를 잘해. 우리가 여기서 살면 식사도 같이할 수 있을 거야."

악몽 그 자체다. 내가 요리를 하는 사이, 이들 둘이 아무런 방해도 받지 않고 서로 시시덕거릴지도 모른다. 아니면 내가 효과는 빠르나, 증거가 남지 않는 독을 그의 음식에 섞을지도 모른다. 아니, 섞을 수도 있을 것 같다.

심장이 방망이질 치기 시작한다. 계단의 끝에 다다르자 백 미터를 질주하고 난 사람처럼 숨이 차다. 나는 셔츠 단추를 푼 다음, 부엌으로 들어선다. 그리고 그 자리에 얼어붙은 듯 멈춰 서고 만다.

나는 텅 빈 공간을 예상했다. 레인지, 개수대, 그리고 전자제품을 위한 전선들이 벽에서 비죽이 고개를 내밀고 있으리라 생각했었다. 그러나 부엌은 완벽했다. 싱크대 수납장은 위아래 모두 흰색 라커 칠을 한 원목이었고, 수납장 문들은 격자 장식의 유리창이 달려 있다. 한가운데엔 직사각형의 조리대가 서 있다. 취사용 전열기와 오븐, 개수대가 포함되어 있다. 커다란 환기 장치 곁에 프라이팬과 냄비를 걸 수 있는 갈고리들이 설치되어 있었다.

이런 부엌은 마야가 늘 열독하던 모델하우스 카탈로그에서 수 없이 보아 왔던 것이다. 나는 이제 무슨 일이 일어날지 잘 알 수 있다. 그리고 그 일은 내가 저지하거나 방해할 수 없다는 것도.

마야는 부엌에 발을 들여놓더니, 잠시 숨을 멈추고 양손으로 입을 막는다. "어…… 어떻게 이런 일이! 시골 별장 스타일이잖아. 내가 늘 꿈꾸었던 부엌이야!"

토르스텐이 득의양양한 눈길로 나를 쳐다본다.

헬무트는 부엌을 한 번 둘러본 다음, 시험관 같은 눈길로 부엌에 설치된 시설들을 꼼꼼히 살펴본다. "전기레인지로군." 그는 하이테크 공법의 조리대 위를 미끄러지듯 손가락으로 훑고는 말한다. "전부 완전히 새것처럼 보이는군."

"맞습니다." 토르스텐이 대답한다. "세놓기 전에 특별히 설비를 맡겼거든요."

삼가 경의를 표합니다! 나의 적수께서 자기가 숭배하는 연인에게 깊은 감명을 주기 위해 비용도, 수고도 아끼지 않으셨습니다!

우리는 계속해서 널따란 거실 겸 식당으로 들어간다. 이곳도 원목 널마루이다. 그리고 오픈형 벽난로도 있다.

"정말 근사하다, 토르스텐!" 마야가 놀라서 소리친다. "여기 엄청나게 넓어. 우리 아이가 이 마루 위에 모빌담요[4]를 깔고 앉아 있는 모습이 벌써 눈에 선해." 그녀가 나에게 꼭 붙으며 말한다. "슈테판, 당신도 그렇지?"

"잠깐, 감탄하기엔 아직 일러. 내가 정원에 뭘 심었는지 볼 때까지 기다려." 토르스텐이 기대해도 좋다고 맹세한다는 듯 마야에게 윙크를 한다. 그가 창가로 걸어가자 그녀가 그 곁으로 가서 선다.

정원은 넓고, 잔디는 빈틈없이 잘 깎여 있다. 정원 한쪽 구석에 선 벌써 라일락이 꽃을 피웠고, 과실수마다 녹색 잎사귀가 돋아나 있다. 테라스와 연못, 그리고 그네와 사다리가 세트인 모래판도 보인다.

재수 없는 자식.

"아이를 위한 천국이 따로 없네!" 마야가 소리친다.

"저게 있으면 네가 기뻐할 거라는 걸 알고 있었지." 토르스텐이 팔을 뻗어 마야의 어깨를 감싸며 말한다. "나에게 너희 아이는 내 아이나 마찬가지일 거야."

나. 이건. 더 이상. 못. 참겠다.

내 내면의 눈앞에 이 집에서 우리가 살아가는 모습이 한 편의 영화처럼 펼쳐진다. 우리 아이가 토르스텐의 모래판에서 놀고, 토르스텐의 그네에서 그네를 타고, 토르스텐의 친구네 아이들과 함께 토르스텐네 초원 위를 뛰어다닌다. 그리고 토르스텐은 마야와 함께 그의 테라스에 앉아, 환호하며 뛰노는 그 귀여운 녀석을 호

---

4   주로 걸음마 전의 갓난아기를 위해 눕거나 앉아서 모빌을 갖고 놀 수 있도록 고안된, 요와 모빌이 일체형으로 제작된 제품.

의 어린 눈길로 바라본다. 나는 여기서 살 수 없다.

"벌써 우리 식구가 이곳에서 사는 모습이 눈에 선한걸?" 마야가
말한다. "여긴 우리의 드림하우스야!"

마야가 기대감에 부푼 얼굴로 나를 바라본다.

말은 맞다. 이런 집이야말로 우리가 내내 꿈꾸던 집이었다. 하지
만 자신의 꿈을 누군가 다른 사람이 이루어서 그 혜택을 받는 건
굴복당하는 기분이 들게 한다. 그러므로 이 모든 것을 내 스스로의
힘으로 이루지 못했다는 생각이 계속 나를 잠식해 들어갈 것이다.

"미안해, 마야." 나는 단호한 어조로 말한다. "나는 이곳으로 이
사 올 수 없어."

마야와 헬무트가 입을 쩍 벌린다.

토르스텐은 나를 포레스트 검프를 보듯 바라본다. 포레스트 검
프가 수백만 달러의 가치가 있는, 값을 매기기도 힘든 새우왕국을
방금 지나쳐버렸다고 선언하기라도 한 것처럼 말이다. "확실해?
이건 다시 오지 않을 기회야."

나는 그에게로 걸어가 그의 코앞에서 멈추어 선다. 그래봤자 내
가 아래에서 위로 쳐다봐야 하는 입장이기 때문에, 그에게 그렇게
깊은 인상을 주지는 못할 거라는 건 인정한다. 하지만 나는 이런
약점을 특별히 독이 오른 눈길로 메우려 한다.

"문제는 그게 누구를 위한 기회인가 하는 거지." 나는 잇새로 말
을 내뱉는다.

"진짜 남자는 사람이 우정 어린 제안을 하면, 그걸 인정하고 받
아들이는 법이지." 토르스텐이 말한다.

"내가 바로 진짜 남자야." 나는 주먹 쥔 두 손을 양 옆구리에 가져다 댄다.

"그래?" 나의 적수가 아무렇지도 않은 듯 편하게 나를 내려다보며 말한다. "그런지 아닌지는 일요일에 볼 수 있겠지."

젠장! 그걸 새까맣게 잊고 있었다. 축구 경기 말이다.

아직 이곳에 살고 있진 않지만, 동네 사람들은 벌써 우리를 같은 동네 사람으로 받아들이려 하고 있다. 토르스텐과 헬무트는 일요일마다 늘 축구 경기를 하려고 아마추어 축구장에서 만난다. 그런데 다음 주말에 있을 경기에 몇몇 회원이 빠지는 바람에 헬무트는 내게 함께 경기에 뛰자고 제안했다. 그리고 직장 동료들 가운데 몇 명쯤 더 데리고 올 수 있느냐고도 물었다. 경기가 끝난 뒤엔 이 마을의 유일한 레스토랑 겸 술집인 '훔펜 유프(Humpen Jupp)'[5]에서 선수 전원에게 두툼한 포크커틀릿과 자우어크라우트[6]도 제공된다고 한다. 헬무트는 이것이 내가 사람들을 사귈 수 있는 좋은 기회라고 생각했다. 그리고 나에게도 그 제안은 아마 나를 사위로 자천할 수 있는 마지막 기회가 될 것이다.

짐작했겠지만 그 만남은 방금 우정 경기라는 명분을 상실하였다.

"축구장에서 보지." 나는 그렇게 말한 다음, 토르스텐을 옆으로

---

5 큰 맥주잔을 뜻하는 독일어 '훔펜'과 독일의 유명 축구선수이자 감독이었던 요제프 하잉케스의 별명 혹은 출생지인 '유프'를 섞어 만든 이름. 축구 좋아하고 술 좋아하는 이들이 즐겨 찾을 수밖에 없는 이름임.

6 독일인들이 즐겨 먹는 양배추 초절임. 삶아서도 먹고 생으로도 먹으며 주로 고기나 소시지 요리의 반찬으로 많이 애용함.

밀치고 존 웨인[7] 같은 걸음걸이로 복도를 지나 아래로 내려온다.

"저 친구 왜 또 저러는 거야? 나는 저 녀석을 이해할 수가 없어. 이런 제안을 내쳐버리는 놈이 세상천지에 어디 있어!" 내 뒤에서 헬무트가 격분하여 외치는 소리가 들린다.

나는 자동차가 있는 곳으로 걸어가면서 양손을 그러모아 주먹을 쥐고 재킷 주머니에 밀어 넣는다. 오른손에 뭔가 단단하고 금속성의 어떤 것이 닿는다. 라이터다. 내가 받은 유산. 처음엔 실망스러운 마음으로 그냥 보기만 했는데, 지금은 항상 몸에 지니고 다니는 물건이 되었다.

나는 주머니에서 라이터를 꺼낸다. 그리고 글귀가 새겨진 행들을 찬찬히 살펴본다. 가만히 문구를 보고 있자니, 이 라이터가 패티 아버지, 소년이었던 나에게 너무나도 큰 의미를 지녔던 그에게서 온 것이라 짐작된다. 그는 아직도 저 유명한 경제 신문의 편집장으로 일하고 있을까?

그 순간 나는 한 가지 생각이 떠올랐다.

많은 남자들은 종종 정치인이 국가 기밀을 다루듯
철옹성처럼 자신의 생각과 감정을 숨긴다.
– 카롤린 슐러, 『코스모폴리탄』 편집장

7 미국의 서부 개척 시대를 다룬 수많은 서부영화에서 주인공으로 활약한 서부영화의 아이콘 같은 배우 중 한 명.

"세 여인네는 어떻게들 지내시나?" 몇 분 전부터 나에게 자신을 요한이라도 불러도 좋다고 공식적으로 허락한 패티 아버지가 묻는다. 그러곤 어두운 갈색 머리카락을 손으로 쓸어 올린다. 그의 모습은 오십 대 중반의 로버트 레드포드를 생각나게 했다.

"저, 여자 친구가 있어요, 마야라고요. 같이 산 지 벌써 오래되었어요."

"그래서, 여전히 서로 사랑하고?"

한 가지 확실한 것은 이것이다. 지금 여기서 나누는 대화는 내가 지금껏 치른 면접들과는 확연히 차이가 나는 기이한 면접 상황이라는 것이다. 나를 이곳에 오도록 이끈 것은 라이터였다. 나는 요한의 번호를 인터넷으로 검색해서 그에게 전화를 걸었다. 나의 계획은 이랬다. 그에게 보수가 좋은 편집자 자리를 얻고, 요한이 제안한 보수에 따라 우리 사장에게 연봉 인상을 압박하는 것. 어떠한 경우에도 돈을 더 많이 버는 것이 목표였다. 그것은 토르스텐의 호의 때문도, 예비 장인 때문도 아니었다. 오직 마야에게 그녀 소유의 드림하우스를 지어주기 위해서였다.

나는 사실 우리가 만난 지 너무 오랜 세월이 흘렀기 때문에 패티 아버지가 나를 기억하고 있을지 확신이 서지 않았다. 하지만 내가 전화를 걸었을 때, 그는 즉각 바로 다음 날 미팅 일정을 잡았다. 게다가 나를 다시 만나는 것에 대해 진심으로 기뻐하는 것 같았다.

지금 우리는 한 시간 전부터 그의 사무실 한쪽 모서리에 있는 아늑한 소파에 함께 앉아 있다. 사무실용 소파 코너엔 커피와 비스킷이 갖추어져 있었다. 오랫동안 만나지 못했는데도 우리는 어린 시절 내 기억 속에 남아 있던 친숙함을 금방 되찾을 수 있었다.

내 입장에서 볼 때 대화는 거의 사석에서 나누는 대화로 느껴졌다. 아직껏 직장에 관해선 거의 한 마디도 나누지 않았다. 대신에 요한은 나의 모든 소소한 사적인 이야기와 함께 그동안 살아온 나의 인생 이야기 전체를 마치 악기를 연주하듯 툭툭 건드리며 시시콜콜 다 풀어놓게 했다. 역시 추적 기사를 다루는 데 일가견이 있는 사람답다.

그의 사무실은 어딘가 내 생부의 사무실을 떠올리게 했다. 다른 점이라면 단지 창밖으로 코트다쥐르 대신 라인 강이 펼쳐져 있는 것뿐. 사무실 내부가 온통 열정과 성공을 보여주는 기념품들로 가득 채워져 있다. 목재 사이드보드 위엔 저 전설적인 미국의 쿠퍼 인데버 자동차 미니어처가 세워져 있다.

그 위로 사진들이 걸려 있는데, 요트 레이싱 때마다 다양한 종류의 요트에 키잡이로 출전한 것을 보여주는 사진들이다. 또한 황금우승컵과 순은우승컵에선 그가 요트 레이싱에서도 꽤 성공적인 성과를 거둔 것도 잘 알 수 있다. 우리가 앉아 있는 이곳 소파 세트의 파티션 벽면엔 헬무트 슈미트, 니키 라우다, 빌 게이츠 등 요한이 그동안 인터뷰했던 인터뷰이의 사진이 붙어 있다. 나는 신나는 직업을 가진 그에게 약간은 질투 섞인 부러움을 느낀다.

"그래서, 일자리 때문에……." 나는 다시 원래의 주제로 화제를 전환하려고 한다. 하지만 별 성과는 없다.

"벌써 같이 산 지 오래되었다니, 그럼 너희들 결혼도 하고 아이도 낳을 생각이니?" 요한이 내 뜻이 어떤지 궁금해하며 나를 본다.

나는 자녀를 둔 기혼남이 고용주들에게 환영받는다는 사실을 잘 알고 있다. 확고한 유착 관계와 자녀는 직장에 뿌리를 박겠다는 약속인 동시에 충동적으로 이직할 가능성이 줄어든다는 것을 의미하기 때문이다. 그렇다면 지금이 바로 방점을 찍을 때이다!

"마야는 지금 임신 중이에요. 몇 주 뒤면 아이가 태어날 거고요."

요한은 벼락이라도 맞은 사람처럼 깜짝 놀라며 감동 어린 눈길로 나를 바라본다. 그의 얼굴에 환하게 미소가 번진다. 그리고 — 내가 제대로 본 건지 잘 모르겠지만 — 눈가가 살짝 촉촉해진다. 그가 자리에서 일어나 내 곁으로 와서 앉더니 나를 부둥켜안는다.

"세상에, 슈테판! 진즉 말하지 그걸 왜 이제야 말하는 게냐? 그러니까 내 말은…… 네가 아버지가 되다니! 무슨 말을 해야 할지 정말이지 한 마디도 생각이 나지 않는구나. 아무튼 장하다!"

순간 다시금 느껴졌다. 어린 시절 느꼈던 그 느낌이. 나는 패티 아버지와 함께 느낀 그 수많은 공감과 환희의 감정을 나의 친아버지에게서 느끼게 될 날을 늘 기대해왔다. 요한이 우리 아버지일 수는 없는 걸까? 어쩌면 아버지들도 입양할 수 있을지 몰라, 라고 생각했다.

"저도 기뻐요." 나는 그렇게 말하고 서둘러 원래 하려던 말을 밀어붙인다. "하지만 잠시만 육아휴직을 하고, 다시 풀타임으로 일하게 될 것 같아요."

요한이 어리둥절한 표정으로 나를 바라본다. "아니 왜? 아버지로서 자기 아이가 어떻게 자라는지, 그 시간을 함께 경험하지 않은 사람은 결국 후회할 수밖에 없어. 그건 누구보다 내가 잘 알고 있어서 하는 말이야."

왜 이런 말을 하는 걸까? 나를 고용하지 않으려고 이러는 건가? 아니면 내가 자발적으로 후보군에서 나오게 하려는 비열한 방법일까?

"하지만 제가 집에 있으면 안 돼요." 내가 말한다. "돈 때문에요. 그래서 지금 제가 여기에 온 거고요."

요한이 나에게서 조금 떨어져 앉는다. 갑자기 그의 코 주변이 창백해진다. "돈을 원해서 여기 온 거란 말이냐?"

아마도 내 표현이 좀 서툴렀던 것 같다. 하지만 그 덕분에 드디어 본론에 이르게 된다.

"신문 편집자가 지금 제 직업보단 보수가 더 나을 거라는 생각을 했거든요."

그는 천천히 숨을 내쉰다. "아, 그래."

"출판사에서 이미 편집은 많이 해봤고요, 취재도 잘할 수 있어요."

요한이 나에게 그만하라는 사인을 보낸다. "네 말은 내가 당연히 믿지. 단지 현재 공석인 자리가 없다는 것이 유감일 뿐이다."

나는 당황하여 그를 쳐다본다. "하지만, 저는 생각했거든요…… 그러니까…… 그럼 대체 절 왜 오라고 하셨어요?"

"난 그저 네가 보고 싶었을 뿐이다." 요한이 어깨를 으쓱한다. "그리고 또 누가 알겠니. 조만간 어딘가 자리가 생길지. 시간이 널 두고 마구 달려가는 것도 아니고 말이다."

아뇨, 시간은 저를 두고 마구 달려가고 있는데요.

나는 무릎을 세워 팔꿈치를 무릎에 얹고는 양손에 얼굴을 파묻었다. 이직은 나의 마지막 희망이었다.

"이건 고개를 떨굴 하등의 이유가 없는 일이다." 요한이 말한다. "무슨 일인데 그러는 거니?"

아무려면 어떠랴. 어차피 나에게 내어줄 자리가 없다면, 이젠 나도 그간 겪은 일들을 전부 털어놓을 수 있을 것 같다. 나는 깊이 심호흡을 한다. 그러고 난 뒤, 나는 그에게 불운의 아이콘이 되어버린 청혼 에피소드, 별장 같은 집에 관한 꿈이 좌초된 것, 신경을 거슬리게 하는 토르스텐, 그리고 예비 장인인 헬무트와 아직 못다 푼 문제들을 그에게 들려주었다.

이야기를 다 마치고 나자, 나는 기운이 빠져 푹신한 소파 등받이에 등을 기댄 채 당혹스러워하며 창밖을 응시한다. 밖은 음울하고 후둑후둑 빗방울이 창유리를 때린다.

요한이 혀를 찬다. "참내, 말도 안 되는 일이다. 전부 다 말이다."

"정말로 어떻게 해야 할지 이제 더 이상은 모르겠어요. 모두들 내가 돈을 많이 벌어서 가족을 먹여 살려야만 나를 좋은 아빠이자 좋은 남편이라고 여기는 것 같아요. 그런 상황에서도 저는 마야와 우리 아이를 위해 기꺼이 제자리를 지키고 싶고요." 내가 말한다. "그리고 시간이 흐를수록 마야에 관해서도 모르겠어요. 그녀가 진정으로 원하는 것이 대체 무엇인지요. 그녀는 늘 진짜 남자가 자기 곁에 있으면 좋겠다고 말해요. 하지만 진짜 남자란 게 어떤 남자인지는 알려주지 않더라고요."

요한이 자리에서 일어나더니, 느릿느릿 사무실 이곳저곳을 걷

다가 마침내 책상 옆쪽 벽에 걸린 포스터 앞에 멈추어 선다. 기타를 들고 있는 곱슬머리 밥 딜런의 포스터였다.

"이 사람이 무슨 말을 했는지 아니?"

나는 그 질문이 대답을 요구하는 것이 아닌 수사학적인 질문일 뿐이라는 걸 알면서도 고개를 가로젓는다.

"그가 말했지. '아침에 일어나고 밤에 잠자리에 드는 것, 그리고 그 사이에 자신이 관심을 기울였던 어떤 일을 했다면, 우리는 전적으로 자기 자신에게 만족할 수 있을 것이다'라고. 여기에 무슨 말을 덧붙이겠니. 그런 비딱하고 구태의연한 가족 부양자로서의 역할 모델이니, 요즘 남자는 이러저러 해야 한다며 성별에 국한해 떠드는 헛소리들은 모두 잊어버려라. 너 생긴 대로 그냥 그렇게 살아. 그리고 네가 정말로 즐거워하는 걸 해."

"그럼 전 하루 종일 엑스박스를 해야 하는 건가요?"

그가 웃는다. "그게 네가 관심을 쏟는 것이라면. 하지만 그건 아마 금방 질려버릴 거란 생각이 드는구나. 너는 분명히 그 이상의 것들을 할 수 있을 거다. 다른 사람들이 너에게 기대하는 것에서 자유로워져야 해. 네가 마음과 영혼을 다해 성심껏 무언가를 한다면, 그 일은 자동적으로 잘될 수밖에 없어. 그리고 그 일을 통해 성공도 거머쥐게 될 거다. 그래서 나는 최소한 그 자세만큼은 늘 고수해왔단다. 그리고 그 힘으로 지금까지 꽤 괜찮게 살아왔고."

"저는 잘 모르겠어요." 나는 고개를 저으며 말한다. "마야가 제 프러포즈를 단칼에 거절하더라고요. 저는 그때 그게 바로 마야가 원하는 거라고 생각하고 한 일이었거든요. 그때나 지금이나 저는 마야가 뭘 원하느냐가 중요해요."

그는 고개를 끄덕이고는 손을 턱에 가져다대고 이렇게 말한다. "말해봐라, 어디서 프러포즈를 했는지."

"제가 단골로 가는 술집에서요. 저는 마야가 낭만적인 여행 같은 건 좋아하지 않는다고 생각했거든요."

요한이 비죽이 웃는다. "그래서 곰곰이 생각한 끝에 마야가 너에게서 기대할 만한 것을 행동에 옮긴 것이고. 슈테판, 그건 네가 크게 실수한 거다." 그가 책상으로 가서 액자에 든 사진을 가져온다. "자, 여기, 이것 좀 봐봐."

그가 내 손에 사진을 들려준다. 금발 머리의 젊은 남녀가 해지는 풍경을 앞에 두고 바닷가에서 찍은 셀카 사진이다. 나는 두 번이나 눈을 깜빡이고 나서야 사진 속의 남자가 내가 아니라 나의 옛날 의형제인 패티라는 걸 알아본다. 패티는 세월이 흐르면서 징글맞게도 나와 생김새가 비슷해진 것 같다. 물론 나와는 달리 어떻게 하면 한 여자의 마음을 정복하는지를 잘 아는 것처럼 보이긴 했지만.

"패티는 지난번 남태평양으로 요트 여행을 떠났을 때 야나에게 프러포즈를 했단다." 요한이 이야기를 들려준다. "보라보라섬, 하얀 백사장, 두 잔의 칵테일, 그중 한 잔엔 다이아몬드 반지가 들어 있었지. 태양이 거대한 불덩이처럼 바다 속으로 사라졌어. 그러자 패티가 그녀에게 말했지. 지금까지 그녀만큼 사랑한 여자는 없었다고. 그녀가 어떻게 반응했을 것 같니? 거의 녹아 없어지다시피 했다는구나!" 그가 다시 내 곁에 와서 앉더니 용기를 북돋아주듯 내 어깨를 토닥인다. "마야는 분명히 너에게 다시 기회를 줄 거다. 그런데 말이다. 이번엔 무조건 네 본능에 귀를 기울이고, 네 자신이 정말로 낭만적이라고 생각하는 걸 하길 바란다. 그렇게 한 다면 너희 둘에게 절대 잊지 못할 순간이 올 거다."

나는 생각에 잠긴 채 고개를 끄덕인다. 나는 내가 생각하는 낭만적인 아이디어를 죄다 배척했었다. 최악의 경우에 벌어질 수 있는 일들을 생각했기 때문이다. 아마도 그 생각들을 실행에 옮겼더라면 훨씬 더 잘했을 것이다.

"그나저나 너는 일자리 때문이라면서 왜 나를 찾아온 거니?" 요한이 물었다. "너는 교육도 잘 받았고, 직장 경험도 있어. 그리고 머리도 명민하지. 어디서든 직장을 구할 수 있어. 그런데 왜 하필 내가 일하는 곳이지?"

나는 재킷 주머니에서 지포 라이터를 꺼내 그에게 내민다.

그는 아무 말 없이 라이터를 살펴본다. "이걸 어디서 구했니?"

"저희 아버지에게서요."

요한이 어렵사리 침을 삼키고 말한다. "이건 내가 먼 옛날에 빌렘에게 선물했던 건데."

"아저씨에게 말씀드려야 할 게 또 있어요." 내가 말한다. "아버지께선 그걸 저에게 그냥 주신 게 아니라 유산으로 물려주신 거예요. 아버지는 일주일 전에 돌아가셨어요."

요한의 얼굴이 딱딱하게 굳는다. 그가 다시 침을 삼킨다. "그건…… 그건 몰랐구나."

"아버지와 저는 딱 한 번 만났어요." 나는 조문 인사가 이어질 가능성을 미연에 방지하는 차원에서 말한다. "실제론 남남과도 같았죠."

"네가 아버지 없이 자라게 해서 미안하구나." 이리저리 라이터를 돌리는 요한의 손이 가볍게 떨린다.

"왜요? 그건 아저씨 책임도 아닌데요."

비가 그치고, 구름 사이로 해가 모습을 드러낸다. 창문으로 밝고 따뜻한 햇살이 들어와 우리 둘을 비춘다.

요한이 고개를 든다. "아니." 그가 말한다.

"네 아버지는, 네 아버지는 바로 나이니까."

24

본질로 들어가라

"혼자 있기를 그리고 그걸 좋아하는 걸 배워보세요.
혼자 있기를 향유하는 것보다
더 자유롭고 힘을 북돋는 것은 없답니다."

맨디 헤일, 『싱글우먼』

새로 이사 간 아파트 복도엔 아무 글자도 없는 밋밋한 이삿짐 박스 다섯 개가 아직 개봉되지 않은 채 그대로 쌓여 있다. 마치 키가 작고 각진 얼굴을 한 대담무쌍한 병사처럼, 이 박스들은 내가 다니는 길목에 계속 버티고 서 있다. 벌써 육 주 전부터 말이다.

박스 중 하나는 더러운 폭발물 같은 걸 숨기고 있다. 볼프강을 떠올리게 하는 물건들이다. 그런데 박스에 해골 표시를 해놓지 않아서, 어떤 박스에 그게 들었는지 나도 모른다.

상자를 열면 감정이 폭발해 내 마지막 사랑에 대한 추억이 솟구쳐 오를까 봐 나는 두렵다. 더불어 그가 지금 다른 여자와 행복하게 지내고 있다는 걸 상기하게 되는 일 역시 두렵다.

나는 여전히 마음이 아프다. 지금은 그와 헤어지고 난 직후의 며칠처럼 그렇게 엉망은 아니지만 그래도. 주말엔 특히 힘들었다. 해가 잘 들어 햇살이 넘실대는 부엌에서 함께하던 아침 식사, 도심을 벗어나 근교로 갔던 나들이, 함께 소파에 앉아 인생에 관해 철학적인 대화를 나누던 긴 밤 등등, 옛날 일을 기억할 시간이 그만큼 더 많았기에.

나는 방금 회사에서 돌아왔다. 내일은 금요일. 이미 알고 있다. 이 외로운 주말들 중 또 하나의 주말이 다시 나를 기다리고 있음을. 나는 아무런 계획도 세우지 않는다. 원래는 일을 좀 해야 했지만, 그러고 싶은 기분이 전혀 나지 않는다. 언니에게 전화해 성령강림절에 조카들을 데리고 뭐 할 것이 없나 물어나 볼까? 언니네 가족은 어딘가 돌아다니느라 틀림없이 집에 없을 텐데. 아무래도 페이스북이나 둘러보며 특별한 일은 없는지 봐야겠다. 물론 페이스북 친구들은 모두 진짜 친구가 아닌, 디지털상의 고독한 개체들이긴 하지만 말이다, 나처럼.

남은 나의 생은 계속 이렇게 흘러갈까? 혼자인 채로. 남자도 없이. '나의' 가족도 없이. 이런 생각을 하니 등줄기가 서늘해진다.

이삿짐 박스 중 하나에 올려두었던 휴대폰에서 소리가 난다. 나는 휴대폰 화면을 본다. 문자다. 세상에 이런 일이. 볼프강에게서 온 문자다!

> 사랑하는 안네,
> 어떻게 지내는지 목소리나 들을까 하고……

갑자기 가슴이 빠르게 방망이질 치기 시작한다. 대체 이 남자, 뭘 원하는 거지? 메시지 알림을 터치하자 문자 내용이 화면에 뜬다.

> 난 잘 못 지내.
> 잠을 잘 수가 없어.
> 완전히 엉망이야.

> 왜 그러는데?

> 안네, 당신이 없는 지금 끔찍하게 쓸쓸하네.
> 나, 질케와 헤어졌어.
> 내가 당신한테 했던 일들, 마르고 닳도록 미안해.
> 사랑을 담아, 볼프강.

나는 메시지를 다시 한 번 읽는다. 이거 지금 기뻐해야 하는 건가? 어쨌든 이 남자 때문에 밤새 울다 지쳐 잠들었던 나다. 게다가 이건 배신당한 모든 여자들이 듣고 싶어 하는 멘트이지 않은가? 너만이 유일한 여자이고, 널 속인 건 엄청난 실수였다는 그런 멘트.

혼란스럽다. 진지한 마음에서 이 말을 한 걸까? 아니면 단지 헤어진 여친을 대체할 여자를 찾고 있는 걸까? 그도저도 아니라면, 나는 어떤가? 그와 다시 잘되길 원하는가? 갑자기 우리 관계의 찬란했던 순간들이 뒤로 물러나고, 사고나 마찬가지로 지독했던 요리 사건과 치우지 않아 너저분했던 거실 모습과 그 사장과 관계를 하는 볼프강의 모습이 전면에서 훅 밀치고 들어온다.

나는 우선 산드라에게 전화를 해보기로 결정한다. 아마도 같은 사무실을 쓰는 그녀는 하나라도 더 알고 있을 것이다.

"피스 앤드 러브, 베이베(Peace and love, Babe)."[1] 그녀는 이 말로 전화 통화를 시작한다. 직장에서 받는 스트레스에 대한 대항마로서, 그리고 아이 대신 그녀는 영성 훈련을 찾아냈다. 물론 전용 리조트와 스파, 쿤달리니를 일깨우는 탄트라 의식과 거기에 맞춤한 고가의 의상과 매트, 명상용 쿠션 등을 포함한 섹시함과 사치스러움의 변종들 내에서 말이다. 막스와 함께 태국에 있는 아유르베다 클럽에 다녀온 적도 있다. "웬일이야?"

"볼프강이 너희 사장이랑 헤어진 거 알고 있었냐?" 통화 첫 마디라고 하기엔 과격하다고 볼 수 있는 말이다.

"정말? 지금?"

"그가 방금 나한테 문자했단 말이야." 나는 그녀에게 메시지 본문을 읽어준다. "나 이제 어떡하지?"

"워워, 릴렉스, 베이비." 산드라가 깊고 부드러운 목소리로 말한다. "이건 맑은 정신일 때 결정해야 할 사안인 것 같아."

"나 지금 정신 말짱하거든."

"내 생각엔 아닌 것 같네, 친구!" 그녀가 웃는다. "내일 명상하는 데 같이 가자. 거기 가면 네 감정이 어떤지 살펴볼 수 있어. 두 눈을 감고, 의식적으로 호흡하면서 네 마음을 들여다봐."

---

1   요가 용어 중 하나로, 우리 몸에 있는 여섯 개의 차크라(중심륜) 가운데 맨 아래 회음부에 위치한 해저륜(海底輪)을 일컫는 말이다. 이 해저륜은 여신이 뱀 모양으로 잠든 모습으로, 명상을 하면 이 쿤달리니를 깨달아 상층의 차크라로 올라온다고 함. 탄트라는 고대 인도의 비교(秘教)인 탄트라교에서 사용하는 경전 혹은 기도와 명상 등의 탄트라교의 의식 행위를 이르는 말.

침잠을 위한 비싼 휴가들 사이에 붕 뜨는 시간을 메우기 위해 산드라는 시내 중심가에 있는 전용 요가 로프트의 단골 고객이 되었다. 거기선 명상 강좌도 열리는데, 산드라는 깨달음의 시작 단계 때부터 나도 같이 가야 한다며 사람을 성가시게 했다. 그래도 지금까지 나는 꾸준히 거절해왔다. 그녀에게서 나를 불교로 포섭하고자 하는 위험한 의도를 감지했기 때문이다. 나는 어떤 종교에 대해서도 공감해본 적이 없다.

"내가 그런 걸 어떻게 생각하는지 잘 알면서도 그래?!"

"베이비, 너야말로 반드시 명상을 체험할 필요가 있어." 산드라가 말한다. "명상 체험을 하고 나면, 생각이 잘 정리되거든."

치명적인 논거다. 나는 내가 무슨 말을 하는지도 모른 채 마지못해 그 말을 따른다.

"딱 한 번만이다." 결국 나는 이렇게 말하고 만다. "그럼 앞으로 다시는 날 귀찮게 하지 않기다."

"그게 너한테 얼마나 좋은지 알게 될 거야." 전화기 너머에서 백그라운드 음악처럼 누군가 그녀에게 말하는 소리가 들린다. 산드라가 웃는다. "베이비, 나 그만 전화 끊어야겠다. 이 사람이 또 말도 안 되는 짓을 하네. 내일 오후에 우리가 데리러 갈게. 말 나온 김에 하는 말인데, 우리 강좌를 인도하시는 강사 선생님 말이야, 진짜 끝내주게 멋있어. 오, 세상에!"

나는 전화를 끊는다. 그러고도 한참을 더 그 자리에 앉아 볼프강의 메시지를 응시한다. 이 문자가 어마어마한 고독을 피할 수 있는 마지막 기회일까?

현재 싱글 상태에 있으며, 그런 자신을

다른 사람들이 안쓰럽게 여기거나

스스로 자신의 상태를 안쓰럽게 생각하기를 거부하는 사람,

그런 사람은 싱글로 있어도 전혀 문제가 없다.

학술 연구에 따르면 요즘은 독신으로 사는 사람들의 평균 수명이

반려자가 있는 사람들의 평균 수명에 근접하고 있다고 한다.

이 말은 곧 반려자가 있는 사람들이 반려자가 있었기 때문에

더 오래 살았던 것이 아니라, 오히려 독신인 사람들이

독신은 더 짧게 산다는 오명을 뒤집어썼기 때문에

더 짧게 살았다는 말이다.

그러므로 이제 그런 말은 더 이상 언급하지 말아야 한다.

– 마이클 메리, 부부관계 치유 전문가 겸 작가

초인종이 울린다. 나는 현관문과 연결된 부저를 누르고, 거실 문을 살짝 열어둔다. 발걸음 소리가 복도에 울려 퍼진다. "조금만 기다려! 곧 나가!"라고 소리치며 나는 침실로 뛰어 들어가 오래된 트레이닝 바지와 스포츠셔츠, 갓 말린 양말과 속옷을 스포츠가방에 쑤셔 넣는다. 그런 다음 부엌에 가서 물병에 수돗물을 채운다.

그사이 산드라와 막스가 들어왔다. 우리는 몇 주 동안 서로 얼굴을 보지 못했다. 이제 막스에게선 부랑자 태가 거의 나지 않는다. 그의 얼굴에 붙었던 양탄자 타일은 사라졌고, 맥주 똥배가 조금 나온 것만 빼면, 연보라색 요가 티셔츠를 입은 그의 모습은 아

틸라 힐트만[2]과 쌍둥이라 해도 과언이 아닐 것 같다.

"명상을 하면 자기한테 분명 많은 도움이 될 거야." 막스는 그렇게 말하며 두 팔을 벌려 나를 끌어당긴다. 그런 다음 오른쪽 볼에 키스, 왼쪽 볼에 키스를 한다.

새로워진 그의 매너에 얼마나 놀랐는지, 나는 잠시 숨 쉬는 것조차 잊고 말았다. 숨을 멈추다니, 이건 주로 오랫동안 빨지 않은 그의 옷에서 나던 악취를 피할 때 쓰던 수법이었는데. 게다가 이건 또 무슨 일이래? 막스에게서 라일락 향기가 난다!

내가 뿌리를 내린 듯 제자리에 오뚝하니 서 있자, 막스가 내 가방을 들고는 앞장서서 계단을 내려간다.

"너 막스한테 무슨 짓을 한 거야?" 나는 산드라에게 속삭여 말한다.

"왜, 놀랐냐? 응?" 그녀가 만족한 얼굴로 미소를 짓는다. "내가 저 사람의 본질을 깨끗이 소독했지. 그렇게 할 만한 가치가 있었던 것 같아."

"그렇게 애를 쓸 정도로 탐탁지 않았으면, 그냥 다른 사람을 찾아보면 됐잖아? 왜 안 그랬어?" 나는 자기 남자를 '가르쳐야' 한다고 생각하는 여자들에 대해 어딘가 늘 반감을 품고 있었다. 그래봤자 아무 소용도 없고, 두 사람 모두 불행하게만 할 뿐이라고 생각해왔던 것과는 별개로 하고라도 말이다.

"아, 너 그거 아니. 어떤 남자도 완벽한 남자는 없어. 요즘 같은

2 채식요리책으로 유명한 독일 베스트셀러 작가.

시대엔 더더욱. 요즘 남자들은 모두 뭘 본보기로 삼고 따라 가야 하는지 정확히 알지 못하지. 그리고 알고 있었는지 모르겠지만, 나라는 여자는 잠재력이 보이지 않는 남자에겐 별로 심혈을 기울이지 않아. 막스는 겉보기엔 낡은 궤짝처럼 보여도 그 속에 진짜 잠재력을 장전하고 있었지. 위생적인 부분이나 청소, 예의 바른 행동 같은 것들은 빨리 습득하더라고."

나는 내려가는 내내 믿기지 않아 고개를 휘휘 젓는다. 자기 자신을 위해 누군가를 사랑하다니, 어처구니가 없는 일 아닌가? 그렇다면 나도 볼프강을 교육시켜야 했던 걸까? 어쩌면 나는 그에게 정식으로 기회를 주지 않았는지도 모른다. 하지만, 그건 아니다. 배신한 사람을 용서해줄 구실 따위는 찾을 필요가 없다.

밖에선 막스가 내 스포츠가방을 트렁크에 넣는다. 그는 빠른 속도로 자동차 주변을 뛰어다니며 먼저 산드라에게, 그다음 나에게 자동차 문을 열어준다. 이 남자, 정말로 군기가 바짝 들었네! 인정하긴 싫지만 산드라에게 존경을 표해야 할 것 같다. 물론 그의 모습에서 잘 길들인 개가 연상되긴 하지만.

뒷좌석에 『엘터른』 잡지가 놓여 있는 걸 본 순간 나는 잠시 심장이 멎는 것 같은 느낌을 받는다. 산드라가 아이를 낳는 것에 호감을 갖게 된 모양이다. 이건 사실이 아닐 거다! 그렇다면 내가 정말로 내 친구들 중에서 늙고 외로운 할망구로 땅에 묻히는 유일한 사람이 된다는 말인가?

"두 사람, 출산 계획이라도 세운 거야?" 나는 패닉에 빠져 낮은 목소리로 묻는다.

"너 돌았냐?" 산드라가 손사레를 치며 말한다. "그건 우리 에이전시의 발간 증명을 위한 저자증정용 샘플일 뿐이야. 나는 내 인생을 즐기려고." 그녀가 막 시동을 걸고 운전을 시작한 막스의 뺨에 키스를 한다. "그렇지 않아, 자기? 우린 둘 다 돈을 잘 버니까, 일단 우리가 즐길 만한 건 다 즐기려고. 그러려면 우리 자기의 트레이닝에 시간을 좀 투자해야 할 필요가 있어. 식스팩이 어디 저절로 만들어지겠어. 우리 곧 몰디브에 갈 거거든. 스포츠와 헬스 전용 리조트에 묵을 거야."

어떤 연령대가 되면 그때부턴 여자들도
혼자 바에 갈 수 있다. 특정 연령대가 되면
여자는 여자로 보이지 않기 때문이다.
내가 볼 때엔 그런 현상이 대략 서른네 살부터 시작된다고 본다,
어떤 사람의 경우엔 서른넷 이전에 또 어떤 사람의 경우엔 다소 늦게
사람들의 눈길에서 멀어지게 될 것이다.
내가 지금 이 사실을 쓰는 것은 동정을 받자는 게 아니라,
개인적으로 이 사실이 아주 근사하다고 생각하기 때문이다.
– 엘리자베트 레터, 「디 차이트」

"손님용 벤치나 방석 중 하나를 골라." 산드라가 나에게 속삭인다. 그녀는 명상실 모서리에 쌓여 있는 집기들을 가리킨다. 스튜디오는 빛이 가득히 넘쳐흐르고, 벽 한쪽엔 거울이, 바닥엔 부드러운 쪽매널마루가 깔려 있다.

나는 방석을 가져와 자리를 만든다.

실내 공간에 자리가 모두 다 채워지자, 각진 얼굴에 거구의 금발머리 남자가 실내로 들어온다. 몸에 딱 붙은 푸른색 바디슈트를 입은 그의 모습이 마치 잠수복을 입은 것처럼 보인다.

나는 잠시 숨을 들이킨다. 정말이지 신체 각 부분의 윤곽선들이 고스란히 드러나 보였기 때문이다!

"이제 알겠지, 내가 왜 이렇게 여길 좋아라 하며 오는지." 산드라가 속삭이며 말한다.

나는 고개를 끄덕인다. 이해하고도 남을 것 같다.

거구의 남자는 실내 한쪽 모서리에 세워놓은 시바상[3] 앞으로 간다. 그리고 붉은 벨벳으로 덮인 조그만 좌대 위의 시바상 앞에 놓인 향초 두 개에 불을 붙인다. 그런 다음 양손을 가슴팍에 그러모아 합장을 하고 먼저 시바상에, 그다음은 우리를 향해 허리를 굽혀 절을 한다.

"여러분 대부분은 저를 이미 아실 겁니다." 그가 말한다. "제 이름은 라자 네티 드리슈티입니다. 나마스테."

웃긴다. 생김새로 보면 오히려 스칸디나비아의 잠수 강사가 딱인데.

라자는 가부좌를 틀고 앉은 다음, 몇 분 동안 고요한 상태를 유지한다. 그런 다음 강좌의 진행에 관해 설명한다. "생각해두셔야

---

3 시바는 힌두교의 주요신들 가운데 하나로, 파괴와 생식을 관장함. 네 개의 팔과 얼굴, 과거·현재·미래를 투시하는 세 개의 눈, 반달을 붙인 머리 혹은 이마와 뱀과 송장의 뼈를 목에 감은 모습이 특징적임.

할 것은 이 시간은 여러분의 시간이라는 것입니다. 의식적으로 이 시간을 여러분의 시간으로 취하세요."

그 순간 마치 대답이라도 하듯 막스가 소리를 낸다. 점심으로 콩깨나 먹은 것 같은 소리다.

"막스!" 산드라가 나직이 경고한다.

"미안." 그가 엉덩이 쪽에 대고 휘휘 양손을 젓는다.

"막스, 그건 아주 자연스러운 현상이에요." 라자가 그를 안심시킨다.

"그것은 당신의 몸이에요. 이걸 생각하세요. 부끄러움이란 문화적으로 각인된 하나의 감정일 뿐이라는 걸요. 자, 여러분, 모두 자리에 누우세요. 이제 훈련을 시작할 겁니다."

다들 등을 대고 눕는 동안 몸을 미는 소리, 여기저기서 부스럭대는 소리가 뒤섞여 잠시 소란하다.

"여러분 모두 녹색 초원 위에 서 있다고 상상합니다." 고요한 상태로 돌아오자 그가 시작한다. "여러분은 벤치에 앉아 있고, 여러분의 앞에는 계곡으로 이어지는 비탈이 있습니다. 여러분은 여러분의 근심, 걱정, 여러분을 움직이는 모든 것을 지금 배낭 속에 넣어 짊어지고 있습니다."

그렇다면 나는 더럽게 큰 배낭이 필요하겠군.

"길 위에 나귀 한 마리가 오고 있네요."

나는 빙글거리며 웃고 만다.

"이 나귀가 여러분을 보며 친근하게 웃습니다……."

분명 이제 나귀가 말도 하겠지.

"……그리고 여러분을 힘들게 하는 것들을 전부 자기에게 넘겨 달라고 여러분에게 말합니다."

좋았어, 나귀. 그렇게 할 수 있고말고. 나는 나귀의 등이 휘도록 가득 짐을 쌓아올린다. 내 의사를 무시하고 들이댔던 베르트, 나를 위협하며 겁주던 베노, 냄비에다 오줌을 눈 남자, 다비드, 댄스 사이코 등등을. 내가 짐을 다 쌓기 전에 이 녀석이 짐을 실은 채 그곳을 떠나 다른 사람들에게로 간다. 라자가 나귀와의 투어를 끝낸 것이다. 아쉽다. 훈련이 막 재미있어지기 시작했는데.

몇 가지 요가 동작을 더 단련한 뒤에 우리는 강좌를 마무리하는 의미에서 삼십 분간 명상에 들어가기 위해 자리에 앉는다.

"이제 두 눈을 감고, 각자 자신의 호흡에 집중합니다." 부드러운 목소리로 라자가 말한다. "어떤 생각이 떠오르면, 그 생각을 관찰해보세요. 좋다, 라고 말하십시오. 그리고 그 생각을 다시 놓아줍니다."

고요가 우리를 에워싼다. 커다란 창문을 통해 실내로 들어온 햇살이 내 얼굴을 따뜻하게 덥혀준다. 나는 살며시 두 눈을 감고 향 연기를 품은 공기를 들이마신다. 나는 의식적으로 숨을 들이마시고 내쉬며 호흡에 몸을 맡기려 시도한다. 호흡이 나에게 평정을 되찾아주긴 했지만, 아무 생각도 하지 않는 것이 생각보다 어렵다. 라자가 제안한 대로 숨쉬기만이라도 온전히 집중하는 편이 최상일 것 같다.

들숨.

날숨.

아무것도 생각하지 마, 안네.

제장, 이것 또한 생각이잖아!

들숨.

볼프강에게 뭐라고 써야 하지?

날숨!

생각하지 말 것!

나는 숨이 내 콧속으로 부드럽게 빨려 들어가, 폐를 가득 채웠다가 뱃가죽을 팽창시키는 것을 느낀다.

들숨.

날숨.

무릎이 아프다.

볼프강 때문에 내 가슴도 똑같이 아프다.

아무래도 나는 그를 놓아버려야만 할 것 같다.

들숨.

날숨.

들숨.

날숨.

한참을 그렇게 앉아 호흡을 따라가고 나니 무릎의 고통도 사라져버린다. 나는 내 속이 무한히 넓어지는 것을 느꼈고 거의 무게가 느껴지지 않을 정도로 내 자신이 가벼워지는 기분이 들었다. 그리고 이 기분과 더불어 모든 것은 좋은 것이라는 확신이 든다. 이제 나는 내가 무엇을 해야 할지도 알게 되었다.

싱잉보울[4]이 울린다. 나는 두 다리를 뻗는다. 곁에서 산드라가 명상 상태에서 깨어난다.

"하고 나니까 진짜 좋지, 응?" 산드라가 묻는다. 그러곤 자리에서 일어나 가져온 물건들을 주섬주섬 챙긴다. "그리고 말야. 내가 너한테 아직 얘기하지 않은 게 있는데. 볼프강이 우리 사장과 헤어지자고 한 게 아니라, 사장이 볼프강과의 관계를 끊은 거였어. 어제 두 사람이 회사 간이휴게실에서 큰 소리로 싸웠거든. 그러고 난 다음에 우리 사장이 그에게 소리소리 지르며 말하더라고. 내일까지 기다릴 것 없이 오늘 중으로 자기 집에서 나가는 게 좋을 거라고 말야. 그 두 사람, 좌선(坐禪)을 좀 했더라면 좋았을 텐데."

나는 산드라가 하는 말을 귀담아듣는다. "무엇 때문에 그렇게 싸웠다니?"

"쓰러지지 말고 잘 들어." 산드라가 말한다. "아마도 볼프강이 사장네 집안을 완전히 카오스 상태로 만들었나 봐. 그래도 사장은 그에게 제대로 집안일하는 법을 가르치려고 했대. 그런데 그 남자, 애초부터 진짜로 가사 노동을 할 마음이 없었던 거지."

그러고 나자 이제 와서 다시 나한테로 기어들려고 했다는 건가, 그럼?

나는 그를 증오해야 마땅하다.

하지만 놀라우리만치 평온한 기분이 든다.

"갈까?" 산드라가 가져온 물품들을 다 챙긴 다음 묻는다.

---

4 주발 형태의 명상용 종.

"먼저 가고 있어."

나는 두 눈을 감는다. 그리고 다시 초원에 선다. 바람이 머리카락을 쓰다듬으며 지나간다. 멀리 떨어진 곳에 아까의 그 나귀가 서 있는 게 보인다. 나는 나귀를 다시 부른다. 그러자 나귀가 빠른 걸음으로 달려온다. 나는 덥수룩한 털로 뒤덮인 녀석의 몸을 쓰다듬어준다.

"내가 잊어버린 게 있었어." 나는 나귀의 귀에 대고 속삭인다. 그러곤 배낭을 뒤적여 볼프강을 꺼낸다. 그런 다음 나귀의 등에 그를 싣고는, 녀석의 엉덩이를 힘껏 찰싹! 때린다. 평화롭게 여행하길 바라, 나귀야. 후추가 자라는 머나먼 곳까지.

어쨌든 육십 년 뒤엔
그런 일은 개조차도 흥미를 보이지 않게 될 것이다.

– 슈테판 보너

"자, 어땠어, 마음에 많이 들었어?" 산드라가 묻는다. 두 사람이 나를 내려주려고 다시 우리 집 앞에 도착했을 때였다.

"아주 좋았어. 지금까지도 아주 평안한 느낌이 들어."

"그리고 라자 말이야. 진짜 끝내주지, 그렇지 않아?" 그녀가 비죽이 웃으며 묻는다.

나는 그 금발의 라자가 지저분한 나귀 이야기를 하면서 나를 침대로 끌어들일 모습이 벌써 눈에 선하다. 그런 부류는 마침 나의 결함투성이 남자 컬렉션 품목에 아직 없는 유형이긴 하다. 그래도 고맙지만 사양하겠다.

"솔직히 말하면, 잠수복을 입고 명상하는 사람은 좀…… 아닌 것 같아." 내가 말한다.

"그렇게 겉모습만 보고 판단하지 마." 막스가 비난조로 말한다.

산드라가 그의 손을 쓰다듬는다. "네가 그 사람을 잘 꾸며주면 되잖아." 그녀는 장담한다는 듯 나를 보며 눈을 찡긋한다. "내가 보니까 그 사람에게서 보이프렌드의 자질이 보여."

"너희들, 그거 알아? 나 말이야, 당분간은 남자 없이 지내보려고. 찌질한 남자들과 함께하느니, 차라리 혼자 지내는 편이 더 나을 것 같아." 나는 이 말을 하고는, 두 사람이 확실히 알아들을 수 있도록 확인하는 차원에서 내 생각을 영적인 하나의 상으로 번안하여 말한다. "내려놓는 자는 두 손이 자유롭다는 말처럼!"

"그건 그렇지." 산드라가 말한다. "하지만 그건 다음 타자에게나 적용해."

나는 차에서 내린다. 그리고 두 사람에게 데려다주어 고맙다고 인사한 다음, 차가 출발하자 손을 흔들어 배웅한다. 그 후에도 나는 잠시 그 자리에 그대로 서서 두 눈을 감고 피부에 와 닿는 햇빛을 만끽하며, 지난 몇 주 사이에 연분홍빛 꽃을 피운 벚나무의 꽃 향기를 들이마신다. 벚나무 위쪽 가지 사이에서 새 한 쌍이 삐쭝 삐쭝 노래한다.

얼마 후 나는 휴대폰을 꺼낸다. 업무용 메일함에 새 소식이 도착한 것이 보인다. 몇 주 전에 전산 파트 직원이 내 개인 휴대폰에서 업무용 메일을 사용할 수 있도록 해주었다. 그 이후로 나는 출판사와 내가 탯줄을 통해 연결된 것 같은 기분을 지우지 못한 채, 마치 지금의 직장이 나의 사활이 걸린 직장이라도 되듯, 밤낮없이 메일함을 체크하는 내 자신을 이러지도 저러지도 못하고 있다.

방금 전까지 평온하고 평정심이 느껴졌는데, 지금은 맥박이 빠른 속도로 높아지는 게 느껴진다. 내가 좋아하는 작가가 자신이 발작적으로 비명을 지르며 온몸이 마비되는 증상이 있으며 그래서 나와 이야기하고 싶다는 메일을 보냈으면 어떡하지? 불평하는 메일이 와서 내가 뭘 잘못했는지 내내 생각하느라 조용한 밤 시간을 고스란히 내놓아야 하면 어떡하지?

내 엄지손가락이 멋진 편지봉투 모양 아이콘 위에서 방황하며 떠돈다. 터치할 것인가, 말 것인가?

'생각해두셔야 할 것은 이 시간이 여러분의 시간이라는 것입니다. 이 시간을 의식적으로 자신의 것으로 취하세요.'

그 말이 맞다. 지금은 주말이다. 나는 두 눈을 감고, 숨을 들이마신 다음 다시 내쉰다. 업무용 메일은 월요일까지 '읽지 않음' 상태로 대기 중일 것이다.

다시 눈을 뜨자, 심장의 고동이 안정을 되찾는다. 이제 내가 원래 하려던 일을 할 시간이다. 다시 한 번 잠시 내면의 소리에 귀를 기울인다. 그런 다음 나는 볼프강에게 메시지를 쓴다.

> 두 사람이 헤어졌다니 유감이네.
> 하지만 그 일은 이제 내가 처리할 수 있는 일은 아닌 것 같아.
> 행운을 빌어.
> 안네.

보내기 버튼을 누르자, 한결 홀가분한 기분이 든다.

나는 집 안으로 들어가, 계단을 오른 다음 현관문을 연다. 복도에 들어서자, 여전히 다섯 개의 이삿짐 박스가 길을 막고 서 있는 것이 눈에 들어온다. 하지만 이젠 박스들이 내가 앞으로 나아가는 걸 막아서는 병사들처럼 보이지 않는다. 그 속엔 더 이상 그 어떤 위협적인 것들도 들어 있지 않다. 이제 힘들었던 기억들과 헤어지고, 새로운 추억이 들어올 자리를 만들 시간이 온 것 같다.

나는 미소를 머금고 단호하게 맨 위에 놓인 박스를 연다.

25

남자들만의 룰

"스포츠는 젊은이들이 몸의 감각을 느끼고,
키와 힘을 이용하여 자유롭게 움직일 수 있는 기회를 준다.
스포츠에선 경쟁에서 성과를 거두는 것과 아울러
관중이 보는 앞에서 명예를 얻고 인정받는 것이
그에 못지않게 중요하다. 승리한 투우사에게
관중석에서 제일가는 숙녀가 자신의 손수건을
선사하지 않는가."

디터 슈나크, 라이너 노이츨링, 『곤경에 빠진 작은 영웅들』

"당신, 집에 관한 것 좀 생각해봤어?" 마야가 묻는다. "내 생각은 여전해. 우리에게 온 기회를 놓치면 안 된다는 게 내 생각이야."

우리는 곧 토르스텐의 팀에 맞서 우리 팀이 등장하게 될 아마추어 축구장의 필드 가장자리에 있다. 나는 마야 앞에서 무릎을 꿇고 마르코가 빌려준 파란색 축구화의 끈을 묶는 중이다.

"거기로는 이사 안 가. 이게 내 마지막……."

"어이, 클린스만[1]!" 언제 왔는지 토르스텐이 내 바로 뒤에 서 있다. "두 사람이 아직 의견일치를 보지 못했다면, 내가 제안을 하나

[1] 각종 메이저리그 전에서 뛰어난 골 득점을 선보이며 잘생긴 외모로 연예인 못지않은 인기를 누린 독일 최고의 축구선수. 지금은 축구감독으로 맹활약을 하고 있다.

할까 하는데 말이야."

나는 몸을 일으켜 세운다. 그리고 우리 둘이 키에 있어선 별반 차이가 없다는 걸 확인한다. 토르스텐은 그의 클럽 유니폼인 흰색 바지에 동호회 로고가 박힌 저지 소재의 붉은색 반소매 티셔츠를 입고 있다. 팔과 다리를 보니 근육이 고스란히 드러나 있다.

나는 긴 녹색 트레이닝 바지에 짜증나는 노란색 긴소매 티셔츠를 입고 있다. 나에겐 축구복이 없었기 때문에, 모두 마야가 아버지의 오래된 옷가지들 중에서 건져낸 것들이었다. 여기에 파란색 신발까지 더하니 전체적인 그림이 리듬체조 하러 가는 한 마리 앵무새처럼 보인다.

"내기로 결정하는 게 어때? 자네 팀이 이기면 우리 집에 이사하지 않는 걸로." 토르스텐이 안을 내놓는다. 그러고는 불룩 튀어나온 마야의 배를 가리키며 말한다. "그런데 마야는 경기에 뛸 수 없으니까, 내가 마야를 대신해서 뛸게. 내가 이기면 자네는 내 제안에 굴복하고 마야가 원하는 대로 우리 집으로 이사하는 거야."

저 인간이 헤딩을 많이 해서 정신이 이상해졌나?

나는 마야도 나처럼 이 제안을 고민할 가치도 없다고 여기리라 기대하며 그녀를 바라본다. 하지만 그녀는 재미있다는 듯 빙그레 웃고만 있다.

"이거 지금 두 사람 다 본심은 아니지?"

하지만 마야와 토르스텐은 서로 마주 보고는 어깨를 으쓱한다.

"왜 본심이 아니라고 생각하는 거지?" 그녀가 말한다.

나는 한숨을 푹 쉰다. 내 축구 실력은 완전히 바보 수준이다. 그

471

런데 하필 지금 내 가족의 행운을 걸고 축구를 해야 한단 말인가? 아무튼 나는 그나마 옛날 남자들처럼 연인의 총애를 얻기 위해 총이나 장검을 갖고 결투하지 않아도 된다는 사실에 잠시나마 스스로를 위로한다. 승패와 상관없이 내 목숨은 부지할 수 있을 테니.

"콜." 나는 앙다문 잇새로 말을 내뱉는다. 토르스텐과 나는 거래를 확인하는 차원에서 서로 손을 잡는다. 나는 움찔, 몸이 움츠러들었지만 티를 내지 않으려 한다. 토르스텐, 이 망할 인간이 손아귀에, 정말이지 욕 나올 정도로 세게 힘을 준 것이다.

우리는 경기장으로 간다. 하늘에 구름이 잔뜩 낀 것이, 곧 비가 쏟아질 것 같다. 얼음이 녹도록 잔뜩 풀린 날씨 때문에 잔디구장도 물러져 있어, 이 경기는 얼음장 같은 진흙탕 속에서 펼치는 승부전이 될 것 같다.

우리는 킥오프를 위해 경기장의 중앙원에 마주 선다. 사격왕 칼-하인츠는 매주 일요일마다 늘 하던 대로 중도적인 입장에서 주심을 본다. 우리는 전·후반 각각 이십 분씩 경기를 한다. 토르스텐 편은 나의 예비 장인 헬무트, 그리고 토르스텐이 운영하는 회사에서 원정 나온 배관공 두 명이다. 둘 다 상당히 각 잡힌 체형의 소유자다.

우리 편은 가족 팀이 될 뻔한 팀의 변화주자로서 큰 환영을 받은 마르코, 나와의 재회를 기뻐한 패티, 그리고 패티 아버지이자 나의 생부인 요한이다. 요한에겐 이번 축구 경기가 비공식적인 첫 가족 회동으로 비춰지는 것 같다. 패티도, 요한의 부인도 아직까지 요한이 나에게 털어놓은 이야기를 알지 못한다. 요한은 또한 가족들에게 그 사실을 밝힐 적당한 타이밍을 찾을 때까지 가만히 있어달라고 내게 부탁하기도 했다. 그런 까닭에 나는 면접을 하러 간 날 저녁에 마야에게만 나의 '뿌리'에 대해 알게 된 새로운 사실을 털어놓았다.

　사연은 이랬다. 나는 70년대에 태어난 아이다. 당시엔 모든 사람들이 끔찍이도 사랑을 외쳤고, 인생은 거대한 파티였다. 나의 어머니, 빌렘, 요한 그리고 그의 부인도 열정을 불사를 수 있는 기회라면 아낌없이 불살랐고, 네 사람은 매사에 열광적이던 무리 중 하나였다. 어느 날 나의 어머니도, 요한도 아주 알딸딸하게 취한 상태에서 두 사람이 갑자기 함께 침대에 눕게 되었다. 그때 아마 일이 벌어진 모양이다. 그러면서 내가 생겨났다. 그러나 두 사람은 이성적으로 그 일을 비밀에 부치기로 한다. 두 사람은 당시 지금의 나와 같은 나이였다. 만약 지금 나에게 그런 일이 생긴다면, 어떻게 할지 나도 모르겠다. 그래서인가 이 모든 일에 대해 나는 두 사람의 행동을 나쁘게만 보지는 못하겠다.

　정말 오랜 시간이 흐르고 처음으로 오늘 패티와 재회했는데도, 우리 사이에 흐르던 그 끈끈한 감정이 금방 되살아났다. 나는 우리가 의형제일 뿐만 아니라, 진짜 형제라고 그에게 말하고 싶은 마음이 간절하지만, 그러려면 아마 조금 더 기다려야 할 것 같다. 우리가 후에 진실을 말했을 때 패티만은 부디 빌렘의 아들 로베르트처럼 반응하지 않기를 바랄 뿐이다.

　오늘 나는 패티와 마르코에게 희망을 걸었다. 둘 다 아마추어 축구단에서의 경기였기 때문에 이번 승부전을 위해 내가 모셔온 인물들이다. 나와는 반대로 두 사람은 기대에 부응할 준비가 됐다고나 할까. 물론 상내편의 세 선수를 상롱에 비교한다면, 이 세 사람은 조립식 책장처럼 보이긴 하지만, 아무튼.

토르스텐이 내 친구들을 얕잡아 보는 눈길로 훑어본다. "이봐, 아스파라거스 같은 팀이니 단숨에 해치우자고." 그가 각 잡힌 두 선수에게 속삭이듯 말한다. 내 귀에 바로 쏙쏙 박히고도 남을 만큼 큰 소리로.

사이드라인에서 마야가 토르스텐에게 엄지를 세워 보인다. "행운을 빌어, 껑다리!" 그녀가 웃는다. "그리고 잊지 마, 난 그 집을 원한다는 걸!"

믿을 수가 없다. 임신호르몬 때문에 드디어 마야가 정신줄을 놓았나?

토르스텐이 손을 들어 그녀에게 키스를 날린다. "천사 같은 마야, 널 위해 최선을 다 할게!"

칼레가 경기 시작 휘슬을 분다.

나는 서서히 기분이 나빠진다.

축구는 남자들이 빠른 시간 안에
서로 형제의 의리로 뭉치게 되는 화제의 장(場)이다.
그곳에선 알게 된 지 얼마나 됐는지는 아무 상관이 없다.
그리고 택배 기사든 연극 연출가든, 아니면
문학 소설을 애독하는 사람이든 케이블 채널 애청자든
그런 것 역시 전혀 중요하지 않고, 아무 상관도 없다.

십오 분이 지났다. 무릎이 아프다. 온통 진흙투성이가 되었다. 상처 딱지처럼 진흙이 얼굴에 더덕더덕 붙어 있다. 나는 돼지처럼 땀을 흘린다.

현재 스코어는 1대 1이다. 상대팀은 마르코와 패티의 테크닉에 놀라 당황한 기색이 역력하다. 토르스텐과 두 골키퍼는 떡 벌어진 근육질 몸 때문에, 날쌘 생쥐를 멈춰 세우지 못하는 살찐 고양이 같다.

토르스텐이 우리 골문을 향해 공을 찬다. 나는 두려움에 잠깐 두 눈을 감고 만다. 공이 골대를 스쳐 지나갔다! 운이 좋았다. 지금 골인을 목표로 공을 차는 사람은 엄밀히 말하자면 경기의 승패를 결정짓는 사람이 될 것이다.

사이드라인에서 나의 여자 친구가 박수를 친다. "계속 지금처럼만 해, 토르스텐!" 그녀는 주먹을 흔들며 큰 소리로 외친다. "난 그 집을 원해!" 그 모습이 너무 귀엽다. 떠들어대며 통통 튀는 고무공 같다! 바람이 있다면, 그저 그녀가 나를 향해 환호해주는 것뿐.

패티가 내게 공을 패스한다. 나는 마르코에게로 공을 넘기려고 한다. 하지만 유감스럽게도 공 앞이 아니라 공 위를 디디고 만다. 그 바람에 허우적거리며 공을 놓쳤고, 놓친 공이 토르스텐의 발 앞으로 굴러간다.

"축구를 꼭 스머프처럼 하네." 토르스텐이 큰 소리로 말하고는 악의적으로 웃으며 빈정거린다. 내가 저지하려고 하자 토르스텐이 팔꿈치로 내 옆구리를 세게 치며 나를 지나쳐 달려간다.

하늘이 빠른 속도로 이두워진다. 비구름들이 플래시몹을 하기로 약속이나 한 것처럼 말이다. 아니, '샤워몹'이라고 하는 편이 더 나으려나. 소나기가 쏟아진다. 몇 분이 채 안 되어 우리는 물에 빠진 생쥐 꼴이 되고 만다. 비와 흙탕물과 땀, 3종 세트로 구성된 화산니(火山泥) 찜질[2]을 하는 가운데 우리 팀과 나의 꿈이 금방이라도 무너질 것처럼 위태롭다.

헬무트가 공을 쳐낸다. 그러나 공은 마르코에게 가서 멈춘다.

마르코가 나를 보며 소리친다. "슈테판, 전방으로 달려!" 그러곤 내가 있는 방향으로 공을 높이 찬다.

나는 달리기 시작한다. 공중에서 빠른 속도로 날아오는 공을 다루는 건 나로서는 확실히 무리다. 공이 가볍게 내 머리를 맞힌다. 살짝 맞았는데도 머리가 아프다. 게다가 나는 어떻게 해야 손으로 잡지 않고 공을 제어할 수 있는지도 모른다. 나는 모든 것을 운에 맡기고 할 수 있는 한 높이 수직으로 다리를 뻗는다. 통 바람이 가랑이 사이로 들어오는가 싶더니 볼이 내 두 발 사이에 착지한다.

"조심해, 슈테판!" 패티가 큰 소리로 외친다.

뒤를 돌아보니 토르스텐이 전속력으로 달려와 다리를 쭉 뻗은 채 나에게로 미끄러지는 게 보인다. 독기 서린 결연함이 그의 온 얼굴에 묻어났다. 그의 발이 엄청난 세기로 내 복사뼈에 부딪친다. 내 몸이 붕 날았다가 더러운 진흙탕 속에 내려앉는다. 폭탄이

---

2 류머티즘성 관절염 치료법 중 하나.

터지듯 고통이 온 다리에 번진다. 나는 비명을 지른다. 땅과 하늘이 위치를 뒤바꾼다. 위가 아래이고 아래가 위가 되고, 나는 눈앞이 캄캄해진다.

다시 정신을 차리고 보니, 사람들이 모두 내 주위에 모여서 서로 큰 소리로 한 마디씩 하고 있다.

"슈테판? 괜찮아?" 마야가 내 뒤에서 무릎을 꿇고는 그녀의 넓적다리에 내 머리를 올려놓았다. 그녀가 내 머리카락을 쓰다듬으며 말한다. "미안해, 정말, 정말 미안해." 목소리에서 그녀가 마음을 진정하지 못하고 있는 게 그대로 느껴진다. "이러려던 게 아니었는데. 토르스텐이 얼마나 멍청한 인간인지 알았어야 했는데. 학교 다닐 때부터 멍청한 면에선 손꼽히던 녀석이었는데. 걱정하지 마, 우린 그 집으로 이사하지 않을 거야. 무슨 일이 있어도!"

옆을 보니 헬무트가 새빨갛게 달아오른 얼굴로 나의 적수 앞에 서 있는 모습이 보인다. "사람을 그렇게 낫질하듯이 쳐내려 하다니, 무슨 생각으로 그런 당찮은 행동을 하나! 그렇게 살벌하게 경기하는 사람이 여기 누가 있어!" 헬무트가 소리를 지르며 말한다.

토르스텐이 헬무트의 말을 받아들일 수 없다는 제스처를 취한다. "저 친구는 왜 피하지도 않고 바보처럼 우두커니 서 있는 건데요?"

헬무트가 고개를 절레절레 저으며 말한다. "너한테 정말이지 실망했다."

패티와 요한이 나를 일으켜 세워 경기장 가장자리에 있는 벤치로 데리고 간다. 나는 탈진해서 벤치에 주저앉는다.

"괜찮니?" 요한이 나에게로 몸을 숙이며 묻는다. 패티가 내 앞에 무릎을 꿇고 앉아 내 왼쪽 신발을 벗긴다. 신발을 벗기는데도 아픔이 밀려온다. 나는 이를 악문다. 발목이 퉁퉁 부어 있다.

"흠. 인대 파열 아니면 삐어서 부어오른 걸 거야. 동호회에서 뛰는 동안 나도 종종 겪어봤어." 패티가 말한다.

"나도 어떤 건지 알지." 마르코가 맞장구를 치고는, 병에 든 음료를 쭉 빨아들인다. "제일 좋은 건 집에 가서 발을 높이 들고 그 위에 얼음을 올려놓고 누워 있는 건데."

평상시라면 나는 이 제안을 고마워하며 받아들였을 것이다. 하지만 오늘은 아니다. 나는 이기고 싶다. 마야 때문도, 집 때문도 아니다. 나 자신을 위해 이기고 싶다. 결론적으로 이젠 내가 고민하던 문제를 정면 돌파하여 깨끗이 청산하고 살고 싶다!

나는 단호하게 고개를 젓는다. "아니, 그럴 순 없어. 우리는 어떻게든 이 경기를 해결해야 해, 우리 자신을 위해서 말야."

"대체 왜 그렇게까지 해야 하는데? 그렇게 할 만큼 중요한 게 아무것도 없잖아." 패티가 어깨를 으쓱하며 이해할 수 없다는 표정을 짓는다.

"지면, 내가 견딜 수 없을 것 같아." 지금 이 친구들에게 그간의 모든 이야기를 다 들려줄 순 없다. 그래서 나는 짧게, 좋은 친구라면 누구든 이해할 수 있는 몇 마디로 한정지어 말한다. "토르스텐이 마야에게 사심을 품고 있어. 지금 내가 꽁무니를 빼면, 마야는 아마도 마음을 바꾸고 말 거야."

패티와 마르코가 마주 본다. 두 사람의 표정이 어두워진다.

"비열한 자식." 마르코가 으르렁거리며 말한다. "우리 저 자식

코를 납작하게 밟아버리자고!"

"당연하지." 패티가 찬성한다. "그걸 왜 여태 말을 안 했어? 아빠, 제 가방 좀 주세요."

패티가 스포츠가방에서 스프레이형 파스와 테이핑 붕대를 가져와 내 발목에 응급조치를 해준다. "어디 발을 디딜 수 있는지 한번 보자." 붕대를 다 감고 난 뒤, 패티가 말한다.

나는 패티가 시키는 대로 해본다. 경기에서 큰 성과를 거둘 수 있는 상태는 아니겠지만, 그럭저럭 버틸 만하다. 나는 패티를 보며 고개를 끄덕인다. 그런 다음 센터서클로 간다. 센터서클에선 마야와 헬무트가 아직까지도 토르스텐에게 격렬하게 항의하고 있었다.

"그럼, 우리 경기 계속할까?" 내가 묻는다.

"슈테판, 이제 아무것도 보여줄 필요 없어." 마야가 말한다.

"우리 지금 내기 중이잖아." 나는 토르스텐에게 시선을 고정한 채 턱을 앞으로 쭉 빼고 말한다. "그리고 이 내기, 내가 이길 거야."

"그 발로는 제대로 걸을 수도 없어." 토르스텐이 말한다. "그런데 왜 경기를 계속하겠다는 거야? 돌았군그래!"

헬무트가 내 곁으로 와서 보란 듯이 내 어깨에 손을 얹는다. "이건 예의와 명예에 관한 문제니까." 그러곤 토르스텐을 향해 말한다. "하지만 자넨 우리 사위와는 반대로 그게 뭔지도 모르는 것 같구먼. 자, 그럼 다시 시작하지!"

헬무트가 나를 '사위'라고 칭했다! 그 사실만으로 나는 잠시나마 발목의 고통을 잊는다.

헬무트는 머리를 꼿꼿이 세우고 골대를 향해 직진했고, 토르스텐은 놀란 얼굴로 그런 그의 뒷모습을 우두커니 바라보며 서 있다. 그들 사이에 형성된 저 위대한 남자들의 우정이 심각한 분열 상태에 처한 것 같다.

칼레가 다시 경기 시작 휘슬을 분다. 아직 사 분이 남았다. 비는 그칠 줄 모르고 쏟아진다. 새로운 동기부여와 분명한 적개심으로 장전한 탓인지 패티와 마르코는 갑자기 요술장화를 신은 것처럼 성큼성큼 뛰어가 쏜살같이 움직인다.

"아자, 아자, 슈테판, 아자!" 마야가 필드 가장자리에서 소리친다. 마야가 내 편을 들자, 경기를 향한 나의 야망에 날개가 돋는 것만 같다.

나는 필드 중앙으로 들어간다. 빨리 달리지는 못해도 공을 패스하는 것 정도는 할 수 있다.

덩치 넘버 투가 슛을 날린다. 그러나 골대에 맞고 튕겨져 나오는 공!

휴.

"슈테판, 당신은 할 수 있어!" 마야가 나에게 힘을 북돋워준다.

칼레가 시계를 본다. "경기 종료 일 분 전!"

토르스텐이 헬무트 대신 골대에 가서 선다. 아까 있었던 골키퍼와의 갈등 이후 골키퍼의 충성심에 의심을 품게 된 모양이다.

마치 장롱 두 채가 달려오듯, 거구의 상대팀 선수 둘이 우리 팀 골문을 향해 돌진한다. 나는 패티를 주시한다. 패티가 나를 향해 아무도 눈치채지 못하게 고개를 끄덕였고, 그것을 보자 나는 다리를 절뚝거리며 은근슬쩍 상대팀 골대 앞 패널티 에어리어로 들어 간다.

요한이 공을 낚아채, 상대편이 술수를 쓰기 전에 나의 형제에게 패스한다. 패티가 공을 받아 윙에서 센터로 보낸다. 공이 맹렬한 속도로 내게 돌진해온다. 서툴긴 했지만, 나는 절반은 방어 차원 에서, 절반은 공격 차원에서 성한 발을 번쩍 들어 올린다. 다리만 성했다면 타이밍이 딱 맞았을 텐데, 공이 전속력으로 날아와 내 왼쪽 눈을 퍽! 하고 치며 부딪힌다.

나는 곧바로 나가떨어진다.

빌어먹을!

자리에 누운 채 나는 부은 눈으로 축구공을 따라 시선을 옮긴 다. 공이 바나나처럼 완만한 곡선을 그리며 골대를 향해 날아간 다. 토르스텐이 한 마리 표범처럼 도움닫기를 하며 뛰어오른다. 그가 손가락 끝으로 공을 쳐내자 공이 골대를 향해 방향을 튼다. 공이 골대를 맞고 도로 튕겨져 나오는가 싶더니, 그물 안에 착지 한다. 토르스텐이 바닥에 쓰러진다.

"골! 고오올! 고오오오올!" 헬무트가 소리친다.

칼레가 경기 종료 휘슬을 분다.

2대 1.

마야가 벤치에서 벌떡 일어나 나에게 달려온다. 나는 정신을 가 다듬고 벌떡 일어난다. 그녀는 달려와 진흙투성이에 비에 젖고 땀 으로 온몸을 목욕하다시피 한 나를 아랑곳 않고 내 목을 얼싸안는 다. 나도 그녀를 힘껏 포옹한다. 그리고 우리는 오래도록, 그리고 깊은 애정을 담아 입맞춤을 한다.

"당신이 너무너무 자랑스러워." 그녀가 숨을 내쉬며 말한다. "당신, 얼마나 열정적으로 뛰던지……." 그녀가 갑자기 하던 말을 멈추고 배를 움켜쥐며 얼굴을 찡그린다. "세상에! 슈테판……. 이제 때가 되었나 봐."

> 영화 촬영 중에 한 조산원이 나에게 말했다.
> 좋은 남녀 관계가 아이를 출산하는 과정에
> 얼마나 신뢰감을 주고 좋은 기능을 하는지 모른다고.
> – 영화 시나리오 작가 이리스 베트라이, 그녀의 37도 르포타주
> 「도와줘요, 곧 아이가 생긴다네. – 분만실의 남자들」 중에서.

제발 고추만 아니길 바란다. 우리가 분만실로 들어섰을 때 이 생각이 번개처럼 머릿속을 스쳐 지나갔다. 나는 마야 뒤에 있는 납작한 의자에 자리를 잡고, 마야는 내 다리 사이에 있는 분만 의자에 앉는다. 분만실은 조명이 약간 어두운 편이고, 오렌지색 벽은 친근한 효과를 준다. 그러나 분위기에 넘어갈 내가 아니다. 나는 마르코가 들려준 (아무래도 그가 지어낸 것만 같아 믿기 힘들긴 하지만) 호러영화 같은 이야기만 생생하게 기억 날 뿐이다.

얼음장 같은 축구장에서 내가 빌린 운동복을 빛의 속도로 벗어던지고 청바지와 티셔츠를 걸치자, 패티가 곧바로 축구장에서 이곳 병원까지 우리를 실어다주었다. 운동복을 입은 채로 왔더라면,

너무 지저분해서 분만실 입장을 금지당했을지 모른다.

조산원이 바로 마야에게 진통그래프 기계를 연결하고, 잠시 후 그래프에 나타난 데이터를 보더니 한시라도 빨리 분만실로 가는 것이 좋겠다는 결정을 내렸다. 아이가 마음이 급했나 보다.

헬무트와 요한, 패티는 밖에서 그간 우리가 자손 번식에 쏟았던 노력의 공식적인 최종 결과를 기다리고 있다.

나는 마야가 아이를 밀어내기 위해 힘을 주기 시작하자 그녀의 손을 잡아준다.

"잘하고 계시네요." 조산원이 말한다. "그리고 숨을 쉬세요, 깊이 심호흡을 하세요!"

나는 조산원이 하라는 대로 고분고분 따라하며 호흡을 조절한다. 그와 동시에 나는 내 손을 잡은 마야의 손에 힘이 들어가는 걸 알아차린다. 틀림없이 고통이 엄청날 것 같다. 나는 정말이지 마야에게 무통분만을 하도록 해주고 싶었다. 하지만 그러기엔 더 이상 시간이 없었다.

분만실 안은 따뜻하다. 벌써 관자놀이 부근에서 땀이 흘러내린다. 마야가 신음 소리를 낸다. 나는 그녀의 손을 꼭 잡는다. 그러면서 나는 자신의 신체 조직을 살아 있는 유기체가 관통하며 길을 내고, 그 길을 헤치고 나갈 때의 감각이 어떨지 상상해본다. 그 어떤 호러영화보다도 끔찍하다. 아마 내가 마야였다면 나는 곧바로 패닉에 빠져 발작을 일으키고 충격을 받아 죽고 말 거다. 그녀가 지금 그걸 극복하고 살아 있어준다면, 나는 그녀를 위해서 못 할 일이 없을 것 같다. 그녀가 원하는 건 무엇이든 전부 다 해줄 수 있을 것 같다.

갑자기 마야가 가슴을 도려내는 듯한 비명을 지른다. 나는 반사적으로 두 눈을 질끈 감고, 이 시간이 어서 지나가기만을 바란다. 이건 도저히 견딜 수 없을 것 같다!

"보너 씨?"

나는 눈을 껌뻑인다.

조산원이 목욕 수건에 감싼 조그만 꾸러미 같은 걸 나에게 내민다. "축하합니다. 선생님의 따님이에요."

나는 얼떨떨해하며 그녀를 바라본다.

"오늘 두 분 숙녀분들이 아마 가장 빠른 출산 기록을 세우신 것 같네요." 그녀가 말한다. "한번 안아보시겠어요? 저는 잠시 부인 분을 봉합해야 하거든요."

나는 아이를 팔에 안고 그 조그만 생명체를 찬찬히 살펴본다. 그 순간 딸아이가 태어나서 처음으로 눈을 뜨더니, 나를 바라본다. 갑자기 봇물이 터진 것처럼 눈물이 내 볼을 타고 주룩주룩 흘러내린다. 나는 마야에게 다가가, 우리의 조그만 딸아이가 엄마를 볼 수 있도록 고쳐 안는다.

"이 아이가 믿겨져?" 나는 속삭여 말한다. "당신은 나를 세상에서 가장 행복한 남자로 만들어주었어."

조산원이 한숨을 푹 쉰다. "벌써 또 다정한 아빠 한 명 추가네요. 아이 이름은 뭐라고 불러야 하죠?"

나는 목구멍을 밀치고 올라오는 흐느낌을 멈추지 못한다.

"피…… 피……."

어찌나 귀여운지. 작은 코, 조그만 주먹, 찌푸린 이마까지 아이는 말 그대로 그냥 나를 사로잡고 만다. 나는 첫눈에 우리 딸을 사랑하게 된다. 모든 것이 한순간에 달라진다. 나의 세계가 변했다. 가슴이 행복감으로 부풀어 오른다.

조산원이 봉합을 마치고 잠시 우리끼리 남겨놓는다.

"해냈네." 마야가 말한다. 그녀가 잠깐 나를 바라보는가 싶더니 동시에 아이에게로 다시 시선을 돌리고는 눈길을 떼지 못한다.

나는 마야의 배 위에 아기를 얹고는, 그녀의 곁에 쪼그리고 앉아 두 팔을 벌려 새로 탄생한 나의 가족을 껴안는다. 아이가 만족스러운 표정으로 마야의 새끼손가락을 빨기 시작한다. 햇살이 창을 뚫고 들어와 우리를 따뜻한 빛의 물결 속에 잠기게 한다.

이 순간이야말로 완벽한 순간이 아닐까…….

나는 마야를 바라본다. 가슴께에서 간질간질하고 따뜻한 기운이 느껴진다. 그녀는 지칠 대로 지쳤고, 뺨은 빨갛게 달아오른 데다 머리카락은 풀칠을 해놓은 듯 떡이 진 모습이다. 하지만 나에게 그녀는 세상에서 가장 매혹적인 여인이다.

"세상 그 무엇보다도 당신을 사랑해." 나는 그녀에게 속삭여 말하고 그녀의 뺨을 쓰다듬는다. "당신은 내가 여생을 함께 보내고 싶은 사람이야. 지금까지 모든 일이 다 잘되기만 한 건 아니라는 거, 나도 잘 알아. 하지만 이제부터는 언제나 당신을 위해서, 그리고 우리 딸을 위해서 살고 싶어. 마야, 나의 아내가 되어줄래?"

그녀가 나에게로 얼굴을 돌린다. 나는 그녀를 끌어당긴다. 그런 다음 우리는 키스를 나눈다. 그녀가 살짝 나를 밀치며 떨어지자,

그녀의 두 눈에 맺힌 눈물이 반짝하며 빛난다.

"당연하지." 그녀가 말한다. 그러곤 세상에서 오직 나의 마야만
이 할 수 있는 앙큼한 미소를 짓는다.

> 목표 달성은 남자에게 매우 중요한 덕목이다.
> 그것은 남자가 자신의 능력을 입증하고,
> 자신감을 보여줄 수 있는 최상의 기회이기 때문이다.
> 이 경우 누군가 그에게서 무엇인가를 빼앗으려고 하면,
> 그는 인정사정 보지 않는다.
>
> – 존 그레이, 『남자들은 다르다, 여자들도 다르다』

생각했던 것보다는 쉽다. 요령이라면, 그냥 입으로만 숨을 쉬는
것이다. 그렇게 하면 당분간은 코를 찌르는 아기 똥 냄새가 전혀
콧속으로 들어오지 않는다.

피아가 내 앞에 있는 기저귀 교환대 위에 누워 있다. 방금 나는
살아 있는 객체에게 난생처음 기저귀를 갈아주었다. 조심스럽게
기저귀 양쪽에 붙은 찍찍이로 기저귀 갈기를 마무리한다.

"브라보!" 마야가 박수를 치며 좋아한다. 그녀는 가족방을 차지
한 커다란 더블베드에 누워 산후조리 중이다.

나는 조심조심 피아를 마야의 곁에 눕힌 뒤, 침대 가장자리에
앉는다.

"당신 정말로 내가 토르스텐이랑 새로운 인생을 시작할 거라고

생각했어?" 마야가 불현듯 그 이야기를 꺼내고는 씩 웃는다.

"어…… 그랬을걸? 당연히 그렇지 않았겠어?"

그녀가 나의 넓적다리를 토닥인다. "그냥 쇼였어. 적어도 내 쪽에선 그랬어. 그렇게 하면 당신이 정신을 차리고 주의하지 않을까, 생각했거든. 결론적으로 경쟁력이 일에 활기를 불어넣는 법이니까."

그 말은 수용하기 힘들다. "당신을 무슨 수로 당해내겠어." 나는 중얼거린다. "나는 우리 딸이 당신을 따라하지 않길 바라. 내 말은 아들보다는 딸이 나에겐 좀 덜 까다로울 거라고 늘 생각했었다는 말이야."

"아직 좋아하기는 이르네!" 헬무트가 문을 열고 들어오며 말한다. "아버지들에겐 딸아이를 기르는 거야말로 대단한 도전거리니까. 날 믿게. 다 경험에서 하는 말이니까." 그는 농담 삼아 손가락을 들어 아버지를 위협하는 자신의 딸에게 찡긋 윙크를 한다. "자네가 원한다면, 기회 봐서 자네에게 몇 가지 조언을 해주지. 남자끼리 말이야."

에필로그

일 년 후

"누구나 스스로 대장장이의 행복을 누릴 수 있다."

마르틴 제멜로게[1]

---

1 유명한 배우 집안 출신의 천생 배우이자 라디오 극작가인 동시에 더빙 성우로도 유명한 인물. 누구나 자기 행복을 만들어갈 수 있다는 격언 "누구나 스스로 자기 행복의 대장장이가 될 수 있다"라는 말을 비틀어서 대장장이가 쇠를 벼려 물건을 만들어내는 과정, 즉 행복을 만들어가는 과정의 중요성을 이야기했다.

• 안네

　운전석으로 밀려오는 바람이 머리카락을 마구 헝클어뜨린다.
이렇게 기분이 좋은 적은 단 한 번도 없었던 것 같다. 고민도 없고,
타협도 없고, 남자도 없는 이 홀가분함이라니.

　옆자리 조수석은 내 잠수 안경만 놓여 있을 뿐 비어 있다. 올리
가 있든 없든, 내가 그토록 원하던 휴가 여행이었는데 왜 좀 더 일
찍 만회할 생각을 하지 못했을까?

　삼 주 전부터 나는 직접 차를 타고 여행 중이다. 그때그때 마음
가는 대로 다니고 있다. 1960년산 빨간색 캐딜락 엘로라도는 이
제 나에게 제2의 고향이 되었다.

　일주일은 뉴욕에서 보냈다. 그리고 꼭 그 도시처럼 나 역시 잠
들지 않았다. 어쨌든 나는 그랬다는 생각이 든다. 내내 깨어 있었

다는 느낌, 그리고 늘 에너지로 똘똘 뭉쳐 있었다는 느낌이 들었고, 볼거리가 너무나도 많았기 때문이었다. 브라이언트 파크에서 책 읽고 커피 마시기, 뉴욕 공공도서관 샅샅이 훑어보기부터 번화가인 5번가 산책에 이어 브로드웨이 극장가의 어마어마한 「시카고」 공연까지. 나는 모든 것을 스펀지처럼 전부 내 속에 빨아들였다. 뉴욕, 내가 진단한 뉴욕은 혼자여도 외로운 느낌 없이 아주 잘 지낼 수 있는 도시였다.

그다음으로 나는 워싱턴, 리치몬드, 포츠머스, 아우터 뱅크스, 찰스톤 그리고 마이애미에 머물렀다. 일 년 전만 해도 혼자서 이런 여행을 감행한다는 건 나에게는 생각조차 할 수 없는 일이었다. 습격을 당하거나, 가도 가도 끝이 없을 것처럼 보이는 이 땅에서 길을 잃고 헤맬까 봐 잔뜩 겁을 먹었었다. 그러나 모텔에서 내가 만난 사람들은 영화 「사이코2」에서 나온 노만 베이트 같은 살인마가 아니라, 접수 담당자요 여행 안내자로서 가외로 약간의 돈벌이를 하는, 지독히도 친절한 노인들이 대부분이었다. 그래서 나는 현재 아주 즐겁게 혼자 여행하는 중이다. 어디로 길을 떠날지 스스로 결정할 수 있는 상황을 마음껏 누리면서. 책임? 나 자신만 책임지면 끝이다.

방금 나는 목적지에 도착했다. 오버시즈 하이웨이에서 키라고 섬까지는 몇 마일밖에 떨어져 있지 않다. 나는 자동차 오디오에 아이팟을 연결해서 내 플레이리스트에 수록된 노래들을 듣는다. 슈테판이 다운받아준 80년대 무드음악들이다. 바로 「크록킷스 테마(Crockett's Theme)」[1]가 나온다. 나는 가방을 뒤적여 휴대폰을 꺼낸다. 그런 다음 재빨리 창밖에 펼쳐진 풍경을 찍는다. 터키블루색조의 푸른 물이 수평선까지 끝도 없이 드넓게 펼쳐지다가, 수평선에 이르러 하늘과 한데 녹아든다. 태양이 둥그런 주홍빛 공처럼 변하며 곧 바닷속으로 가라앉을 것 같다.

머리카락과 목에 두른 머플러가 바람에 나부낀다. 나는 살면서 처음으로 정말로 '자유롭다'고 느낀다.

---

1   80년대를 풍미했던 범죄수사 드라마 「마이애미 바이스」의 테마곡.

• 슈테판

동쪽으로 7704.58킬로미터 떨어진 곳에서.

　나는 책상 앞에 앉아 있다. 띠링! 휴대폰 알림음이 울린다. 안네에게서 온 메시지다. 사진 한 장이 첨부되어 왔는데, 보고 있자니 부러워서 죽을 것 같다. 일몰 풍경과 빨간색 컨버터블의 보닛, 그리고 전설적인 전경까지.

　그래도 후회는 안 된다. 나는 여기 있어도 만족스럽다. 홈오피스를 만든 건 정말이지 최고로 잘한 일인 것 같다. 내 앞에는 뚜껑을 열어놓은 노트북이 놓여 있다. 반쯤 열어둔 창문으로 훈훈한 바람이 솔솔 불어온다. 바람결에서 여름 냄새가 난다. 나는 녹음을 바라본다. 잎이 무성하게 자라난 나뭇가지들이 바람에 부드럽게 몸을 흔들고, 밖에선 찌륵찌륵 풀벌레 우는 소리가 들린다. 책상 곁에는 기저귀 박스가 높이 쌓여 있다. 어제 디스카운트 마켓에서 할인 품목이 나왔기에 예비용으로 소량(?) 구입한 것이다. 이것은 피아의 소화 능력이 순조롭게 이뤄지고 있다는 뜻이기도 하다. 피아는 지금 내 뒤쪽에 있는 아기 침대에서 아주 행복하게 단잠을 자고 있다. 우리는 이전과 다름없이 오래된 방 세 칸짜리 작은 집에 살기 때문에, 나의 작은 사무실 한편을 아기 방으로 내어놓을 수밖에 없었다.

나는 노트북 뚜껑을 덮고 딸아이 곁으로 가서 앉는다. 그러곤 조심스럽게 아이의 금발 머리를 쓰다듬는다. 촉감이 꼭 비단결 같다. 아이가 꿈을 꾸는지 조그맣게 찹찹 소리를 내며 입맛을 다시는데, 그 모습을 보자 심장 언저리가 작지만 통증이 느껴질 정도로 쿡쿡 쑤시는 것 같은 느낌이 든다. 이제 이 아이가 없는 삶은 생각할 수 없을 것 같다.

딸아이의 팔에는 내가 선물한 봉제인형이 안겨 있다. 녀석은 잘 때마다 늘 그 인형을 껴안고 잠이 든다. 인형은 보는 사람 누구나 미소를 짓게 만드는, 커다란 눈에 한쪽 귀가 접힌 조그만 토끼 인형이다.

지난 몇 개월은 격동의 시간이었다. 하지만 나는 내가 경험한 것들에 감사한다. 내가 뭔가 배운 것이 있다면 이것이다. 즉 세상에 완벽한 남자는 없다는 것. 지금부터 내 일은 내가 헤쳐 나갈 것이다. 내가 옳다고 생각한 대로 행동할 것이다. 말이 나온 김에 하는 말이지만, 그렇게 할 때 일도 놀라우리만치 순조롭게 진행된다. 나는 교외에 나온, 우리가 감당할 수 있는 작지만 아늑한 다락층 집을 찾았다. 전원주택은 아니지만 방 네 개에 부엌과 욕실, 커다란 발코니까지 갖춘 곳이다. 게다가 그네와 모래판을 갖춘 작은 입주자 공용 정원도 있다. 마야는 그 집을 보자마자 반해버리고 말았다. 장인인 헬무트는 이 생각을 달가워하지 않았다. 그는 우리가 작은 집이라도 마련하려면 차라리 그 돈을 저축하는 편이 더 낫다고 생각했다. 하지만 나는 흔들리지 않고 의연히 버텼다. 이제 우리는 곧 그곳으로 이사한다.

며칠 전, 마야와 나는 잠들기 전에 둘째 아이에 관해 이야기를 나누었다. 나는 피아를 위해 피아가 — 외동인 나와 달리 — 여동생이나 남동생과 함께 자랐으면 하고 바랐다. 옛날에 종종 나에게도 형제자매가 있었으면 하고 바랐던 게 기억난다. 어쩌면 이번엔 남자아이가 태어날지도 모른다.

남자아이라. 이제는 남자아이를 기르는 것도 현실적으로 잘 생각해볼 수 있을 것 같다.

친애하는 독자 여러분, 이 책을 읽으시면서 많은 부분을 믿을 수 없는 이야기로 보셨을지도 모릅니다. 그러나 이 책에서 우리가 기술한 사건들은 실제로 있었던 일들입니다. 실제 인물의 인격권을 보호하기 위해 이름이나 세부적인 요소들을 조금씩 바꾸었을 뿐이지요.

남자를 주제로 친구 및 직장 동료들과 몇 차례 대화를 나눈 뒤, 우리는 어느 순간 우리들이 각자의 개인적인 인생사를 지닌 단독 개체에 불과한 존재가 아니라는 느낌을 받게 되었습니다. 우리가 경험한 것들을 다른 많은 여성분과 남성분들도 비슷한 형태로 공유하고 있는 것 같았거든요. 이 깨달음이 바로 우리가 이 책을 써야겠다는 생각을 하게 해주었답니다.

이제 여러분은 안네와 슈테판, 두 사람이 살아가는 이야기를 통해, 그리고 '베타맨'에 관해, 더불어 그런 남자들과 함께 사는 여자들에 관해 알게 된 몇 가지 사실을 통해 이전보다 더 부유해지셨을 겁니다. 아마 여러분은 비슷한 일을 경험한 주변 사람들을 알고 있을지도 모릅니다. 심지어 이런저런 장면에서 얼핏얼핏 본 인의 모습을 보신 분들도 계실 거고요. 그랬다면 여러분은 우리와 같은 질문을 하게 되셨겠지요. '남자들에게 무슨 일이 생긴 걸까?', '남자들의 몰락은 계획적인 걸까?', '남자들은 의도적으로 프로그래밍을 변경한 걸까?'

베타맨 실험

위에서 한 질문이 진실에 부합하는 질문이라고 가정해보죠.

그렇다면 베타맨 실험은 다음과 같이 진행되어왔다고 할 수 있을 겁니다.

60년대 초반, 여성 운동과 성차별 연구가, 싱글맘 그리고 기회평균위원회의 여성위원*들이 형성된다. 전국적으로 사회학적인 여러 시도가 이루어지는 가운데 이들은 가부장제의 족장들과 남성우월주의자들을 왕좌에서 밀어내고자 한다. 당시 그들에겐 좋은 계획이 있었으니, 골든리트리버[1] 같은 성격을 가진 남자를 창

1 대형견이지만 천사견이라 불릴 정도로 온순하고 친근하며, 충직한 견종. 맹인 안내견, 인명 구조견으로 인기가 좋음.

조해내는 것이다.

처음 실시되는 일련의 테스트는 누가 봐도 분명한 성징을 지닌 소수의 어린이들을 대상으로 진행된다. 이후 북유럽 및 미국의 전체 남성 인구를 대상으로 실험이 확대된다.** 자만심, 관철 능력, 발정, 힘, 문제 해결 능력, 강인한 지도력과 같이 전통적으로 남성들에게 공인된 저 특징들이 실험의 영향을 받게 된다.

남성들의 변태(變態), 즉 탈바꿈을 위해 실험을 이끄는 사람들은 주로 두 가지 수단을 사용한다. 즉 첫 번째 걸음은 남자아이들의 양육에 대한 책임을 아이 주위에 있는 여자들, 즉 어머니나 유치원 보모, 여교사에게 맡기는 것이다. 두 번째 걸음은 아버지가 아들에게 끼치는 영향을 최소화하는 것이다. 아버지들이 자발적으로 도망치거나, 우연히 조기에 생을 마감하지 않으면, 연구자들은 그들이 회사에서 끊임없이 초과근무를 하도록 밀어붙인다. 물론 가족의 안녕을 위해서라는 명목으로 말이다. 이런 식으로 한 세대의 남자아이들 전체***가 아버지의 영향을 받지 못한 채로 성장하게 된다.

당분간 베타맨 실험은 실제로 대성공을 거두게 된다. 그러나 실험을 주도한 사람들이 미처 고려하지 못한 점이 있었으니, 그들이 시도했던 실험이 종국에는 바로 실험을 주도한 여성들 스스로를 결과적으로 엄청난 문제에 직면하게 만들고 만다는 것이다. 즉 그들이 키운 남자들이 더 이상 남자답게 처신하지 못하게 되었다는 사실이다.

● 여성에게 할당된 몫이 없었는데도 이 프로젝트에서 여성 연구가들이 차지한 비율은 백 퍼센트에 달한다.

●● 아시아 전방과 아시아 후방의 남성 인구는 국민 투표를 한 결과, 이 실험에 대한 참여를 거부한다.

●●● 이것은 여자아이들도 마찬가지다. 여자아이들은 우선은 부수적인 피해자로서 평가되다가, 나중에 분석 결과에 따라 비로소 장기적인 연구 대상이 된다.

  그리하여 여자들은 직장에서든 혹은 연애할 때든 하자투성이인 남자들만 즐비한 상황을 맞닥뜨리게 됩니다. 어른이 되길 원치 않는 미성숙한 남자들. 게임기를 잡고 놀 때가 가장 신나는 '어른아이' 같은 남자들. 자신이 내린 결정을 책임질 줄 모르는 나약한 남자들. 영어식 직함이나 파워포인트 프레젠테이션, 보스 스타일의 옷차림으로 자신의 무능력을 덮어버리려는 말만 번지르르한 허세남들, 아니면 여자들보다 더 여자들을 잘 이해하는 여리기만 한 남자들. 자의식이 강하고 영리한 여자들이 이런 몽매한 무리 속에서 어떻게 평생을 함께할 반려자를 찾을 수 있을까요?

  아마도 그런 까닭에 많은 여자들이 마음속으로는 각이 살아 있는 다부진 남자를 다시 원하게 되는 것이 아닐까요? 돌아보지 않고도 완벽하게 주차하고, 아침으로 생고기 커틀릿을 먹으며, 내비게이션 없이도 여자의 집뿐 아니라 침대에 이르는 길까지 잘 찾고 도착 뒤엔 그곳에서 남자로서의 임무를 잘 수행하는 그런 남자 말입니다. 여성들은 「베이와치(baywatch)」[2]에 나오는 수상 구조대원

---

2 미남·미녀 수상 안전요원들의 이야기를 다룬 미국 드라마.

복장을 하고 불타는 집에서 어린아이를 구해내는 남자, 그러니까 소녀 시절 벽에 붙여놓았던 포스터 속 영웅들을 갈구합니다. 이는 자신의 결정에 대해 자부심을 갖고, 그 결정을 견지하는 남자야말로 여자들이 원하는 남자이기 때문입니다. 그러나 여자들이 만나게 되는 남자는 그런 남자 대신 고유의 성별인 남성에 대해서조차 사용설명서를 필요로 하는 베타맨들이지요.

베타맨 실험을 선도한 사람들은 따라서 그들이 만들어낸 제품에 이미지상의 하자가 있다는 사실을 받아들이지 않을 수 없게 되었습니다.

미디어 중 핫이슈를 풍자적으로 비판하는 '쉬트스톰'은 베타맨에 대한 비평으로 완전히 도배되어 있습니다. 성공한 소설들은 남자에 대해 어리석기 이를 데 없는 '완전 바보'들을 이야기하는가 하면, 미국의 여류 작가 해나 로진은 세계적인 그녀의 베스트셀러에서 심지어 '남자의 종말'을 부르짖기도 합니다. 데이트 사이트인 '숍맨.de'에선 그렇게 창조된 것으로 추정되는 남자들을 상품으로 전락시키고 말지요. 사이트를 찾는 사람들은 '연애용 상품'을 골라 장바구니에 넣은 다음, 그 남자가 '머스트 해브 아이템인지, 아니면 공간만 차지하는 제품'일지 결정합니다. 동물보호소에서 데려온 개가 어쩌면 더 조심스럽게 보살핌을 받을지도 모르겠습니다. 어쩌면 영국의 여류 작가 에이미 서딜랜드는 그런 이유에서 남자들을 차라리 애견학교에 보내고 싶다고 한 것일지도 모르죠.

그러나 그 정도까지 막나가지는 않을 것도 같습니다. 방송 진행자인 소냐 크라우스는 저서에서 남성들의 자조(自助)를 위한 팁들을 제시하지요. '여자들은 누구나 자기 남자를 교육할 수 있다'와 같은 팁 말이죠.

시간이 흐르는 사이 전통적으로 남성의 고유 영역으로 인식되어온 직종에 종사하는 남자들을 다룬 영화들이 일상적이지 않은 동성 간의 '브로맨스'를 소재로 하여 우리를 종종 놀라게 하고 있습니다. 「브로크백 마운틴」에선 두 명의 카우보이가 연인이 됩니다. 슈퍼히어로 그린 랜턴³ 군단은 자신의 조수와 껴안고 뒹굴고요. 「엑스맨」에선 히어로 둘이 결혼을 하지요. 동성애자들은 쿨하고 멋진 반면, 이성애자 남성들은 벤 스틸러의 코미디 「그린 버그」에서처럼 희비극적 인물을 표현하는 데만 유용하게 활용됩니다. 지도자 자리에서 정년까지 근무하고 은퇴한 사람이라 해도, 우리는 그들을 포함한 다수의 독일 남자들이 내비게이션에서 나오는 여성의 목소리가 시키는 대로 길을 찾아가는 모습을 심심찮게 보죠.

현대의 남성들이 미국과 같은 처지가 된 건 당연합니다. 아직까진 힘이 있지만, 새로운 상황에 적응하는 것에는 흥미도, 그럴 능력도 없다는 점에서 말입니다.

3　미국 DC코믹스의 만화 「그린 랜턴 군단」. 우주 행성 '오아'에 살며 우주의 질서를 지키도록 명받은 슈퍼히어로 우주 경찰 군단. 단일 영웅이 아니라 여러 명의 슈퍼히어로로, 개개의 영웅을 일컬을 땐 그린 랜턴이라고 함.

연약한 남자들에 대한 혹독한 사실들
– 비극적인 현실

미래는 여성들의 것일까요? 여성들은 — 어쨌든 통계학적으로 볼 때 — 강한 종족입니다. 남자들에 비해 평균 8년을 더 삽니다. 현재 초등학생 어린이 중 행동장애를 가진 아이들의 95퍼센트가 남자아이들이고, 학습장애를 가진 아이들의 3분의 2가 남자아이들입니다. 낙제를 하는 빈도도 남자아이들이 배나 더 잦고, 김나지움에서 이탈하는 빈도수도 배나 더 많으며, 특수학교에 들어가는 경우도 배나 더 많습니다. 주의력결핍과잉행동장애(ADHD)를 지닌 남자아이들과 여자아이들의 비율을 보면 남아 9명당 여아 1명입니다. 색맹으로 고통 받는 것도 대부분은 남자들이지요. 기업의 최고 경영진에선 남성 리더들이 거부권을 행사하며, 기업 전체를 파멸로 몰고 갑니다. 감옥에 수감된 수감자 95퍼센트가 남자이고요. 지난 수년간 벌어진 살인 광란은 전적으로 청년들, 남자들에 의해 자행되었습니다.

애정적인 면에서도 이들은 루저입니다. 결혼한 세 쌍 중 한 쌍이 깨어지는데, 이때 6건 중 4건이 결혼 생활에 지친 여성들이 결혼 생활의 실패를 인정하고, 이혼 소송을 제기한 것으로 드러났습니다. 이런 이유 때문에 자살이 남성의 사망 원인 중 3위를 차지하는 걸까요?

한 가지 분명한 것은 베타맨 실험이 총체적인 남성 해체에 관한 분명히 역사적으로 길이 남을 성공적인 조처로서 평가되리라는 것입니다. 지도층에서 차지하는 여성의 비율? 여러분, 그런 건 무시하셔도 됩니다. 남자들의 하향 현상이 이런 식으로 계속되면, 그 문제는 저절로 해결될 테니까요.

하지만 남자가 없는 세상이란 어떨까요?

남성 종족을 구합시다
– 우리에겐 그들이 필요합니다!

남자들이 완벽하게 사라진다면 세상은 돌아가지 않습니다. 그 뿐인가요. 인류는 멸망하고 말 겁니다. 그러니까 우리는 우선 생물학적인 이유에서라도 기능을 발휘하는 남자들이 필요합니다. 그러므로 그들의 집단적인 시스템 불이행을 막아야만 합니다. 그리고 우리 인정할 건 인정합시다. 저기 밖에는 또한 우리가 아들이요, 아버지, 반려자, 동료로서 포기하고 싶지 않은, 흠잡을 데 없이 유쾌하고, 전도유망한 모범 케이스들도 있다는 걸요.

우리에겐 서로가 필요합니다. 여자들에겐 남자가, 남자들에겐 여자가요. 비단 종족 번식을 위해서뿐만 아니라 삶의 모든 영역에 있어서 그렇습니다. 예를 들어 '가족'처럼 말입니다. 어떤 가족도 아버지가 온전히 바로 서지 않으면 제대로 기능하지 못합니다. 아들에게도 딸에게도 아버지가 필요합니다. 자신을 돌보아주고, 지나치게 많은 시간을 홀로 외로이 보내지 않게끔 아버지의 자리에 있어주는 아버지가 필요합니다.

그러므로 우리는 '진정한' 평등, 즉 남자와 여자를 대등하게 대우하고, 남자·여자 둘 중 누가 더 나은가를 굳이 증명하려 하지 않는 진정한 남녀 '균등'주의가 필요합니다. 남자들은 알도 낳고, 양털과 우유까지 모두 거둬오기 위해 죽어라 일하는 돈 버는 기계가 되어선 안 됩니다. 균형 잡힌 유기농 코스 요리를 먹이는 걸 우선시하고, 그다음에야 자녀들에게 노래를 불러주며 잠을 재워주는 사람, 응석받이 딸이 위험하게 나무에 올라가고 난 뒤에야 든든한 가슴으로 자녀를 껴안는 그런 사람이 되지 말라는 겁니다. 마찬가지로 요즘 남자들은 고전적인 롤모델의 속박에서도 벗어나야 합니다. 방법은 앞서 지난 백여 년간 여성들이 해왔던 것처럼 그렇게 하시면 됩니다.

아주 실용적이었다고요?
우리의 위시리스트를 말씀드리죠

어떻게 해야 고전적인 남녀 롤모델 구도에서 성공적으로 벗어날 수 있을까요? 이것부터 시작해볼 수 있을 것 같습니다. 가사노동과 가족을 돌보는 일을 다른 개별적인 직업처럼 인정하고 존중하는 것 말입니다. 그렇게 함으로써 여러분은 남자에게나 여자에게나 서로 동등하게 매력적일 수 있습니다. 성공한 여성들을 독한 여자라고 칭하거나, 또 정반대로 전업주부인 남자들을 주변머리없는 겁쟁이라고 칭하는 일은 가급적 삼가야 할 것입니다.

기업들에서 남성 채용 비율과 더불어 여성 채용 비율의 법적 규정과 아울러 가족을 돌보기 위해 파트타임 업무를 택한 아버지들을 위한 채용 비율도 법석으로 제시하는 건 어떨까요?

남자들을 사무실로 내모는 대신 가족의 일상 속으로 데리고 오려면, 남자들에게 사회화 재교육을 실시해야 합니다. 만약 그들이 돈을 벌어오는 사람으로서가 아니라, 집에서 아이들을 돌보는 쪽을 더 원한다면, 그들에게도 그렇게 할 수 있는 가능성이 주어져야 하는 것입니다. 개인적인 면에서, 그리고 경제적·직업적인 면에서 말이지요. 속히 이런 것들을 가능케 해줄 정부(政府)와 경영인, 여성을 만날 수 있게 되기를!

우리는 모두 개별체입니다. 이 개개의 '우리'가 빚어내는 차별성을 통해 우리는 비로소 흥미로워지고, 우리의 사회는 다양해지고 생존력을 더하게 됩니다. 진정한 평등과 정의는 삶에 대한 극도로 다양한 생각들을 존중하는 데서부터 시작됩니다. 그렇게 된다면 남자니, 여자니 하는 성별 문제는 아마도 부차적인 문제가 될 것입니다.

참고 도서

AUGSTEIN, EDUARD; V. KEISENBERG, PHILIPP; ZASCHKE, CHRISTIAN:
Ein ann, ein Buch, Goldmann, München 2009

BAUMEISTER, ROY F.: *Wozu sind Männer eigentlich überhaupt noch gut?*
Wie Kulturen davon profitieren, Männer auszubeuten,
Verlag Hans Huber, Bern 2012

BETZ, ROBERT: *So wird der Mann ein Mann! Wie Männer wieder Freude*
am Mann-Sein finden, Integral, München 2012

BIDDULPH, STEVE: *Männer auf der Suche. Sieben Schritte zur Befreiung,*
Heyne, München 2003

BLY, ROBERT: *Eisenhans. Ein Buch über Männer,*
Rowohlt, Reinbek bei Hamburg 2005

BÖNT, RALF: *Das entehrte Geschlecht. Ein notwendiges Manifest*
für den Mann, Pantheon, München 2012

ELDREDGE, JOHN: *Der ungezähmte Mann. Auf dem Weg zu einer neuen*
Männlichkeit, Brunnen Verlag, Gießen 2011

GRAY, JOHN: *Männer sind anders. Frauen auch,*
Goldmann, München 1998

HALE, MANDY: *The Single Woman. Life, Love and a Dash of Sass,*
Nelson/Word Pub Group, Nashville 2013

HEILMANN, JULIA; LINDEMANN, THOMAS: *Kinderkacke. Das ehrliche*
Elternbuch, Hoffmann und Campe, Hamburg 2010

HOFFMANN, ARNE: *Rettet unsere Söhne. Wie den Jungs die Zukunft verbaut*
wird und was wir dagegen tun Können, Pendo, München 2003

KOCH, CHRISTOPH: *Chromosom XY ungelöst. Von einem, der auszog, ein echter Kerl zu werden*, Blanvalet, München 2013

LEBERT, ANDREAS; LEBERT, STEPHAN: *Anleitung zum Männlichsein*, S. Fischer Verlag, Frankfurt a.M. 2008

LUIG, JUDITH: *Breitbeiner*, Quadriga, Berlin 2011

MÜLLER, PETRA; Wieland, Rainer (Hg.): *Liebebriefe großer Männer*, Piper, München 2008

ROSIN, HANNA: *Das Ende der Männer: und der Aufstieg der Frauen*, Berlin Verlag, Berlin 2013

SCHEIBLECKER, STEFAN: *Elf Zentimeter. Ein Mann packt aus*, Knaur, München 2012

SCHNACK, DIETER; VEUTZLING, RAINER: Kleine Helden in Not. Jungen auf der Suche nach Männlichkeit, Rowohlt, Reinbek bei Hambourg 2011

SCHWANITZ, DIETRICH: *Männer. Eine Spezies wird besichtigh*, Goldmann, München 2003

STINSON, BARNEY; KUHN, MATT: *Der Bro Code*, riva, München 2012

SÜFKE, BJÖRN: *Männerseelen. Ein psychologischer Reiseführer*, Goldmann, München 2010

VINCENT, NORAH: *Mein Jahr als Mann*, Knaur, München 2007

엉성한 베타와 단단한 알파가 그려내는 삶이라는 교집합

이 작품은 크게 두 개의 축으로 구성되어 있다. 그 한 축은 여성 3대의 손에서 자란 베타맨 슈테판의 '진짜' 남자를 찾아가는 여정 이고, 다른 한 축은 아버지에게 독립적이고 강인한 교육을 받으며 자라나 매사에 딱 부러지는 알파걸 안네의 베타맨 경험담이다.

안네가 야무지게 마초나 마마보이, 불량 나사 같은 남자들을 겪 으며 남성 본색의 허무함을 토로하면, 자매 본색의 슈테판이 '얼 씨구!' 장단을 맞추며, 진짜 남자가 되기 위해 몸부림치는 자신의 이야기보따리를 풀어 놓는다. 두 사람이 만들어내는 한판 판소리 혹은 만담 같은 이야기 잔치를 듣고, 보고, 맛보는 사이 우리는 슈 테판이 되고, 안네가 되고, 때로는 그들의 주변 인물이 되어 이야 기 장단에 춤을 추는 자신을 발견하게 된다.

그러다 문득 왜 이 넘치듯 부족하고, 부족한 듯 넘치는 전혀 다른 색깔의 알파와 베타의 이야기에 매료되어 혀를 차다가 안도하고, 안도하다가 분노하며 공감의 널을 뛰는 건지 궁금해지는 시점에 다다르게 된다. 왜일까?

책을 읽을수록 나에게 다가온 그 매료 지점은 바로 안네와 슈테판으로 대변되는 알파걸과 베타맨의 교집합, 즉 이 둘이 결국 같은 땅을 밟고 존재한다는 그 지점이었다. 달리 말하자면, 알파와 베타의 뿌리이자 한계이며, 또 성장의 디딤판이 되는 지극히 평범한 일상, 독일에 사는 그들과 한국에 사는 우리가 별반 차이 없이 겪어내는 일상의 삶이 갖는 공통분모의 힘이 바로 공감의 널을 뛰게 하는 에너지원이었던 것이다.

슈테판은 68세대가 펼친 자유와 페미니즘의 찬가를 들으며 태어나 80년대에 공교육 시스템에 들어간 대표적인 80년대 키드이다. 생부는 자신의 출생과 거의 동시에 홀연히 사라졌고, 어머니는 무능한 친정아버지와 파렴치한 남편에 대한 적개심을 강한 생활력으로 전환하여 삶에 적용한, 68세대의 이념과 페미니즘 사상에 충실한 여성이다. 외할머니는 신뢰감을 주지 못한 남편에게 못다 준 열정을 손자의 교육에 쏟았고, 증조할머니는 자신의 딸과 손녀딸의 정신적 지주로서 위치한다. 이론적으로는 할아버지라는 남자가 있었지만, 실제적으로 여인네들 사이에서 남자는 슈테판 혼자였고, 이렇게 슈테판은 적극적인 여성 삼대가 번번이 세세한 지점에서 낭패를 보면서도 남자의 위치까지 점유하려고 숱하게 애를 쓰는 틈바구니에서 자랐다. 그의 말대로 '누릴 수 있는 모든 것을 다 누리며 자랐지만,' 성인이 되어 여자 친구와 함께 살기까지도 꽉 짜인 구조의 가정, 즉 어머니와 아버지가 있고, 부모 중한 사람이 두 사람 몫을 다하는 것이 아니라 각자의 분업이 잘 이뤄지는 그런 가정에 관해선 전혀 경험한 바가 없다. 하여 아버지를 모르고 자란 그는 남성적인 모범상을 80년대 비디오 대여점에서 빌려올 수밖에 없었다.

이런 그에게 '고추'가 생겼다며 여자 친구의 임신 소식을 알린 친구 마르코의 전화에 이어 동거하는 여자 친구 마야의 임신 소식은 거짓말이라도 '좋다'거나 '자기야, 사랑해'라는 한 마디조차 내기 힘든 악몽이 된다. 아울러 '남자'와 '아버지'에 관해서라면 영화 속 인물과 친구 패티의 아버지인 요한 아저씨 외엔 1도 알지 못하는 그에게 남자아이의 아빠가 될 수도 있다는 확률은 상상만으로 이미 그를 질리게 만든다. 때문에 여자 친구의 임신 소식에 정식 결혼을 당연한 귀결로 생각하는 친구와 달리, 슈테판은 자기 가정을 꾸리는 일이 진정 남자의 인생에 속하는 일인지 되짚어 보며, 고전적으로 요구되는 남자의 3대 요건, 즉 집을 짓고, 나무를 심고, 아이를 생산하는 것을 감당할 수 있을지 고뇌에 찬 시간을 갖게 된다. 그뿐 아니라, 자신이 아는 남자들 중 자손의 번식과 자녀에 대한 전망, 가사노동, 가족에 관해 생각하는 즉시 기뻐 날뛸 남자는 아주 소수에 불과할 거라며 자신의 고민을 합리화한다. 이 합리화를 증명하기 위해 친구 마르코가 자신의 분신이 생기는 데 대해 갖는 그 행복감이 진짜 진심에서 우러나온 것인지 맥주의 힘을 빌려 탐구해보리라는 플랜을 짜기도 한다. 요컨대 슈테판에게 여자 친구의 임신 소식은 어느 날 문득 침실에 떨어진 운석과 같다.

그만큼 난감하고 위협적이며, 과연 자신이 좋은 아빠가 될 수 있을지, 아빠가 될 수 있을 만큼 진정한 '남자'인지, 그렇다면 '진짜' 남자란 어떠해야 하는지 깊이를 모르는 고민거리이다.

심약한 그는 이 추상적 고민만으로도 땅속으로 꺼질 것 같은데, 고민의 무게는 덜어질 기미가 보이지 않는다. 자신이 부러워하는 이상적인 가정에서 자란 여자 친구 마야의 아버지이자 마야의 임신으로 인해 예비 장인이 될 기로에 선 헬무트가 바로 그가 넘어야 할 또 다른 산으로 버티고 서 있다. 헬무트는 대표적인 기성세대이다. 그는 슈테판에게 남자로서, 남편으로서, 아버지로서의 의무를 끊임없이 강조하며 그를 압박한다. 가족을 '벌어먹여야' 가장이며, 결혼하고 아이가 생기는데 집을 넓혀 이사하는 건 당연하고, 월급 인상과 승진은 필수요건이다. 그런 예비 장인에게 베타맨인 슈테판은 아내가 될 여자 친구의 맞벌이가 도움이 될 것이라고 조용히 이야기를 꺼냈다가 '못난' 젊은이 취급을 받고 만다. 급기야 딸이 손주와 못난 사위와 함께 비좁은 집에서 사는 모습을 원치 않은 헬무트는 예비 사위의 자존심 따위는 상관없이 경제원조까지 제안한다.

여자 친구의 임신으로 자신의 뿌리를 찾아 투쟁에 가까운 방황을 하는 슈테판의 고뇌에 찬 행보를 따라가다 보면, 빈틈투성이이지만 진심 어린 슈테판의 짠하고 웃픈 '진짜 남자'를 향한 여정에 응원의 박수를 보낼 수밖에 없다.

이제 이 책의 또 한 축을 이루고 있는 알파걸 안네의 이야기에 눈을 돌려 보자. 슈테판이 곧 태어날 아이의 아빠, 한 여자의 남편으로서 자신의 남성성을 탐구하며 '진짜 남자'로서 거듭나기 위해 몸부림칠 때, 안네는 두부같이 물렁한 남자, 여자들의 치마폭에서 삶의 피난처를 찾는 찌질남들이 아닌, 자신과 한곳을 바라보며 미래를 함께 할 수 있는 남자, 함께 육아에 힘을 쓰거나, 서로의 성공을 위해 육아의 순서를 조율할 줄 아는 남자, 말 그대로 평생의 반려를 찾아 고군분투한다.

안네는 평균적인 독일 여성들이 일반적으로 29.6세에 첫아이를 본다는 통계치의 마지노선을 훌쩍 넘겼을 뿐 아니라, 통계치를 넘어섰다는 소수성으로 인해 후사를 보는 것도 서서히 포기해야 할 위기에 놓여 있다. 5년이라는 시간 동안 함께 동거하였던 남자 친구 올리버와 미래를 설계해보기도 했지만, 그 또한 여의치 않았다. 순하고 착하지만 14년 동안이나 대학생 신분으로 살았던 올리버는 생활비 분담금을 밀리기 일쑤이고, 직장 생활에 지친 여자 친구를 위해 가사노동에 힘쓰는 성의 따위 눈치 밖으로 던져 놓은 인물이기도 하다. 집안 켜켜이, 이삿짐 켜켜이 추억만 남기고 그는 안네의 반려 자리에서 영원히 밀려났다.

안네는 독일 북부의 한자동맹도시인 브레멘 출신으로서 슈테판과 사뭇 다른 자연환경과 교육환경 속에서 자랐다. 슈테판이 철저히 여자들의 손에서 자라나, 인형과 발레와 여성용 자전거에 익숙했던 반면, "나중에 벽에다 간단한 구멍 하나 뚫는데, 남자한테 기대고 그러면 안 되지"라며 모름지기 여자아이는 독립적이어야 한다는 사고방식으로 자식 교육에 열을 올린 아버지 덕분에, 공구 다루기면 공구 다루기, 공작이면 공작, 일이면 일, 언변이면 언변,

뭐든 야무지게 잘 해내는 아이로 자라났다. 이런 그녀에게 엄마가 놀이 동무로 붙여준 이웃집 남자아이 롤란트가 눈에 들어올 리가 없다. 쌍둥이인 롤란트는 엄마 배 속에서 형 베노에게 남성 호르몬을 탈탈 털린 채 빈 몸으로 나온 게 아닌가 싶을 정도로 숫기 없는 친구였으니 말이다. 반면 '거침없이' 거친 베노는 당차고 야무진 어린 안네에게 선망의 대상이 된다. 그러나 남성호르몬 몰빵의 베노는 자신의 자존심에 스크래치를 냈다는 이유로 어린 안네에게 '뭐든' 할 수 있는 '거칠고' 멍청한 베타맨으로 자리매김하게 된다.

그 후 다시는 남성 호르몬으로 장전한 마초는 쳐다보지도 않으리라는 안네에게 나타난 동명이인의 베노는 문학을 논하고, 진실한 사랑을 논하는 나름 순수한 캐릭터이다. 자신의 여자에게 한없이 친절할 수 있을 가능성도 지녔다. 그러나 대화를 하면 할수록 눈치 없는 떠벌이에 유약한 마마보이의 본모습을 드러내는 베노 2를 겪으며 안네는 자신이 007이나 본 아이덴티티의 주인공, 혹은 록키 같은—잔 근육이든 큰 근육이든 아무튼—근육질의 남자를 원하는 건 아니지만, 자매 같은 남자 역시 원치 않는다는 걸 깨닫는다.

그리고 자신이 원하는 남성상의 정체를 종잡지 못한 채 솔로 생활을 이어가는 안네는 솔로 생활에 크게 불편을 느끼지 못하지만, 친구들이 하나둘씩 결혼과 육아로 공통의 화제를 옮겨가자 모종의 거리감을 느끼게 된다. 그런 안네에게 친구 산드라는 경직된 연애관의 타파를 부르짖으며 데이트 주선 사이트 등 널려 있는 온갖 기회를 다 활용해 보도록 유도한다. 목마른 자가 땅을 판(?) 결행의 결과는 그러나 참담하다. 안네가 맞닥뜨린 남자들의 실체는 여전히 술에 취해 냄비에다 오줌을 싸는 찌질이에, 여자들을 간보는 좀팽이요, 치근대는 늙다리 욕망아재다.

이런 일련의 경험을 통해 안네는 좀 더 분명하게 자신이 원하는 남성상에 근접하게 된다. 안네가 원하는 타입은 '알파맨이면서도 함께 편히 어울릴 수 있는 사람이라는 것이다. 자신을 깍듯이 대해주고, 직접 자동차를 손 볼 줄 아는 남자, 그리고 세상을 구한 후, 그녀를 사랑하는 데 남은 에너지를 쏟아붓는 그런 남자'였다. 세상에 그런 남자가 있을까?! 싶은 찰나에 올랄라~! 완벽에 가까운 남자 볼프강이 나타난다. 볼프강은 과연 안네가 프로그래밍한 레벨을 모두 통과할 수 있을지, 안네와 볼프강이 펼치는 게임을 지켜보는 스릴감도 만만치 않다.

> 통계학적으로 보면 '전형적인 남자'가 존재하는 것 같지만,
> 개개의 경우에서 보면 그렇지 않다.
> 남자란, 영장류의 인간으로서 여자보다 덩치가 더 크고,
> 축구를 더 많이 보며, 더 많은 피자를 먹어치우고,
> 더 많은 폭력범죄를 저지른다. 그러나 이 또한
> 평균적으로 그렇다는 것일 뿐이다.
> 세상엔 키가 작은 남자도 존재하고,
> 인기연속극을 좋아하는가 하면, 음식투정을 하고,
> 여자에게 살해되는 남자도 존재한다.
> – 폴커 조머, 진화생물학자–

유럽 내륙국가인 독일에 사는 알파걸 안네와 베타맨 슈테판의

이야기는 이렇게 조금만 들여다보아도 머나먼 아시아의 반도국가인 대한민국에 사는 우리네 삶과 참 많은 부분이 닮아 있다. 산다는 게 어찌 이리 비슷한지. 동시대를 사는 고만고만한 연배의 사람들이 안고 있는 생애과업—취업, 결혼, 출산, 육아—과 그 과업의 해결에 필요한 하드웨어—배우자 찾기, 직장, 연봉, 내집장만 등—마련 등등. 우리 사회에서 갓 취업한 젊은이들이 배우자를 찾아 결혼하고 아이를 낳는 제반 과정에서 맞닥뜨리게 되는 일상의 데칼코마니를 보는 듯한 착각마저 불러일으킨다. 더구나 진정한 아버지가 되기 위해 '진짜 남자'를 찾는 슈테판의 눈물겨운 노력은 유머코드로 순화되어 있긴 하지만, 높은 이혼율로 알게 모르게 한부모 밑에서 자라난 젊은이들이 부모가 되기 위해 앓게 될 성장통을 가늠하게 해준다.

그렇기에 이 글은 웃음 뒤에 삶을 다시 반추하게 하는 묘한 마력이 있다. 우리네 인생에서 '진짜'와 '가짜'를 구분 짓는 기준은 무엇이며, 진짜와 가짜, 옳은 것과 그른 것의 경계는 과연 존재할까. 웃으며 읽다가 서서히 철학 모드에 불을 켜게 하는 힘, 진짜와 가짜, 그 경계 짓기의 모호함과 무의미함에 대해 사유하게 하는 힘, 그렇기 때문에 알파도 베타도 우리 속에 버무려져 있는 공통의 모습임을 되돌아보게 하는 힘, 그 힘이 진지를 유머로 풀어낸 이 책의 매력이 아닐까. 역자로서, 또 먼저 이 책을 접한 독자로서 이 매력덩어리 책이 독자들과 하루 빨리 만나길 기대해본다.

함미라